KB065130

불 연 속
연 애

불연속 연애

2016년 7월 20일 초판 1쇄 인쇄
2016년 7월 25일 초판 1쇄 발행

지은이 이오늘
발행인 이종주

기획 편집 권영은 정시연
경영 지원 배진경 김슬기
마 케 팅 김정수

발행처 (주)로크미디어
출판등록 2003년 3월 24일
주소 서울특별시 마포구 성암로 330(상암동) DMC첨단산업센터 3층 14호
Tel (02)3273-5135 **Fax** (02)3273-5134
홈페이지 rokmedia.com rokmedia.blog.me
E-mail romance@rokmedia.com

ⓒ 이오늘, 2016

값 10,000원

ISBN 979-11-5999-711-2 03810

불　연　속
연　애

이오늘
장편소설

Discontinuity

ROCOCO

차례
c o n t e n t s

프롤로그 - 그 애	7
전개도	13
발화점	81
분수령	137
우리의 론도	175
못갖춘마디	229
데자뷔	259
롤러코스터 라이드	333
불연속점에 서서	377
에필로그	411
외전 - Continued	431
작가 후기	455

프롤로그 – 그 애

아침에 눈을 뜨면 처음으로 생각나는 얼굴이 있다. 지우려고 애를 써도 끊임없이 불쑥불쑥 마음을 괴롭히는 얼굴. 끊어지지 않는 모든 상념은 한쪽으로 흘러 버리고, 잠들기 전의 눈꺼풀에도 그 모습이 아로새겨진다. 그러면 효주는 생각한다. 차라리 널 만나지 않았다면 좋았을걸.

왼쪽 어깨에 툭 하고 와 닿는 감촉에 효주는 소스라쳐 뒤를 돌아봤다. 가벼운 접촉에 따라온 과민 반응에 부딪친 뒷사람이 더 놀란 눈으로 효주를 쳐다봤다.

"죄송합니다."

효주는 가볍게 목례를 해 미안함을 표시하곤 다시 앞으로 돌았다. 한번 든 버릇은 쉽게 고쳐지지 않아 사소한 부딪침에도 깜짝 놀라고 만다. 이제는 사라질 때도 된 과거의 찌꺼기. 효주는 잡고 있던 버스 손잡이를 더욱 꽉 고쳐 잡았다. 왼쪽 어깨가 괜히 뜨끈뜨끈했다. 이어폰을 잡고 듣고 있던 노래의 볼륨을 높였다.

끼익, 하고 버스가 정차했다. 익숙한 풍경이 보였다. 이제는 눈에 익은 점퍼를 입은 학생들이 줄을 이어 탑승했다. 효주는 일부러 그쪽으로 시선을 주지 않았다.

줄줄이 올라탄 사람들은 뒷자리로 이동하며 효주를 연신 스쳐 갔다. 효주는 눈을 꼭 감았다. 귓가에 들리는 음악 소리에 신경을 집중했다. 벌써 몇 십 번이고 지나친 장소인데도 매번 심장이 빠르게 뛴다. 쿵, 쿵, 듣고 있는 음악의 비트인지 제 귀 안에서 울리는 맥박의 소리인지 분간이 가지 않았다.

버스의 문이 닫혔다. 효주는 그제야 참고 있는 줄도 몰랐던 숨을 토해 내며 슬그머니 시선을 올렸다. 오늘도 여전히 그 애와 마주치지 못했다. '못했다'라고 하면 꼭 기다리고 있던 것만 같잖아. '마주치지 않았다'로 효주는 속으로 어미를 고쳐 말했다.

버스가 출발하고 몇 분을 달리다 멈추다 하고 나서야 완전히 진정이 됐다. 효주는 천천히 귀에 울리는 리듬에 맞추어 고개를 흔들었다. 버스 창문으로 보이는 도보의 풍경을 구분할 여유도 생겼다. 가게의 간판들, 거니는 사람들, 가로등. 배경 음악이 깔린 파노라마를 구경했다. 그때, 또 누군가가 효주의 왼쪽 어깨를 툭, 건드렸다.

효주는 저도 모르게 놀란 토끼처럼 몸을 움츠렸다. 그러곤 지레 흠칫한 제 자신이 우스워 낮게 한숨을 쉬었다. 사람끼리 몸을 부대낄 수밖에 없는 대중교통을 이용하면서 어깨에 뭐가 닿기만 하면 깜짝깜짝 놀라는 게 전혀 달가운 일일 리 없었다.

톡톡 두드리는 그 느낌 자체가 꺼림칙한 건 아녔다. 다만 그 느낌, 그 손길에 자연스레 기대하게 되는 사람이 있다. 기대할 이유도 없고 그래서도 안 되는 사람. 그리고 반사적으로 그 얼굴이 떠오를 때마다 조여 오는 가슴은 항상 효주를 곤두서게 만들었다.

효주는 돌아보지 않았다. 대신 다시금 손잡이를 힘주어 부여 잡고 반대 손으로는 어깨에 멘 가방끈을 쓰다듬었다. 번번이 화들짝 놀라 뒤를 돌아보고, 누군지를 확인하고, 내심 실망을 하고, 실망한 자신에게 더 실망하고. 그런 패턴에는 이미 질렸다. 돌아보지 않을 것이다. 어차피 실수로 부딪힌 사람일 테니.

톡톡.

두 번. 두 번을 두드렸다. 어깨가 저려 왔다. 한 번은 실수일 수 있지만 두 번이면 의도적일 가능성이 컸다. 효주는 잠시 망설였다.

톡톡.

또 어깨에 누군가의 손길이 와 닿았다. 세 번은 분명 효주를 부르는 손짓이었다. 입술이 떨렸다. 좋지 않은 예감이 들었다. 효주는 크게 침을 삼켰다. 옷 뒤에 태그라도 붙어 있는 거겠지. 그래서 날 부르는 걸 거야. 애써 마음을 다독이고 귀에서 한쪽 이어폰을 빼며 고개를 돌렸다.

"안녕, 서효주."

효주의 가슴이 쿵, 하고 떨어졌다. 뒤를 돌아보니 항상 효주를 초조하게 만드는 장본인이 바로 거기에 서 있었다. 평소와 같은 태연한 표정을 짓고, 거기 있는 게 당연한 것처럼. 애써 맘속에 구덩이를 파서 묻어 두려고 해도, 말을 듣지 않고 점점 선명해지기만 하는 얼굴. 그 모습이 마지막으로 봤던 졸업식 때와 전혀 변한 것이 없어서 효주는 조금 우울해졌다.

"안녕, 남진원."

그나마 얼굴에 감정이 잘 드러나지 않는 타입인 게 다행이었다. 목구멍에 치미는 뜨거운 덩어리를 삼키며 효주는 애써 아무렇지 않은 목소리로 말했다. 그리 잘된 것 같지 않았다. 긴장감을 씹어 삼키며 토해 낸 짧은 인사말이 잘게 떨렸다. 안녕, 남진원. 그에게 마지막으로 고했던 것도 같은 말이었다.

'안녕, 남진원.'

자연스럽게 효주의 뇌리에 진원과의 마지막 광경이 스쳤다. 뺨을 스치는 겨울바람, 시끄러운 사람들, 품에 든 졸업 축하 꽃다발. 우르르 몰려온 친구들 사이에 둘러싸여 멀어져 가는 진원을 향해 효주는 조그맣게 읊조렸었다. 다시는 만나지 않을 수 있다면 좋겠다고 바라면서.

진원이 다정한 눈으로 효주를 응시했다. 그 안온한 다정함이 날카롭게 효주를 파고들었다. 목 안쪽이 따가워졌다.

마주치고 싶지 않았다. 왜냐하면 알고 있었으니까.

그 애의 눈을 마주치는 찰나만으로도, 그때처럼 흔들리고
말 거라는 걸 처음부터 알고 있었으니까.

전개도

"W여대가 가까워서 혹시 우연히 마주치진 않을까 생각했는데. 이렇게 만나네."

효주는 진원의 여상한 목소리에 정신을 차렸다. 진원은 인사말과 함께 입꼬리를 올려 매끄러운 미소를 지었다. 효주도 따라 웃었다. 아니, 웃으려고 노력했다. 웃음이 나오지 않았다. 애초에 내가 그런 운이 있을 리가 없지. 효주는 속으로 탄식했다.

진원의 학교 앞을 지나긴 하지만 그래도 사는 곳을 지나지는 않는 버스 노선이라서 교차할 일이 없을 거라고 생각했다. 오히려 그쪽은 지하철역 쪽이라 그리로 다니면 언젠가 마주치게 될 것 같아서 일부러 버스를 탔다. 차라리 지하철을 탈 걸 그랬어. 효주는 단정한 웃음을 띠고 있는 진원의 얼굴을 보면서, 뒤늦게 후회했다.

진원이 좀 더 짙은 웃음을 터트리며 손을 올려 효주의 뺨을 콕 찔렀다.

"얼굴 근육 뻣뻣한 건 여전하다. 대학에선 친구 좀 생겼고?"

"고등학교 때보단, 뭐."

여전히 사람과 대화할 때 눈을 뚫어지게 쳐다보는 버릇이 있는 진원과 얼굴을 마주하고 말하는 건 어려웠다. 효주는 목적지를 확인하는 척 창문으로 시선을 돌렸다. 드러난 목덜미가 빨개지지 않았기를 기도했다.

"오랜만에 만난 건데 반가워하지도 않고."

"네가 반가울 일이 뭐가 있어."

효주는 반사적으로 퉁명스럽게 내뱉었다. 그리고 입 안을 깨물었다. 그대로 놔뒀다간 '다신 안 봤으면 했는데 반가울 리가' 하는 말이 무심코 뒤를 따라 나와 버릴 것 같았다.

"냉정하긴."

"하루 이틀 일인가."

"한 마디도 안 지는 것도 여전하네."

진원이 너털웃음을 지었다. 웃음소리가 여전히 싱그러웠다. 이어폰을 빼지 않은 오른쪽 귀에서 막 들려오기 시작한 풋풋한 사랑 노래와 아주 잘 어울렸다. 웃음소리만으로도 진원이 어떤 얼굴로 웃고 있을지 이미지가 선명히 떠올랐다. 가슴께에 꾹 박혀 결코 떨어지지 않는 그 얼굴. 사람을 밤새 뒤척이게 하는 그 표정.

"수업 끝난 거지? 어디 가는 길이었어?"

"집."

"그럴 줄 알았다. 약속 없으면 너희 집 근처에 내려서 커피나 한잔하자."

"넌 약속 있는 것 같은데."

"단체 모임이라 좀 늦어도 돼. 우리 오랜만에 봤잖아. 할 얘기도 있고."

진원의 물 흐르는 듯한 목소리가 말끝에 가서야 조금 흐트러졌다. 늘 유들유들한 진원이 마음에 들지 않는 구석이 있으면 보이는 기색이었다. 아마 효주나, 진원에게 아주 가까운 몇 명이 아니면 집어낼 수 없는 아주 미세한 차이일 것이다. 효주는 몇 달간의 공백에도 불구하고 진원의 사소한 구석까지 잊지 못한 제 기억력을 내심 원망했다. 필요 없는 건 금세 잊어버리는 뇌가 쓸데없이 남진원 한정으로만 성능이 좋았다.

효주는 고개를 돌려 다시 진원을 바라봤다. 진원이 고개를 까딱하며 효주에게 눈짓을 했다. 효주가 진원을 쳐다보지 않는 동안에도 계속 효주 쪽을 향해 있었던 게 분명했다. 그렇게 길이 든 인간이니까. 자신을 흔들림 없이 직시하는 불필요하게 매끈한 그 얼굴에 효주는 한숨을 쉬었다.

"그래. 그러자."

진원은 효주의 대답이 만족스러운 듯 다시 한 번 입가를 폭패며 밝게 웃었다. 효주는 눈을 찡그리며 미소와 비슷해 보일 법한 표정을 만들었다. 실은 마주 앉아 있고 싶지 않았지만, 효주에게는 선택권이 없었다. 어차피 서효주가 남진원의 말에 정말로 안 된다는 말을 할 수 있을 리가 없었으니까.

한 잔의 아메리카노와 한 잔의 카페라테가 둘 앞에 놓였다.
효주는 쟁반에서 손을 떼고 자리에 털썩 주저앉았다. 진원이
싱글거리는 얼굴로 효주를 바라보고 있었다. 효주는 저도 모르
게 한숨을 쉬었다. 아무것도 한 게 없는데 벌써 피곤했다.

　"전화번호는 왜 바꿨어."

　나올 줄 알았던 얘기가 결국 앉자마자 화두에 올랐다. 효주
는 내면의 동요를 가라앉히며 혹시 모를 사태에 대비해서 미리
준비해 두었던 변명을 능숙하게 뱉어 냈다.

　"핸드폰이 고장 나서. 수리가 안 된대서 아예 새것으로 샀
어. 데이터도 하나도 못 건졌어. 그래서 네 전화번호가 없어서
연락 못 했고."

　"전화 바꾼다고 번호도 바꿔야 하는 건 아니잖아."

　진원의 말투 끝이 또 미묘하게 변했다. 효주의 변명이 마음
에 차지 않는 모양이었다. 가벼운 빈정거림이 묻어났다. 그 와
중에도 진원의 얼굴에는 더할 나위 없이 깨끗한 미소가 떠올라
있었다. 참 남진원다웠다.

　"신규로 가입하면 핸드폰 공짜로 준대서."

　"그래서 전에 연락하던 사람들이랑은 아예 연락을 끊고?"

　"민아랑 지현이 번호는 외우고 있어서 괜찮았어."

　효주는 한 자 한 자 눌러 말하곤 빨대를 입에 물었다.

　"그럼 나하고만 연락을 끊은 셈이네."

　진원이 테이블 가까이로 몸을 기울였다. 다가온 얼굴에는

어느새 웃음기가 싹 지워져 있어서 솜털이 오소소 섰다. 대체로 미소를 머금어 상냥한 인상을 주는 진원의 무표정은 평소와 대비되어 한층 더 서늘해 보였다. 사람과 눈을 마주치는 버릇이 그 시선을 더욱 차가워 보이게 했다.

효주는 손에 쥔 아메리카노를 쉴 새 없이 꿀꺽꿀꺽 빨아들였다. 곧이라도 그 단정한 입매에서 '내가 보기 싫어서 일부러 그런 거구나.' 하고 정곡을 찌르는 말이 비어져 나올 것만 같았다.

"서운한데, 서효주. 나 네 유일한 고등학교 친구잖아. 안 보고 싶었어?"

그러나 남진원은 그러는 대신 다시 입매를 가다듬어 미소 띤 얼굴을 만들어 냈다. 눈물이 날 만큼 익숙한 광경이었다. 항상 산뜻한 얼굴이 효주 앞에서만 잠깐 이지러졌다 원래대로 여유를 찾는, 몇 번을 봐도 뒷목을 찌릿하게 만드는 모습이었다.

그 낯익은 장면에 자칫하면 말해 버릴 것 같았다. 보고 싶었어. 그래서 보기 싫었어. 한 번 보면 또 보고 싶어질 것 같아서. 나만 억울할 것 같아서. 효주는 터져 나오려는 본심을 삼켰다. 입 안을 꾹 깨물었다.

"여자 친구랑은 잘 지내고?"

"여자 친구?"

"김혜윤."

"아, 혜윤이. 헤어진 지가 언젠데."

네가 연락을 끊었으니 알 리가 있겠어. 그렇게 말하는 진원의 한쪽 입꼬리가 비죽 올라갔다.

헤어졌을 거라는 건 알고 있었다. 늘 여자애가 끊이지 않는 진원에게서 듣는 여자 친구의 이름은 자주 바뀌었다. 알고 지냈던 일 년 반 정도의 시간에서만 세 번. 그 전에 알음알음 들었던 것까지 합치면 고등학교에서만 일곱 번이었다. 그러니까 혜윤과 헤어진 것 역시 참 남진원다운 일이었다. 그걸 대수롭지 않다는 듯 말하는 것까지 합쳐서.

효주는 다시 들고 있던 컵에서 커피를 쭉 빨아들였다. 음료는 말을 하지 않을 구실이었다. 빨대에서 호로록 소리가 났다. 어느새 음료가 바닥이 난 모양이었다. 효주는 마지못해 잔을 다시 테이블 위에 내려 두었다. 빨대 끝이 어느새 엉망으로 씹혀 있었다. 입 안이 썼다.

"내 여자관계 얘기는 됐고, 네 번호, 다시 알려 줘."

진원이 핸드폰을 내밀었다. 효주는 얼떨떨하게 핸드폰을 받아 들고, 흘깃 진원을 한 번 쳐다본 후 천천히 전화번호를 눌렀다. 끝자리를 바꿔서 알려 줘 버릴까. 유치한 충동이 들었다. 열한 자리를 전부 누른 후 핸드폰을 돌려주자 진원은 한쪽 눈썹을 치켜세우더니 손가락을 놀렸다. 테이블 위에 뒤집혀 있던 효주의 핸드폰이 웅 하고 진동을 울렸다.

"내 것도 저장해. 지금."

진원은 통화 종료 버튼을 누르곤 효주의 휴대전화를 집어 그녀 앞에 내밀었다. 효주는 그것 또한 별말 없이 받아 들었다. 손안에 들어온 화면에 뜬 부재중 표시를 물끄러미 바라봤다.

부재중 전화 1통 : 연락하지 말기

효주는 진원이 처음 전화번호를 알려 준 날 이미 그 열한 자리 번호를 통째로 외웠다. 잊어버린 적은 하루도 없었다. 일부러 휴대전화를 변기에 빠뜨리고 하룻밤을 지새운 것도 그 번호 탓이었다. 새 전화를 샀을 때도, 가장 먼저 저장할까, 말까를 고민하게 만든 번호였다.

애써 몇 개 안 되는 가족들과 친구들의 번호만을 저장하고 그대로 핸드폰을 방치해 뒀는데도 눈앞에 자꾸만 그 숫자들과 진원의 얼굴이 팽글팽글 돌아다녔다. 예전 휴대전화에서 하나도 지우지 못하고 모조리 내용을 외워 버린 진원과의 문자들까지도. 그래도 참았다. 잊어야 했기 때문에, 관둬야 한다고 생각했기 때문에.

그렇게 꾹꾹 눌러 참은 노력이 무심하게도 효주의 짤막한 전화번호부 목록 안에는 결국 진원의 번호가 끼어들었다. 저장한 이름은 '연락하지 말기'.

아침에 눈을 떠서 휴대전화로 시간을 확인하면, 한때는 거의 일상처럼 느껴졌던 진원의 목소리가 문득 듣고 싶은 맘을 참을 수 없었다. 일부러 저장하지 않은 것이 무색하게 저도 모르게 손가락이 움직여 화면에 진원의 전화번호를 찍고는 했다. 그래서 그렇게 이름을 붙여 놓았다.

연락하지 말기.

하나씩 눌러나간 숫자들이 완성되면 밑에 '연락하지 말기'라는 이름이 뜨는 걸 보고서야. 그래, 연락하지 않기로 했지. 하고 가까스로 마음을 다잡을 수 있었다.

효주는 일부러 핸드폰의 이곳저곳을 누르며 진원의 번호를 새로 보관하는 척했다. 이미 지정되어 있는 이름을 다시 바꾸고 싶지는 않았다. 연락하지 말기를 남진원으로 바꿔 놓으면 저도 모르게 술기운에 알딸딸해진 밤, 통화 버튼을 누를 것만 같았다.

"했어. 저장."

"연락해, 그러면. 내가 연락해도 받고."

"알겠어."

진원의 입에서 아주 가볍게 떨어진 말은 꼭 선전포고 같았다.

남진원을 끊어 내려고 제 자신과 열심히 싸우며 겨우 멀어졌었다. 학기가 하나 끝날 때까지 매번 남진원이 다니는 학교 앞에 버스가 정차할 때마다 긴장했다.

마주치지 않고 싶은 마음과 당장이라도 뛰어내려 저 학교에서 남진원을 찾아 마음을 고백하고 싶은 마음이 늘 다툼을 벌였다. 그걸 간신히 누르고 여태까지 버텼는데, 그 방어벽은 한순간에 무너져 버렸다. 진원과의 단 한 번의 만남으로.

효주는 그래도 희미하게 웃었다. 연락, 할게. 연락, 받을게. 말하는 게 생각만큼 어렵지는 않았다. 어차피 이제는 매일 이어질 인연도 아니었다. 그동안 혼자 먹먹히 쌓아 두었던 감정의 벽으로 진원을 막을 수 있을 것도 같았다. 틈새는 있었지만, 무너질 정도는 아니었다.

"서효주."

진원이 효주의 이름을 불렀다.

"왜."

가슴을 꿰뚫고 제 감정을 잡아채 가는 듯한 울림에도 효주는 애써 태연한 척을 했다. 최선을 다해 멀쩡한 목소리를 냈다.

"멀어지지 좀 마. 나 너랑 얘기하는 거 좋아하니까."

그런데 진원은 당연하다는 듯 말했다. 너랑 얘기하는 거 좋아하니까. 가슴이 뛰었다. 좋아하니까. 효주가 아무리 고뇌하고 뒤척인대도 절대 고할 수 없는 그 말이 진원의 입에서는 간단히 튀쳐나왔다. 좋아해. 그 말이 진원의 입에서 나올 때마다 효주의 가슴은 늘 방망이질 쳤다. 이 영화 좋아해. 이 음식 좋아해. 같이 영화를 보고 밥을 먹을 때마다 평범하게 등장하는 그 말들에 효주의 심장은 분별없이 난동을 부렸다.

진원의 입에서 벗어난 '좋아해.'라는 말은 늘 효주를 어지럽히는 걸 실패하는 법이 없었다.

대화를 침범한 그 세 글자의 말 뒤로 효주는 아무것도 이어 말할 수 없었다. 저도 모르게 탁자 위의 음료를 집어 들었다. 여전히 아까처럼 비어 있는 컵의 뚜껑을 열고 안에 얼음이 남아 있는 것을 확인하고는 뒤로 목을 젖혀 입 안에 얼음을 쏟아부었다. 이가 시렸다. 입 안을 잔뜩 괴롭히는 차가움을 효주는 아득아득 씹어 갔다. 그 시린 감촉이 제멋대로 질주하는 경솔한 심장을 잠재워 주기라도 할 것처럼.

진원은 그저 턱을 괴고 효주가 하는 꼴을 빤히 쳐다보기만 했다. 행동 하나하나에 담긴 치졸한 의도가 들킨 것 같아서 얼굴이 발개졌다. 그래도 효주는 아무 말도 하지 않았다. 입을 다무는 게 쓸데없는 말을 하는 것보단 나았다. 안간힘을 다해 영문을 모르는 척 그 눈을 쳐다보면 그제야 상대는 작게 숨을 내쉬었다.

"그리고 내 번호도 외워. 다음에 만나면 검사할 거야."

"알겠어."

네 번호쯤은 이미 닳고 닳도록 숫자 하나 빠짐없이 머릿속에 적어 넣었다는 말 대신 효주는 짧게 수긍했다. 말이란 것은 너무 어려워서 제대로 생각하지 않고 섣불리 입 밖에 내면 다음 날에도, 다음 주에도, 운이 나쁘면 평생 동안 후회를 불러오는 다루기 어려운 수단이었다. 그래서 효주는 가능한 한 입을 다물었다.

특히 남진원 앞에서는.

찰나라도 방심했다간 하면 안 되는 말이 금방 입술 밖을 벗어날 테니까.

"정말로 물어볼 거야."

"알겠다니까."

효주는 평정을 가장하며 진원의 얼굴을 잠깐 바라보았다가 그 앞에 놓인 음료로 시선을 옮겼다. 한 모금도 마시지 않은 듯 진원의 커피는 전혀 줄어 있지 않았다.

"좋아. 그럼 이제 밀린 얘기를 하자. 그동안 뭐 하고 지냈어?"

빙그레 떠오른 진원의 미소가 괜스레 따가웠다. 효주는 저도 모르게 꿀꺽 침을 삼켰다. 뱀 앞에 먹이로 놓인 쥐새끼가 된 것만 같은 긴장감에 효주는 몸을 굳혔다.

짤막한 만남이 끝나고 헤어지는 길, 진원은 한사코 거부하는 효주를 집 앞까지 바래다주었다. 두 사람은 효주의 집이 있는 아파트 단지 제일 구석에 위치한 동 앞까지 같이 걸었다.

'너 약속 있다고 했잖아.' 효주가 머뭇거리며 내뱉는 거절에도 진원이 '괜찮아. 아직 시간 있어.' 하고 명쾌하게 떨어지는 대답을 내놓으면 더 이상 거절하기가 어려웠다. 진원의 어조에는 부드러우면서도 단호한 구석이 있었다. 늘 모든 걸 그 뜻대로 따르게 만드는 기묘한 힘을 가진 목소리였다.

같이 걷는 동안 효주는 괜히 운동화 끝을 바라봤다. 지저분한 효주의 신발과 단정한 진원의 신발이 나란히 걷고 있는 게 좀 부끄러웠다. 둘은 걸으면서는 그다지 얘기를 하지 않았다. 어깨가 가끔씩 스치기만 했다. 그때마다 효주의 걸음은 조금씩 빨라졌다. 진원은 딱히 말을 걸지 않았고, 효주가 꺼낼 만한 화제는 커피숍에서의 30분 동안 전부 써먹어서 이제 와서 할 만한 말이 없었다.

30분 동안 나눈 얘기에서는 많은 것이 바뀐 듯, 바뀌지 않은 듯했다. 효주가 대학에 진학한 후 두어 명의 친구를 새로 사귀었다는 것. 진원은 1학년 과 대표를 맡게 되었다는 것. 이사를 했다는 것. 효주는 W여대가 아니라 H여대로 진학했다는 것. 진원에게는 드물게도 지금은 여자 친구가 없다는 것. 혜윤과는 졸업식 전에 이미 헤어졌다는 것.

꽤 놀라운 일과 놀랍지 않은 일이 뒤섞여 있었다.

'너, 혼자 살아?'
'응. 학교 근처로 집 얻었어.'

효주는 납득했다. 그래서 한 학기가 지나는 중에 우연으로라도 발견하지 못했구나.

효주가 결국 진학하게 된 여대는 수많은 대학가를 지나가는 바로 그 버스 노선에 자리했다. W여대처럼 진원의 학교와 가까운 건 아니었지만, 유일한 직통 노선버스가 진원이 다니는 대학교 앞도 지나는 바람에 효주는 버스를 탈 때도, 버스가 그 대학교 앞에 멈춰 설 때도 항상 필요 이상으로 조마조마했다. 탈 리가 없다는 걸 알면서도, 혹시 진원의 지나가는 뒷모습이라도 발견해 버릴까 봐.

"여기야?"

카페에서 이어졌던 대화를 홀로 되새기는 사이, 어느새 효주가 사는 아파트 건물 앞에 도착했다. 아파트 단지 입구에 닿았을 때 그럼, 이만 하고 돌아서려는 효주에게 몇 동이냐고 질문이 돌아왔다. 고개를 갸웃하며 113동, 대답했더니 그럼 가자, 하고 진원이 앞장서서 걸음을 뗐다. 괜찮다고 말할 타이밍을 놓친 효주는 그저 따라 걷는 수밖에 도리가 없었다.

"응, 여기야."

효주는 가방끈을 양손으로 움켜쥐고 진원을 올려다봤다. 진원은 효주를 물끄러미 쳐다보다 15층짜리 아파트 건물을 한번 훑어봤다. 효주는 왠지 근 평생을 살아온 낡은 아파트가 새삼 부끄러워졌다.

"이제 가, 그럼."

"안 보내도 갈 거야. 연락할 테니까 답장해."

"알겠어."

"꼭."

"알겠다니까."

오늘따라 이상하게 진원은 집요하게 굴었다. 예전의 진원과 효주도 그렇게 연락을 많이 주고받았던 건 아니었다. 학교에서 이야기를 나눴으면 나눴지, 핸드폰을 붙잡고 수다를 떨었던 적은 없었다. 그런데 진원은 지금 마치 저에게 효주가 갑자기 뭐라도 된 것처럼 굴고 있었다. 효주는 뱃속에 퍼지는 화한 기분에 디디고 선 다리에 괜히 힘을 주었다.

"또 반년 넘게 연락을 안 할까 봐 그런다."

효주의 불편함을 훤히 읽기라도 한 듯 진원의 말이 바로 뒤따라 나왔다. 그러곤 곧 가볍게 올라온 손이 효주의 입가를 콕 찍었다. 효주가 부루퉁한 입매를 하고 있으면 여지없이 뒤를 잇는 동작이었다.

"안 그럴게."

효주는 거듭 별로 마음에도 없는 약속을 했다. 진원이 그런 효주를 빤히 쳐다보다가 예쁘게 미소를 지었다. 또다시 뱃속이 진동했다.

효주는 이번에는 따라 웃지 않았다. 웃었다가는 표정이 일그러질 게 뻔했다. 아랫배에 지독하게 익숙한 흔들림이 느껴졌다. 그게 뭔지 효주는 뼈저리게 알았다. 불씨였다. 다 타 버린 줄 알았던. 진원은 마지막으로 효주의 어깨를 톡톡 두드리곤 인사를 건넸다.

"그럼 간다. 나중에 봐."

"······잘 가."

효주는 긴 다리를 시원히 뻗어 멀어지는 진원의 뒷모습을 굳이 바라보지 않았다. 대신 곧바로 뒤를 돌아 건물 안으로 들어갔다. 엘리베이터가 마침 1층에 멈춰 있었다. 단숨에 올라타 13층을 누르고 닫힘 버튼을 눌렀다. 오래되어 쉽사리 닫히지 않는 엘리베이터 문에 유독 짜증이 나 효주는 미친 듯이 닫힘 표시를 연타했다.

스르륵 닫히는 문을 멍하니 바라보며 효주는 엘리베이터 벽에 기댔다. 오늘은 집에 아무도 없을 터였다. 엄마는 일이 늦게 끝날 거라고 했고, 아버지는 약속이 있다고 하셨으니까. 목구멍에 뜨거운 기운이 올라왔다. 진원과 있는 동안 가장했던 평정은 서서히 무너져 산사태처럼 효주를 덮쳐 왔다.

"하······."

효주는 손에 아주 잠깐 얼굴을 묻었다가 다시 떼어 냈다. 그리고 그 손을 가슴에 얹자 쿵, 쿵, 쿵 여전히 미친 속도로 뛰고 있는 심장이 느껴졌다. 짜증이 났다. 끝낸 줄 알았는데. 적어도 무뎌지기라도 했을 줄 알았는데. 아주 사소한 접촉만으로도 꺼진 줄 알았던 불씨가 되살아나기 시작했다. 인정하고 싶지 않은 사실이 눈앞에 일렁였다.

아직도 나는 남진원을.

효주는 혀끝을 씹었다. 싫은데, 더 이상은 사양인데, 실은 진원이 자신을 찾아내 준 게 기뻤다. 아니, 어쩌면 찾아내 주기를 바랐던 건지도 모른다. 여전히 효주에게 친근하게 굴어 주는 것도, 효주가 저에게서 멀어졌었단 사실에 불쾌한 빛을 내비치는 것도 괜히 좋았다.

알고 있었다. 다시 만나면 이렇게 될 줄 알았기 때문에 효주는 늘 가슴을 졸였다.

조금이라도 방심했다간 보고 싶다는 본심이 무서운 줄 모르고 고개를 들까 봐 실수로라도 마주치고 싶지 않았다. 그런데 결국 그렇게 되어 버렸다. 이제는 단칼에 끊어 낼 자신이 없었다. 졸업 같은 구실은 더 이상 써먹을 수 없었다.

딩동 하고 벨소리가 나면서 덜커덕 엘리베이터의 문이 열렸다. 효주는 비척거리며 발을 떼었다. 그래도 오늘은 집에 아무도 없으니까 최소한 아무렇지도 않은 척할 필요는 없었다. 다행이었다.

키패드를 거칠게 눌러 잠금장치를 풀고 집에 들어섰다. 이미 시야가 뿌옜다. 신발을 내동댕이치듯 벗었다. 효주는 방 안에 들어서자마자 옷도 벗지 않고 침대 위로 몸을 던졌다.

그럼 이제부터 어떡하지. 난 어떡하면 좋을까, 진원아. 너랑 계속 친구를 하고 싶었지만 그게 안 돼서 도망친 건데. 이젠 어떡하면 좋을까. 옆에 있고 싶은데, 옆에 못 있겠어. 친구, 못 하겠어. 너무 힘들어.

진원에게는 결코 전할 수 없는 말이 효주의 머릿속을 자꾸자꾸 채웠다. 효주는 이미 축축이 젖어 들어가는 눈을 질끈 감았다.

진원은 핸드폰을 꺼내 전화번호부에 저장된 '서효주'라는 이름과 그 아래 적힌 전화번호를 뚫어지게 응시했다. 효주의 저번 핸드폰 번호는 끝자리가 본인의 생일이었다. 이번 번호는 딱히 아무 의미도 없는 숫자였다. 9189. 그래도 진원은 두어 번 숫자의 나열들을 읊으며 완전히 기억에 새겼다.

버스 정류장 벤치에 앉은 진원은 셔츠 맨 위 단추를 끌러 냈다. 만났다. 찾았다, 서효주. 한쪽 입가가 저절로 올라갔다.

W여대라고 생각해서 계속 헛다리만 짚고 있었다. 하고 싶지도 않은 소개팅을 상대가 W여대생이라는 말만 듣고 수락해서는 효주의 이름을 넌지시 띄우며 혹시 아는 사람이냐고 묻고, 친구의 여자 친구의 SNS 계정에까지 들어가서 혹시 효주의 이름이 없는지를 찾았다. 또 묻고, 또 찾고. 혹시 몰라 서효주 이름을 검색해서 페이지를 수십 개나 뒤졌다.

답지 않은 짓을 6개월 넘게 해 댔다. 전부 서효주 때문이었다. 올해를 넘기기 전에 발견하지 못했다면 더 꼴사나운 짓을 했을지도 몰랐다. 예를 들면 다짜고짜 서효주 전 담임한테 가서 '걔네 집 주소가 뭐예요.' 묻고는 집 앞에서 기다린다든가.

효주가 그 흔한 메신저나 SNS 하나 하지 않는 인간이었던 탓에 행방을 수소문하는 건 지독하게 어려웠다.

서효주는 대화 내내 미안하다는 말을 하지 않았다. 연락 못해서 미안해. 사라져서 미안해. 감쪽같이 사라져서 너 개고생하게 만든 거 미안해. 구구절절한 사과는커녕 미안하다는 한마디를 듣지 못했다. 마치 진원의 인생에서 완전히 빠져 버리려 했던 게 전혀 유감이 아닌 것처럼. 진원에게 마침내 발견된 것이야말로 실수였던 것처럼. 진원은 헛웃음을 지었다.

서효주다웠다.

진원에게도 일부 책임은 있었다. 고등학교에 효주와 친한 사람이 한 명이라도 있었으면 이렇게까지 공기 중으로 증발한 것처럼 효주가 눈에 띄지 않을 수는 없었을 것이다. 효주의 행방을 제 쪽에서 찾는 것도 식은 죽 먹기였을 테고. 이럴 줄 알았으면 친구라도 한 명 만들게 가만 놔둘걸. 진원은 가까워지는 버스에 몸을 일으키며 대학교에서는 반드시 그렇게 해야겠다고 다짐했다.

효주가 처음 눈에 띈 건 고2 여름방학 때였다. 보충수업이 있어 진원을 비롯한 아이들은 아침부터 저녁까지 학교에 처박혀 있었다. 진원이 이미 다 아는 내용에 집중하는 척하다 잠시 고개를 돌렸을 때 운동장 귀퉁이에 무언가 달랑거리는 게 시야에 들어왔다. 커튼에 가려 처음엔 저게 뭔가 했다. 눈을 가늘게 떠 보니 그건 다름 아닌 사람의 다리였다. 누가 보충수업이 비는 시간에 밖에 나와 있는가 보다. 첫 감상은 그걸로 끝이었다.

그런데 그 다리가 다음 날에도 또 보였다. 그다음 날에도, 또 그다음 날에도. 똑같은 자리에서 연거푸 다리가 달랑거리는 꼴이 매번 눈에 들어오자 진원은 문득 그 다리의 주인이 궁금해졌다. 그다음 날, 진원은 창가에 앉은 애한테 혹시 자리를 바꿔 줄 수 없냐고 물었다. 오늘 짐이 많아서. 핑계를 댔다. 그렇게 자리를 옮기고 나서야 그게 누구의 종아리인지를 확인할 수 있었다.

여자애였다. 그 애는 농구대 옆 벤치에 엎드려 까딱까딱 다리를 흔들어 대고 있었다. 평범했다. 멀어서 제대로 확인할 수 없었지만, 진원이 아는 사람은 아니었다. 평범한 까만 단발에 마른 몸. 까만 구두. 어깨 사이로는 노트 같은 게 보였다.

밖에 있는 내내 그 애가 하는 일이라고는 엎드려서 종아리를 까딱대는 것과 이따금 노트에 뭔가를 끼적거리는 것 빼곤 별다를 게 없었다. 몇 시간이고 바라보기에는 한없이 지루한 풍경이었다. 진원은 바로 흥미를 잃었다. 원래 자리로 돌아오고 나서는 가끔 시선의 가장자리에 그 다리가 잡히면, '오늘도 저러네.' 하는 단조로운 감상을 떠올리는 게 고작이었다.

두 번째로 효주가 눈에 띈 건 개학을 하고 나서였다. 새로 앉게 된 자리가 창가 맨 앞자리였다. 맨 앞은 싫다고 바꿔 달라고 당연한 듯 징징대며 매달리는 놈에게 평소처럼 알았다고 말하며 자리를 옮겼다. 진원에게는 맨 앞이나 맨 뒤나 별다를 게 없었다.

창문 너머로 딱히 보고 싶은 게 있었던 것도 아닌데, 첫 야간 자율 학습 시간에 문제를 풀다 문득 바깥이 보고 싶어 고개를 돌렸다. 그러자 거기에 눈에 익은 다리의 주인이 또 엎어져 있었다.

여전히 같은 자세로 엎드려 발을 까딱대며 노트에 무엇인가를 끼적이는 여자애. 아직도 있네 하면서 진원은 저도 모르게 낮게 웃어 버렸다. 그리고 아나나 다를까, 그다음 날도, 다다음 날도 그 애는 매번 운동장에 나와 있었다. 여전히 같은 꼴로, 노트를 앞에 두고서.

노란 가로등 아래 여자애의 다리가 흔들렸다. 멀리서 매미가 울었다. 다리는 그 박자에 맞추듯 까딱였다. 팔월이 끝나 가는 데도 여전히 여름이 한창이었다. 해는 저물었어도 여전히 공기가 후끈했다. 더 이상 에어컨을 가동하지 않아, 여름방학 때보다도 교실은 후덥지근했다. 바깥이라도 다를 바가 없을 터였다.

진원은 그제야 신기한 점을 깨달았다. 생각해 보면 그 한여름에야말로 에어컨이 돌아가는 교실 안과 달리 바깥은 햇볕이 따가웠을 것이다. 그런데도 짜증 나는 기색 하나 없이 저 애는 매일 오후, 바깥에서 시간을 보냈다. 다리를 까딱거리며, 노트에 무언가를 적어 넣으면서.

이름도 모르고 목소리도 몰랐다. 무슨 생각을 하고 저기에 누워 있는지, 왜 하필 항상 저 자리인지 짐작이 가는 게 하나도 없었다. 어떤 애일까. 왜 저기에 엎드려 있는 걸까. 비로소 효주가 진심으로 궁금해진 건 그때부터였다.

—어디야?

핸드폰 진동이 울려 효주는 읽던 책을 덮고 메시지를 확인했다. 아직 약속 시간까지 10분 이상 남아 있었다. 약속 장소는 다음 역이었다. 효주는 엄지손가락을 움직여 '다음에 내려.' 하고 문자를 보내고 핸드폰 화면을 껐다. 슬슬 내릴 준비를 해야겠다. 효주는 책과 휴대폰을 모두 크로스백에 넣고 일어나 문 앞에 가까이 섰다.

진원과 영화를 볼 약속을 했다. 저번에 만나고 근 3주 만이었다. 연락을 한 건 진원이었다. 헤어진 그 날 밤에 바로 다음 주 주말에 시간이 괜찮으냐고 메시지가 왔다. 예전에 같이 봤던 시리즈 영화의 후속편이 2년 만에 개봉한다는 내용의 문자였다.

그 영화의 개봉일은 당장 이번 주말이었고, 효주는 이미 예매를 해 둔 상태였다. 꼬박꼬박 정보를 챙겨 볼 정도로 팬이었던 진원이 개봉일이 아닌 다음 주에 볼 예정이라면, 퍽이나 바쁜 모양이라고 효주는 생각했다.

만나고 싶지 않았다. 만나고 싶었다. 효주는 한참이나 핸드폰을 붙잡고 뭐라고 답을 해야 할까, 아니면 답을 하지 않아야 할까 고민했다. 앞에서 아무렇지 않은 척하는 게 너무 힘들어서 관두려고 한 관계였다. 평범한 문자에도 마음은 풀잎처럼 흔들렸다.

―그때는 가족끼리 약속이 있어서.

골똘히 고민하던 끝에 나온 답은 일시적인 핑계였다. 다음 주에 보고 싶은 거라면 같이 볼 다른 사람을 찾겠지. 그런데 답장을 한 지 얼마 되지 않아, 바로 '그다음 주는?' 하고 답장이 왔다. 사실 효주는 딱히 약속이 많지 않았다. 친구가 많은 것도 아니고, 나서서 누구에게 먼저 만나자는 성격도 아니었으니까. 저녁 무렵은 특별한 일정 없이 대개 비어 있었다.

'그다음 주도 전부 다 바쁜데.'라고 대답하기엔 뻔히 들켜 버릴 거짓말을 짜낼 용기가 없었다. 서효주가 제일 좋아하는 일과가 침대 위에 찹쌀떡처럼 퍼져 좋아하는 책이나 영화를 보는 일이라는 걸 누구보다 잘 아는 게 바로 남진원이었다.

효주는 한숨을 푹 쉬고 결국 솔직한 본심을 담아 너 좋은 때면 괜찮다고 회신했다. 진원에게서 그럼 화요일에 보자는 답이 돌아왔다.

오늘이 바로 그 화요일이었다. 지하철이 정차하고 효주는 차량 밖으로 발을 디뎠다. 그때 우웅 하고 또 핸드폰이 울렸다.

−3번 출구 앞에서 봐.

시간을 확인해 보니 약속 시간에 늦을 것 같지는 않았다. 학교는 서로 다섯 정거장 거리. 약속 장소는 번화가인 진원의 학교 앞이었다.

어차피 곧 도착할 테니 딱히 답장을 보낼 필요는 없을 것 같아 효주는 그대로 다시 핸드폰을 집어넣고 걸음을 옮겼다. 그리고 휴대폰을 꺼내 가장 좋아하는 곡을 듣기 시작했다. 3번 출구 쪽은 에스컬레이터가 없어 걸어 올라가야 했다. 그동안 한 곡은 완전히 들을 수 있겠지.

효주는 경쾌한 리듬에 맞추어 한 발 한 발 계단을 올랐다. 계단은 질색이라 항상 빠른 템포의 곡을 틀어 놓아야 그나마 힘이 덜 들었다.

계단이 의외로 길어 채 끝까지 오르기도 전에 노래가 끝나고 그 뒤를 이어 슬로우잼 음악이 재생되기 시작했다. 걸음을 멈추고 다시 신나는 노래를 틀려는 찰나였다. 뒤에서 누군가 효주의 옷소매를 잡았다.

살짝 놀라 돌아보니 야구 모자를 눌러쓴 남자가 서 있었다. 내가 뭔가 떨어뜨렸나? 효주는 이어폰을 빼고 남자를 향해 완전히 몸을 돌렸다. 모자챙으로 가린 데다가 고개를 들고 있지 않아 남자의 얼굴이 잘 보이지 않았다.

"저기, 저 여러 번 불렀는데……."

"아, 죄송해요. 음악 소리 때문에 안 들렸어요."

효주는 이어폰을 가리키며 사과를 했다. 그 말에 남자는 뒤통수를 연신 쓰다듬으며 난처한 기색을 보였다. 이어질 말을 기다려도 다음 말이 들려올 눈치가 없어 효주는 의아해졌다.

"그런데 왜……."

효주가 궁금증 어린 눈으로 남자를 쳐다보자 남자의 난처함이 더더욱 깊어지는 것만 같았다. 효주는 이어폰을 완전히 빼고 핸드폰에 둘둘 말아 정리하며 계속 남자가 말하기를 기다렸다. 남자는 꽤 길게 고민하다 결국 고개를 들고는 마침내 입을 열었다.

"아, 저 원래 그런 사람 아닌데요."

아, 이건 혹시.

효주는 몸을 굳혔다. 어쩔 줄 몰라 하는 남자의 입에서 나올 게 뻔한 결정적인 질문에 대한 가장 영리한 대답을 생각해 내려 효주의 머리는 핑핑 돌아가기 시작했다.

"저기, 제가, 그쪽이, 그러니까 맘에 들어서……."

남자의 입이 열리고, 효주의 입도 덩달아 열리려는 찰나 효주의 왼쪽 어깨에 손이 얹혔다.

"이제 왔어, 효주야?"

남진원이었다.

효주가 돌아보기도 전, 갑자기 진원의 팔이 효주의 어깨를 완전히 감쌌다. 그것도 모자라 아예 그 팔은 효주를 제 쪽으로 끌어당겼다. 자연스럽게 진원의 숨결이 가까워졌다. 당혹스러움에 몸이 뻣뻣해졌다. 그걸 아는지 모르는지 진원은 천연덕스럽게 대화를 이어 갔다.

"그런데 이분은 누구셔?"

마치 둘이 아주 친밀한 사이라도 되는 것처럼 효주 쪽으로 아예 고개를 살짝 기대기까지 한 진원의 목소리가 지나치게 가까웠다. 효주는 어찌할 바를 모르고 말을 걸었던 남자 쪽으로 시선을 돌렸다. 남자야말로 둘을 번갈아 보는 모습이 더 당황한 듯 보였다.

"저희 효주한테 뭐 하실 말씀 있으세요?"

"아, 아니요, 그게."

"없으시면 저희는 영화 시간이 다 돼서 그럼."

매끄러운 미소를 띠고 있을 게 분명한 어조를 끝으로 진원은 어물거리는 남자에게서 등을 돌렸다. 물론 효주를 옆구리에 끌어안다시피 한 채로. 효주는 저절로 같이 돌아간 몸을 가다듬으며 진원과 함께 걸음을 옮겼다. 뭐하자는 거야, 지금. 허리며 어깨에 온통 진원의 온기가 퍼졌다. 얼굴이 화끈해졌다.

계단을 전부 올라 얼마쯤 걸었을 때야 효주는 힐끗 뒤를 돌아보았다. 더 이상 남자의 자취가 보이지 않았다. 그제야 효주는 진원의 팔을 뿌리쳤다. 진원이 외려 왜 그러냐는 듯한 표정을 짓고 효주를 쳐다봐서 효주는 입을 딱 벌렸다.

"뭐야, 방금."

"뭐냐니?"

"방금 그거 무슨 흉내야?"

"네가 곤란해 보여서."

효주가 눈을 찌푸리고 묻는 말에도 진원은 여전히 생글거리는 낯빛으로 대답했다. 예쁘게 휘어진 눈매는 좀 전에 일어난 일이 하나도 이상할 게 없다는 듯 결백해 보였다. 효주는 눈을 가늘게 떴다.

"곤란하지 않았어."

"그럼 그렇게 오래 서 있지 말았어야지."

"혼자서 예의 바르게 거절할 수 있었다고. 깜짝 놀랐잖아."

효주는 괜스레 진원이 원망스러워졌다. 진원은 평소에도 효주를 만지는 것에 전혀 거부감이 없었다. 볼이건 머리건 팔이건 닿는 게 부자연스러운 일은 아니었지만, 이렇게 몸통 전체가 꽉 맞닿았던 일은 많지 않았다. 많지 않은 게 다행이었다.

맥박이 아직도 쿵쿵, 자제를 못 하며 난리를 피워 댔다. 심장에 안 좋아. 원래 효주가 표정 변화가 없는 편이 아니었다면, 지금쯤 온갖 감정이 뒤섞여서 못 봐 줄 얼굴이었을 것이다.

"그래도 내 덕에 더 빨리 해결됐잖아."

진원이 어깨를 으쓱했다. 그럼 된 거지. 효주는 눈을 굴리는 체했다. 무슨 일을 해도 아무 일 아니라는 듯 태연자약한 남자 앞에서는 혼자 열을 내 봐야 무용지물이었다.

"다음부터는 그러지 마."

효주는 퉁명스럽게 내뱉고는 휴대폰을 들어 시간을 확인했다. 아직 시간이 촉박한 건 아니었지만, 느긋하게 꾸물거릴 만한 시간도 아니었다. 효주는 빨리 가자고 말할 요량으로 고개를 들어 진원을 바라봤다. 진원의 표정이 조금 굳어 있는 것처럼 보였다. 뭐지?

"너야말로 다음엔 이런 일 없게 해, 서효주."

그래 놓고서는 먼저 걸음을 옮기기 시작했다. 효주는 얼이 빠졌다. 진원은 마치 모든 게 효주의 잘못인 양 굴고 있었다. 지나가다가 남자가 말을 건 게 효주의 탓일 리가 없는데도. 그 사람이 말을 걸기 전까지는 뒤를 쫓아오고 있는지도 몰랐는데. 말문이 막혔다. 효주가 점차 멀어지는 진원의 뒷모습을 바라보고 있을 때 진원이 빙글 몸을 돌렸다.

"왜 안 와. 영화 보러 가야지."

딱딱해졌던 태도가 거짓말이었다는 듯 나긋한 말투였다. 효주는 입술을 깨물었다. 진원은 이렇게 가끔 효주에게 종잡을 수 없게 굴었다. 어쩔 땐 서늘해졌다 하면, 언제 그랬냐는 듯 천연덕스럽게 굴었다. 진원은 성큼성큼 긴 다리로 걸어와 효주의 등을 밀었다. 후드 티 너머로 닿아 오는 체온이 따뜻했다.

"가자. 너 이 시리즈 좋아하잖아."

여전히 청명하게 울리는 목소리에 효주는 결국 천천히 발을 옮겼다. 시선을 바닥에 두고 나란히 걸으면 진원의 다리가 보였다. 느릿느릿 아까보다 좁아진 보폭. 효주가 물끄러미 그 다리가 움직이는 것을 보고 있으려니 효주의 등에 와 닿은 진원의 손에 힘이 들어갔다.

"빨리 도착해야 콜라도 사고 앞에 광고해 주는 것도 다 보지."

자리도 앞좌석으로 예매했는데. 진원이 말했다. 효주가 고개를 들어 진원을 올려다봤다. 진원이 장난스럽게 웃고 있었다. 안 잊어버렸구나. 얼떨떨한 감정은 어느새 융해되고, 그 자리에 간지러움이 차올랐다.

효주의 버릇이었다. 영화관에서는 항상 앞자리에 앉는 것도, 상영 시간에 꼭 맞춰 도착해 영화관에서 틀어 주는 광고를 전부 보는 것도. 큰 화면에 꽉 찬 사운드로 흘러나오는 영상들에 압도되는 게 좋았다. 진원은 아직도 그걸 기억하고 있었다. 괜스레 뿌듯해지는 가슴에 목을 가다듬었다.

진원을 곁눈질로 흘기자 진원은 고개를 까딱했다. 그 얼굴에 결국 효주는 너털웃음을 지어 버렸다. 터져 나오려는 한 마디를 숨긴 채 효주는 진원의 팔을 툭 치고 여상하게 말했다.

"콜라는 네가 사. 이따 밥은 내가 살게."

최대한 보통의 친구 사이 같은 말투로.

"재밌었지."

진원이 묻는 말에 효주는 있는 힘껏 고개를 끄덕였다. 엔딩 크레딧이 올라가고 나서 나오는 부가 영상까지 보고 나니 영화의 여운이 쉬이 가시질 않았다. 꼭 카페인을 과다 섭취한 것처럼 몸이 근질근질했다. 오랫동안 기다려 왔던 영화인데 그 기대감을 실망시키지도 않은, 아주 잘 만든 영화였다.

"전편보다 더 잘 만들었더라. 너무 재밌다."

그렇게 말하며 영화관 밖으로 빠져나오는 발걸음은 스스로가 놀랄 만큼 경쾌했다. 효주는 오랜만에 발끝까지 짜릿한 감정을 느꼈다. 액션도 액션이거니와 연출에 플롯까지 만족스러웠다.

"너 저번 편도 엄청 좋아했잖아."

"응, 그런데 이번 게 더 재밌다."

효주는 진원을 향해 커다랗게 웃었다. 저도 모르게 얼굴에 웃음이 필 만큼 즐거운 기분은 오랜만이었다. 사실은 어젯밤 내내, 심지어는 진원을 만나러 오는 지하철 안에서도 진원이 바로 옆자리에 앉아 있는데 영화관에서 2시간 동안 과연 차분히 집중할 수 있을까 걱정을 했다. 떨어졌을 걸 이미 알고 있는 시험 결과를 제 발로 확인하는 것 같은 기분이었다.

어두운 관 안에 들어가자 그 우려는 더 커졌다. 쿵쿵 울리는 가슴이, 극장의 음향 효과 때문인지, 진원이 옆에 있어 커진 제 심장박동인지 구분이 안 갈 정도였다.

그런데 막상 제작사 로고가 뜨고 영화가 시작하자마자, 아예 옆에 누가 있다는 것마저 잊고는 영화에 몰입했다. 화면에 빨려 들어갈 것처럼 시선을 고정하고, 장면 하나하나를 놓치지 않으려 노력하느라 눈조차 깜빡이지 못한 채로 2시간은 훌딱 지나버렸다. 간만에 느끼는 즐거움이었다. 콧노래가 나올 것만 같아 효주는 손가락으로 리듬을 맞추는 것으로 그 기분을 대신했다.

건물 밖으로 나오자, 들어가기 전에도 이미 지고 있던 해가 자취를 감춰 하늘이 어둑어둑했다. 핸드폰을 확인하니 시간이 이미 8시에 가까웠다.

"뭐 먹을까?"

"으음. 글쎄."

진원의 물음에 효주는 고민했다. 영화를 보러 오는 도중에

는 안절부절못하느라 배가 고픈 줄을 몰랐는데, 이제는 영화
덕에 신이 올라 그다지 배가 고프지 않았다.

"떡볶이나 순대?"

"좋아하지도 않으면서."

진원이 넌지시 던진 말에 효주는 코웃음을 치며 핀잔을 주
었다. 처음 같이 영화를 봤을 때가 생각이 났다. 진원이 난데
없이 말을 걸어오고 나서 2주였나, 3주쯤 지났을 때였다. 처음
으로 진원과 학교가 아닌 다른 장소에게 만났고, 저녁으로 길
거리에 서서 떡볶이와 순대를 먹었다. 진원이 갑자기 좋아하지
도 않은 분식류를 언급한 건 그 때문이겠지.

주문한 떡볶이와 순대가 비닐을 씌운 녹색 접시에 담겨 나
왔을 때, 효주는 흘깃 진원을 바라봤다. 포장마차와 진원의
조합이란 생경하기 짝이 없었다. 가끔 쟤도 식판에 급식을 받
아먹겠지 하는 생각이 들 때도 신기한 위화감이 느껴졌는데,
뜨끈한 돼지 허파를 찍은 이쑤시개를 들고 있는 진원을 보는
건 더더욱 현실감이 없었다.

의외로 진원은 아무렇지도 않은 얼굴로 야무지게 음식을 해
치웠다. 누군가 공을 들여 만든 것 같은 단정한 입술 사이로
빨간 떡이며 내장이 들어가는 게 보고 또 봐도 이질감이 들어
효주는 계속 곁눈질을 했다. 효주가 머뭇거리다가 너도 이런
거 자주 먹어? 질문을 던지자, 진원은 가끔은 하고 대답했다.

진원이 포장마차에서 처음 뭔가를 사 먹은 날이었다는 건
한참 후에야 알았다.

"그럼 먹고 싶은 거 없어?"

"딱히 생각나는 건 없는데."

"파스타 먹으러 갈까."

"으음."

파스타라. 효주는 곰곰이 생각했다. 효주의 학교 근처에는 여대 앞이기 때문인지 파스타집이나 화덕 피자집이 참 많았다. 지난 한 학기 동안 안 먹어 본 조합이 없을 만큼 많이 접한 메뉴였다. 그렇다고 그건 싫다고 말하자니 딱히 끌리는 다른 메뉴도 없었다. 효주는 여러 가지 선택지를 떠올리며 버릇처럼 손가락을 훑었다. 거스러미가 일어 까칠했다.

"육류로 먹자."

"육류?"

"닭이나 소나 돼지나 그런 거."

치킨도 좋고, 닭갈비도 좋고, 삼겹살도 좋고. 효주는 바로바로 떠오르는 음식 이름을 하나하나 읊었다. 그러자 진원이 고개를 갸웃했다.

"오늘은 육류가 끌려? 너 면 좋아하지 않았던가."

"요새 단백질을 못 먹어서 그런가. 손끝이 막 까지고 그래서."

손이 엉망이었다. 원래도 부드럽고 고운 손은 아니었지만, 신기하게도 끼니를 조금만 소홀히 챙겨 먹으면 티가 나게 까슬까슬해졌다. 주말에 엄마랑 목욕탕에 다녀오는 길에 등짝을 맞을 게 뻔했다.

여자애가 손 꼴이 이게 뭐냐며, 다 영양부족 때문인데 집에서 못 먹이는 줄 알겠다고 주말 내내 하루 여섯 끼씩 억지로 챙겨 먹일 것도 눈에 선했다. 그 전에 뭐라도 좀 먹어야 밖에서 고기도 먹고 그랬다고 변명거리라도 생길 터였다.

"어디 좀 봐."

효주가 스스로를 납득시키며 손끝을 살피고 있을 때, 진원이 효주의 손을 채 갔다. 진원의 고른 손가락 끝이 효주의 손을 찬찬히 매만졌다. 또 심장 소리가 빨라질 것 같아 손을 빼내려 했지만, 진원의 크고 늘씬한 손안에 완전히 갇혀 옴짝달싹할 수가 없었다. 건조하고 매끄러운 손이었다.

"그러네."

진원이 미미하게 웃었다. 효주의 손에 재미난 구경거리가 달리기라도 한 듯 느릿하게 매만지다가 앞뒤를 뒤집어 훑어보기까지 했다. 매끈한 진헌의 손가락이 탐색하듯 효주의 손 위를 맴돌았다.

효주는 네일조차 바르지 않은 투박한 손 모양새가 부끄러워 세게 힘을 주어 손을 빼냈다. 짐짓 원망스러운 눈길로 진원을 노려봤지만, 진원은 전혀 미안한 눈치도 없고 오히려 즐거운 기미까지 띠었다.

"그만 봐. 닳아."

"이미 닳았던데."

진원이 던진 농담에 효주는 또다시 눈을 굴렸다. 손이 잡혔을 때, 또 피부 안쪽부터 시작되던 기묘한 고양감은 짓궂은 말을 주고받는 사이 잠잠해졌다. 진원의 옆에 서면 운행을 시작하는 감정의 롤러코스터는 오늘도 건재한 모양이었다.

가벼운 접촉에도 곤란한 열이 올랐다가, 언제 그랬냐는 듯 오랜 친구 사이처럼 편해진다. 진원은 둘 사이에 공백기 같은

게 아예 존재치 않는 것처럼 자연스럽게 굴었다. 그 무던함이
미우면서도 기꺼웠다.

차라리 그래 주는 게 나았다. 살짝 비틀린 다정함. 미소와
부드러운 목소리의 융단 아래 깔린 일말의 시니컬함. 그거라면
효주도 맞받아치며 퉁명스럽게 굴 수 있었다. 네 본성을 나 말
고 다른 사람들도 다 알아야 한다고 빈정거려 줄 수도 있었다.
효주는 아무 일도 없었다는 듯 먼저 역 쪽으로 몸을 돌렸다.

"고기나 먹으러 가."

"그래, 삼겹살 먹을까?"

진원이 효주의 등에 손을 얹으며 같이 방향을 바꿨다. 등이
찌릿했다. 효주는 최대한 태연하게 등에 힘을 뺐다.

"저쪽 길로 가면, 식당 많아. 저리로 가자."

유려하게 들려오는 음성에 효주가 진원에게 시선을 던지면,
진원의 얼굴에서 효주를 오싹하게 하는 그 정체 모를 표정은
흔적조차 없었다. 대신 여전히 그는 효주에게 저쪽이라고 손짓
하며 그녀와 걸음을 맞췄다. 그제야 뻐근했던 효주의 턱 근육
에 힘이 풀렸다.

때때로 진원이 보여 주는 웃음의 기운이 흔적처럼만 남은
표정, 샅샅이 상대의 알맹이를 파헤쳐 볼 것 같은 눈빛. 그것
만 아니라면 괜찮았다. 그 시선을 떠올리자 아니나 다를까 명
치께부터 따끔거려 왔다. 도망갈 생각조차 들지 않을 만큼 저
릿하고 짙은 눈.

항상 그런 식이었다. 사람을 방심시키듯 장난을 걸어 방어
적인 태도를 내려놓으면 그 틈새로 진원은 파고들어 왔다. 바

로 지금을 노렸다는 듯 상대를 관통하는 서늘한 표정.

효주의 고루한 외사랑의 태동조차 그렇게 비롯했다.

9월의 첫째 주였다. 오랜만에 저녁 바람이 시원했다. 툭, 하고 누군가 엎드려 있는 효주의 왼쪽 어깨를 두드렸다. 얼떨결에 뒤를 돌아봤다. '어.' 놀라움에 효주의 눈이 살짝 커졌다. 돌아본 곳에 그 유명한 남진원이 서 있었기 때문이었다.

진원이 웃으며 효주에게 뭐라고 말을 걸었지만 귓가를 시끄럽게 메우는 록 음악 때문에 잘 들리지 않았다. 효주는 한쪽 이어폰을 빼고 노트를 덮었다.

"어, 왜?"

"매일 뭘 그렇게 쓰는 거야?"

"뭐?"

효주는 뜻밖의 말에 당황했다. 방금 들려온 말은 적어도 효주가 들으리라고 예상했던 말 리스트 중에는 없었다. 아니, 애초에 진원이 여기까지 걸어와서 효주에게 말을 걸 거라고 생각했던 적조차 없으니, 어쩌면 그 말이 예상을 벗어나 있는 건 너무 당연한 일이었다.

남진원을 모르는 사람은 학교에 한 명도 없었다. 적어도 효주는 그렇게 생각했다. 효주의 귀에까지 들려올 정도면 거의 확실했다. 열등감에 찬 몇몇 빼고는 선생님부터 학생까지 욕하는 사람도 없다는 꽤 대단한 인간이었다.

이야기를 나눠 본 적은 없어도, 전교생 조회 단상에 나가거나, 애들이 창가에 몰려 있어서 내다보면 운동장에서 축구를 하고 있거나 해서 먼발치에서 몇 번 본 적은 있다. 외모부터 특출해 입학 때부터 주목을 받았는데 알고 보니 못 하는 게 없는 팔방미인에 성격도 모난 데가 없다고 했다.

거기에 암암리에 들리는 소문으로는 꽤 유명한 기업 창립자의 손자라고 했던가. 정확하지는 않아도 아무튼 진선미에 부까지 고루 갖춘 보기 드문 인간형인 건 분명했다.

평소라면 그런 남진원이 효주 같은 부류에게 말을 걸 일도 없을뿐더러, 건다고 해도 방금 들은 것처럼 순수한 호기심에서 비롯된 것 같은 질문을 던질 리는 없었다. 하지만 효주가 선잠이 들어 꿈을 꾸고 있는 게 아니라면 남진원은 방금 그렇게 했고, 효주는 그래서 당황했다. 그게 얼굴에 여실히 드러났는지 남진원이 가볍게 웃었다.

"이 벤치, 내 자리에서 잘 보여서."

그러면서 진원은 남학생 건물을 가리켰다. 효주는 그 손끝을 따라갔다가 다시 진원을 쳐다봤다. 그래서 지금 창문으로 나를 보고 있었다는 이야긴가? 효주는 문득 지나치게 편하게 엎어진 본인의 자세가 신경 쓰여 퍼뜩 몸을 일으켜 앉았다.

"네가 매일 같은 자세로 뭔가 적고 있어서. 뭘 쓰는지 궁금했어. 참고서나 문제집 같은 걸 푸는 걸로는 안 보였거든."

진원은 말끝에 씩 미소를 짓고는 효주 옆에 앉았다. 남녀 반이 갈리는 고등학교에 다니는 터라 웬만해서는 남자애와 얘기할 기회가 없어서 버스에서 남자애와 나란히 앉아 있는 것만으로도 어색했다. 효주는 저도 모르게 몸을 움츠렸다. 그런데 그냥 남자애도 아니고 '그' 남진원이 옆에 앉아, 심지어 저한테 말을 걸고 있으니 한없이 뱃속이 불편했다.

"음…… 별거 아닌데. 그냥…… 낙서야."

"뒤에서 보니까 낙서라기엔 꽤 그럴듯하던데?"

효주는 노트를 방어적으로 끌어안았다. 창피함에 등줄기가 후끈했다. 이건 누군가에게 보여 주기 위한 게 아니었다. 노트는 머릿속을 가득 채워 곧 터져 나갈 것 같은 얘기들을 어떻게든 빼내기 위해서 줄줄이 헛소리를 늘어놓는 수단이었다.

나중에 읽으면 제가 읽어도 낯이 뜨거워질 만큼 함부로 지껄여 댄 부분도 많았다. 그런 걸 난생처음 고작 몇 마디를 나눠 본 모르는 사람에게 보였다고 생각하니 지독하게 부끄러웠다.

"훔쳐본 거야?"

"자세히는 안 읽었어. 그냥 페이지가 예쁘다 싶었던 것뿐이야."

질책하듯 쏘아붙이는 효주의 말을 진원이 천연덕스럽게 받아쳤다. 효주는 방금 전까지 펼쳐 뒀던 페이지에 어떤 것들이 쓰여 있었는지 떠올렸다. 세상에 하나밖에 없는 금빛 털의 말을 기르는 소년에 대한 공상과 그 말을 그린 그림. 시답잖은 사랑 노래의 가사. 오늘 급식에 나온 돈가스가 덜 익었다는 투정. 좋아하는 익살스러운 개구리 캐릭터.

그리고 제일 많이 적힌 말은.

"지루해?"

"읽은 것 맞잖아!"

가라앉으려던 얼굴의 홍조가 다시금 귀 끝까지 번지는 게 느껴졌다. 짧은 문장들로 두서없이 이어진 자신의 글을 누군가에게 보여 주고 싶지 않았던 건, 거기에 단편적으로 뇌리를 스쳐 간 효주의 진짜 속내가 너무 많이 들어 있었기 때문이었다.

그리고 대개 그 심정들은 부정적인 말투성이였다. 재미없다. 지루하다. 심심하다. 답답하다. 따분하다. 그런 말들이 크고 작은 글씨들로 종이 구석구석 빼곡했다. 음악에 맞춰 고개를 흔들며 손을 멍하니 움직이고 있으면 꼭 지루해. 재미없어. 같은 단어들이 노트 반 페이지를 메우는 건 금방이었다. 무의식에 펜을 맡기고 있으면 온갖 서체로 그런 말들이 새겨지곤 했다. 방금 전 펴 놓고 있던 페이지가 딱 그랬다.

치부를 들킨 것 같았다. 효주는 공책을 끌어안은 팔에 힘을 주고 있는 힘껏 진원을 노려봤다. 난데없이 살금살금 다가와서 남의 글을 몰래 훔쳐보기나 하다니. 다른 사람들이 묘사하는 것처럼 소설 속에나 나오는 예의 바른 왕자님 타입과는 거리가 먼 행동이 아닌가. 대체 무슨 속셈인지. 효주는 흘겨보는 눈길에 더더욱 힘을 줬다.

진원은 효주의 눈을 피하지 않았다. 그렇다고 사과를 할 기색도 없어 보였다.

"서효주."

대신 효주의 이름을 불렀다. 그 소리에 놀라 효주는 저도 모르게 잔뜩 찌푸렸던 인상을 풀었다. 진원의 목소리로 불리는 자신의 이름이, 살면서 만 번도 넘게 들었을 그 음절이 갑자기 낯설었다. 매미는 어느새 울음을 멈췄다. 아이들이 모여 앉았을 운동장 건너의 교실에서는 아무 소리도 들리지 않았다. 짧은 순간 찾아온 고요함에, 남진원이 부른 효주의 이름만이 울렸다. 눈가가 떨려 왔다. 얽혔던 시선을 피했다.

"내 이름은 어떻게 알아?"

"명찰에 쓰여 있어."

껄끄럽게 내려앉은 침묵을 한순간도 견딜 수가 없어 아무렇게나 튀어나온 질문에 진원이 손가락으로 효주의 가슴께를 가리켰다. 효주는 밑을 내려다보곤 저도 모르게 손을 올려 명찰을 턱 덮었다. 그러자 진원이 작게 웃었다. 청명한 웃음소리. 저도 모르게 따라 웃을 것만 같아 효주는 입을 가렸다. 손가락에 닿은 입술이 뜨거웠다.

"안녕, 서효주."

돌아본 진원은 은은한 미소를 띠고 있었다. 효주는 영문을 몰라 의아한 눈길로 진원의 눈을 쳐다봤다. 사람과 시선을 마주치는 걸 좋아하지 않는데도 자꾸만 그 눈에 이끌렸다.

"우리 처음 만난 거잖아. 초면에는 인사를 해야지. 안녕, 서효주."

효주가 여전히 눈만 깜빡이자, 진원이 이번에는 장난스러운 말투로 덧붙였다.

"내가 인사했으니까 너도 따라서 안녕, 해야지. 다시 하자."

진원의 손가락이 이번에는 자기 왼쪽 가슴에 달린 명찰을 톡톡 쳤다. 제 이름을 불러 주기를 원하기라도 하듯이. 마치 효주가 이 학교에 다니면서 제 이름을 모르기라도 할까 봐. 좀, 뭐랄까, 아이 같아 보였다. 대답을 독촉하는 시선에 효주가 웃음을 참고 고개를 끄덕이자 진원이 다시 입을 열었다.

"안녕, 서효주."

"안녕, 남진원."

옅게 웃음기를 띤 대답에 진원이 만족스러운 듯 웃었다. 비스듬히 그 얼굴에 내려앉는 연주홍색 가로등 빛을 바래게 할 만큼, 밝은 미소였다. 효주는 그 광경에 순간 넋을 잃었다. 그러자 그런 효주를 비웃듯 진원은 말을 이었다.

"같이 얘기할까, 더 이상 지루하지 않도록."

수상할 만큼 다정한 목소리로.

"너, 이 시리즈 좋아해?"

진원이 효주의 휴대폰 배경화면을 보고 물었다. 벤치에 기대앉아 선선히 불어오는 가을바람 아래에서 나란히 우유 한 팩씩을 물고 있었다. 진원이 건네준 바나나 우유였다.

효주는 말없이 고개만 끄덕였다. 잘근잘근 빨대를 씹으면서.

무릎에는 진원이 다가온 탓에 곱게 접힌 노트가, 한 손에는 바나나 우유, 다른 한 손에는 휴대폰. 그 셋 말고는 집중할 만한 거리가 없었다. 초조했다. 효주는 애꿎은 손끝을 손톱으로 훑었다.

같이 얘기하자고 했던 건 거짓말이 아니었던 모양이다. 그 뒤로 효주가 거의 매일같이 자율학습시간을 낭비하는 벤치로, 진원이 이따금씩 찾아오곤 했다. 이번이 네 번째였던가, 다섯 번째였던가. 늦여름 같았던 날씨는 점점 깊어 어느새 하늘이 부쩍 높아졌다.

그렇다고 길게 앉았다 가는 것도 아니고, 항상 같은 시간에 오는 것도 아니고, 특별한 얘기를 하는 것도 아니었다. 진원은 예상치 못한 때에 불쑥 나타나 효주의 왼쪽 어깨를 툭툭, 두 번 건드렸다. 그때마다 귓가의 선율과 낙서에 집중해 있던 효주가 화들짝 놀라면, 진원이 재미있다는 듯 깨끗한 웃음을 터트렸다. 그리고 효주는 그때마다 살짝 귀 끝을 붉혔다.

"이거 다음 주에 개봉하는 건 알고?"

"알아."

벌써 첫날 예매도 해 뒀어. 튀어나올 뻔했던 말은 입 안으로 삼켰다. 괜히 묻지도 않은 말에 대답하는 게 나서는 것처럼 느껴져서였다. 아직까지 효주는 진원이 불편했다.

불편하다기보다 꼭 제가 어울리지 않는 자리에 있는 것처럼 느껴졌다. 사이즈가 맞지 않는 옷의 지퍼를 올리는 것 같은 위화감이었다. 분명 이 벤치는 이제 효주의 전용 좌석이나 다름없는데도 불구하고 진원이 효주보다도 편안해 보였다. 그에 반해 효주는 진원이 다가와 몹시도 자연스러운 태도로 옆에 앉으면 온몸의 세포가 까슬까슬해지는 것만 같았다.

"그럼 나하고 보러 갈래?"

"뭐?"

효주의 눈이 커졌다. 막 터트린 외마디가 비명에 가까우리만큼 지나치게 큰 소리였다는 건 효주도 알고 있었다. 하지만 어쩔 수 없는 일이었다. 그런 말이 이어지리라고는 생각하지 못했으니까. 숨을 들이쉬자 먼지가 일기라도 한 것처럼 콧속이 간지러워졌다. 방금 제대로 들은 게 맞긴 한가.

"영화 말이야. 같이 보자고."

"왜?"

당혹감이 넘쳐 혀끝을 제어하기도 전에 제멋대로 말이 불쑥 나왔다. 하기야 지금 효주가 느끼는 감정과 그리 먼 단어도 아니었다. 왜. 영화를 왜. 네가 왜. 나랑 왜. 진원과 효주는 그런 사이가 아니었다. 적어도 효주는 아니라고 생각했다.

진원이 무슨 변덕으로 효주에게 말을 걸고, 계속 찾아오는지는 모르겠지만 둘 사이의 대화는 대부분 진원이 묻고 효주가 짤막하게 대답하는 것의 연속이었다. 효주는 진원이 뭘 물어도 긴장과 어색함 때문에 제대로 대답할 수가 없었다. 표정을 평범하게 유지하는 게 고작이었다. 그나마도 입 밖으로 튀어나온 대꾸는 제 귀로 들어도 늘 퉁명스러웠다.

"나도 이 시리즈 좋아하거든."

그런데 진원은 지금 마치 둘이서 학교가 아닌 다른 장소에서 만나는 게 전혀 별난 일이 아닌 것처럼 굴고 있었다. 마치 운동장에서 둘이 보낸 시간이 진원에게 특별하기라도 한 것처럼. 둘이 그럴 사이라도 되는 것처럼. 효주는 아랫배부터 쇄골께까지 차오르는 빠듯함에 침을 꿀꺽 삼켰다. 뭐라고 대답해야 하지? 적당한 말이 생각나지 않았다.

"어……."

"아니면 다음 주에 바빠?"

"바쁘지는 않은데."

"그럼 같이 보자. 수요일에 야자 없으니까."

진원이 생긋 웃었다. 처음 봤을 때는 여름 같은 미소라고 생각했는데, 초가을의 공기와도 잘 어울렸다. 효주는 눈을 빠르게 깜빡였다. 진원이 대답을 기다리고 있다는 듯 고개를 기울였다. 그러니까, 나는, 난. 효주가 채 대답의 행방을 골몰하기도 전에 혀가 더 빠르게 움직였다.

"그래."

"그래. 그럼 수요일이다."

효주의 대답이 맘에 들었다는 듯 더욱 깊게 입가를 패고는 진원이 자리에서 일어났다. 난 이제 들어가 봐야겠다, 하는 말에도 효주는 멍하니 고개만 끄덕였다.

남진원이 서효주에게 같이 영화를 보자고 했다. 그 문장들이 아직 제대로 소화되지 않아 머리가 어지러웠다. 영화를. 나랑. 남진원이랑. 둘이서. 둘이서? 그때 머리에 퍼뜩 떠오르는 게 있었다. 굳이 듣지 않으려고 해도 들려오는 남진원 얘기. 효주는 멀어지는 진원의 등에 대고 다급하게 목소리를 높였다.

"저기."

"응?"

진원이 갸우뚱한 표정으로 뒤를 돌았다. 효주는 묻고 싶지 않은 질문을 해야 한다는 거부감을 억누르느라 볼 안쪽을 씹었다. 하지만 가만히 뒀다간 영 찜찜한 기운을 떨칠 수 없을 것 같았다. 효주는 달갑지 않게 입을 열었다. 그리고 꽤 중요해 보이는 문제점을 지적했다.

"네 여자 친구는?"

"여자 친구?"

"나랑 같이 영화 보는 거, 네 여자 친구가 괜찮아하겠냐고."

진원에게 새로운 여자 친구가 생길 때마다 소문은 대개 그 상대 여자애의 입을 통해 빠르게 퍼졌다. 딱히 관심이 없어도 바뀐 이름을 저절로 알게 됐다. 1반 누구, 3반 누구, 1학년 몇 반 누구. 이름이 정확히 기억은 안 나지만, 쟤가 개래 하는 수군거림이 돌아보면 항상 그런 듯이 예쁜 애들이었다.

효주까지 속속들이 파악하고 있을 정도면, 다른 애들은 이름뿐만 아니라 그 애들의 취미나 신체 사이즈 같은 자질구레한 특징마저 꿰뚫고 있을 게 뻔했다. 방학 전부터 사귀기 시작했던 여자애도 꽤 예뻤던 걸로 기억했다. 길고 가는 갈색 머리에 하늘하늘한 느낌. 이름이 뭐였더라.

"아아, 민지. 민지랑은 헤어졌는데."

"헤어졌어?"

"응, 그게 신경 쓰인 거였어?"

'걱정하지 마, 질투할 사람 없으니까.'라고 말하며 진원이 피식 웃었다. 또 목덜미 근처가 달아올랐다. 보통 진원과 누군가가 헤어지고 나서는 사귈 때보다도 더한 후폭풍이 학교에 몰아치곤 했다. 울음소리가 들리거나, 아니면 은근한 고소함이 밴 목소리로 낮은 속닥거림이 들리거나. 둘 다거나.

그런데 이번에는 그런 기미가 없었는데 벌써 헤어졌다니. 헤어진 지 얼마 되지 않은 모양이었다. 아니면 이번 여자애는 제법 강단이 있는 애든가. 효주의 기억으로는 저 '민지'가 다섯 번째였는데, 네 번째까지는 분명 아주 우울해하거나, 울음을 터뜨리거나, 화를 내거나 했다. 가만히 교실에 앉아 있는 효주의 귀에까지 들려올 만큼.

짧은 회상을 마치자 갑자기 진원이 뱉은 '질투할 사람'이라는 말이 빈자리를 차지했다. 효주는 살짝 인상을 찌푸렸다. 새삼 껄끄러워졌다. 마치 제가 진원의 새 데이트 상대라도 된 것 같은 단어였다.

둘은 아무 사이도 아니었다. 진원이 제가 듣고 있는 노래가 뭔지 궁금해하는 것도, 노트에 쓰인 사소한 것들을 자꾸 캐묻는 것도 단순한 호기심의 표현일 게 뻔했다. 적어도 지금까지는 그렇게 치부해 왔다. 그렇다고 믿어야 할 것 같았다.

효주는 맘속에 피어오르는 불순한 생각을 헤치고 애써 정신을 차렸다. 뭐라고든 대꾸를 하려 달싹이던 입술은 저를 바라보는 진원의 시선과 맞닿자마자 멈췄다. 두 뺨 위로 오싹한 기운이 퍼졌다. 솜털이 바짝 곤두섰다.

처음 보는 얼굴이었다.

별것 아니었다. 진원이 효주를 노려보고 있는 것도, 사나운 표정을 지은 것도 아니었다. 그저 빙글거리던 눈매가 곧게 펴져, 미소의 기척만이 사라졌다.

웃음기가 없어진 진원의 얼굴에서 시선이 떨어지지 않았다. 속눈썹 하나 까딱할 수가 없었다. 올가미에라도 걸린 것처럼. 강렬하거나, 의도를 담은 탓이 아니었다. 그저 진원은 효주를 쳐다봤고, 그것만으로도 등이 쭉 펴졌다.

시선은 작살처럼 꽂혔다. 효주의 손이 저절로 뺨 위로 올라왔다. 전혀 아프지 않았다. 따갑지도 않았다. 그저 진원이 거기에서 효주를 바라보고 있었다.

효주가 입을 다문 채로 멍하니 저를 쳐다보는 꼴에 진원은 눈을 두어 번 깜빡이곤 다시 얼굴과 아주 잘 어울리는 부드러운 미소를 띠었다. 효주의 손끝에 다시 피가 돌기 시작했다. 아무 일도 없었다는 듯 몇 초간의 팽팽한 긴장감은 자취를 감췄다. 진원은 상냥한 목소리로 말했다.

"아무튼 다음 주 수요일로 정한 거다. 그럼 진짜 가 볼게."

진원은 짧게 손을 들어 보였다. 그러곤 뒤꿈치를 돌려 효주에게서 천천히 멀어지기 시작했다. 효주는 이미 저를 볼 수도 없는 뒷모습에 반사적으로 손을 들어 안녕을 고했다. 효주는 점차 작아지는 진원의 모습을 끝까지 바라봤다. 건물을 통해 진원이 완전히 사라지자, 효주의 몸이 저절로 기울어 벤치에 안착했다.

효주는 참았던 줄도 몰랐던 숨을 토했다. 긴장이 풀린 몸이 묘하게 노곤했다. 모로 누운 효주의 눈앞에 아직도 기묘하게 낯설던 진원의 눈빛이 어른거렸다. 가슴이 답답했다.

진원이 뭘 한 것도 아니었다. 그저 효주와 시선을 마주쳤을 뿐이었다. 단순한 표정 변화 하나에 과하게 반응해서 굳어 버린 제 자신이 머저리처럼 느껴져 효주는 혀를 찼다. 그럼에도 조금 전 시선이 닿았던 자리는 여전히 욱신거렸다. 미간을 꾹꾹 눌렀다.

왜 이러지, 나.

효주는 힘주어 눈을 깜박였다. 그러나 잔상은 사라지지 않고 오히려 진원이 자리를 뜨기 전 했던 말이 귓가에 더해졌다.

'걱정하지 마. 질투할 사람 없어.'

뒤늦게 효주는 진원의 말을 차근히 곱씹었다. 질투. 그런 단어가 어울릴 만한 사이라고는 생각해 본 적이 없었다. 아니, '사이'라고 부를 만한 게 효주와 진원에게 존재하고 있는 줄도 몰랐다. 둘 사이의 연결고리는 아무것도 없다고 생각했으니까.

그 전까지는 우연히 눈조차 맞은 적이 없었다. 그러다 진원이 어깨를 두드렸고, 이제는 가끔씩 말을 나눴다. 그렇다면 지금은 '친구'에 가까울까. 단정 지으려다가도 방금 전 제 몸에 내려앉았던 감각이 꺼림칙했다.

있는 줄도 몰랐던 관계가 싹을 틔우려고 한다.

그렇다면 거기에 붙을 이름은 뭘까.

남진원은 어떤 이름을 원하는 걸까.

남진원은?

나는?

나는 어떤⋯⋯.

효주는 엄지손톱으로 나머지 손가락 끝을 강하게 눌렀다. 얼얼해진 손끝에 조금 정신이 드는 것 같았다. 발견한 적조차 없는 무언가가 사실은 어떻게 피어날지 모르는 형태의 씨앗일 수도 있다는 걸 깨달은 순간, 손끝이 불안하게 간지러워졌다. 달갑지 않았다.

효주는 주머니에 손을 넣고, 뺐 뒀던 이어폰을 다시 귓구멍에 맞췄다. 그러곤 목록 중 가장 시끄럽고 요란한 음악을 틀었다. 강한 비트에 고개를 흔들며 자꾸만 꼬리를 물어 대려는 생각의 연쇄를 끊어 냈다. 일렁이는 아랫배를 겨우 무시했다. 놓았던 펜을 들었다. 빈 종이 위로 다시 겹쳐 오려는 진원의 눈을 무시하고는 새로이 그 위로 글씨를 덧썼다.

아직 시작하지도 않은 무언가 때문에 지레 겁을 먹고 싶지는 않았다.

지금이라도 실은 잊고 있던 할 일이 생각났다고 할까. 효주는 걸음을 멈췄다. 심장이 입 밖으로 튀어나올 것만 같았다. 건물 기둥에 기대서 시계를 확인하는 진원의 모습이 시야에 들어오자 몸을 빙그르르 돌려 후문으로 빠져나가고 싶은 충동이 일었다.

효주는 신물이 올라오는 듯한 느낌을 애써 내리누르곤 가방 끈을 꼭 잡았다. 이역만리에 팔려 가는 심청이도 아닌 주제에 터무니없이 긴장하는 자신이 못내 한심했다.

이건 그냥 영화 한 번이었다. 별거 아니었다. 진원을 친구라고 부르기에는 아직 께적지근한 감이 있기는 했지만, 친구라기보다는 친구의 예비 단계라고 해야 하나, 아무튼 그런 친구 비슷한 카테고리에 들어갈 수 있는 사이에서는 얼마든지 있을 수 있는 일이었다. 기다리던 영화를 같이 보러 가는 것. 누군가의 일기장에서는 일주일에 한 번꼴로도 적힐 법한 너무나 일상적인 일이었다.

하지만 그렇다고 가슴께에서 양채공처럼 뚱땅거리는 맥박이 쉬이 진정되는 건 아녔다. 남들과 똑같은 교복에 비슷한 머리를 하고 있는데도, 효주를 발견하고 손을 흔드는 진원은 배경과 이질적일 만큼 눈에 띄었다. 그 옆에 나란히 서서 걸어야 한다고 생각하니 입 안이 바짝바짝 말랐다.

유명 인사였다, 남진원은. 아무도 없는 밤의 운동장이 아니라 하굣길이 되니 그 사실은 더욱 확실해졌다. 지나는 무리의 태반이 진원에게 알은체를 했다.

진원이 먼저 눈치채지 못해도 어깨를 툭툭 치고 지나가거나 진원을 향해 인사를 건네는 애들의 행렬이 줄줄이 이어졌다. 그러면서 그 애들은 효주에게까지 흘깃 시선을 던졌다. 말없이 눈썹을 치켜세우며 효주의 정체를 묻는 남자애들도 있었고, 대놓고 '옆엔 누구야?' 하고 물어보는 여자아이들도 있었다.

그때마다 진원은 '친구야.' 하면서 가볍게 그들의 호기심을 넘겼지만, 효주는 진원만큼 태연할 수가 없었다. 이를 꼭 깨물고 발걸음에 힘을 주었다. 주목받는 게 싫었다. 그것도 이런 방식으로는. 진원이 하도 태연하게 먼저 혼자 있는 효주에게 말을 걸어와서 잠시 잊고 있었다. 누군가의 관심을 받는 사람의 옆에 있으면, 불가피하게 옆에 있는 저에게도 곁눈질이 따라올 수밖에 없다는 걸.

'역시 그냥 거절할 걸 그랬어.'

효주는 낮게 한숨을 쉬었다. 그 한숨마저도 하굣길의 인파에게서 벗어나 겨우 지하철에 앉고 난 다음에야 쉴 수가 있었다.

빳빳이 굳어 있던 등이 지하철 의자에 닿자 조금 풀려 왔다. 차라리 진짜로 변명이라도 대고 거절할걸. 다른 사람이랑 보러 가기로 했다고. 하지만 그렇게 하기엔 이미 때는 늦었다. 효주는 또 한 번 크게 숨을 내쉬었다.

"왜 한숨을 쉬어. 기대하던 영화를 보러 가는데."

다정한 톤의 목소리가 바로 귓가에 스쳤다. 효주는 흠칫 놀라 고개를 돌렸다. 진원이 짐짓 걱정스러운 표정을 지으며 효주를 바라보고 있었다.

"어…… 음, 그냥, 영화가 재밌을까, 기대가 돼서? 어, 음. 오래 기다린 건데 별로면 좀, 음, 슬플 것 같아서?"

효주는 지금까지보다도 훨씬 가까이서 보이는 진원의 얼굴에 저도 모르게 얼굴을 붉히며 횡설수설했다. 뭐라고 말하고 있는 건지, 말이 되는 소리를 하고는 있는 건지 분간이 가지 않았다. 머릿속을 메웠던 고민과 후회가 단숨에 날아갔다. 한 뼘 정도 되는 거리에서 보는 진원이 평소보다도 더, 그러니까, 더, 빼어난 미모의 소유자라는 걸 새삼 느꼈기 때문이었다.

효주는 원체 남자애들한테 면역이 없었다. 중학교 때도 남자애들하고는 거의 말을 섞은 적이 없었는데, 남녀 분반인 고등학교에 진학하자 더 얘기할 기회가 없었다. 하긴, 모종의 사건 이후로는 그게 남자애들뿐이 아니긴 했지만. 효주는 새로 사람을 사귀는 것에도 약간의 거부감을 갖고 있었다. 하물며 그 상대가 남자라면 더 심각했다.

그런데 진원이 하도 허물없이 다가와서 잊고 있었다. 남자애라는 걸. 그것도 평범한 애가 아니라 학교에서 하나밖에 없을 법한 튀는 애라는 걸. 흠결 하나 없이 매끈한 피부와 부드럽게 휘어지는 눈초리가 일순 반짝 빛난 것 같아서 효주의 가슴이 쿵 내려앉았다.

난데없이 부끄러움과 당황이 덮쳐 와 효주는 그걸 가리기 위해 아무 말이나 해 버렸다. 그러곤 뒤늦게 찾아오는 아차 싶은 생각에 제 혀를 짓씹었다. 이래서 쓸데없이 입을 열지 않는 건데. 같은 흥미를 가진 누군가와 영화에 대한 얘기를 해 보는 게 정말 오랜만이라서 말이 자꾸만 제멋대로 튀어나왔다.

"글쎄, 해외 포럼 글을 미리 찾아봤는데 평이 다 좋더라. 기대해도 될 것 같으니까 안심해."

"아, 정말?"

진원은 효주의 당황을 눈치조차 채지 못했다는 듯 태연한 어조였다. 효주는 기대하지 않았던 진원의 대답에 눈을 동그랗게 떴다. 온몸에 퍼졌던 당황은 단숨에 기세를 잃었다. 대신 진원이 가볍게 전해 온 정보에 효주의 귀가 솔깃해졌다. 진원이 이 영화에 관심이 있다는 말이 영화 사이트까지 찾아볼 만큼인 줄은 몰랐다. 그런데 이렇게 좋은 소식을 전해 주다니!

"응, 넌 안 찾아봤나 봐."

"……사실 난 영화 보기 전에 예고편이나 인터뷰도 안 보는 편이야. 아예 내용을 모르고 보는 게 좋아서."

"그래? 트레일러 같은 거 안 찾아봐?"

"음, 왜냐하면……."

진원이 흥미롭다는 기색으로 효주와 시선을 맞췄다. 효주의 목덜미가 그 시선에 대한 부끄러움과 영화에 대한 몰입으로 달아올랐다. 누군가가 효주의 말에 온전하게 집중해 주는 것도 오랜만이었다. 그것도 남진원 같은 애가. 그래서 효주의 입은 주인의 부끄러움에도 불구하고 쉴 새 없이 소란스럽게 움직였다. 기묘한 고양감이었다. 불안하면서도 설렜다. 진원이 간혹 고개를 끄덕이며 웃음을 터트리자 더더욱 흥이 오른 효주의 목소리는 계속 높아졌다.

지하철에서 내리고 나서야, 효주는 제가 얼마나 지하철 안에서 방정맞게 굴었는가를 깨달았다. 바깥으로 나와서 걷기 시작하니 정신이 돌아온 모양이었다. 몸이 바짝 굳었다. 진원의 옆에 서서 걸으면서도 자꾸 처지는 어깨를 수습할 수가 없었다. 여태 말을 삼키고 데면데면하게 굴었던 게 창피할 지경이었다.

옆자리에 앉은 진원의 몸에서 은근히 느껴지던 온기와 좋아하는 주제가 화두에 오른 흥분감에 열을 올려 댄 게 창피했다. 걸으면서도 어쩌다 진원의 몸이 가까워질라치면 효주는 흠칫해서 한 걸음 물러났다. 전철에서 앉아 있는 내내 교복 옷감 너머로 전해져 오던 진원의 체온이 생각날 것 같아서였다. 효주는 열기에 구워지는 오징어처럼 어깨를 오그린 채 속으로 제 바보 같음을 원망했다.

"이쪽 아니야?"

"어?"

그렇게 바닥을 보며 걷느라 옆에서 없어진지도 몰랐던 진원의 목소리가 들렸다. 고개를 들자 진원이 두 발자국 정도 떨어진 곳에서 손가락으로 영화관 건물을 가리키고 있었다. 효주는 입술을 깨물었다. 왜 자꾸만 멍청한 짓을 하게 되지? 효주는 영화관에서 60도쯤 엇나간 방향을 하고 있는 제 신발코를 바라보면서 얼굴을 붉혔다.

"아, 그러…… 엄마야!"

효주가 아무렇지 않은 척 다시 옳은 방향으로 발길을 틀었을 때, 발밑이 철렁했다. 보도블록이 끝나는 줄도 모르고 디뎠던 발은 거하게 엇나갔고, 효주의 몸이 심하게 휘청거렸다. 팔을 허우적거리며 바닥을 향해 기울어지는 몸에 효주는 저도 모르게 새된 비명을 질렀다.

"조심해야지."

그런 효주의 어깨를 잡아 준 것은 진원의 단단한 손이었다. 효주의 몸은 절로 진원의 품 안에 안긴 꼴이 되었다. 효주는 저도 모르게 또 앗 하는 작은 비명을 질렀다. 심장이 쿵 하고 배꼽까지 떨어졌다.

효주는 그게 방금 비틀거리다 발을 헛디딘 탓인지, 아니면 처음으로 진원에게 밀접한 탓인지를 분간할 수 없었다. 코끝에 와 닿는 진원의 몸에서는 상쾌하면서도 부드러운 향기가 났다. 확, 하고 또 열이 올랐다.

"괜찮아?"

"어? 어, 음, 응. 괜찮아. 깜짝, 놀랐네."

정신을 못 차리고 그대로 얼어 버린 효주의 귓가에 진원의 나지막한 음성이 들려왔다. 진원이 내뱉는 숨이 머리카락을 간질이는 것만 같아 효주는 진원을 떠밀다시피 해서 그 팔 안에서 빠져나왔다. 10대 남자애의 것이라고 하기에는 지나치게 안정감이 드는 품이었다. 효주는 귓가를 내달리는 맥박 소리를 무시하며 이미 하도 깨물어 대 통통하게 부었을 법한 입술을 또 씹었다. 그러다 방금 제가 저를 잡아 준 은인을 치한이라도 되는 것처럼 떠밀어 냈다는 것을 깨달았다.

"아, 음. 미안. 잡아 줘서 고⋯⋯마워."

효주는 당혹감에 자꾸만 달아오르는 뺨을 가리기 위해 머리를 쓸어 넘기는 체하며 작은 목소리로 감사의 말을 전했다. 표정이 없는 타입이라서 그나마 붉어진 얼굴이 한껏 민망한 분위기를 뿜어내지 않을 것이라는 사실만이 효주에게 작은 위안이 되었다. 효주는 괜스레 멀쩡한 교복 재킷을 잡아당기며 탁탁 펴는 척했다.

"괜찮아, 그래도 다음부턴 발밑을 조심해."

"그래. 아니, 그건 네가 갑자기 부르는 바람에!"

진원의 입매가 평소의 싱그러운 미소와는 묘하게 다른 느낌으로 올라갔다. 어딘가 짓궂음이 묻어 있는 표정과 말투에 효주는 저도 모르게 볼멘소리를 내뱉었다. 진원의 미소가 한층 깊어졌다. 그러자 또 뺨에 불이 확 올랐다. 분명 여전히 단정한 얼굴인데 평소와는 다른, 뭐라고 짚어 말할 수 없는 느낌이 들었다.

"난 네가 방향을 착각했다고 생각해서 부른 거였는데, 혹시 그게 아니었어?"

진원은 미소를 풀고는 순진한 표정으로 고개를 갸우뚱거렸다. 효주는 입을 닫았다. 착각한 건 맞지만⋯⋯ 왠지 다정한 말투에서 녹아나는 찜찜한 기미에 효주는 눈을 가늘게 떴다. 혼자서만 연거푸 붉으락푸르락 쩔쩔매는 상황이 억울하기도 했다. 효주는 아까 전 자신이 향하고 있던 쪽으로 슬쩍 고개를 돌렸다. 거기에서 제일 먼저 눈에 띈 광경에 효주의 혀가 저절로 움직였다.

"떡볶이."

"응?"

"떡볶이가 먹고 싶어서."

효주는 손가락을 올려 옹색한 몸짓으로 그쪽을 가리켰다. 효주의 검지가 가리킨 끝에는 주황색 천막을 걷어 올린 포장마차가 있었다. 효주는 턱을 들곤 최대한 태연한 표정을 지었다.

생각해 보면 배가 고픈 것도 사실이었다. 맞다. 많이 고팠다. 아니, 어쩌면 무의식적으로 시선에 들어온 친숙한 주황빛에 발길이 저절로 그리 향했던 건지도 몰랐다. 말도 안 되는 변명이라는 건 알고 있었지만, 어쨌건 지금 진원의 표정에는 이상하게 지고 싶지 않은 기분이 들었다.

"그럼 먹으러 가자."

"어?"

순순히 떨어진 답에 효주는 오히려 얼떨떨해졌다. 오기를 부렸다고 생각했는데 말꼬리를 붙잡고 늘어지는 대신 진원이 흔쾌한 반응을 보였기 때문이었다. 미간에 힘을 주어 진심이냐는 듯 진원을 바라보자 진원은 고개를 끄덕거렸다.

"아직 상영 시작할 때까지 시간도 좀 있고, 어차피 뭔가 먹어야 하기도 하고."

가자, 먹으러. 그렇게 말한 진원이 효주의 허리께를 두드리며 포장마차가 있는 방향으로 가볍게 밀었다. 등의 오목한 부분에 딱 들어맞는 진원의 손바닥에서 느껴지는 열기가 아까보다도 훨씬 친근하게 다가왔다. 효주의 등줄기에 찌릿한 기분이 서렸다. 갑자기 배가 고프지 않아졌다.

"그러고 보면 너 닭갈비도 처음 먹어 본 게 나랑이었지."

"……아니라곤 못 하겠네."

치킨이며 삼겹살이며 이것저것 메뉴를 고르다가 결국 들어온 곳은 닭갈비집이었다. 철판 위에서 지글지글 익은 발갛게 양념이 된 닭고기 토막이 진원의 입으로 들어갔다.

단정한 젓가락질에 사라지는 빨간 닭을 보자 예전에 제일 처음으로 떡볶이를 같이 먹었던 게 또 생각이 났다. 하도 곱게 자란 귀한 집 외아들 같은 외모를 하고 있어서 남진원이 그런 음식을 먹는 모습은 봐도 봐도 그다지 현실감이 없었다. 셰프가 해 주는 고급 요리들만 먹고 자란 것 같은 얼굴이면서 진원은 효주가 먹고 싶다고 말했던 군것질거리들을 늘 거리낌 없이 같이 먹곤 했다.

효주는 맞벌이 가정에서 자란 탓에 온갖 분식과 배달 음식, 인스턴트식품에 익숙했지만, 진원은 효주가 메뉴를 고르며 '이건 어때?' 하고 물을 때마다 '좋아하지는 않지만, 먹어 본 적은 있어.' 같은 대답을 했다. 진원이 노상에서 떡볶이를 먹어 본 게 효주와 같이 먹었을 때가 처음이었다는 얘기를 듣고 깜짝 놀란 효주가 대는 이름마다 그 꼴이었다. '집에서 해 준 건 먹어 본 적 있어.' '뷔페에 가서는 먹어 본 적 있어.'

떡볶이도 그랬다. 체인점에서는 먹어 본 적이 있지만, 길에서 사 먹어 본 적은 없다나. 그 얘기를 듣고 학교에 돌던 소문이 영 거짓말은 아니구나 싶었다. 한 번도 직접 물어본 적이 없어서 뭐가 사실인지는 몰랐지만, 아무튼 외모와 성장 배경이 그렇게 동떨어지지도 않아 보였다.

효주는 풀이 죽은 양배추를 집어 입 안에 넣었다. 아작아작 씹히는 양배추를 삼키며, 입을 우물거리는 진원의 얼굴을 보고 있자니, 갑자기 소소하게 궁금한 점이 하나 생겨났다.

"그러고 보니 너 요새 밥은 어떻게 먹고 다녀? 지금 혼자 산다면서."

"일주일에 두세 번씩 아주머니 오셔. 반찬이나 찌개 끓여 두시면 밥만 내가 해서 먹지. 요리해 두신 거 데워 먹거나. 손맛 좋으신 분이라 음식들이 다 먹을 만해."

효주는 아아, 하고 수긍하는 소리를 내며 말랑해진 떡에 손을 뻗었다. 괜한 걱정을 했다. 효주와 진원이 나온 학교는 근방에서 괜찮은 진학고였던 터라 잘사는 애들도 적지는 않았지만, 그중에서도 진원은 늘 깔끔하고 세련된 인상이어서 소문의 수준이 좀 달랐다. 어머니가 유명한 예술가시라느니, 친가가 모 유명 기업이라느니. 그런 것치고는 가리는 음식도 없고 전혀 까다로운 성미가 아니었다.

효주가 젓가락을 또 뻗으려고 했을 때, 앞에 동그랗게 모인 익은 양배추 더미가 효주의 눈에 들어왔다. 효주는 고개를 갸웃했다.

"양배추가 왜 이쪽에만 있어?"

"너 그거 좋아하잖아."

효주의 얼굴이 불판의 열기 때문인지 또 후끈했다. 진원과 닭갈비를 먹은 건 두 번이었나, 세 번이었나. 그렇게 많지 않았다. 한창 입시에 매진해야 할 때라 밖에까지 나가서 밥을 사 먹을 일이 많지는 않았으니까.

효주가 닭갈비에 들어 있는 양배추를 좋아한다는 건 사실이었다. 양념에 익은 달큰한 맛이 좋았다. 그러나 진원과 이야기를 나누면서 그런 얘기를 한 적이 있었던 줄은 몰랐다. 그걸 진원이 기억하고 있을 줄은 더 몰랐다. 효주는 더워진 목덜미를 슥 문질렀다.

"오늘은 고기 먹으러 온 거거든."

부루퉁하게 내뱉고는 철판 위에 뒹구는 닭고기 중 제일 커다란 조각을 집어서 입에 욱여넣었다. 이런 가벼운 매너에도 하나하나 볼을 붉히는 건 이제 관둬야 했다. 아마 지난 몇 달간 진원과 만나지 않은 탓에 쌓아 뒀던 내항성이 한참이나 약화된 모양이었다.

효주는 부러 입 안을 가득 채운 고기를 꼭꼭 씹어 삼켰다. 멋대로 자라나는 설렘의 줄기를 모조리 부러뜨리기라도 할 것처럼.

진원은 말없이 한쪽 입가를 말아 올리고는 그럼 그렇게 해, 웃음기 어린 목소리로 말하고는 이번에는 큼직해 보이는 고깃덩이를 집어서 효주 쪽으로 밀었다.

효주는 우물거리며 너나 먹으라고 대꾸했지만, 진원은 먹고 있다고 대수롭지 않게 대답하며 떡을 하나 집어 베어 물었다. 효주는 고개를 숙이곤 채 비지도 않은 입 안에 새로 닭고기를 밀어 넣었다. 입을 꾸준히 채워야 쓸데없는 말을 안 할 수 있을 것 같았다.

잠시 침묵이 도는 테이블 위로 지직, 하고 불 위의 양념이 졸아드는 소리가 퍼졌다. 센 불에 양념이 가장자리부터 까맣게 눌어붙어 가고 있었다. 효주는 젓가락을 들고 있는 오른손 대신 왼손을 뻗어 노브를 돌렸다. 반대 손이라서 용이하지 않은 것을 끙끙대고 있으니 그 위로 남진원이 손을 겹쳤다. 갑자기 닿은 손가락에 효주는 깜짝 놀라 손을 휙 빼냈다.

"불 줄이라고 말을 하지 그랬어."

낮게 불을 조정한 진원이 태연하게 말했다. 효주는 떼어 낸 손으로 앉아 있는 의자의 시트를 꼭 붙잡았다. 철판에는 닿지도 않았는데 손끝이 꼭 화상을 입은 것처럼 뜨거웠다. 뭐라고 대꾸하려다 효주는 씹는 것을 멈춘 입 안에 아직도 닭갈비가 한가득 차 있다는 걸 깨닫고 몇 번을 더 음식을 씹어 억지로 삼켰다.

"……입 안에 음식이 남아 있어서 말을 못했어."

"그러니까 천천히 먹어. 네 거 안 뺏어 먹을게."

"……알겠어."

효주는 자꾸만 미묘하게 애 다루듯 하는 진원의 말에 욱하려던 걸 눌러 참고는 마지못해 고개를 끄덕였다. 그러고는 이번엔 느릿한 동작으로 양배추 조각을 하나 들었다.

일부러 그럴 리야 없는데도, 오늘의 진원은 효주를 기묘하리만큼 초조하게 만들었다. 자꾸만 안절부절못하게 돼서 뭐라도 씹고 있는 편이 안심이 됐다. 씹는 동안 입 안에서 느껴지는 매콤한 맛과 귓가에 들리는 아작아작 소리라도 있는 편이 나았다.

영화를 같이 보고 나올 때만 몰랐다. 눈앞에 정신없이 몰입할 대상이 있으니 어두컴컴한 상영관에 진원이 바로 옆에 앉아 있는 것조차 그렇게 신경 쓰이지 않았는데, 밥을 먹으러 같이 앉으니 이야기가 달라졌다. 테이블에는 딱 둘만이 마주 보고 있고, 조명은 밝아서 상대의 얼굴도 훤히 뵈고, 더구나 그 상대는 저를 빤히 쳐다보고만 있고……

"왜 그래?"

진원은 정말로 효주를 빤히 쳐다보고 있었다. 눈썹을 살짝 찌푸린 진원이 보내는 뚫어질 듯한 시선에 효주는 저도 모르게 씹던 양배추를 꿀꺽 삼키고는 조심스럽게 입을 열었다. 입술이 달달 떨릴 것만 같았다.

무슨 말이라도 하려는 건가. 뭐야, 효주가 슬쩍 던진 말에도 진원은 효주의 얼굴에서 시선을 떼지 않았다. 효주가 그 시선에 어쩔 줄 몰라 하는 사이, 테이블 밑에서 진원의 왼팔이 불쑥 튀어나와 효주 쪽으로 다가왔다.

효주가 그 손의 움직임을 눈으로 미처 좇기도 전에, 진원의 몸이 기울었다. 다가온 팔이 효주의 뺨을 붙잡았다. 또다시 열이 올랐다. 효주가 박제된 참새처럼 꼿꼿이 굳어 눈만 대록거리는 동안 진원의 커다란 손이 효주의 입가를 다정하게 문질렀다.

효주의 입가에서 새어 나온 뜨거운 숨이 진원의 엄지손가락에 스쳤다. 효주의 떨리는 시선에 들어온 진원의 눈동자에 다소 즐거운 기운이 서린 것만 같은 착각이 들었다.

"급하게 먹는다 싶더니, 입가에 다 묻었다."

손을 떼어 낸 진원이 물티슈로 제 엄지를 닦으며 말했다. 그 말에 효주는 손등을 들어 반사적으로 제 입가를 문질렀다. 그러게 천천히 먹으라니까, 하는 진원의 말에 부끄러움으로 효주의 등이 확 달아올랐다. 그러곤 곧 눈살을 찌푸렸다. 효주는 거칠게 문질렀던 손등을 내려 물티슈로 문질렀다.

"그럼 묻었다고 알려 주면 되지."

"나도 입 안에 음식이 남아 있어서."

효주의 입에서 불퉁하게 튀어나온 말에도 진원은 매끄럽게 대꾸했다. 효주의 눈가가 떨려왔다.

"……그런 건 네 여자 친구한테나 해."

"그러니까 없다고 했잖아."

여자 친구 없어, 없은 지 한참인데. 진원이 가볍게 말했다. 효주는 진원의 능청스러운 대답에 낮게 한숨을 쉬고는 가볍게 눈가를 문질렀다.

"그래도 다음부턴 그러지 좀 마. 나도 손 있거든."

"알겠어. 네가 불편하다면, 뭐."

고개를 끄덕이는 진원을 두고 효주는 물통에 손을 뻗었다. 효주의 동작을 보고 제 앞에 놓인 물통을 들어 효주의 잔에 따라 주려는 진원을 고개를 흔들어 거절하곤 효주는 제 손으로 통을 받아 들었다. 컵이 넘칠 만큼 아슬아슬하게 물을 따르고는 그걸 단숨에 들이켰다. 차가운 물이 눌러 참느라 온통 뜨거워져 있던 효주의 목구멍이며 뱃속을 시원하게 식혀 주었다.

심장에 나빴다. 오늘따라 심했다. 사람에게 닿는 것을 진원이 전혀 꺼리지 않는다는 것도 이미 알았다. 효주를 만난 초반부터도 아무렇지 않게 어깨나 등에 손을 올리곤 했으니까. 딱히 효주에게만 그런 것도 아니었다.

여태까지 사귀었던 여자애들이나, 그냥 친구들한테도 비슷할 거였다. 여자애들이 그런 진원을 두고 서로 '네가 착각한 거네.' '아니, 네가 구차한 거네.'를 으르렁거리며 다투던 광경을 본 적도 있다. 그런데 그런 걸 차치하고서라도 오늘 진원의 단순한 버릇 때문에 효주의 심장이 자꾸만 롤러코스터를 타고 있었다.

멀어진 대가는 감정의 약화가 아니라 면역의 저하로 돌아왔다. 예상하지 못했던 부작용이었다.

효주는 냉수를 마지막 한 방울까지 꿀꺽 삼키고는 식탁 위에 물 잔을 내려놓았다. 시야에 아직도 반 넘게 남아서 밭게 끓어오르고 있는 닭갈비가 들어왔다. 효주는 한결 차분해진 기분으로 진원을 바라보며 입을 열었다.

"술 마실래?"

"술?"

"응, 술. 소주나, 아님 맥주나."

"……너, 술 좋아해?"

"남들만큼은. 신입생 환영회다 뭐다 해서 마셔 보니까 나쁘지 않더라."

그리고 원래 매콤한 거 먹을 때 술이 맛있잖아. 효주의 말에 진원이 다소 의아한 눈을 했다. 효주는 눈썹을 으쓱했다. 실은 마시고 싶다기보다 술이 필요했다. 맨정신으로 잔뜩 굳은 채로 진원의 앞에서 버티는 게 힘들었다.

알코올의 힘이라도 빌려야겠다. 소주 한두 잔쯤 목 뒤로 넘기고 취기가 오르면 풀 먹인 듯 빳빳이 굳어 있는 등줄기의 긴장이 좀 풀리겠지 싶었다. 그렇게 오늘을 무사히 넘기고 나면 무너진 방호벽을 보강도 좀 해야지 싶었다. 하나하나 휘둘리기

71

엔 효주의 여력이 부족했다.

"싫어?"

"아냐, 싫은 건 아니야. 그럼 소주로 할까?"

"그래, 난 좋아."

진원이 미심쩍게 묻는 말에 적극적으로 고개를 끄덕이자, 진원이 손을 들어 직원을 불렀다. 소주 한 병을 주문하고 얼마 되지 않아, 겉에 희게 김이 낀 푸른 소주병이 둘 사이에 놓여졌다.

"감사합니다."

효주가 직원에게 인사말을 건네고는 얼른 소주병을 들었다. 그러곤 좌우로 병을 가볍게 흔들고는 뚜껑을 돌려 땄다. 진원은 그런 효주의 모습이 낯설다는 듯 가볍게 고개를 기울였다. 효주는 진원의 반응에도 아랑곳하지 않고 뚜껑이 열린 소주병을 들어 올렸다. 효주가 눈썹을 치켜 올리며 재촉하자, 진원이 그제야 잔을 들었다.

"나도 따라 줘."

진원의 잔을 찰랑찰랑하게 소주로 채우고 나서 효주는 진원에게 당당하게 병을 내밀었다. 진원이 병을 받아 들자 효주는 잔을 들고 손을 쭉 뻗었다. 진원의 입술이 일순 일자로 꾹 다물렸다가 다시 수려한 호를 그렸다.

"이것도 너무 급하게 마시지는 마."

"걱정 마. 그렇게 못 마시지 않으니까."

다시 여유로워 보이는 진원에게 효주가 대꾸를 툭 던졌다. 소주잔을 받아 든 것만으로도 움츠러들었던 마음이 한결 펴졌다. 역시 술을 주문하길 잘했어. 효주는 소주잔에서 올라오는

알싸한 알코올 향을 맡으며 그렇게 자신을 다독였다. 그게 착
각이었단 걸 잠시 후에 알게 되긴 했지만.

한두 잔까지는 분명 괜찮았다. 효주는 눈앞에서 물 위에 떨
어진 색소 방울처럼 불규칙적으로 일렁이는 진원을 바라봤다.
걱정스러운 눈빛을 하고 있었다. 몸이 앞뒤로 제멋대로 까딱거
렸다. 뻐꾸기시계에 매달린 시계추가 된 것만 같았다. 효주는
배시시 웃음을 지었다.

"너 많이 취했구나."

"으음, 그런가."

"그러게 적당히 마시라고 했잖아."

진원이 한숨을 쉬었다. 내가 너 한숨 쉬게 만들었구나. 효주
는 얼굴근육이 아플 때까지 또 한 번 씩 웃었다. 내가 너 때문
에 혼자 한숨 쉰 게 얼만데, 너도 좀 쉬어 봐야지. 진원이 미간
을 찌푸렸다. 예쁜 애는 찌푸려도 곱네. 효주는 입을 쭉 빼고
탄식했다.

테이블 위에는 소주가 두 병이 있었다. 한 병은 깨끗이 비었
고, 한 병은 손가락 하나만큼 남았다. 효주가 기억하기로는 아
마 진원이 마신 건 서너 잔 정도였다. 그러니 제가 한 병 반에
가깝게 먹어 치운 셈이었다.

신입생 환영회 때 한계까지 마신다고 마셔 본 것도 겨우 한
병 정도였다. 어쩌다가 이렇게 주량을 넘겨서까지 소주를 들이
부어 댄 건지는 모르겠다. 한 잔, 또 한 잔. 평소대로라면 딱
한 잔만으로도 기분이 슬그머니 좋아지고, 세 잔부터는 몸이

노곤하게 풀렸다. 그런데 긴장한 탓인지 오늘은 세 잔을 마셔도 취기가 전혀 안 돌았다.

'너무 빨리 마시는 거 아니야, 너?'
'아니야, 되게 멀쩡한데, 지금.'

진원의 제재를 들은 체 만 체하며 홀짝거리던 게 반병을 넘게 목 뒤로 넘기자 한 번에 취기가 몰려왔다. 갑자기 뒷목에 뜨거운 기운이 치밀고 눈앞이 흐릿해지기 시작했다. 볼도 붉어졌다. 하지만 한번 술기운이 오르자, 코도 혀도 둔해져서 술에서 물처럼 묽은 맛이 났다.

그만 마셔야 할 것 같다고, 만류하는 진원을 두고 효주는 호기롭게 직원을 호출해서 '한 병 더 주세요!'를 외치고 말았다. 진원이 얼굴을 찡그렸다. 남진원이 하지 말라는 일이라니 더 하고 싶어졌다. 효주는 소주병이 테이블에 놓이자마자 잽싸게 병을 집어 들고는 깨끗이 비어 있는 제 잔에다만 소주를 부었다.

'그만 마셔. 집에 가야지.'
'아빠처럼 굴지 마.'

병을 치워 내려는 진원의 팔을 효주가 먼저 쳐 냈다. 표정이 굳은 진원을 보고 효주는 느리게 눈을 깜빡였다. 우리 아버지도 나 술 마시는 거 보고 뭐라고 안 하는데, 네가 뭐라고. 사실이긴 했다. 효주가 스무 살을 넘기고 제일 처음으로 술자리를 가진 건 아버지와 함께였다.

　남들이 자식이랑 술 먹는 걸 보면 부러웠다며, 아버지는 효주와 둘이 포장마차로 향했고, 엄마는 흐뭇해하는 아버지를 보며 고개를 절레절레 저었다. 물론 아버지 앞에서는 이렇게 막무가내로 혼자 제 잔에 술을 따른 적은 없었지만.

　아무튼 그렇게 취한 결과가 지금이었다. 가만히 있어도 몸이 강가의 강아지풀처럼 좌우로 흔들렸다. 효주는 어느새 감았던 눈을 떴다. 앞자리에 진원이 없었다. 어디 갔지. 주위를 휘휘 둘러봐도 진원이 보이지 않았다. 효주는 몸을 자리에서 일으켜 진원을 찾아보려 했으나, 몸이 말을 듣지 않았다. 집에 간 건가. 생각만으로 침울해졌다.

　아니, 어쩌면 진원이 처음부터 없었던 걸 수도 있다. 오늘 만나고 이야기한 건 전부 꿈이고, 내일 아침에 일어나면 침대 위일지도. 버스에서 만났던 것부터 꿈이었을 수도 있다. 남진원이 꿈에 나타난 적이 아예 없는 것도 아니고. 원래 사람의 무의식은 갈망하는 만큼 선명해지는 거니까.

　효주는 어찔해지는 머리를 등받이에 기댔다. 눈을 감고 고개를 기울였다. 진원의 얼굴을 떠올렸다. 100일을 보지 않아도 100배로 선명해지는 생김새였다.

　귓바퀴에 닿은 의자가 시원해서 기분이 좋았다. 효주는 아예 상체를 돌려 뺨을 인조가죽에 기댔다. 의자가 푹신했다. 딱딱한 나무 위에 감싸진 천치고는 아주 안락했다. 효주는 조금 더 뺨을 파묻었다. 두근, 두근 하는 소리가 들렸다. 마치 사람의 심장 소리 같았다.

그 빠르고 규칙적인 소리가 듣기 좋아서 효주는 조금 더 몸을 기댔다. 그러자 야트막한 온기가 깃털 총채처럼 뺨을 간질였다. 효주는 그 온기에 뺨을 좀 더 가져다 댔다. 그러자 새가 흠칫 놀라서 달아난 것처럼 기분 좋은 감촉이 사라졌다. 효주는 미처 붙잡지 못한 아쉬움에 스르륵 눈을 떴다.

시야에 유리창이 들어왔다. 불빛들이 지나가고 있었다. 반짝이는 글자들이 스쳤다. 효주는 느릿하게 시선을 위로 향했다. 상아색의 매끄러워 보이는 무언가가 있었다. 효주는 무심하게 손을 올렸다. 검지로 보기 좋은 각을 그리는 표면을 손가락으로 덧그렸다. 부드러웠다. 사람의 피부처럼.

"여기서 마포대교 쪽으로 가 주세요."

진원의 목소리였다. 효주는 흐릿했던 눈에 힘을 주었다. 사라졌던 진원이 돌아온 걸까. 지금은 꿈속인 걸까. 효주는 느릿하게 눈을 굴렸다. 짙은 회색의 내부가 눈에 들어왔다. 창밖으로 곁을 달리는 차들이 보였다. 효주는 속삭였다.

"여기, 어디야?"

"택시 안이야."

"택시? 왜, 택시야."

효주는 꿈인 게 분명하다고 생각했다. 꿈에서만 장면이 휙휙 바뀌는 법이었다. 거실에서 방으로 돌아가려고 문을 열면, 어느새 끝없는 사막이 눈앞에 펼쳐져 있다든가. 그리고 그 사막에는 단둘이 들어갈 수 있는 카페가 있어, 그 안에 진원이 앉아 있다든가. 방금 전까지는 사람들의 아우성이 와글거리는 식당 안에 있다가, 단둘이 택시 안에 타 있다든가.

"너 많이 취했어, 좀 더 자."

진원의 목소리가 아주 가깝게 들렸다. 머리 위로 더운 숨결이 느껴졌다. 효주의 머리카락에 입을 맞추기라도 할 것처럼 가까웠다. 상냥한 음색이었다.

녹은 초콜릿처럼 효주의 귓가를 타고 들어온 목소리가 알코올에 흐물흐물 녹아 버린 뇌 안에서 뒤섞였다. 기분이 좋았다. 그러니 꿈인 게 틀림이 없었다. 효주는 기꺼이 눈을 감았다.

일어나, 효주야. 일어나 봐.

터널 저편에서 들려오는 것처럼 둔탁한 소리가 들려왔다. 으으음. 싫어. 더 잘래. 효주는 칭얼대듯 고개를 뒤척였다. 그동안 머리를 받치고 있던 지지대가 사라져 버린 듯 효주의 고개는 균형을 잃고 떨어졌다.

어, 하고 당황하는 사이 뺨이 단단하지만 포근한 어딘가에 안착했다. 적당히 시원해서 효주는 돌아온 안락함에 뺨을 기댔다. 그러자 반대쪽 볼에 깜짝 놀랄 만큼 시린 한기가 다가와서 효주는 퍼뜩 눈을 떴다.

"서효주, 일어나 봐, 정신 차리자."

진원이 있었다. 이번에는 조금 낮은 위치에 있는 진원의 얼굴에 효주는 가물가물한 눈을 끔뻑거렸다. 고개를 들어 주위를 살폈다. 가지런히 주차된 차의 행렬과 드문드문 불이 켜져 있는 아파트 건물이 눈에 들어왔다. 또 장소가 바뀌었네. 엉덩이

밑이 딱딱했다. 익숙한 광경에 효주는 제가 살고 있는 아파트 단지의 벤치에 앉아 있다는 것을 깨달았다.

흔들리던 고개를 바로 하자, 진원과 시선이 맞았다. 아까보다는 덜 흔들렸지만, 여전히 늦봄의 아지랑이처럼 두 겹으로 겹쳐 보였다. 오늘 꿈에는 네가 참 많이 나온다. 효주는 피식 웃었다.

"이것 좀 마셔, 효주야."

"……."

진원이 효주의 뺨에 갖다 댔던 것을 이번에는 눈앞에 내밀었다. 차가운 플라스틱 병이었다. 반투명한 음료가 들어 있었다. 효주는 무심코 그것을 받아 들었다.

"마시고 정신 차리고 집 들어가자."

"으, 이건 안, 마실, 래."

푸른 겉포장에 쓰인 글자를 효주는 전자제품 설명서라도 되듯이 꼼꼼히 읽었다. 나트륨. 칼륨. 구연산. 이온음료인가. 효주는 양손으로 소중히 부여잡고 있던 병을 팽개치듯 옆에 내려 뒀다. 입안에 신맛이 돌았다. 새콤한 맛이 나는 건 아무것도 먹고 싶지 않았다. 생각만 해도 위에서 신물이 올라왔다.

"그럼, 물 마실래? 탄산수랑 보리차도 샀어. 그냥 물도 있고. 뭐가 좋아?"

효주는 눈앞에서 다정하게 구는 진원을 그저 쳐다만 봤다. 진원의 말이 제법 서늘해진 밤공기를 맴돌다가, 결국 멍멍한 귓가를 파고들었다.

물 마실래? 뭐가 좋아. 뭐가 좋아? 효주의 입술이 달싹였다.

희미한 시선이 진원의 상냥한 얼굴선을 덧그렸다. 이따금 사람을 꿰뚫을 만큼 직설적인 시선을 던지는 깊은 눈, 쭉 뻗은 코, 웃으면 부드러운 호를 그리는 입술. 꾹 다물면 자기주장이 세 보이는 턱선.

"응? 뭐 마실래. 뭐가 좋아?"

"……."

열렸다 닫힌 효주의 입술에 진원이 효주의 귀밑머리를 쓸어넘겼다. 접힌 눈가가 효주가 늘 기억하고 있었던 것보다 좀 더 깊숙해져 있었다. 소년의 기색이 더 짙던 얼굴선은 그새 자라 약간 낯선 향기가 감돌았다. 그 얼굴이 효주에게 뭘 좋아하냐고 묻고 있었다.

"혹시 토할 것 같아서 그래? 그러면……."

효주는 축 늘어져 있던 손을 들었다. 차갑게 식어 있던 손을 올려 진원의 뺨을 더듬었다. 피가 충분히 돌지 않아 냉기가 서렸던 효주의 손가락 끝에, 진원의 피부는 미지근했다. 효주는 아주 소중한 것을 만지듯 가볍게 진원을 매만졌다.

진원은 입을 다물었다. 진원의 눈이 깜박였다. 반듯한 이마 아래로 어두운 그늘이 져 있었다. 그리고 그 아래에 열여덟 살의 진원이 겹쳤다. 밤의 운동장과 주황색 가로등 아래서 효주의 어깨를 두드리던 진원이. 눈초리를 접으며 효주에게 웃어 보이던 진원이. 눈이 감겨 왔다.

"너."

"뭐?"

효주의 손이 툭 떨어졌다. 머릿속에 채 이어지지 못한 뒷말이 맴돌았다.

'남진원 너, 네가 좋아.'

고개가 꺾였다. 정신이 점차 몽롱해져 갔다. 무의식과 의식의 경계에서 효주는 천천히 과거를 거슬러 올랐다.

벤치에 나란히 앉아 있을 때의 기억이 났다. 진원을 좋아한다는 걸 처음 깨달았던 순간이 떠올랐다. 바람이 선선했다. 그때는 지금보다 조금 더 늦은 계절이었다. 바람은 차가웠다.

나는 그때부터, 쭉 네가 좋아. 전하지 못한 말을 마지막으로 효주는 까무룩 잠이 들었다. 꿈결처럼 기억이 거슬러 올라가기 시작했다.

발화점

처음으로 같이 영화를 보고 난 후 시간이 흐르는 동안, 효주
와 진원은 계속 처음 이야기를 나눴을 때, 그대로였다. 달라진
게 없었다. 둘은 약속을 하지 않았다. 벤치에 엎드려서 이어폰
을 꽂은 효주의 어깨를 진원이 톡톡 두드리면, 예외 없이 효주
는 깜짝 놀랐다.

뒤를 돌아보면 웃음을 눌러 참는 얼굴로 진원이 서 있었다.
그러면 효주는 눈을 굴리고 노트를 덮었다. 이어폰을 빼고 몸
을 일으켜서 진원이 앉을 자리를 내주었다.

낯설었던 감각이 금세 무뎌졌다. 왜 나한테? 하는 경계심도
점차 녹이 슬었다. 솔직히 말하면 뿌듯한 기분이 차오르는 것
같기도 했다. 효주가 알기로 남진원이 이렇게 굴었던 건 효주
가 처음이었다.

진원은 언제나 화제의 중심이었고, 사람들은 진원에게 먼저 다가갔다. 효주는 그런 시끌벅적함과는 거리가 멀어서 진원과 졸업 전까지, 아니 그 이후로도 말을 섞을 기회가 있을 거라고 생각한 적이 없었다. 그런데 어느새 그렇게 되었다.

진원의 목소리가 익숙해졌다. 미소가 당연해졌다. 일상을 나누고, 취미를 나눴다. 좋아하는 급식 반찬에 대해 이야기를 나누기도 하고, 좋아하는 영화감독에 대한 이야기를 나누기도 했다. 취향은 맞는 것도 있었지만, 맞지 않는 것도 있었다.

'수면의 과학은 완전 별로였는데. 보다가 졸았어.'
'그건 네가 졸면서 봐서 별로였던 거겠지.'

진원이 처음 그렇게 툭 내뱉었을 때는 조금 놀랐다. 들려오는 소문만 들어서는 진원은 친절하면서도 당당한, 모자란 데 없는 거의 픽션 캐릭터 같은 존재였는데, 실제로 겪는 진원은 생각보다 생생했다. 짓궂은 구석도 있었고, 의뭉스러운 구석도 있었다. 그래서 더 쉽게 마음을 열게 됐다. 무슨 꿍꿍이인 걸까에 대한 고민은 더 이상 하지 않게 되었다.

솔직히 말하자면 그런 고민은 하고 싶지 않았다. 오랜만에 효주에게 먼저 다가와 살갑게 대해 주는 애였다. 고등학교를 들어와서 제일 가까워진 애였다.

이야기를 나누면 즐거웠다. 웃음소리를 듣는 게 좋았다. 아침에 눈을 뜨면, 벌써 저녁이 기다려졌다. 고등학교에 들어와서 처음 있는 일이었다. 그래서 효주는 그냥, 그러려니 했다.

복잡하게 생각하고 싶지 않았다.

　우스우면 웃었고, 거슬리면 정색을 했다. 진원은 둘 중 어느쪽에도 투명한 웃음소리를 냈다. 처음 인사를 나누었을 때 마주했던, 가슴을 관통하는 것 같던 시선은 이제 없었다. 아니면 처음부터 효주만의 착각이었을지도 몰랐다. 괜히 진원을 우상시하는 여론에 휩쓸려 저도 모르게 겁을 먹은 탓일 수도 있었다.

　떨림은 언젠가부터 효주의 일상이 되었다. 어린 왕자가 여우의 일과가 되었듯, 진원도 효주의 삶에 자리매김했다.

　달이 바뀌고, 가을이 깊어졌다. 바람은 벌써 초겨울에 가깝게 바뀌었다. 수능이 가까워졌다. 한 학년 위 수험생들에게는 초조한 기운이 감돌기 시작했다. 그 사이 모의고사가 있었고, 중간고사가 지나갔다. 효주는 그 기간만 빼고는 거의 항상 운동장에 나와 있었다.

　공부를 해도, 밖에 나와서 하는 게 훨씬 마음이 편했다. 혹은 끊어 둔 독서실에 갔다. 자리를 비우는 새에 혹시 진원이 효주를 찾아서 나오지 않을까 잠시 고민이 되기도 했지만, 곧 쓸데없는 고민이라고 고개를 붕붕 젓곤 했다.

　시험이 연달아 이어지는 동안은 진원의 방문이 뜸했다. 성실한 애였다. 선생님들 사이에서도 우등생으로 손꼽혔다. 모르긴 몰라도 공부하는데 바쁘겠지, 생각했다.

　이따금 효주는 하굣길에서 멀리 시야에 들어오는 진원을 발견하곤 했다. 인사를 할까, 하다가도 곧 생각을 바꿨다. 또 구름떼 같은 학생들에게 주목받는 건 싫었다.

안 그래도 최근 들어 교실에 앉아 있으면 괜히 효주를 두고 수군거리는 것 같은 낌새가 들었다. 효주는 쉬는 시간에도 노래를 듣기 시작했다. 착각이라고 생각했다. 신경과민일 게 뻔했다. 한 번 겪었던 일 때문에 제가 예민해진 탓이라고 믿었다. 그래도 싸하게 철렁대는 마음을 다독이기가 다소 힘에 부쳤다. 그래서 노래를 들었다.

그중에는 진원이 지나가는 말로 추천했던 밴드의 음악도 있었다. 높은 확률로 엇나가곤 하는 책이나 영화 취향과는 달리 음악 취향은 꽤 맞는 편이었다. 낮게 울리는 베이스에 발을 까딱거리며 시간을 보냈다. 진원의 이어폰을 나눠 끼고 들었던 것과 같은 음악이었다.

효주가 이 노래 좋다고, 마지못해 진원의 음악 취향을 인정했을 때, 진원은 제법 거만한 미소를 지었다. 처음 보는 얼굴이었다. 그 표정이 생각났다. 고운 사포로 문지른 듯 가슴팍이 싸했다. 마음에 스치는 스산함은 아마 바람이 차가워진 탓일 거라고, 효주는 생각했다.

그다음 주, 사설 모의고사가 끝난 다음 날, 진원이 다시 어깨를 두드려 왔다. 리듬에 쿵쿵 몸을 맡기던 효주는 진원이 다가오는 줄도 몰랐다가. 탁, 하고 닿아 오는 손길에야 몸을 움찔하며 뒤를 돌았다. 이제는 낯익은 반듯한 얼굴에 효주는 익숙한 동작으로 몸을 세웠다. 진원에 비어 있는 옆자리에 털썩 앉으며 말했다.

"매번 그렇게까지 놀라는 것도 대단하다, 서효주."

"네가 항상 난데없이 어깨를 쳐서 그런 거잖아."

"불러도 네가 이어폰을 끼고 있으니까 내 목소리를 못 듣잖아. 그거 빼고 있어, 그럼."

"⋯⋯언제 올 줄 알고."

"그럼 다음부터는 내려오기 전에 문자를 할까?"

진원이 재킷 주머니에서 휴대폰을 꺼내 흔들었다. 번호를 교환한 건 영화를 보기로 약속했던 날이었다. 번호는 알았지만 한 번도 문자를 교환했던 적은 없다. 그럴 일도 없었다. 뭐해? 하고 묻기에는 하루 종일 학교에서 하루를 보내는 고등학생이 뭘 할지는 뻔했고, 무엇보다 진짜로 어린 왕자를 기다리는 여우 꼴이 되는 건 사양이었다.

"됐어."

"왜, 안 그래도 저번에 벤치에서 너 안 보여서 어디 갔나 싶어서 문자 하려고 했는데."

그럼 하지 그랬어. 불쑥 튀어나오려는 말을 혀끝에서야 겨우 잡았다. 음악의 비트에 몸을 맞춰서 노트에 머릿속을 정리하고 있으면, 요새는 가끔 남진원의 이름이 종이 위로 새겨질 뻔하기도 한다. 그게 마음에 걸렸다.

언젠가 한번은 이어폰을 그냥 끼고만 있었다. 배터리가 나가서 귓가에 들려오는 소리는 없었지만, 굳이 빼기도 귀찮았다. 그때, 버석버석한 마른 흙을 밟는 발소리가 들려왔다.

온몸의 솜털이 곤두섰다. 본능적으로 알았다. 남진원이었다.

효주는 뒤를 돌까, 말까, 고민했다. 점점 가까워지는 발걸음이 효주의 살갗을 점점 기대감으로 색칠했다. 맥박이 점점 빨라졌다. 진원이 평소처럼 어깨를 두드릴 때까지 심장은 기세를 더해 가기만 했다. 뱃속이 회오리치는 감각은 아찔하고 불안했다. 그 후로 효주는 한 번도 음악이 끊기도록 둔 적이 없었다.

그런 위화감은 사양이었다. 진원이 문자를 하게 된다면, 그 다음에는 내내 핸드폰을 의식하게 될지도 몰랐다. 음악 소리로도 막을 수 없을 만큼 계속 그 조그만 화면만을 들여다보게 되는 건 싫었다. 그러고 싶지 않기도 했고, 그러면 안 될 것 같기도 했다.

"독서실 끊어서 그래."

"독서실?"

"응, 수능도 끝났고 이제 슬슬 본격적으로 공부할 시기기도 한 것 같아서."

효주는 맘속을 비집고 들어오는 충동 대신 대답으로 꺼림칙함을 얼버무렸다. 효주의 답변에 진원의 눈이 커졌다. 그러다가 곧 잔잔한 미소로 변했다. 경험상으로는 저 다음에 뱉을 말이 그렇게 친절하지 않을 것만 같았다.

"드디어 벤치를 포기하고 입시의 그라운드로 나서는 거야?"

쿡, 효주는 낮게 코웃음을 쳤다. 과장스럽게 찌푸려진 진원의 표정이 제법 재밌었다. 효주는 얼굴에서 표정을 지우고는 그런 셈이지, 도도한 목소리를 꾸며 내며 말했다. 효주의 치켜든 턱을 본 진원도 따라 웃었다. 그러다가 진원의 얼굴에서 웃음이 사라졌다. 뭐라 이름을 붙일 수 없는 표정을 했다.

"그럼 이제 더 이상 여기서는 너 못 보는 건가. 아쉬운데."

마음이 술렁거렸다. 본 적 있는 눈이었다. 효주의 아랫배가 낚싯바늘에 꿰인 물고기처럼 파닥거렸다. 효주는 교복 재킷 끝을 탁탁 폈다. 그렇게 하면 복잡해진 마음이 말끔해지기라도 하듯이. 진원의 눈에는 어느새 다시 낯익은 빛이 돌아왔다. 효주가 어깨를 바로 폈다. 숨쉬기가 다시 편안해졌다. 진원이 물었다.

"어디로 다니는데?"

"……명진 교회 있는 사거리에서 베이커리 위에 있는 곳."

"아, 거기. 우리 집에서도 안 먼데."

"그래?"

진원이 의미심장한 미소를 지었다.

2학기 중간고사가 코앞이었다. 날씨는 눈에 띄게 싸늘해졌다. 바깥을 걷기만 해도 얼굴이 냉동 연어처럼 빨갛게 얼었다. 효주는 목에 둘둘 감은 감색 목도리를 풀었다. 벌써 마지막으로 진원을 본 지도 2주가 훌쩍 넘어가고 있었다. 진원은 마지막으로 만났을 때 효주에게 물었다.

'못 보는 동안 가끔 문자 해도 돼?'

'그래.'

그러고 나서 이따금 문자를 했다. 노래를 추천하거나, 영화의 원작 소설을 추천하거나. 아주 사적인 문자는 아니었다. 그게 다행스러웠다. '뭐 해?' 같은 소소한 메시지였다면, 효주는 글쎄, 뭐라고 대답해야 할지 고민하다가 어색하게 굴어 버렸을지도 몰랐다. 그러나 진원은 그러지 않았고, 효주는 공부를 하다가 어깨가 뻐근해졌을 때, 진원이 추천해 준 책을 읽곤 했다.

독서 취향은 솔직히 말하자면 그다지 안 맞았다. 진원은 고전문학을 좋아했고, 효주는 영미 대중 소설, 그중에서도 판타지와 추리 소설을 좋아했다.

—문학 공부한다고 생각하며 책 읽고 있어. 휴식이 안 돼.

효주가 그렇게 답장을 보냈을 때, 진원은 이렇게 대답했다.

—일거양득이네. 쉬면서도 공부한다는 느낌이 들고.

조삼모사이긴 했지만, 틀린 얘기는 아니었다.

효주는 고개를 갸웃하다가도 한 번에 20페이지씩, 30페이지씩, 야금야금 책을 읽어 나갔다. 제일 힘든 점은 러시아 사람들의 이름을 외우기가 지독히도 어렵다는 점이었다.

효주는 독서실 책상 위에 가방을 무겁게 내려놓았다. 풀어야 할 문제집에 읽던 책까지 더하니 무게가 만만치 않았다. 가방끈에 옥죄였던 어깨를 풀었다. 자리에 앉으려다가 갖고 왔던 텀블러를 먼저 채워야겠다고 생각했다.

코트를 벗어 의자에 걸치고는 휴게실 쪽으로 걸어갔다. 초겨울 공기에 차가워졌던 발목이 점차 포근해졌다. 정수기 앞에서 버튼을 눌러 뜨거운 물을 먼저 받았다. 꼴꼴 스테인리스 용기 안에서 하얀 김이 나는 걸 보고, 효주는 찬물을 바꿔 채웠다. 그 순간, 누군가 효주의 왼쪽 어깨를 톡톡 두드렸다. 효주는 엉거주춤한 자세로 고개만 돌렸다.

"안녕."

"남진원?"

저도 모르게 펴게 된 허리 때문에 텀블러를 들고 있던 손이 정수기 꼭지에 부딪혔다. 효주는 흘러넘친 따뜻한 물에 흠칫하며 손을 빼냈다.

"너 왜 여기 있어?"

"음, 혹시 여기 네 구역이라 오려면 미리 허락받아야 했던 거야? 그런 거면 실례했어."

"그런 말 아닌 거 알잖아."

효주는 짐짓 유감스러운 표정을 꾸며 내는 진원을 향해 옅게 인상을 찌푸리며 부딪혔던 오른손을 매만졌다. 진원은 입꼬리를 올리기만 했다. 효주는 눈을 치켜뜨며 대답을 촉구했다.

"우리 집에서도 가깝다고 했잖아."

"그럼 너도 여기 등록했어?"

"응, 어제부터."

효주는 간단히 떨어진 진원의 대답에 손깍지를 꼈다. 그럼 앞으로도 종종 마주칠지도 모른다는 거네. 입술을 깨물었다. 찬바람에 입술 표면이 까칠했다. 혀로 입술을 가볍게 훑었다. 진원이 눈초리를 휘었다.

"오랜만이네."

"그러게."

"그동안 좀 말랑말랑해졌을까 싶었는데 전혀 아니고."

"날씨도 추워지는데 그럴 일이 있나."

진원이 낮게 코웃음을 쳤다. 효주도 따라서 얇게 입술을 펴서 미소에 가까운 표정을 만들어 냈다. 반가웠다. 진원은 최근 들어 효주와 가장 많이 이야기를 나누는 사람 중 하나였고, 얼마간 보지 못한다고 생각하면 옆구리쯤이 잘게 쑤시는 것 같기도 했다.

중학교 친구인 민아는 유학 중이었고, 초등학교 때부터 친했던 지현 역시 전학을 가서 자주 만날 수가 없었다. 온풍기에서 새어 나오는 온기와는 다른 따뜻함이 효주의 피부를 타고 흘렀다. 결국, 조금 따분해졌던 모양이었다. 진원이 없는 동안.

"저기 앉을까? 오랜만에 본 건데 한…… 20분 정도만 앉아 있다 들어가자."

"……지금 몇 분인데?"

진원이 손목에 찬 시계를 확인하며 말했다. 핸드폰을 가방 안에 두고 나와 버렸다. 효주는 시계를 차고 나오지 않았다. 효주는 진원의 팔목을 잡아서 제 시야에 들어오도록 낮췄다. 분침이 숫자 8과 9 사이를 막 지나고 있었다. 효주는 시간을 확인한 후 진원의 손목을 다시 제자리에 돌려놓았다.

"정각 되기 전까지면 좋아."

"……그래."

진원이 미묘한 표정으로 자리를 옮겼다. 밤색 인조가죽 소파에 진원이 먼저 앉았다. 효주는 잠시 고민하다가 진원의 옆자리가 아닌 테이블 모서리를 사이에 둔 일인용 소파에 털썩 엉덩이를 내렸다. 진원의 입술이 앞니를 슬쩍 드러내며 깨끗이 말려 올라갔다.

"그래서 뭐하고 지냈어?"

20분은 빠르게도 지났다. 별 얘기 없이 그동안 읽었던 책 이야기나, 2차 도함수의 어느 부분이 어렵다는 불만 같은 일상적인 소재들만이 오갔지만, 막상 입을 열어 보니 시간은 눈 깜짝할 새 흘러갔다.

"15분까지로 할까?"

시계를 들여다본 진원이 하는 말에 효주는 기꺼이 고개를 끄덕였다. 그러고 나서 폴짝폴짝 방향 없이 흐르던 주제는, 영화에 대한 것으로 머리를 틀었다.

영화에 대한 취향을 말하자면, 책보다 더 안 맞았다. 누구나 인정하는 명작에 대해서도 의견이 갈렸다. 의견이 맞을 때도 있었지만 대개는 첨예하게 달랐다. 진원은 저번에 효주와 봤던 영화 시리즈에 관심이 있다는 게 의심스러울 만큼 효주와 대조적인 취향을 갖고 있었다.

진원은 미장센이 아름다운 영화를 좋아했고, 효주는 편집이 빠른 영화를 좋아했다. 진원이 심리 묘사가 많고 드라마틱한 영화를 좋아하는가 하면 효주는 액션이 많고 진행이 빠른 영화를 좋아했다. 사람을 싹둑싹둑 썰어 대는 슬래셔 무비도 좋아했다. 서로의 구미에 대해 살을 붙이고 깎아 대던 이야기는 심화되어 쿠엔틴 타란티노에 대한 주제에 도착했다.

"잔인한 걸 유쾌하게 그려 내는 게 그 사람 장점이지!"

"너무 키치한 것 같아, 나한테는. 그 정도로 유혈을 묘사할 필요는 없잖아."

효주가 눈을 빛내며 주장하는 바에 진원은 가볍게 고개를 저었다. 괜히 울컥 답답함이 치밀었다. 교복 셔츠 단추를 하나 끌렀다. 효주는 한결 편안해진 목을 가다듬었다.

"네가 너무 심성이 여려서 보기 힘든 건 아니고?"

"취향이 아닌 것뿐인데. 사람이 픽픽 죽어 나가는 건 싫어."

"행복하게 오래오래 사는 이야기가 좋아? 그럼 디즈니 애니메이션이 나쁘지 않지. 나도 좋아해."

효주는 고개를 과장스러운 몸짓으로 끄덕거렸다. 진원이 이맛살을 찡그렸다. 효주는 그것을 못 본 체하며 순진한 음성으로 말을 이었다.

"인어공주? 뮬란? 아, 뮬란도 전쟁 얘기라 안 되려나. 그럼 라이온 킹? 아, 여기서도 무파사가 죽는 장면이 꽤 잔인하지. 그럼 안 되겠다."

침울한 기색을 보이며 눈썹을 내려뜨리는 효주를 보고 진원의 입술이 일자로 꾹 다물리는가 싶더니, 어느새 웃음소리를 냈다. 즐거운 음성이어서 효주의 마음이 괜히 뿌듯해졌다. 진원은 곧 웃음을 멈추고는 빙글거리며 말했다.

"네 성격하고 네가 그리는 그림하고 너무 딴판인 것 같아."

"내 그림?"

"응, 네 취향이나 말하는 거 들어보면 네가 그렸다고는 상상도 안 가게 귀엽더라."

"내 그림을 네가 언제 봤는데?"

진원의 난데없는 한마디에 효주가 인상을 찌푸렸다. 어금니를 혀로 쓸자 씁쓸한 맛이 났다. 징조가 좋지 않았다.

"네가 매일 하는 낙서에서."

"훔쳐보지 좀 말라니까!"

"훔쳐본 게 아니고 눈에 들어온 거지. 그럼 다음부터는 안 보이는 쪽으로 누워 있어."

진원이 소파에 푹 기대어 앉았다. 자연스레 무릎을 벌린 편안한 자세로 내뱉는 말이 얄미워서 저절로 언성이 높아졌다. 부끄러웠다. 혼자 글이며 그림이며 끼적대는 걸 진원이 정말로 보고 있을 줄은 몰랐다.

아니, 시야에 들어갈 줄은 알았지만, 그걸 기억하고 지금처럼 써먹을 줄은 몰랐다. 진원이 걸어오는 방향에 항상 등을 돌리고 있는 것도 맞았다. 이어폰을 빼지 않는 것과 마찬가지로 꼬리를 흔드는 강아지 같은 느낌을 주기 싫었기 때문에.

"그럼 다음부터는 안 보도록 노력을 해. 창피하니까."

"왜, 잘 그리던데."

"그거랑! 관계없이 창피하다고……."

효주가 광대뼈를 옅게 붉히며 내뱉는 불평에도 진원은 연신 재밌어하는 표정이었고, 그 때문에 저절로 목소리가 커졌다. 그러다가 여기가 사람들이 공부에 집중하는 장소라는 걸 깨닫고 효주는 곁눈질로 주위를 살피며 소리를 낮췄다.

진원은 그래, 그렇게. 하고 제법 순순히 대답했지만, 한번 치받았던 부끄러움으로 인한 열기는 가라앉지 않았다. 포근하다고 생각했던 털 슬리퍼가 답답해졌다. 효주는 진원 쪽으로 눈을 흘겼다. 시야에 뭔가 이질적인 물건이 들어왔다.

"귀여운 걸로 치면 네 가슴팍에 붙은 그게 귀엽네."

"어떤 걸 말하는…… 아, 이거."

효주가 검지로 가리킨 진원의 교복 명찰 아래, 교표가 꿰매어진 주머니 위에는 민트색 고양이 캐릭터가 대롱거리고 있었다. 진원은 오른손을 들어 그 고양이의 앙증맞은 얼굴을 매만졌다.

자세히 보니 그건 일종의 핀이었다. 주머니를 이루는 옷감에 꽂혀 있는 듯했다. 진원이 그 고양이 핀을 빼내더니 눈앞에 가져와서는 면밀하게 훑기라도 하듯 눈을 가늘게 떴다.

"귀여운가, 이거."

"귀여운데. 너랑은 안 어울리게."

효주가 던진 한마디에 진원은 뭐라고 말하려는 듯 입술을 열었다가, 그냥 닫았다. 그리고 주머니에서 빼낸 고양이를 교복 안주머니에 집어넣었다.

"어디서 난 건데?"

"아, 지민이가 준 거야."

별생각 없었던 물음에 돌아온 대답을 듣고, 효주의 가슴이 쿵 떨어졌다. 귓가가 멍해질 만큼 크게 떨어져서, 순간 위층 어딘가에서 누군가 책상이라도 옮기다 놓친 건가 착각하게 될 정도였다.

"……지민이?"

"응, 걔랑 사귀게 됐거든. 백지민이라고 알아?"

"……알아."

너무 잘 알아서 탓이지. 갑자기 방 안의 온도가 훅 내려갔다. 텁텁할 만큼 덥다고 생각했던 게 방금 전인데도, 지금은 싸늘한 공기가 등골을 스친 것만 같았다.

　백지민. 1학년 때부터 같은 반인 여자애였다. 이과를 선택한 여학생들이 적어서 학년이 올라와서도 저절로 같은 반이 되었다. 잘 알고 있었다.

　아담하고, 희고 통통한 볼을 가진, 사랑스러운 외모의 여자애였다. 목소리도 생김새만큼이나 귀염성이 있어서, 독설을 쏟아 내도 새가 지저귀는 것 같아 보이는 애. 아주, 잘 알았다. 뒷목이 떨려 왔다.

　"둘이…… 사귀는, 사이였어?"

　"음, 얼마 안 됐어. 저번 주부터?"

　효주는 손톱을 열심히 만지는 척하며 평온한 목소리를 가장했다. 진원이 피식 웃는 기색이 공기의 흔들림을 통해 느껴졌다. 평상시라면 산들바람처럼 귓가를 기분 좋게 스치고 지나갔을 그 웃음이 지금은 아주 매몰차게 뺨을 때렸다. 개미가 손등을 기는 것처럼 가려워졌다. 엄지손톱의 옆 살이 거슬렸다.

　저번 주. 효주가 진원을 만나지 않는 동안, 진원은 또 다른 여자애를 사귀고 있었다. 사귀고, 이야기를 나누고, 등을 만지고, 또, 웃어 주고. 효주는 손등에 손끝을 비볐다. 손가락 끝이 아주 차가웠다.

　"15분! 지났지?"

　"어…… 그러네."

　효주가 별안간 고개를 들어 내뱉은 말에 진원이 이상하다는

95

듯 눈썹을 치켜떴다. 효주는 경직된 얼굴로 미소 비슷한 것을 지어 보이고는 자리에서 벌떡 일어섰다.

"그럼 나 먼저 들어가 볼게. 오늘 해야 될 일이 많아서, 가져온 책도 엄청 많고, 그러니까 해야 할 일도 많고, 그래서 나 먼저 들어갈게. 공부 잘 해."

"어, 너도."

효주가 빠른 속도로 줄줄 내뱉은 말에 진원은 여전히 영문을 모르겠다는 얼굴로 손을 흔들었다. 효주는 걸음을 빠르게 해서 휴게실에서 빠져 나왔다. 효주가 쓰는 6인실은 분명 문을 세 개만 지나면 나올 터였는데, 너무 멀었다. 고요한 복도에 효주의 발소리만이 탁탁 스쳤다. 효주는 발걸음 소리를 줄일 생각도 하지 않았다. 베이지색의 문이 눈에 들어오자마자 효주는 손잡이를 거칠게 잡아당겼다.

탕, 복도를 울릴 만큼 큰 마찰음을 내며 문이 닫혔다. 자리에 앉아 있던 두 명이 미간을 찌푸린 채 효주를 돌아봤다. 효주는 사과의 표시로 고개를 까딱하고는 뻣뻣해진 다리를 움직여 제자리로 돌아 왔다.

책상 앞은 효주가 두고 간 그대로였다. 헝클어진 감색 목도리. 반쯤 아가리를 벌린 채 의자 위에 놓여 있는 가방. 효주는 가방을 책상 위로 들어 올렸다. 자리에 주저앉았다. 다리에 피가 통하지 않는 것만 같았다. 책상 위를 빤히 바라 봤다.

난 왜 여기 앉아 있지? 아, 공부를 하려고. 의식이 원활하지 못하게 흘렀다. 넓은 칸막이 책상의 구석으로 가방을 밀었다. 체리색 책상이 깨끗했다. 깨끗하고 차가웠다. 그 위로 지민의 얼굴이 빙글빙글 스쳤다. 진원의 목소리도 질세라 그 위로 흘렀다.

공부, 공부를 해야지. 효주는 가방에 손을 집어넣어 책등을 확인하지도 않고 제일 먼저 집히는 책을 꺼냈다. 수학 문제집이었다. 페이지를 손으로 훑어 아무렇게나 펼쳤다. 수식들이 까맣게 미색 종이 위를 채우고 있었다. 효주는 그 위를 가만히 들여다봤다. 새까맣던 활자들이 어느새 회색으로 보였다.

그러면 안 되는데, 이거 풀어야 하는데. 어지러웠다. 시야가 얼룩덜룩 물 얼룩이 진 것처럼 지저분하게 물들었다. 손으로 17이라고 쓰여 있는 큰 글자를 짚었다. 필통, 필통이 없구나. 효주는 깨달았다. 필통을 꺼내려고 고개를 들어 가방을 바라본 순간, 무언가가 툭, 하고 효주의 볼 위로 떨어졌다.

뭐지? 조금 놀란 효주가 뺨에 손을 가져다 대기도 전에 무언가가 또 한 번, 소리 없이 책장 위로 떨어졌다. 종이 위에 가지런히 쓰여 있던 글자가 그와 동시에 일그러졌다. 동그랗게 번진 물기에 종이가 조그맣게 울었다.

그제야 효주는 방금 제 두 눈에서 떨어진 것이 눈물이었음을 깨달았다. 그리고 지금 뱃속에서 날뛰며 저를 어지럽게 만드는 게 무엇인지를 깨달았다.

난 상처받은 거구나.

삼인칭 시점에서 바라보는 것처럼 실감이 가지 않았다. 그 사이에도 종이 위는, 처마 끝에서 떨어지는 빗방울처럼 톡, 톡 흐르는 효주의 눈물방울로 엉망이 되어 가고 있었다. 그래서, 였구나. 난 상처받았어. 사나운 가재가 온몸을 꼬집는 것처럼 아팠다.

효주는 가만히 문제집 위로 뺨을 기댔다. 발끝까지 시릴 만큼 몸이 차가워졌다고 생각했는데, 뺨에 닿는 책장이 그것보다도 차가웠다. 좋아하게 됐구나. 내가 남진원을 좋아해서 그런 거구나. 지금 효주가 느끼는 강렬한 따끔함을 설명할 수 있는 문장이 오직 그것밖에 없었다.

아니라고 생각했지만, 실은 그랬다. 화가 났다. 억울했다. 진원의 말끔하고 선이 고운 얼굴을 엉망으로 구겨 주고 싶었다. 할 수만 있다면.

울컥, 눈물이 한 번 더 물꼬를 텄다. 배신을 당했다는 생각이 들었다. 하지만 배신을 당했다는 건 약속을 했다는 반증이었다.

그러나 진원은 효주에게 아무것도 약속한 적이 없었다. 먼저 말을 걸어 주었다. 이야기를 하고 싶다고 했다. 효주와 친해지고 싶어 했다. 아니, 그랬다고 생각했다.

그래서 기대했다. 진원에게 제가 특별할 거라고 기대해 버렸다. 이름조차 없는 관계가 천천히 싹을 틔웠고, 효주는 피어나는 잎의 색을 보며 지레짐작을 했다.

남진원이 먼저 말을 걸어온 건 혹시, 나에게, 나한테, 나를.

미심쩍게 가라앉아 있던 포자는 양분을 받아, 효주가 깨닫지 못하는 사이 닦아 내지 못할 만큼 번져 있었다. 전부 착각이었다. 진원은 효주를 배신하지 않았다. 효주에게 좋아한다고 말하지 않았다. 사귀자고 말하지도 않았다. 단지 이야기를 하자고 했다.

호감과 애정은 굉장히 비슷한 밑그림을 가졌고, 효주는 그 초벌그림을 보고 얼굴을 붉혔다. 연애라는 두 글자를 그 위에 제멋대로 짜 맞추고 아직 이르다며 홀로 부끄럽다고 물러섰다.

진원이 내민 손은 크고 상냥해 보였다. 이런 손을 내밀어 준다는 건 이런 의미겠지, 하고 멋대로 확정지었다. 진원은 효주를 보고 웃었고, 때때로 짓궂었다. 아무에게도 먼저 다가갈 필요가 없는 남자애가 먼저 다가와 주었다. 그래서 애정이라고 생각했다. 아니, 애정일지도 몰랐다. 우정도 애정의 일종이었으니까.

건네받은 감정에 정확히 라벨을 붙일 수는 없었지만, 뺨에 대어 보니 따끈따끈했다. 그래서 마음속에 받아 뒀더니 멋대로 끓기 시작했다. 진원과 나누는 모든 대화가 조미료가 되어 맛을 더했다. 어느 순간 손가락으로 찍어 혀끝에 대어 보니 달콤한 맛이 났다.

그래서 건네받은 게 사랑인 줄 알았다. 연애라고 생각했다.

달콤함은, 실은 효주의 혀 위에 발려 있었다. 그걸 미처 몰랐다. 그래서 착각했다. 반해 버렸다. 남진원에게. 뱃속에서 날파리 떼가 웅웅 날뛰는 것처럼 가려웠다. 가렵다 못해 못 견디게 아팠다.

실수를 눈치챈 게 너무 늦었다. 조심해야지, 경계했던 게 무색할 정도로 커다랗게 자랐다. 아무도 요구한 적 없는 감정이었다. 그리고 효주는 이제 책임을 져야 했다. 입가로 새는 작은 흐느낌을 애써 억누른 채 효주는 눈을 감았다.

삐비빅. 삐비비빅. 옅은 잠을 뚫고 신경을 거슬리게 하는 전자음이 울렸다. 효주는 불쾌함에 몸을 뒤척였다. 손을 올려 대강 책상 위를 헤집었다. 늘 두던 자리에 핸드폰이 없었다.

효주는 눈을 찡그리다가 베개에 푹 파묻혔던 고개를 돌렸다. 삐비빅. 알람 소리는 침대 밑에서 들려오는 것 같았다. 왜 저기 있는 거야. 몸을 슬쩍 일으키자 관자놀이부터 뻐근하게 두통이 일었다. 머리는 대체 왜 아픈…….

효주는 벌떡 눈을 떴다. 헉. 급히 몸을 세우자 두통이 더욱 심하게 찾아와 효주는 반사적으로 엄지로 세워 왼쪽 관자놀이를 꾹꾹 문질렀다.

일어난 곳은 제 방 침대였다. 분명히 마지막 기억은 의자에 앉아서 멀뚱멀뚱 몸을 흔들고 있던 거였는데, 정신을 차려 보니 집이었다. 삐삐빅. 그 사이에도 휴대폰은 지칠 줄 모르고 일정한 리듬으로 정신 사납게 알람을 울려 대고 있었다. 효주는 상체를 굽혀, 침대 옆에 널브러진 가방 안을 더듬었다.

겨우겨우 엉거주춤 손을 넣어 휴대폰을 꺼내 알람을 해제했다. 여덟 시 삼 분이었다. 오늘 강의가 삼 교시부터 들어 있는 게 다행이었다. 효주는 끊임없이 지끈거리는 머리를 손가락 마디로 세게 문질렀다.

알람이 꺼진 화면의 상단에는 새로운 메시지가 와 있다는 표시가 떠 있었다. 효주는 몸을 바짝 굳혔다.

기억을 더듬었다. 어제 영화를 보고 나서, 밥을 먹으러 갔고, 못 견디게 눈앞의 진원이 의식이 돼서, 술을 주문하고, 마시고, 마시고, 또 마시고, 그리고? 막다른 골목에 다다른 기억의 끈에 효주의 얼굴이 하얗게 질렸다.

생각이 하나도 나지 않았다. 어떻게 가게에서 나왔는지, 어떻게 집에 돌아왔는지. 술을 마신 부분부터 기억이 그라데이션처럼 희미해지더니 아예 가게를 나온 시점부터는 싹둑 잘려 있었다. 등골이 오싹해졌다. 어제 대체 어떻게 된 거지?

휴대폰을 열어 메시지를 확인했다. 두 개는 민아에게서 와 있었고, 나머지는 대학 친구들. 그리고 제일 위에 떠 있는 메시지는 '연락하지 말기', 진원에게서 온 것이었다. 입 안이 텁텁했다. 미리 보기로 보이는 한마디는 '몸은 좀 괜찮아?'였다.

차마 답장을 보낼 엄두가 나지 않아. 효주는 그대로 핸드폰을 던졌다. 미쳤어, 진짜. 대체 무슨 꼴을 보겠다고 그렇게 술을 퍼마신 거야. 머리를 싸맸다. 그 순간 방문에 똑똑, 하는 노크 소리가 들려 왔다.

"네!"

"일어났니?"

효주가 반사적으로 대답을 하자, 효주의 아버지가 문을 열고 방 안을 들여다보셨다. 막 출근하려던 참인 듯 아버지는 넥타이를 맨 차림으로 방문을 열고 들어와서 효주에게 물 잔을 건넸다. 효주는 잔을 받아 들고는 목을 축였다. 물맛이 달콤했다. 목을 젖혀서 단숨에 꿀떡꿀떡 들이켰다. 시원한 꿀물을 마시니 좀 살 것도 같았다.

"딸, 어제 술 많이 먹었더라."

"네……."

반쯤 컵을 비우자 들려오는 자상한 아버지의 음성에 효주의 목소리가 기어들어 갔다. 술을 먹고 필름이 끊긴 건 처음이었다.

신입생 환영회 때도, 과에서 엠티를 갔을 때도 그렇게까지 만취해 본 적은 없었다. 필름이 끊겨서 집에 어떤 꼴로 들어왔는지가 기억이 나지를 않으니 더더욱 주눅이 들었다. 그러나 아버지는 작게 웃으시며 대학 다닐 때 한 번은 그럴 수도 있는 거라며 어깨를 다독였다. 효주는 내심 맘을 놓으며 작은 목소리로 물었다.

"저 어제 어떻게 들어왔어요?"

"글쎄, 아빠는 어제 집에 늦게 와서 너 오는 거 못 봤는데. 엄마 말로는 남자애가 데려다줬다고 하더라."

"아……."

효주는 잔을 책상 위에 내려놓고 인상을 찌푸렸다. 잠시 가라앉았던 두통에 더해서 메슥거림까지 찾아오기 시작했다. 혹시나가 역시나였다. 그래도 기억만 끊긴 거고 실은 멀쩡하게 제 발로 걸어 들어온 게 아닐까 하는 기대는 단숨에 깨져 버렸다. 효주는 갑자기 찡그린 얼굴을 하고 있는 자신을 걱정스러운 눈으로 바라보는 아버지에게 희미하게 웃으며 괜찮다고 대답했다. 아버지는 침대에 앉았던 몸을 일으켰다.

"그럼 아빠 이만 나가 볼게. 다음부터는 그렇게 정신 잃을 만큼 많이 마시지 않도록 조심하고, 응?"

"네, 죄송해요. 다음부턴 안 그럴게요."

"엄마가 아침에 북어콩나물국 끓여 놨어. 속 편해지게 한 그릇 먹고 나가. 시원하고 칼칼해서 해장에 좋겠더라."

"네, 출근 조심하세요."

아버지가 손을 흔들고 방문을 나선 후 현관문까지 닫히는 소리를 듣고서야 효주는 몸을 일으켰다. 거울로 흘깃 본 얼굴은 엉망이었다. 어젯밤 어떻게 잠옷으로 갈아입고 잤는지도 모를 노릇이었다. 방바닥에는 벗어 둔 양말이 굴러다녔다.

효주는 화장실에 들러 대충 얼굴만 씻어 내고는 부엌으로 향했다. 부스스한 머리를 하고 부엌에 들어서려는 찰나, 거실에서 막 현관 쪽으로 향하려던 엄마와 마주쳤다. 엄마의 표정이 그렇게 좋지 않아, 효주는 입술을 깨물었다. 엄마가 다가와 효주의 등짝을 손바닥으로 가볍게 내려쳤다.

"너, 어제 무슨 일 있었어?"

"아뇨……."

"그럼 왜 그렇게 취해서 들어왔어. 정신도 못 차리고 아주."

"미안. 어쩌다 보니까 그렇게 됐어요. 다음부턴 안 그럴게."

효주는 최대한 죄스러워 보이는 표정을 지었다. 엄마는 효주를 잠시 흘겨보다 결국 한숨을 쉬었다.

"사과는 나한테 할 게 아니라, 진원이한테 해야지. 걔가 아주 너를 들쳐 업고 오느라 고생이 말이 아니었겠더라."

"그랬어요?"

효주의 가슴이 철렁 내려앉았다. 업혀서 들어왔다고? 엄마가 고개를 끄덕끄덕하며 짐짓 탐탁한 표정을 지었다.

"그래. 애가 너 술 마시게 둔 거 너무 죄송하다고 사과에 사과를 하고 갔어. 근데 걔는 대학 들어가니까 인물이 한층 더 훤칠해졌더라. 예의도 바르고 인물도 좋고 진원이 애가 참 괜찮아. 그런데 한동안 통 개 얘기를 안 한다 싶었는데, 요새는 또 자주 보니?"

"……응. 그렇게 됐어요. 지금 아직 출근 안 늦으셨어요?"

효주의 말에 엄마가 시계를 확인하더니 서둘러 현관으로 향했다. 콩나물국이 심심하면 그냥 맛소금 말고 찬장 안의 구운 소금을 넣어서 먹으라는 말을 마지막으로 현관문이 닫히는 소리가 났다.

부엌에 들어섰다. 입맛이 하나도 없었다. 머리가 띵했다. 기억도 끊긴 데다가 아예 업혀서 들어오기까지 했다니. 무슨 추태를 부렸을지, 무슨 말을 했을지 조마조마하기 그지없었다.

결국 효주는 밥은 푸지도 못하고 콩나물국만 몇 수저 뜨는 둥 마는 둥 하다가 그릇을 대충 씻어 두고는 화장실로 들어섰다. 거울 안에 보이는 제 얼굴이 몹시도 초췌했다. 칫솔을 들어 모 위에 치약을 짰다. 거울을 다시 봤다. 눈이 퉁퉁 부어 있었다. 혹시 어제 울고 그랬던 건 아니겠지?

—몸은 좀 괜찮아?

양치질을 시작하고 나서도 진원이 보낸 메시지의 내용이 눈 앞에 동동 떠다녔다. 효주는 칫솔질을 하던 손을 더 거칠게 움직였다. 창피했다. 그렇게 무방비하게 축 술에 곯아떨어지는 모습을 보였다니.

걱정이 됐다. 어떤 대화를 나누고 무슨 말을 했던 건지. 무서웠다. 혹시라도 하면 안 되는 말을 해 버렸을까 봐. 효주는 그 모든 고민들을 삼키지도 못하고, 입 안에 든 양치물과 함께

퉤, 뱉어 냈다.

정말 어제 무슨 일이 있었던 건지, 무슨 말을 했을지, 하고 싶었던 말들을 죄다 토해 버린 건 아닌지, 아예 이대로 진원에게 연락을 하고 싶지 않을 만큼 마음이 답답해졌다.

"너 얼굴이 엉망이다."

"그래?"

효주는 답이 오지 않는 핸드폰을 흘깃 확인하다가 고개를 들었다. 진원이 보낸 메시지에 뭐라고 답해야 할지 고민하다가 결국 효주는 등굣길 지하철 안에서야 '응, 괜찮아. 걱정해 줘서 고마워. 어제는 정말 미안해.'라는 교과서적인 답변을 보냈다. 그러고도 답장이 없는 게 걱정이 되어 고민을 하다가 '혹시 내가 따로 실수한 건 없지?'라는 문자도 뒤늦게 보냈다. 그래도 답장이 없었다. 2시간도 넘게 지난 지금도 여전히 진원은 묵묵부답이었다.

연수가 포크를 들고 짐짓 걱정스러워 보이는 얼굴을 하고 있었다. 효주는 휴대폰을 내려놓았다.

"응, 어디 안 좋아? 밥도 잘 못 먹고."

"아니, 그냥, 어제 술을 좀 많이 마셔서 그래."

"그랬어? 어쩌다가?"

너 원래 술 많이 안 먹잖아. 효주가 고개를 저으며 말하자, 연수가 눈을 동그랗게 떴다. 연수는 대학에 와서 처음으로 효주에게 말을 걸어 준 애였다. 새로운 사람을 사귀는 게 영 어색해서 눈만 굴리고 있던 효주에게 연수가 다가와서 인사를 했고, 그 이후로 둘은 자연스레 친구가 되었다. 신청한 강의 중 겹치는 수업도 많아서 수업이 끝나고 자주 같이 밥을 먹곤 했다.

"그러게. 오랜만에 마셔서 조절이 안 됐나 봐."

"서효주 취한 거 나도 보고 싶은데!"

연수가 애교스러운 목소리로 투정했다. 효주는 낮게 웃었다. 연수는 친절하고, 예쁘고, 밝은 애였다. 이른 아침 수업에도 항상 깔끔하게 손질된 복장으로 나오는 연수가, 효주는 좋았다. 효주가 고개를 저으며 안 돼. 나 몰랐는데 숙취 있더라. 하고 대답하자 연수가 뾰로통한 표정을 지었다가, 뭔가가 생각난 표정으로 입을 열었다.

"아 참, 너 미팅 안 할래?"

"미팅? 갑자기 웬 미팅?"

"있지. 너 그런 거 안 좋아하는 건 아는데, 이번 주 금요일에 4대 4로 T대 컴공이랑 우리 과 애들이 미팅하기로 했던 거 있잖아. 근데 수경이가 갑자기 남자 친구가 생겨 갖고, 빠져야 될 거 같대. 수경이가 나한테 대타를 부탁했는데 그날이 하필 또 울 엄마 생신이어서 나도 안 되고. 거기다 당장 내일 모레라 애들이 다 약속 있어서 나갈 애 찾기가 힘든가 봐. 아, 혹시 너도 그날 바빠?"

"바쁘진 않은데……"

효주는 말끝을 어물거렸다. T대라면 진원의 학교였다. 경영학과인 진원과 딱히 연결될 구석은 없었지만, 왠지 지금 이 시

106

점에 그 학교 이름이 튀어나오니 한결 속이 답답해졌다. 효주의 표정을 본 연수가 테이블 너머로 손을 뻗어 효주의 손을 꼭 잡았다.

"그럼 한 번만 부탁해도 돼? 응? 이번 한 번만. 가서 그냥 맛있는 거 먹고 머릿수만 채워 주다 일찍 나와도 된대. 술은 먹기 싫으면 안 먹어도 돼."

"음⋯⋯."

그렇게 어려운 부탁은 아니었지만 왠지 달갑지는 않아 망설이고 있을 때, 효주의 핸드폰이 부르르 진동했다. 효주는 화면을 확인했다. 진원이었다. 까만 화면에 덩그러니 뜬 진원의 메시지에 효주의 표정이 싹 굳었다.

-글쎄. 실수였어?

목구멍이 솜뭉치로 턱 막힌 듯한 기분이 되었다. 안 그래도 아직 울렁거리는 속 탓에 미진하던 식욕이 뚝 떨어졌다. 아무것도 삼킬 수 없을 것 같았다. 효주는 들고 있던 수저를 내려놓았다.

"왜 그래? 무슨 일 있어?"

갑자기 변한 효주의 표정에 연수가 눈썹을 찌푸리며 물었다. 걱정스러운 질문에 효주는 고개를 저었다.

"아니, 별건 아니고."

"또, 또 그런다. 맨날 무슨 일이냐고 물으면 얼버무리고."

연수가 입술을 앞으로 쭉 빼며 투정했다.

"너, 요새 자꾸 그러는 거 같아."

속 얘기를 나누는 데에 별로 재주가 없는 효주는 자기 얘기를 하기보다 연수가 하는 얘기를 들어 주는 편이었다.

네가 불편해서가 아니라 그냥, 말을 잘 못해서라고 효주는 해명했지만 연수는 이따금 네 얘기도 듣고 싶다고 넌지시 운을 떼우곤 했다. 효주는 토라진 체를 하는 연수를 바라보다가 입을 열었다. 어차피 혼자서 붙잡고 있는다고 해결될 일도 아니었고, 연수에게 진원의 얘기를 한 적도 있었으니까.

"어, 음. 예전에 말했던 그 고등학교 때 남자애 있잖아. 사실 걔랑 다시 연락하거든."

"아, 그, 연락 끊었었다는 걔?"

"음, 그래서, 사실 어제 같이 술 마셨다는 애도 걔야."

"헉, 정말? 효주 너, 왜 그걸 이제야 말해?"

연수가 비명에 가깝게 목소리를 높였다. 머뭇거리며 말하던 효주가 입술을 깨물며 슬쩍 연수의 눈치를 봤다. 연수의 눈빛에 슬쩍 서운함이 스쳤다.

"진짜, 너무하다. 왜 나한테 말 안 했어. 어쩌다 다시 만났어?"

"음, 버스에서 우연히 마주쳐서…….."

"헉, 그래서 둘이 지금 잘되는 그런 거야? 걔가 갑자기 너한테 막 작업 걸어?"

효주는 연수에게 자세한 사정을 설명하지는 않았다. 어떻게 알게 됐고, 왜 더 이상 보지 않기로 마음먹었던 건지에 대해 구구절절 털어놓자니, 얘기는 길고 저는 미련해 보일 것만 같았다.

연수에게 말했던 건 '고등학교 때 친하게 지냈던 남자애가 있었는데, 그 애를 좋아하게 됐다. 혼자 좋아하면서 친구로 지내는 걸 더 이상 하고 싶지 않아서 번호를 바꿨다.' 정도였다.

거짓말도 아니었다. 요점만 말한다면 효주와 진원의 얘기는 딱 저 정도에 불과했으니까.

그러니 연수가 지금 눈을 빛내며 꿈같은 경우의 수를 늘어놓는 것도 당연한 반응이었다. 효주는 씁쓸한 웃음을 삼키며 고개를 저었다.

"아니, 아냐, 아니, 그런 게 아니고……."

"너, 잘됐다. 너 미팅 꼭 나가."

연수가 초롱초롱한 눈으로 테이블 위로 남은 한 손을 뻗어 효주의 두 손을 꼭 마주 잡았다.

"이거 기회야! 걔한테 너도 남자 만나는 거 보여 줘 버려! 여자로 어필할 기회라니까!"

"아니, 애초에 그런 사이도 아니고, 그럴 마음 없다니까."

"아님, 그거 아니라도 너 지금 마음 흔들릴 거 아니야, 솔직히. 이때야말로 다른 남자한테 눈을 돌릴 기회다, 너."

손사래를 치려는 효주의 손을 도망가지 못하게 꽉 쥐고는 연수가 확정적인 말투로 단언했다. 효주는 뭐라고 반박하려다가 입을 꾹 다물었다. 그런 효주의 반응에 연수가 자신만만한 미소를 지으며 고개를 끄덕였다. 효주는 연수의 눈을 바라보다 한숨을 쉬었다.

어떻게 들으면 영 틀린 소리는 아니었다. 여자로 보이고 어쩌고 하는 말은 제쳐 두더라도 마음이 흔들린다는 건 사실이었다. 사소한 대면에도 어쩔 줄 몰라 하다가 술의 힘을 빌린다는 게 어제 같은 결과를 낳아 버렸다.

진원 이외에는 남자하고 친근하게 말을 섞어 본 게 언제인지 기억조차 나지 않았다. 가까워지는 것만으로도 왠지 불안했다. 어쩌면 효주가 그렇게 지내 왔기 때문에 더더욱 자잘한 일을 가지고도 진원 앞에서 안절부절못하게 되는 걸지도 몰랐다. 효주는 다시 연수와 눈을 맞췄다. 연수가 눈을 크게 뜨고 고개를 끄덕거리며, 효주의 대답을 재촉했다.

"그래."

"꺄! 좋아. 나 바로 수경이한테 연락할게. 무르면 안 돼! 그리고! 이따가 그 남자애 만난 얘기 자세하게 들려줘. 알겠지?"

연수가 신이 난 기색으로 핸드폰을 붙잡고 메시지를 보내기 시작했다. 그 모습이 귀여워서 효주는 작게 웃었다. 그러자 효주의 핸드폰 위로 또 반짝이며 메시지가 왔다는 표시가 떴다. 진원이었다.

—궁금하면 만나서 얘기해.

—금요일 괜찮아?

효주는 핸드폰을 집어 들었다. 그리고 안도의 한숨 비슷한 걸 내쉬고 천천히 한 자 한 자 입력하기 시작했다.

—……금요일엔 선약이 있어서.

'안 될 것 같은데…….'라고 꾹꾹 키패드를 눌렀다. 금요일이라는 미팅 얘기에 고개를 끄덕인 게 어쩌면 다행이었다. 거절할 구실을 만들어 내는 것보다 그다지 반갑지 않은 약속이라도 정말로 선약이 생겼다. 어차피 미봉책에 불과했지만. 효주가 그런 생각으로 메시지를 보내자 갑자기 핸드폰 화면이 바뀌었다. 진원의 전화였다.

효주는 잠시 몸을 굳히곤 여전히 전화를 붙잡고 수경에게 이야기 중인 연수에게 양해를 구했다.

"나 전화 좀 받고 올게."

신호는 계속 울렸다. 식탁에서 몸을 일으키며 효주는 짧게 심호흡을 했다. 건물 밖으로 걸어 나오며 통화 버튼을 눌렀다.

"여보세요."

ㅡ……선약은 누구랑 있는데?

진원이 인사말조차 건네지 않고 단도직입적으로 물었다. 영문을 모르겠어서 효주는 인상을 찌푸렸다.

"그거 물으려고 전화한 거야?"

ㅡ……응.

"그냥, 친구가 부탁한 게 있어서."

ㅡ친구 누구?

효주는 묘하게 추궁하는 기미를 보이는 진원의 질문에 고개를 갸웃하며 미간을 더 깊이 찡그렸다. 그게 이렇게까지 집요하게 물어볼 일인가. 효주는 떨떠름한 목소리로 답했다.

"그냥 대학 친구야."

ㅡ중요한 약속이야? 취소 못할 만큼?

"으음, 그럴 순 없을 것 같은데."

ㅡ어제 무슨 일이 있었는지보다 중요해?

시큰둥하게 대답하다 진원의 말에 또 심장이 덜컥 내려앉았다. 정말로 걱정하던 일이 벌어진 건가. 아닌가. 진원의 어조에는 짓궂음 같은 기색이 전혀 묻어 있지 않았다. 갈피를 잡을 수가 없어서 불안해졌다. 핸드폰을 붙잡은 효주의 손이 달달 떨려 왔다. 효주는 전화를 꽉 그러쥐고는 가능한 한 멀쩡한 목소리를 쥐어짜 냈다.

"뭘 했든지 간에 진짜 미안. 다시는 그렇게 실수하는 일 없을 거야."

─무슨 약속인데?

"……뭐?"

효주가 간신히 내뱉은 사과의 말에는 엉뚱한 물음이 돌아왔다. 꽉 조여들던 가슴팍의 한기가 일순 깨졌다. 그 자리에는 다시 얼떨떨함이 차올랐다.

─무슨 부탁이기에 그렇게 중요한 건데?

"중요하다기보다, 어, 미팅에 자리가 비는데 꼭 좀 채워 달라고 해서…….."

─안 돼.

"뭐?"

─…….

진원의 급작스러운 질문에 당황한 효주는 뒤죽박죽 우선 대답을 짜냈고, 효주의 대답에 겹쳐 돌아온 진원의 한마디를 듣지 못했다. 방금 뭐라고 한 것 같은데, 뭐냐고 되물어 봐도 수화기 건너편에서는 들려오는 대답이 없었다. 대화의 목적과 방향, 둘 다를 가늠할 수가 없어서 진원의 짤막한 침묵이 효주를 더욱 불안하게 만들었다.

"뭐라고 했어?"

─…….

"남진원?"

─너 오늘 학교는 몇 시에 끝나?

조용한 진원을 채근했더니, 또 엉뚱한 소리가 돌아왔다. 전파를 통해 들려오는 진원의 목소리를 몹시 낯설었다.

"3시인데. 그건 또 왜……."

-알았어. 이따가 봐.

그러고는 전화가 끊겼다. 효주는 통화가 끊기는 소리를 듣고도 혹시 그냥 실수로 끊긴 건가 싶어 핸드폰을 한참 동안이나 들여다보았다. 통화 종료 화면이 몇 초간 떠 있다가 꺼졌다.

효주는 덩그러니 카페테리아 바깥에 서서 전화가 끊긴 핸드폰을 들고 서 있었다. 대체 방금 무슨 일이 벌어진 거야? 그렇지만 핸드폰은 효주의 물음에 답을 주는 대신 기본 배경화면만을 띄우고 있었다.

돌아와서 밥을 먹고 2시간짜리 수업을 들었다. 연수와 같이 듣는 수업이었다. 연수는 효주가 전화를 끊고 돌아오자마자 방금 전화도 혹시 그 남자애냐며, 진원과 재회한 이후에 일어난 일에 대해 꼬치꼬치 캐물었다.

'그냥 내가 어제 술 먹고 뭐 주사를 부린 게 있었나 봐.'

효주는 연수의 물음에 대해 이렇게 대답했다. 자세하게 말하기에는 저도 기억이 나지 않는다고 했다. 연수가 눈썹을 축늘어뜨렸다가도 곧 생기 도는 눈망울로 말했다.

'그래도 걔가 너한테 관심이 있는 것 같아.'

그러면서 강의가 끝난 건물을 나오면서 교문까지 걸어오는
길에도 효주의 옆구리를 쿡쿡 찔러 댔다. 효주는 팔짱을 껴 온
연수의 팔을 풀어내지 못하고 그 애교 어린 손길을 그대로 받
고만 있었다.

"왜, 내 생각엔 걔가 너한테 관심 있는 거 맞다니까? 같이
영화 보자고 했다며, 술도 먹고!"

"아니야, 그런 거. 영화는 고등학교 때부터 원래 종종 같이
봤어. 술은 내가 마시자고 한 거고."

"그래도……."

효주는 흥분한 연수의 말에도 가만히 고개를 저었다. 만약
이제 와서 그럴 거였으면 고등학교 때 그렇게 끝났을 리가 없
었다. 그래도 효주의 팔에 붙어서 여러 가지 근거를 들어 가며
종알종알 충고를 해 주려는 연수의 태도가 싫지만은 않았다.
평균 키보다 약간 큰 효주에 비해 연수는 아담하고 체구가 작
아서 이렇게 붙어 오면 오히려 귀엽다는 생각이 들었다.

그렇게 나란히 걸으며 교문이 가까워졌을 무렵, 갑자기 연
수가 걸음이 멈췄다. 그러고는 잡고 있던 효주의 팔을 당겨 어
깨 위로 얼굴을 바싹 붙이더니 속삭였다.

"교문 앞에 잘생긴 애 있다."

효주는 낮게 코를 울려 웃었다. 여대이다 보니 근처에서 남
자애를 볼 일이 그다지 없었다. 있다고 해도 여자 친구가 효주
네 학교를 다녀서 여자 친구를 보러 온 애들 몇몇이거나 해서,

그다지 많지 않았다. 그리고 그 몇몇을 발견할 때마다 연수는 매의 눈을 발휘했다.

연수는 중, 고등학교를 전부 여학교로 다녔다고 했다. 그런데 대학까지 여대를 와 버리니까 도통 괜찮은 남자를 볼 수가 없다며 가끔 분한 듯이 농담을 던지곤 했다. 그러면서 조금 마음에 드는 남자애가 있으면 늘 이렇게 특파원이라도 된 것처럼 효주의 귓가에 비밀스럽게 속삭였다. 보물이라도 발견한 것처럼.

효주는 그런 연수의 태도에 매번 동조를 하지는 않았지만, 가벼운 동의 정도는 해 줄 수 있었다. 이번에도 그러려니 그러네, 한 마디를 던져 주려고 연수의 시선이 향한 쪽으로 고개를 돌렸다.

그러자마자 눈을 크게 뜨고 걸음을 멈출 수밖에 없었다. 걸음을 멈춘 효주의 팔을 붙잡고 있던 연수가 의아한 듯 팔짱을 풀고 효주의 이름을 불렀지만, 효주는 시선을 뗄 수가 없었다. 연수가 말한, 교문 앞에 서 있다는 그 잘생긴 애는 효주와 눈을 마주치자 옅은 미소를 띠고는 효주 쪽으로 걸어오기 시작했다.

남진원이었다.

"왜 그래, 효주야?"

"그러게, 나 안 반가워?"

연수가 영문을 모르는 얼굴로 효주의 팔을 흔드는 동안 진원은 성큼성큼 큰 보폭으로 눈 깜짝할 새에 거리를 좁혀 효주의 앞에 섰다.

연수는 동그래진 눈으로 효주와 진원을 번갈아 훑어봤다.

효주는 눈만 깜박거렸다. 여기에 진원이 나타날 거라고는 생각해 본 적이 없었다. 당황해서 뭐라고 입을 열어야 할지 고민하는 사이 연수가 먼저 목소리를 냈다.

"어, 어? 둘이 아는 사이야?"

"네. 효주 친구세요? 남진원이라고 합니다."

"아, 안녕하세요. 나연수예요."

"효주 친구랑 만나는 건 처음이네요. 앞으로 종종 봬요."

"아, 네."

진원이 고개를 까딱하고 매끄러운 미소를 지었다. 연수가 얼굴을 살짝 붉히며 마주 인사를 했다. 진원이 살갑게 말을 건네면 연수의 얼굴에 오른 홍조가 살짝 짙어졌다. 그 모습에 효주는 다소 비딱한 말투로 입을 열었다.

"여긴 왜 왔어?"

"네가 금요일에 바쁘다고 해서."

진원은 효주를 흘깃 바라보며 대답했다. 효주는 고개를 갸웃하며 이마를 찌푸렸다. 이해가 가지 않았다. 금요일이 안 돼서 오늘 보자고 온 건가? 그럼 미리 그렇게 말을 하든가 했어야지 왜 교문 앞에 일언반구도 없이 나타났는지 모를 일이었다. 말이 불퉁하게 나갔다.

"그거랑 무슨 상관이야?"

"혹시 효주랑 같이 미팅하신다는 친구분이세요?"

효주가 딱딱하게 던진 말에 진원은 대꾸조차 하지 않고 다시 연수에게로 시선을 돌렸다. 진원의 입술이 어느새 흠 없이 호를 그리고 있었다. 연수는 황급하게 손사래를 치며 횡설수설

116

하기 시작했다.

"아, 아니요. 전 아니고. 제가 대타를 했어야 되는데 시간이 없어서 효주한테 부탁을…… 했는데……."

"그렇구나. 그런데 제가 효주랑 금요일에 꼭 해야 될 얘기가 있어서 그러는데, 혹시 그거 취소해 주실 수 있나요?"

당황한 연수의 얼버무림이 채 끝나기도 전에 진원이 연수의 말 뒤를 매끄럽게 받았다. 대화의 급진적인 전개에 효주는 그저 진원이 하는 모양을 보고 멍하니 서 있기만 했다. 어차피 진원은 효주를 그 대화에 끼워 줄 생각도 없는 모양이었다.

"네? 어, 어."

"부탁드려요. 급한 일이라서요."

"어, 네네. 괜찮아요. 알겠어요. 네."

진원이 일순 눈썹까지 살짝 늘어뜨린 미소로 연수와 시선을 맞췄다. 연수는 그런 진원의 태도에 입만 벙긋거리다가 정신없이 고개를 끄덕이기 시작했다. 머리를 귀 뒤로 쓸어 넘기는 연수의 손이 다급해 보였다. 그리고 얼핏 귓불까지 붉어진 것 같기도 했다. 진원은 제 부탁에 그러마 대답하는 연수를 보고 더욱 밝게 웃었다. 가지런한 이가 드러난 시원한 웃음이었다.

"감사합니다. 그리고 음, 효주랑 동갑이세요? 혹시 친구면 말 편하게 해도 되는데."

"네, 네. 맞아요, 맞긴 한데, 어……."

"말 편하게 해도 된다니까. 아, 혹시 말 놓는 거 싫어해요?"

"아뇨. 아뇨. 그런 거 아니에요."

진원은 연수에게로 한 발짝 다가갔다. 무해한 표정으로 아쉽다는 기색을 보였다. 연수는 진원의 태도 변환에 뭐라 제대로 대구하지도 못하고 그저 당황스러워했다. 그런 연수의 얼굴에는 계속 옅은 분홍빛이 돌았다.

효주는 그 둘이 말을 주고받는 걸 그저 물끄러미 바라보면서, 진원이 저를 처음 만났을 때도 이랬을까 생각을 했다. 아닐 것 같았다. 저것보다는 훨씬 더 귀염성이 없었겠지. 진원은 효주가 그런 것들을 떠올리고 있는 중이란 걸 아는지 모르는지 연수를 향해 부드러운 목소리로 말했다.

"효주 친구면 내 친구기도 하니까, 앞으로 또 볼 일이 있을지도 모르는데 괜찮으면 말 편하게 해 줬으면 좋겠어요."

"아, 어, 그럼…… 그럴까?"

"그래. 그러자."

연수는 친근하게 굴어 오는 진원에게 결국 조그맣게 웃어 보였다. 진원도 연수를 마주 보고 웃었다. 효주는 그 옆에 덩그러니 서서 연수와 진원이 나누는 친근한 담화를 그냥 듣고만 있었다. 마치 처음 만난 자리에서 대번에 서로에게 반한 남녀의 정담 같기도 했다.

효주의 표정이 저도 모르는 새에 굳어졌다. 그러고 보니 둘이 나란히 서 있는 모양이 꽤 잘 어울렸다. 효주는 볼 안쪽을 씹었다. 진원이 왜 갑자기 학교 앞에 나타난 건지는 몰랐지만, 돌아가는 상황이 그다지 마음에 들지 않는다는 것만은 확실했다.

"그럼 핸드폰 번호도 알려 줄래?"

"어, 어. 음. 안 되는 건 아니지만."

연수가 진원의 말에 퍼뜩 놀라 효주를 돌아봤다. 효주는 그저 눈만 깜빡거리고 있었다. 연수의 눈빛이 마치 효주에게 허락을 구하기라도 하는 것처럼 보였다. 연수를 따라 진원도 효주를 향해 고개를 돌렸다. 그러고는 어서 괜찮다고 말하라는 듯 한쪽 눈썹을 치켜세웠다.

효주는 눈을 가늘게 찌푸리며 진원을 바라보다 가볍게 고개를 끄덕였다. 대체 효주의 승낙이 왜 필요한 건지는 알 수 없었지만, 둘은 효주의 반응을 보자마자 서로 휴대전화를 주고받았다. 마치 소극장 연인극을 홀로 바라보는 관객이라도 된 느낌이었다.

입술을 깨물었다. 헛웃음이 났다. 등이 뻐근했다. 마치 원하지 않는데도 오작교 무리에 끌려 들어가 억지로 등을 밟힌 까치처럼.

"그럼, 잠깐만 효주랑 할 얘기 있는데 빌려도 될까?"

"어, 그럼, 그럼! 아예 데려가도 돼."

"그건 아니고, 잠시 얘기만 하면 돼."

전화번호를 성공적으로 주고받고 나니 갑자기 둘의 화제가 효주로 돌아왔다. 진원은 연수에게 뭘 위해서인지 모를 양해를 구했다. 그러고는 자연스럽게 효주의 어깨에 손을 얹었다. 연수는 확 펴진 얼굴을 하고 열렬하게 고개를 끄덕였다.

효주는 표정을 굳히고 진원을 힐끗 훑었다. 진원은 연수의 대답에 또 웃어 주고는 효주의 어깨를 잡아 돌렸다. 불쾌한 감촉에 얼굴이 절로 찡그려졌다. 연수에게서 몇 발짝 멀어지고 나서 효주는 나직하게 속삭였다.

"왜 이래, 갑자기. 연수랑 얘기 잘 하더니 난 또 왜."

"……애초에 나 여기 너 보러 온 건데."

진원은 갑자기 우뚝 멈춰선 효주를 따라 걸음을 늦췄다. 그러곤 등에서 손을 떼어 내더니 효주의 앞에 다가와 섰다. 얼굴을 마주 보는 게 싫어 효주는 시선을 약간 아래로 내렸다. 그러곤 채 생각할 겨를도 없이 목구멍에 넘실거리는 말을 저도 모르게 토해 버렸다.

"그런 것치고는 둘이서 재밌게 이야기 잘 하던데."

그러곤 슬쩍 고개를 들었더니, 진원의 얼굴에는 기묘하게 만족스러워 뵈는 미소가 떠올라 있었다. 가늘어진 눈매로 보이는 색채를 읽을 수가 없어서 아랫배가 불편해졌다. 왜 그런 식으로 웃고 있는 건데. 수상했다. 그런 효주의 낌새를 눈치챈 건지 아닌 건지 진원은 그저 의미 모를 얼굴로 입을 열었다.

"네 친구니까 그렇지. 아무튼 이제 금요일에 예정 없어졌네. 나랑 만나면 되겠다."

"……내가 왜?"

효주는 턱을 들어 진원과 눈을 맞추며 날이 선 어조로 말했다. 기분이 좋지 않았다. 이렇게 일방적으로 남의 일정을 취소할 권리가 진원에게는 없었다. 그것도 별안간 나타나 효주도 아닌 효주의 친구의 허락을 대신 받을 권리는 더더욱 없었다. 화가 났다. 뭐 때문인지도 정확히 집어낼 수 없는 게 더 화가 났다. 진원은 그런 효주의 대응에 금방 순진한 얼굴을 만들어 내더니 대꾸했다.

"너 나한테 빚진 거 있는 거 잊었구나. 바로 어제 일인데."

"아…….."

효주는 입 안쪽을 씹었다. 진원의 페이스에 휘말리는 동안 그게 바로 어제 일이라는 것도 잊고 있었다. 그렇게 온종일 속을 불편하게 만든 일이었는데, 어떻게 잊고 있을 수 있었을까. 침을 삼켰다.

'글쎄. 실수였나?'

뭘 했는지, 곱씹을 수도 없을 만큼 어젯밤의 기억은 하얗게 지워진 상태였다. 뭐라고 사과를 할 수도 없게, 크게 잘못한 일이 있는 건지, 아님 별것 아닌 패를 갖고 진원이 눈앞에서 흔들어 대고 있는 건지 짐작이 가지 않았다. 그걸 빼고도 그냥 정신을 못 차리고 업혀 들어온 것만으로도 미안해야 할 일이 맞긴 했지만. 기가 죽었다.

"어제 너 업고 들어가면서 진짜 무……."

"알겠어. 알겠어. 금요일에 봐."

그리고 바로 그 지점을 진원이 치고 들어오자 효주는 결국 체념할 수밖에 없었다. 속으로 크게 한숨을 쉬었다. 먼저 실수를 한 쪽이 지고 들어가는 게 당연한 수순이었다.

"약속한 거다?"

"그래."

"그럼, 난 이제 가 볼게. 아직 수업 안 끝났거든. 지금 가도 아슬아슬하겠네."

진원이 시계를 확인하곤 제법 쾌활한 말투로 말했다. 시원스럽게 웃는 얼굴에 효주는 마주 보고 웃기는커녕 대놓고 눈살을 찌푸려 주었다. 그걸 보고도 진원은 효주의 어깨를 잠시 쓰다듬은 후, '갈게.' 하고는 뒤를 돌아섰다. 효주가 그 바람처럼 스치고 지나간 기다란 뒷모습을 복잡 미묘한 기분으로 바라보고 있을 때, 뒤에서 누군가 오른쪽 어깨를 툭 쳤다.

"헉, 쟤가 네가 말한 걔었어? 야, 완전 잘생겼어."

연수였다. 연수의 목소리에는 흥분기가 가득했다. 이상하게 연수의 손이 닿은 자리가 따가웠다. 효주는 슬그머니 어깨를 비켜 냈지만, 연수는 아예 다시 효주의 팔짱을 껴 왔다.

"쟤는 진짜다. 맞아, 무슨 미팅이야. 쟤랑 잘해 봐! 목소리도 진짜 좋더라. 내 스타일은 아닌데, 아무튼 눈은 호강했다. 좋겠다, 서효주!"

"그런 거 아니랬잖아."

"아니긴 뭐가 아니야! 너 미팅한다니까 안달 나서 달려온 거잖아, 지금!"

글쎄. 너 꼬드기려고 온 건 아니고? 효주는 냉소적으로 튀어나오려던 말을 참았다. 옆에서 진원이 효주에게 관심이 있다고 한껏 들떠 있는 연수에게 찬물을 끼얹고 싶은 마음까진 없었다. 연수는 그냥 효주가 말해 준 것밖에 몰랐고, 그래서 친구의 연애가 잘 되길 바라는 맘이겠지. 알고 있었다. 머리론 알겠지만, 그래도 맘이 자꾸 비틀렸다. 문득 그다지 친절하지 않은 말이 금세라도 새어 나올 것 같았다. 효주는 불쑥 입을 열었다.

"나 먼저 가 볼게, 연수야."

"어, 응! 그리고 걔랑 꼭 잘해 봐. 너 좋아하는 거 같다니까!"

"내일 봐."

효주는 연수의 말을 다 듣지 않고 찡그리듯 웃어 보인 후 돌아섰다. 연수의 명랑한 인사말을 귀 뒤로 흘리며 걸었다. 기분이 좋지 않았다. 내일이라고 나아질 것 같지 않았다. 진원의 꿍꿍이가 뭔지 알기 전까지는 쭉 그럴 것만 같았다.

딸랑. 효주가 카페 문을 열고 들어서자 차임이 울렸다. 목요일에는 진원에게서 메시지가 왔다.

―6시에 저번에 갔던 카페에서 봐.

효주는 왜 멋대로 일정을 정하는 거냐고 따질 기력조차 생기지 않아 짧게 알았다고 회신을 보냈다. 들어선 카페 안을 훑어보니 중앙 자리에 바로 진원이 보였다. 효주를 향해서 손을 들어 보이며 웃고 있었다. 효주는 작게 한숨을 내쉬곤 자리로 향했다.

"안녕, 서효주."

"……안녕."

"음료는 내가 살게."

효주가 가방을 내려놓고 우선 지갑을 꺼내 들어 카운터로 향하려던 걸 진원의 말이 잡았다. 효주는 고개를 갸웃했다. 진원이 뭘 사겠다고 말한 건 오랜만이었다. 매번 지갑을 꺼내는 걸 친구 사이엔 그러는 거 아니라고 효주가 제지한 후에는 진원이 먼저 말을 꺼낸 적이 없었다.

"내가 부른 거잖아. 뭐 마실래?"

"……카페라테, 차가운 걸로. 큰 거."

"알았어."

진원이 자리에서 일어났다. 효주는 진원이 맞은편에서 사라지고 나서야 의자에 편하게 몸을 기댔다. 무슨 말을 해야 할지 짐작이 가지 않았다. 쓸데없는 실수를 한 거면 미안하다고 사과하고, 쓸데없는 말을 한 거면 기억이 안 난다고 잡아떼고, 토라도 한 거면, 모르겠다. 왜 나오라고 한 건지를 제대로 알았으면 마음의 준비라도 톡톡히 하고 왔을 텐데, 진원은 당연하게도 그런 친절을 베풀지 않았다.

효주는 진원이 앞자리를 비운 동안 입고 있는 상의를 바짝 잡아당기면서 출처 모를 긴장감을 억눌렀다. 진원이 곧 주문을 마치고 돌아와 앉는 것을 살짝 시선만 들어서 흘겨봤다. 그랬더니 진원은 효주의 눈빛에 오히려 즐거운 얼굴을 했다.

"내가 불러낸 이유가 궁금해?"

"뭐?"

"그런 표정을 하고 있어서. '빨리 용건이나 말해' 같은 표정."

진원이 가볍게 웃음소리를 냈다. 효주는 전혀 따라 웃을 만한 기분이 아니었다.

"……알면 빨리 말해 줄래."

"알겠어. 그래. 그다지 시간을 끌 만한 말도 아니고. 그래서 하고 싶은 말이 뭐였냐면."

진원의 입술이 신기할 만큼 또렷하게 움직였다. 효주는 그 모양새에 집중하면서, 남들과 다를 게 딱히 없는데도 진원의 말에는 언제나 불필요할 만큼 의미심장한 구석이 있다고 생각했다. 진원이 자아내는 찰나의 침묵에도 등줄기에 힘이 들어갔다.

그리고 진원이 그런 효주의 긴장을 알아챈 듯 말을 내던졌다.

"나랑 만나자. 아, 친구로 말고."

남자랑 여자로. 진원은 말을 끝맺곤 앞으로 몸을 기댔다. 효주는 그저 무릎 위에 손을 얹은 채 진원의 얼굴이 다가오는 걸 보고만 있었다. 진원의 말이 제대로 귀에 꽂히지 않았기 때문이었다.

입이 멍하니 벌어졌다. 진원의 얼굴이 가까웠다. 바라본 얼굴은 전혀 웃고 있지 않았다. 진원의 올곧은 시선이 효주를 꿰뚫었다. 팔뚝의 솜털이 곤두섰다. 방금 뭘 들은 건지 정확히 알 수 없었지만, 그걸 말한 당사자가 진심이라는 것만은 확실했다.

"아이스 카페라테 레귤러 사이즈 한 잔, 따뜻한 아메리카노 한 잔 나왔습니다!"

테이블에 내려앉은 침묵은 서효주의 입에 의해서가 아니라 카페 직원에 의해서 깨졌다. 진원을 바라보며 눈을 동그랗게 뜨고 속눈썹만 나풀거리고 있던 효주는 그 소리를 듣고 고개를 돌렸다. 진원은 재빨리 몸을 일으키려는 효주의 팔목을 잡았다. 효주의 몸이 바싹 굳어 가는 게 손아래서 느껴졌다. 삐걱거리는 소리가 나기라도 할 것처럼 부자연스러운 동작으로 효주는 몸을 돌렸다. 진원은 옅게 미소를 지었다.

"내가 가지고 올게."

너는 여기서 어떻게 알겠다고 할지나 생각하고 있어. 진원은 뒷말을 삼키고 몸을 일으켰다.

온몸이 근질근질했다. 고백을 제가 먼저 하게 될 줄은 몰랐다. 그렇지만 초조해지는 건 어쩔 수 없는 일이었다. 인내심에는 한계가 있었다. 소식 없는 효주를 찾으며 그동안 별다른 짓을 하지 않았던 것만도 꽤 오래 평정을 유지해 왔던 거라고 생각했다.

여대를 보내 놓으면 별로 걱정할 필요가 없을 거라고 생각했다. 그래서 고등학교 때도 수능 원서를 넣을 때, 진원은 효주에게 제가 지원할 학교와 가장 가까운 거리의 W여대를 추천했다. 효주가 그러겠다고 했을 때는 안심했다. 다시 만나고 나서 결국 다른 대학에 진학한 걸 알고도 그나마 몸의 긴장이 풀렸던 건, 캠퍼스에서 쓸데없이 치근덕대는 놈은 없을 거라고 생각했기 때문이었다. 착각이었다. 타인을 만날 기회가 거의 없는 수험생 때와는 상황이 달랐다.

영화를 보러 가자고 했더니 난데없이 남자가 달라붙었다. 효주가 전혀 동요하지 않는 게 더 심기에 거슬렸다. 헌팅 같은 걸 처음 당하는 기색이 아니었다.

여유가 깨졌다. 그냥 기다리고 있으면 안 되겠다는 생각은 그때 들었다. 아마 행방을 몰랐던 6개월의 공백 때문에 더 조바심이 났던 걸지도 몰랐다. 그래서 일부러 불필요한 접촉을 했다. 효주는 당황한 기색을 감추려 했지만, 귀 뒤가 슬쩍 붉어진 걸 진원에게서 완전히 숨기지는 못했다. 아직도 날 좋아해. 마음이 가라앉았다.

그대로 좀 더, 느긋하게 기다릴 수 있을 줄 알았다. 그것 또한 착각이었다.

'미팅에 자리가 비는데 꼭 좀 채워 달라고……'

듣는 순간 뒷목에서 열이 확 치받았다. 진원은 내가 있는데 거길 왜 나가? 하는 말을 눌러 참았다. 그리고 인정했다. 좋아. 그런 이유로 화를 낼 만한 사이는 아직 아니었다. 적어도 서효주는 그렇게 생각하고 있을 게 뻔했다. 그렇지만 그대로 효주를 그런 자리에 보내고 싶지는 않았다. 미팅이라는 단어만 들어도 불쾌했다.

진원은 전화를 끊자마자, 술에 취했던 효주를 떠올렸다. 쉽게 웃고 쉽게 안겨 오는 말랑말랑한 서효주. 진원은 턱을 매만졌다. 그런 꼴로 남자가 와글거리는 술자리에 앉아 있다고? 그걸 가만두고 볼 수 있을 리가 없었다. 등골이 오싹했다.

효주가 누군가에게 마음을 뺏기거나 할지 모른다는 수준의 문제가 아니었다. 그게 아녀도 어떤 변수가 생길지가 미지수였다. 확률에 맡겨 놓고 가만히 앉아 있을 수 없었다. 그렇다고 그냥 맘에 안 드니까 하지 마, 같은 말은 궁색했다.

진원은 결단을 내렸다. 결국에는 처음 시작했던 것처럼 제가 먼저 손을 내밀 수밖에 없는 거라고.

그 결과가 지금이었다. 그리고 이제는 효주가 그 말을 수락하는 것만 남았다. 진원은 트레이를 앞에 내려놓고 여유로운 동작으로 자리에 앉았다. 효주는 진원이 내려놓은 음료를 잽싸게 잡아채 그 위에 빨대를 꽂았다. 목이 말라 견딜 수 없다는 듯 쭉쭉 음료를 들이켜는 효주를 보고 진원이 운을 떼었다.

"그래서 대답은?"

"뭐?"

"방금 한 말에 대한 대답은? 말했잖아. 나랑 만나 보자고."

진원의 말에 효주가 음료에서 마지못해 입을 떼었다. 그러곤 입술을 깨물었다. 진원은 눈을 가늘게 떴다. 저 버릇. 효주의 아랫입술이 윗입술에 비해 유달리 통통한 건 저것 때문이 아닐까 생각했다. 효주의 입술 새로 아주 가느다란 목소리가 새어 나왔다.

"……지금 만나고 있잖아."

코웃음이 날 뻔했다. 효주는 필사적으로 진원의 눈을 피하고 있었다. 하지만 자세히 보면 그 눈동자가, 손끝이 떨리는 걸 확인할 수 있었다.

"……일부러 딴청을 부리는 건지 모르겠지만, 말했잖아. 친구 말고 남자랑 여자로 보자고. 더 단도직입적으로 말해야 해? 나랑 사귀자. 서효주. 친구 말고, 남자 친구, 여자 친구 하자."

"……."

"……대답은?"

효주는 침묵했다. 하도 세게 깨물어 대 붉어진 입술이 달싹였다. 무심결에 손가락으로 쓸고 싶은 기분이 들었다. 효주는 그런 진원의 맘을 아는지 모르는지 몇 번 더 입을 열었다 닫았다.

진원은 테이블 밑으로 제 허벅지를 가볍게 붙잡았다. 얼굴

128

에는 희미한 미소를 띠었다. 거절할 리가 없었다. 그럴 리가 없었다. 제가 먼저 말했다. 거절당할 리가 없다. 얼굴에 미소를 붙박은 채 저를 바라보는 진원과 결코 시선을 맞추지 않는 효주의 입에서 신음을 닮은 한 마디가 흘러나왔다.

"……왜?"

"뭐?"

"갑자기, 왜? 왜 갑자기…… 그런 말을 하는 건데?"

효주의 등이 곧게 펴졌다. 까만 눈동자가 읽을 수 없는 빛을 띠고 진원을 직시했다. 그 와중에도 그 눈동자는 잘게 떨리고 있었다. 진원은 테이블 앞으로 몸을 기울였다.

"갑자기라고 생각하진 않았는데."

"나한테는 갑자기야."

"그럼 갑자기라서 싫다는 거야? 그럼 한 달쯤 후에 다시 물으면……."

"이유를! 물은 거야. 왜, 갑자기, 이제 와서……."

효주의 목소리가 점차 격양되어 갔다. 진원은 그 당황한 얼굴을 보고 튀어나오려던 한마디를 혀끝으로 지그시 눌렀다. 왜냐고? 그 답은 간단했다.

네가 날 좋아하니까.

무릎 위에 깍지를 낀 손에 힘이 들어갔다. 그렇게는 말할 수가 없었다. 효주가 그 사실을 숨기려고 하는 건지, 아니면 진원이 알고 있다는 사실을 모르는 건지, 진원이 알면서도 모른 척하고 있으니 그대로 저도 모르는 척하는 건지는 몰랐다. 그 화제는 한 번도 도마 위에 오른 적이 없었으니까. 지금 와서 꺼냈다가는 일을 정말 그르치게 되겠지. 진원은 입술을 안으로 한 번 갈무리하고 입을 열었다.

"이유가 필요한 거야, 그럼? 누가 사귀자고 말할 때는 이유가 뭘 것 같은데, 그것까지 정말 모를 정도로 눈치가 없는 건 아닐 테고."

"모르겠어…… 네가 갑자기 왜 이러는지."

"……좋아해, 널."

그 말과 동시에 효주가 헉 하고 작게 숨을 들이켰다. 진원은 손을 풀어 테이블 위에 희게 마디가 드러날 정도로 꽉 쥐어진 효주의 주먹 위로 가져다 댔다. 손마디가 차가웠다. 네가 좋아, 효주야. 진원은 다시 한 번 부드럽게 말했다.

태연한 척 굴고 있었고, 실제로도 그렇게 동요한 상태는 아니라고 생각했지만, 귀 뒤에서 들려오는 제 맥박 소리는 그런 진원을 비웃듯 상당히 빨라져 있었다.

누군가에게 먼저 좋아한다고 말해 보는 건 난생처음이었다. 좋아한다는 말을 보챔 없이 꺼낸 것 자체가 그다지 많지 않았다. 별것 아닌 세 글자인데도 정작 입 밖으로 꺼내려니 다소 긴장이 되기는 했다. 손안에서 뻣뻣하게 굳어 있는 서효주만큼은 아니겠지만.

효주는 한 번 침을 크게 삼킨 뒤, 진원의 손안에서 제 손을 빼냈다. 사라지는 그 온기가 아쉬웠다.

"……언제부터?"

"그게 중요한 거야? 모르겠어. 나도 몰라."

어느새 좋아졌어. 진원은 나지막하게 내뱉고는 의자에 기댔다. 저야말로 알고 싶었다. 언제부터였는지. 호기심이었다. 그다음엔 친구가 되었다고 생각했다. 보고 있으면 재미가 있었고, 이야기를 나누면 즐거웠다. 정확히 어느 지점부터 감정의 경계를 넘어 버린 건지는 알 수 없었다.

그렇지만 한 가지는 분명했다. 효주에게 저 아닌 누군가 접근하는 건 싫었다. 처음부터. 잠시 침묵이 돌았다. 진원은 재촉하지 않고 기다렸다. 언젠간 저 입술이 열릴 게 분명했으니까. 좋다고 말해. 진원이 강하게 떠올리는 동안, 결국 효주가 입을 열었다.

"⋯⋯생각할 시간을 줘."

"시간?"

"응. 난 네가 정말 왜 갑자기 이런 말을 하는지 모르겠거든."

그러니까 대답할 때까지 시간을 좀 줘. 효주가 시선을 내리고 제 손끝을 매만졌다. 진원이 기대했던 답과는 거리가 멀어도 너무 멀었다.

'시간이 뭐가 필요해? 그냥 너도 좋아한다고 하면 되잖아.'

진원은 불쑥 튀어나오려는 말을 속으로만 정리했다. 서효주는 경계하고 놀라 도망치는 게 특기였다. 전적도 충분했고. 하고 싶은 말은 완전히 저에게 속하게 만들고 나서 해도 상관없었다. 고등학교 때는 그걸 몰라서 한 번 실패했다. 두 번 그러고 싶지는 않았다.

그건 그렇다 쳐도, 아마 진원의 말을 갑자기라고 생각하는 건 진원과 효주를 아는 모두를 포함해서 효주 한 명뿐일 거였다. 눈치가 없는 건지, 모르는 척하는 건지. 효주는 진원을 모르겠다고 했지만, 진원 역시 이따금 효주를 종잡을 수가 없었다.

하다못해 엊그제 만났던 효주의 친구마저도 갑자기라고 생각하진 않을 터였다. 나연수랬던가. 진원은 상기된 얼굴로 제게 인사하던 얼굴을 떠올렸다. 부러 친절하게 굴었다. 번호도 주고받았다. 그랬더니 SNS 페이지 친구 신청까지 들어왔다. 고맙게 받았다. 효주 주변을 알아 가는 건 이쪽에서도 환영이었다.

진원은 잠시 고민했다. 시간이라. 얼핏 본 광경으로만 봐도, 연수와 효주는 꽤 가까운 친구 사이인 것 같았다. 그 정도면 효주가 난데없이 사라질 위험은 없을 것 같았다. 아주 낮은 가능성도 거슬릴 만큼 진원은 예민해져 있었다.

"그래. 좋아. 얼마나?"

"글쎄…… 네 말대로 정도면 괜찮을 것 같아."

"내 말대로?"

"한 달 후쯤 다시 묻겠다면서, 한 달."

코웃음이 날 뻔했다. 왜 뻔한 답을 갖고도 한 달이나 시간이 필요하다는 건지.

"사흘이면 충분할 것 같은데. 그렇다, 아니다. 두 가지 중 하나만 선택하면 되잖아."

그리고 네가 선택할 버튼은 당연히 예스고. 진원은 눈을 가늘게 뜨고 종용하는 듯한 미소를 지었다. 효주가 입술을 깨물었다. 미소가 흐트러질 뻔했다.

"……그건 네 입장이고, 난 생각하는 게 좀 느려서. 한 달."

"좋아. 느리게 생각하는 서효주. 일주일 줄게."

"한 달. 과제나 다른 할 일도 많고, 느긋하게 생각하고 싶어."

"일주일. 대답하고 나서 할 일을 하면 되겠네."

"……그럼 3주."

"일주일."

"3주."

"그렇게 긴 시간이 왜 필요해?"

"데드라인이라고 생각해. 그 전에 답이 정해지면 연락할게."

진원의 표정이 굳어졌다. 효주의 눈에서 보이던 불안감이 사그라져 있었다. 데드라인. 먼저 말했을 때부터 이쪽이 기다리는 입장이 될 거라는 예측은 했지만, 선택권을 손에 쥐고 난 효주가 이만큼 완강할 줄은 몰랐다. 밀어붙이는 걸로 해결될 문제는 아니어 보였다.

"……좋아. 그럼 넌 3주라고 생각하고 있어. 대신 그 전에 내가 가만히 앉아서 기다릴 거라곤 생각하지 말고."

효주의 표정이 미세하게 딱딱해졌다.

"……어제처럼 학교로 갑자기 찾아오진 마."

"안 그랬으면 지금쯤 넌 내 앞에 앉아 있는 게 아니라 모르는 남자들이랑 재미있게 손 크기라도 재면서 손을 맞대고 있었겠지."

"너, 오늘따라 좀…… 낯설다."

좀이 아니라 많이. 효주가 살짝 눈을 찌푸리고는 낮게 말했다. 진원은 효주의 말에 가만히 숨을 들이쉬었다. 효주에게 뿐만이 아니었다. 진원 자신에게도 이런 자신은 낯설었다. 평소에는 드러내고 싶지 않았다. 안달을 내는 건 질색이었다.

"좋아. 기다릴게."

진원은 할 수 있는 가장 깨끗한 미소를 지었다. 심하게 초조해할 필요는 없었다. 이미 만나서 확인했다. 서효주를 처음 만나는 사람이라면 누구든 그 속내를 쉽게 읽을 수 없을 것이다. 그러나 진원은 알고 있었다. 아마 그만큼 효주를 면밀히 관찰해 왔기 때문이겠지.

까맣고 커다란 눈동자를 깊이 들여다보면, 표정에서는 쉽게 드러나지 않는 감정이 거기에 있다. 이야기를 들어 주면 기뻐한다. 불쑥 다가서면 부끄러워한다. 지치는 기색 없이 아무렇지 않게 대하면, 결국 효주는 벽을 한 단계 낮췄다. 지금도 그럴 거였다. 애태울 필요 없이 여상한 태도를 보이는 게 나았다.

그러니 기다려 줄 수 있을 것 같았다. 진원이 고백을 한 이상 최소한 효주의 머릿속에 다른 사람이 비집고 들어갈 틈새는 없을 터였다. 3주. 그래. 그 정도는 기다릴 수 있을 것 같았다. 진원은 낮게 한숨을 쉬었다. 여태까지 기다려 왔던 것에 비하면 눈 깜짝할 새 지나갈 시간이었다.

"그래, 3주. 알겠어. 원하는 대로 해."

"……그래."

효주는 미심쩍은 얼굴로 대답했다. 아마 3주나 걸릴 리는 없었다. 그냥 조심성이 많은 서효주였기에, 안심할 만한 안전거리가 필요한 거겠지. 확신이 있었기에 승낙했다.

기다리기에 무척이나 지루하고 찜찜한 시간일 터였다. 하지만 결국 먼저 말하기로 결심한 이상, 거기에 따라올 따분한 시간 역시 진원이 감당해야 할 몫이었다.

우선 중요한 건 그거였다. 도망치지 못할 고리를 만들어 씩

워 두는 것. 다 잡은 물고기라고 마음 놓고 있다가 진원은 아직까지 효주의 입에서 좋아한다는 말을 한 마디도 듣지 못했다. 잡으면 도망가고, 잡으면 도망가고. 친구라는 이름으론 부족하다는 걸 진원은 이미 알고 있었다. 네 마음을 말해 달라고 다그치는 건 그 이후에 해도 충분했다.

분수령

효주는 침대 위에 털썩 누웠다. 무슨 생각을 하며 집에 돌아온 건지 기억이 잘 나지 않았다. 진원이 말을 꺼냈을 때부터 뇌의 어딘가에서 정상적으로 생각하기를 멈추고 있었다. 전원이 나간 머리에 비상시를 대비한 긴급 전력이 있어서, 그게 효주 대신 전부 대화를 진행해 버린 게 아닌가 싶었다.

한 번에 충격이 몰려온 건, 도어록을 풀고 등 뒤로 현관문이 닫히는 소리를 듣고 나서였다.

'좋아해.'

진원이 그렇게 말했다. 대체 왜? 언제부터? 왜? 효주의 머릿속을 끝없는 물음표가 채웠다. 왜, 이제 와서.

효주는 여태껏 아니라고 생각했다. 어설픈 기대를 했다가 곧 부서져 버리는 게 싫어서 줄곧 제 감정을 누르고 감추기만 했다. 기대가 깨져 버린 게 한두 번이 아니었다. 그래서 효주에게는 그게 최선이었다. 부정을 습관화해서 희망을 최소화하는 것.

그런데 이번에는 진원이 제 입으로 말했다. 좋아한다고. 그렇게 말했다. 잘못 들은 거라고 생각하기에는 효주가 너무 제정신이었다.

머리가 아팠다. 과거의 모든 진원과 현재의 진원이 효주의 머릿속을 질주했다. 여태까지의 혹시나는 전부 역시나로 끝나 버렸다. 다시 만나고 싶지 않다고 생각했던 건 이제 더 이상 그런 멍청한 짓을 반복하고 싶지 않아서였다. 그런데 진원은 효주가 혹시나조차 포기해 버렸을 때, 단숨에 급소를 찔러 왔다.

좋아한다고? 날? 남진원이? 현실감이 없었다. 효주는 가만히 누워 천장을 향해 눈을 깜박였다.

눈앞에 찰나의 어둠과 빛이 점멸하는 사이를 과거의 기억이 빠르게 스쳐 지나갔다. 어째서 좋아한다는 단순한 말조차 믿을 수 없게 된 거냐고 누가 묻는다면, 효주에게도 댈 만한 나름의 이유가 있었다.

독서실에서의 대화 후, 제 감정을 자각한 효주는 진원에게서 멀어지고자 했다. 당시에 효주가 선택할 수 있던 건 그게 최선이었다. 앞에서 아무렇지도 않게 지낼 수가 없을 것 같았다. 효주 앞에서 진원이 또 '여자 친구' 얘기를 꺼내기라도 하면 인상을 찌푸리지 않을 자신이 없어서기도 했지만, 그냥, 싫었다.

진원의 미소를 보고 또 가망 없는 착각을 하게 되는 것도 싫었고, 그게 티가 날 거라고 생각하면 더 싫었고, 보고 싶다고 생각하게 되는 것도 싫었다. 전부 그냥 다, 싫었다. 그래서 피했다.

어차피 둘의 연결고리란 있지도 않았다. 공통된 친구가 있는 것도, 어쩔 수 없이 마주쳐야만 하는 것도 아니었다. 물론 덕분에 독서실에는 가지 못하게 되었다. 우연히라도 마주치고 싶지 않았기 때문이었다. 어차피 거기서 한바탕 울어 댄 탓에, 밖으로 나설 때 흘깃흘깃 못마땅한 시선을 던지던 같은 방 사람들을 다시 볼 자신이 없기도 했고.

진원에게서는 아주 가끔 문자가 왔다. 답장을 하지 말까. 고민을 하다가 효주는 짧디짧게 답장을 하곤 했다. 본 문자를 안 본 것처럼 무시하기에는 아무래도 가슴이 답답했다. 일순간 연락을 뚝 끊어 버린다는 건, 진원의 입장에서 보면 영문을 모를 일인 셈이었다.

효주는 문자를 붙잡고 한참 망설이다가 몇 시간이나 후에야 겨우 '응', '아니' 같은 답을 보내고는 휴대폰을 던져 버렸다. 기말고사가 지나는 와중에 바빠서 그런가 보다 알아서 넘기겠지 싶었다.

그러다 어느 순간부터는 아예 전원을 꺼 버렸다. 그러고는 가방 깊숙이 묻어 뒀다. 눈앞에 보이면 쓸데없이 신경을 쓰게 된다. 많이 오지도 않는 진원의 메시지에 자꾸 신경을 곤두세우고 싶지 않았다. 켜지 않고 잠잠하게 두는 편이 마음이 편했다.

독서실에 가지 않게 된 대신 효주는 학교에 남았다. 어차피 공부는 해야 했고, 딱히 갈 곳도 없었다. 요새는 반 아이들이 하나둘씩 과외나, 학원을 다니는 듯, 밤의 교실은 군데군데 비어 있었다. 조용했다. 음악을 듣고 싶었지만, 그럴 수가 없었다. 효주가 갖고 있는 음악 기기는 핸드폰 하나뿐이었고, 그건 켜 둘 수 없었다. 둘 중 하나를 고른다면, 음악이 없는 편이 나았기에 한 선택이었다.

그렇지만 가뜩이나 복잡한 머리에 신경을 돌릴 음악조차 없으니 집중이 잘 되지 않았다. 효주는 샤프 끄트머리로 볼을 꾹꾹 찌르며 문제를 풀어내려 애써 봤지만, 제법 힘들었다. 낮게 한숨을 쉬었다.

그때 효주 앞 빈자리에 누군가 털썩 주저앉았다. 효주는 반사적으로 고개를 들었다. 그리고 얼굴을 굳혔다. 지민이었다. 효주를 바라보는 얼굴이 그다지 곱지 않아서 왠지 불안한 기분이 들었다. 같은 반이 되고 나서 지민이 효주에게 말을 걸어오는 건 처음이었다. 지민이 새침하게 입을 열었다.

"지금 바빠?"

"……아니."

"그럼 나랑 얘기 좀 해."

효주는 흘깃 교실 벽에 걸린 시계를 쳐다봤다. 아직 이번 자습시간이 끝나려면 20분이 넘게 남았다. 그런데 눈앞의 지민은 그런 것 따위는 아랑곳하지 않는다는 얼굴로, 목소리를 죽일 생각도 없다는 듯 말했다.

"20분 있으면 쉬는 시간이니까, 그때……."

"난 지금 하고 싶은데."

주위에 가만히 앉아 있던 애들의 시선이 효주와 지민에게 쏠렸다. 아랫배가 불편해졌다. 원하지 않는 주목을 받는 게 썩 좋은 기분은 아니었다. 효주는 입술을 깨물고, 마지못해 대답했다.

"……그럼 나가서 얘기하자."

"그래, 나가서 해. 운동장 어때?"

지민이 벌떡 몸을 일으켰다. 그리고 문 쪽을 향해 고갯짓을 하며 먼저 걸음을 옮기기 시작했다. 효주는 떨떠름한 표정으로 얼결에 따라 일어났다. 대체 무슨 말을 하려고 하기에 저렇게 앵돌아진 얼굴을 하고 있는 걸까.

문 밖으로 나서니, 아담한 체구가 벌써 총총 모퉁이를 돌아 사라지고 있었다. 효주는 혼란스러운 마음으로 그 뒤를 따랐다. 지민이 효주에게 말을 걸었던 적은 없었다. 그건 대화를 나눌 필요가 없었기 때문이었다. 둘 사이에는 접점이 없었다. 그런데 갑자기 지민이 말을 걸어왔다면, 그건 아마 없었던 접점이 생겼기 때문일까.

효주는 얼굴을 찡그렸다. 진원의 얼굴이 퍼뜩 떠올랐다. 예감이 좋지 않았다.

지민은 운동장으로 돌아 나와서도 걸음을 늦추지 않았다. 좁은 보폭으로 걸음을 재촉하던 지민이 결국 멈춰 선 곳은 벤치 앞이었다. 효주는 안 좋은 예감이 들어맞았음을 눈치챘다. 이 벤치는 진원과 효주가 가을 동안 이야기를 나누던 곳이었다. 털썩 앉은 지민이 효주를 향해 눈을 깜빡이며 자기 옆자리를 통통 쳤다. 효주는 몇 번 모래에 발끝을 비비다가 지민과 조금 떨어져 앉았다.

"너 진원이랑 친하다며?"

애들이 얘기하는 거 들었어. 지민이 새치름한 목소리로 말했다. 효주는 흘깃 지민의 기색을 살피고는 살짝 고개를 기울였다.

"……그렇게 들었으면 그런 거겠지."

"내가 걔랑 사귀는 건 알아?"

"들었어."

"그럼 걔가 1시간 전에 나한테 헤어지자고 한 것도 알아?"

효주는 갑작스러운 말에 고개를 들어 옆을 쳐다봤다. 헤어졌다고? 진원에게서 지민의 이야기를 들은 게 고작 2주 전이었다. 따져 보면 결국 둘은 사귄 지 채 한 달도 되지 않았다는 말이었다. 그런데 벌써 헤어졌다고? 효주가 눈을 가늘게 떴다. 지민이 코웃음과 비슷한 소리를 냈다.

"참고로 내가 차였어."

주황색 가로등 불빛 밑으로 지민은 담담하려 애쓰는, 떨리는 목소리로 말했다. 효주는 가만히 듣고 있었다. 헤어졌구나. 그런데 알 수 없는 건, 왜 지민이 효주를 불러 굳이 이런 이야기를 하고 있느냐였다. 둘은 그렇게 정답게 남자 얘기를 나눌 만한 사이가 아니었다. 지민은 효주의 의아함에도 아랑곳하지 않고 얘기를 계속했다.

"걔가 뭐랬냐면, 나랑 더 이상 못 사귀겠대. 이유가 있어서. 그래서 이유를 물어봤더니, 그럴 여유가 없다는 거야. 그러고선 그냥 그대로 뒤돌아서 가더라? 너무 어이가 없어서 그 자리에서는 잡지도 못했어. 남자 건물로 쫓아갈 수도 없고 해서 전화를 해 봤는데, 안 받아. 문자를 했는데, 그것도 답장이 없어. 짜증이 날 만도 하지?"

지민은 효주를 바라보며 동의를 구했다. 미소를 띤 얼굴이 어둑한 밤하늘 아래서도 빤히 보일 만큼 경직되어 있었다. 효주는 뭐가 마땅한 말인지 고르지 못하고 그저 말없이 지민과 눈을 맞췄다. 조짐이 나쁜 것만은 확실했다.

"내가 이 얘기를 너한테 왜 하는지 궁금해?"

지민의 낭랑한 목소리에 문득 찬 기운이 서렸다. 웃고 있었지만, 날이 서 있는 것 같았다. 효주는 뒤에 따라 나올 말을 짐작조차 하지 못하고, 그저 고개를 주억거릴 수밖에 없었다. 지민의 코가 찡그려졌다. 더 이상 그 얼굴에서 미소는 미소로 보이지 않았다.

"나 좀 도와 달라고."

"뭐?"

"너 진원이랑 친하잖아. 그럼 나 도와줄 수 있잖아."

갑자기 왜 그러는지 물어봐 준다든가. 아니면 다시 얘기해 보라고 넌지시 운을 떼어 본다거나. 할 수 있지 않아? 지민은 벤치 위에 손을 얹고 상체를 돌려 효주에게 바싹 다가왔다. 동그란 두 눈이 짐짓 애처로운 빛을 띤 채 효주를 향해 있었다. 당황스러웠다. 효주는 슬그머니 등을 기울여 지민에게서 멀어졌다. 뭐라고 대답해야 할지 알 수가 없었다. 그러자 지민의 입꼬리가 비뚤게 올라갔다.

"아니면 그렇게 못할 이유라도 있어? 김정우 때처럼?"

효주는 별안간 튀어나온 이름에 잠시 숨을 멈췄다. 지민이

143

하는 애기가 왜 이렇게 불안한 건가 싶더니, 결국에는 이렇게 이어질 거였다.

"그런 거야? 왜 대답을 못해?"

효주는 느리게 눈을 감았다 떴다. 대비하지 못했던 공격에 찔린 가슴이 쉽게 회복되지 않았다. 어떻게 운을 떼어야 할지 알 수가 없었다.

그러자 입술을 꾹 다물고 아무 말도 하지 않는 효주를 보고 지민은 더욱 열을 내기 시작했다. 예쁘장한 입술에 떠오른 비웃음이 더 깊어져 있었다.

"진짠가 보네. 있잖아. 나 함민지하고도 얘기했어. 처음에는 자기 전 남친 사귄다고 화내러 온 건가 싶었는데 네 얘기하러 온 거더라고. 너 조심하라고. 진원이가 자기랑 헤어지자마자, 너랑 단둘이 영화 보러 갔다고, 네 평판 나쁜 게 괜히 있는 일이 아니라고."

지민이 고운 목소리로 하는 한 마디 한 마디가 전부 상처였다. 효주는 윗니로 아랫입술을 꾹 깨물었다. 손이 떨려 왔다.

"그래. 나도 너 중학교 때 얘기 다 알아. 솔직히 그거 모르는 애 없어. 난 그래도 너 조용하고, 얌전해 보여서 그냥 헛소문이겠거니, 함민지가 그냥 질투심에 찾아온 거겠거니 하고 안 믿었는데, 지금 보니까 진짜인 거 같다? 한 마디도 못하는 거 보면?"

터무니없는 말을 한 번에 듣게 되면 사람은 순간 말을 잃는 법이다. 눈앞이 새하얘졌다. 보호해 주고 싶게 귀여운 인상을 한 작은 여자애가 거침없이 쏟아붓는 폭언이 비수같이 아픈 곳만을 찔러 왔다. 눈물이 나올 것 같지 않은 게 다행이었다. 앞에서 꼴사납게 울고 싶지는 않았다.

간신히 마음을 다독이고 있는 효주를 보고 지민이 아주 예쁘게 웃었다. 그러고는 마지막 한 마디를 던졌다.

"너 남의 남자 친구 뺏는 게 취미니?"

"둘이 무슨 얘기 하는 중이야?"

지민의 독설과 함께 들려오는 목소리가 있었다. 굳어 있는 효주 대신 지민의 고개가 빠르게 돌아갔다. 효주는 움직일 생각도 못한 채, 여전히 하얗게 비어 있는 머리로 숨을 쉬는 것이 고작이었다.

"진원아……."

"재밌는 얘기 중인 것 같은데 나도 좀 끼워 줄래?"

당황한 지민의 말에 겹쳐서 들려오는 진원의 목소리가 다정하고도 싸늘했다.

진원은 눈앞에서 하얗게 질려 있는 지민을 느긋이 바라봤다. 작은 여자애가 겁에 질려 눈만 깜빡이고 있는데도 그다지 동정할 만한 기분이 아니었다. 인정했다. 요 근래 내내 진원의 심기는 그다지 편치 않았다.

"너 웬일로 표정이 안 좋냐."

현재가 진원의 어깨에 손을 걸치며 말했다. 진원은 그 얼굴에 잠시 시선을 주다가 손에 들고 있던 유리컵을 단숨에 들이켰다. 진원은 일단 그룹 과외를 받고 있었다. 굳이 성적을 올릴 필요가 있다기보다, 어머니의 걱정을 덜기 위해서였다. 인원도 늘 같았다. 한 동네에서 오래 자라 초등학교부터 고등학교까지 줄곧 같은 학교를 다니고 있는 서넛이 모였다.

그중 한 명이 오현재였다. 집안끼리 돈독한 탓에 철이 들기도 전에 알게 된 사이라, 멀리하고 싶어도 그럴 틈이 없었다. 말해두자면, 현재는 남의 일에 몹시도 끼어들기를 좋아하는 인간형이었다. 친구라고 말하기에는 악우라는 말이 더 잘 어울렸다.

"안 좋긴."

"내가 널 모르냐? 100명에 99명은 눈치 못 채도 나는 눈치채지. 무슨 일인데?"

현재는 과장된 동작으로 제 가슴팍을 엄지로 가리키며 의기양양하게 말했다.

"아무것도 아니라니까."

진원은 짜증을 억누르며 대답했다. 현재의 지적이 그다지 틀린 게 아니었기 때문에 나는 짜증이었다. 문제가 있긴 있었다. 그리고 그 문제 때문에 기분이 좋지 않은 것도 사실이었다.

아주 사소한 일이었다. 진원은 바지주머니 안에서 지독히도 잠잠한 핸드폰을 의식했다.

어젯밤부터 오늘까지 진원의 휴대전화는 단 한 번도 진동하지 않았다. 그 말은 효주가 진원이 보낸 메시지에 여직 답장이 없다는 뜻이었다.

좀 가까워졌다 싶었다. 고양이에 비유하자면 이제는 경계를

146

하다가도 머리를 쓰다듬게 내주기는 하는 사이가 되었다. 진일 보했다 싶어서 조금 제 일상에 눈을 돌려 뒀더니, 또다시 감감 무소식이었다.

간단한 문자에 그보다 더 짤막한 답장이 오는가 하면, 그것 마저도 곧 뜸해졌다. 가끔 독서실 휴게실에서 가만히 앉아 휴식을 취할 때도, 효주를 한 번도 마주치지 못했다. 바쁘겠지, 생각하다가도 휴대폰을 열어 한 글자를 치는 데 10시간이 넘게 걸릴 만큼 바쁘겠냐는 비아냥거림이 머릿속을 맴돌았다. 이런 홀대는 정말로 난생처음이었다.

그걸 아는지 모르는지 현재는 빙글빙글 웃으며 진원의 옆구리를 찔렀다.

"맞춰 볼까? 네 여자 친구 때문이지?"

"무슨 소리야?"

"아니야? 네 여친 요새 되게 기분 상한 거 같던데."

진원은 갑자기 튀어나온 지민의 이야기에 눈살을 찌푸렸다. 여기서 그 애의 이름이 나올 이유는 하등 없었다. 지민이 진원에게 뭐라 불만을 토로한 적은 없었다.

애초에 별로 시간을 같이 보내지도 않았다. 점심시간이나 석식시간에 가끔 쫓아와서 짧은 시간 말을 나누는 게 고작이었다. 제가 만든 거라며 이것저것 안기는 걸 받고 고맙다고 말하는 것만으로도 기뻐했다.

귀찮게 안 굴 테니까 제발 사귀어 달라는 말 그대로였다. 몇 번 학생회 때 말을 건다 싶더니 고백을 받았다. 거절할 이유가 없어서 승낙했다. 자기를 별로 좋아하지 않는 것 같다고 온갖 투정을 부리는 애들보다 편했다. 그런데 그 애의 이름이 여기서 나올 줄은 진원은 미처 예상치 못했다.

"지민이가 왜?"

"뭐야, 너 몰라? 소식이 느리네, 이거."

"무슨 말인데?"

"걔 내 여친이랑 친구거든. 상화 알지? 상화가 요새 너의 지민이가 하루가 멀다 하고 맨날 짜증을 부린다고 죽으려고 그러거든."

처음 듣는 얘기였다. 진원이 가볍게 표정을 굳히며 현재에게 시선을 집중하자, 현재는 신이 난 기색으로 계속 떠벌렸다.

"너 진짜 몰라? 걔가 네 앞에선 얘기 안 하나 봐."

"거두절미하고 본론만 말해 봐."

"너 그 여자애랑 친하잖아. 그 혼자 다니는 애."

진원은 현재의 입에서 나오는 효주 얘기에 본격적으로 인상을 찌푸렸다. 서효주를 가십거리로 삼지 말라고 몇 번을 말했는데. 효주가 누군가의 주목을 받는 걸 싫어한다는 건 소소한 반응만 보고도 알 수 있었다. 괜히 겁을 먹게 하는 게 싫기도 해서 현재와 다른 애들이 그 화제를 입에 올릴 때마다 저지했다. 그런데 왜 또 여기서 서효주의 이름이 나오는 건지.

현재는 진원의 싸늘한 반응을 눈치채고 항복의 표시로 두 손을 장난스럽게 올려 보였다.

"아니, 내가 뭘 어쩌겠다는 게 아니고. 짜식, 완전 과보호에 신비주의야. 그게 아니고 니 여친이 걔 때문에 히스테리가 장난이 아니라고."

"백지민이 왜."

"왜긴 왜야. 네가 자기는 완전 보는 둥 마는 둥 길거리 판촉 요원 대하듯 오면 받아 주고, 아니면 말고 그러는데 걔한테는 틈만 나면 말 걸고 친하게 구니까 그렇겠지."

진원이 별다른 반응 없이 가만히 제 얘기를 듣고 있자, 현재는 진원의 어깨를 통통 두들기며 점점 흥을 더해 갔다.

"야, 사실 내가 보기에도 그렇거든. 백지민은 너한테 완전 강아지처럼 달려 들어 가지고 예뻐 좀 해 달라고 안달인데, 너는 거기에다가는 그래, 그래, 알겠어. 딱 그런 반응만 보이고 정작 걔 뭐냐, 효주인가? 걔한테는 조온나 살갑게 굴고. 나라도 서운하겠다."

"서효주 이름은 꺼내지 말고."

진원은 어깨에 얹힌 현재의 손을 털어 냈다. 현재는 진원의 반응에 어깨만 으쓱하고는 물러섰다. 익숙했던 탓이다.

귀찮게 적을 만드느니 차라리 상대에게 친절하게 대하는 전법을 택하는 진원이 정말로 꺼리는 기미를 보인다면 그건 진심으로 싫다는 표시였다. 뭐, 그것도 남진원이 나름대로 솔직하게 제 감정을 표할 만큼 현재를 가깝게 여긴다는 증거이기도 했고.

"아무튼…… 난 그것 때문에 백지민이 너 귀찮게 굴어서 그런가 보다 했는데, 아닌가 봐? 그럼 왜 그래? 왜 얼굴이 묘하게 죽상이야?"

"……그런 적 없는데."

진원은 빈 컵을 개수대에 내려놓고 가차 없이 뒤를 돌았다. 현재는 비밀도 많다고 궁얼거리며 진원에게 다시금 어깨동무를 했다. 진원은 곰곰이 사정을 따져 보느라 이번에는 현재의 팔을 밀쳐 내지 않았다.

그것 때문이었나? 가닥이 잡혀 가는 듯했다. 일리가 있었다. 제 주위에 수군거리는 소리만 들려도 질겁하는 서효주인데, 안 좋은 소문이 돈다고 치면 저를 피할 수도 있겠다 싶었다.

뱃속이 싸해졌다. 빈정이 상했다. 머리로 이해한다고 해도 본능적으로 치미는 불쾌감이 없어지는 건 아녔다. 진원은 필사적인 얼굴로 제 앞에서 두 주먹을 불끈 쥐고 외치던 지민을 떠올렸다.

'절대 쓸데없이 귀찮게 안 할게. 그러니까 나랑 사귀자.'

제법 진심이라고 생각해서 받아 주었다. 거절했다가 앞에서 우는 꼴을 보는 것보다는 낫겠다 싶어서. 그러나 지민은 제가 한 약속을 어겼다. 그러면 진원이 내릴 결정은 한 가지뿐이었다.

"헤어지자고? 왜, 왜? 갑자기 왜 그러는데?"

진원은 석식시간에 밝은 얼굴로 저를 찾아온 지민을 따로 불러냈다. 설레는 함박웃음을 띠고 있는 애한테 말하기는 좀 껄끄러웠지만, 꾸물거리는 것보단 낫겠다 싶어 본론만 말했다.

발갛게 달아 있던 지민의 뺨이 진원의 한 마디 말과 함께 사색이 되었다. 지민은 떨리는 목소리로 진원의 교복 소매를 붙잡았다. 이유를 물었다.

네가 귀찮아져서. 그렇게 본심을 말하기에는 그러고 나면 일이 두 배는 귀찮아질 것 같았다. 효주를 붙들고 늘어지는 애한테 뭐라고 말해 봐야 또 효주만 입방아에 오르겠지. 진원은 적당히 떠오르는 핑계를 댔다.

"……지금은 누굴 사귈 여유가 없겠다 싶어서. 그럼 갈게. 잘 지내."

미련 없이 돌아서는 등 뒤로 지민은 진원의 이름을 가냘프게 한 번 불렀지만, 또 진원을 붙들고 늘어지지는 않았다.

다행이라고 생각했다. 애초에 저번에, 누구였더라, 민지와 헤어지고 나서 누군가를 또 사귄 게 실수였을지도 몰랐다. 곧 입시에 집중해야 할 시기이기도 하고. 진원은 전혀 찌꺼기가 남지 않은 가벼운 발걸음으로 교실로 향했다.

효주에게는 아직도 답장이 없었다. 겨우 친구가 되었다고 생각했는데 그것도 아니었던가? 진원은 기저에서 일렁이기 시작하는 얕은 불안감을 잠재웠다.

무심한 성격이라고는 생각했지만, 이제는 좀 달라졌을 거라고 생각했다. 최소한 저 한정으로는. 자만심이라고 해도 좋았다. 사람을 읽는 게 특기라고 생각했다. 그런데 아니었다고 생각하면 입안이 씁쓸해져 왔다.

백지민하고 헤어졌다고, 이제 네 욕하는 애랑 안 만난다고 문자라도 보내 볼까 생각하다가 아차 싶었다. 일부러 효주에 대한 화제는 싹 빼놨다고 해도 나중에 지민이 괜히 앙심을 품을까 싶기도 했다. 그런 애가 아니라고 생각했지만, 뒤에서 벌써 효주의 욕을 했다고 하니 모를 일이었다. 이제 그럴 일 없게 따로 독서실 같은 데서만 보자고 할까.

아예 효주에 대한 관심을 끊어 버리면 간단할 일을 어째선지 그러고 싶지 않았다. 인정해야 했다. 진원에게 다가오는, 혹은 다가오지 않는 사람 중 서효주가 제일 편했다. 호기심으로 시작했던 것치고는 꽤 잘 맞았다.

퉁명스러운가 하면 던지는 한마디가 재밌어서 웃음이 날 때도 있었다. 이것저것 꼬치꼬치 캐묻지도 않고, 여타 여자애들처럼 필요 이상으로 들러붙지도 않았다. 다른 사람들이랑은 좀 달랐다.

살갑게 대하려고 노력할 필요도 없이 말이 편하게 나왔다. 그런 진원을 두고 효주는 유별나게 굴지도 않았다. 그래서 서효주가 특별해졌냐고 물으면 그렇다고 말할 수 있었다. 하긴 제가 처음 다가간 시점부터 평소와는 차이가 났던 셈이었다.

말을 걸고 싶어졌다. 그래서 말을 나누는 사이가 되었다. 가까워졌다. 그냥 이대로 멀어지게 두기엔 아까웠다.

그때, 무심코 고개를 돌린 진원의 시야에 뭔가가 잡혔다. 창문 너머로 훤히 보이는 '그' 벤치가 오늘은 웬일로 비어 있지 않았다. 진원은 눈을 가늘게 떴다.

비어 있지 않을 뿐 아니라, 보이는 인영이 한 명 몫이 아니었다. 둘이 앉아 있었다. 한 명은 서효주겠고……. 나머지 한

명을 보려고 진원은 창문 쪽으로 몸을 기울였다. 그리고 누군지 깨달은 순간 진원의 입가에 가벼운 조소가 떠올랐다.

예상이 적중했다. 저건 백지민이었다.

"진원아…… 저기, 그런 게 아니고."

"뭐가 아닌데?"

지민은 그저 손끝을 쥐어뜯을 수밖에 없었다. 아무리 쏘아붙여도 찔리는 기색 하나 없이 가만히 제 말을 듣고 있는 효주 때문에 열이 올랐다. 그래서 원래 하고자 했던 말보다도 한 발짝 더 나가서 화를 내고 말았다.

어찌나 제 대사에 심취해 있었던지 진원이 다가오는 것조차 보지 못했다. 지민은 산뜻한 얼굴로 제게 웃어 보이는 진원의 얼굴이 어딘지 모르게 메말라 보인다고 생각했다. 조마조마해졌다.

'그' 남진원과 사귀고 싶어서 한참이나 곁을 맴돌았다. 함민지와 헤어졌다고 생각했을 때부터 은근히 틈을 노려 말을 걸었다. 거의 빌 줄을 모르는 진원의 여자 친구 자리가 한동안 공석으로 남자, 아마 제 자리가 될 모양이라고 우쭐하기도 했다. 그런데 고백을 흔쾌히 수락받고 기뻐했던 게 무색하게도 진원은 간단히 이별을 선언했다. 어이가 없던 것도 잠시, 화가 치밀어 올랐다.

짚이는 구석이 있기 때문이었다. 친구도 없이 가만히 있는 듯 없는 듯 굴기에, 그냥 진원이 신기하고 재밌어하는 거겠지 여겨졌던 애가 있었다. 그게 서효주였다.

입학 초기부터 암암리에 여자애들 사이에서 오르내리다 어느 순간 잠잠해졌던 애. 울컥한 맘에 불러냈다. 화풀이라도 될 줄 알았다. 네가 내 남친 꼬드겼지? 비웃어 주면 알아서 길 거라고 생각했다. 그걸 하필 진원에게 딱 들킬 줄은 몰랐다. 진원이 점차 움츠러드는 지민의 어깨를 낌새채지 못한 것처럼, 다정한 목소리로 말했다.

"뭐가 아닌데, 지민아? 내가 방금 들은 게 전부 아니야?"

"아니, 그게 아니고, 나는, 네가 갑자기 헤어지자고 해서."

"내가 헤어지자고 했을 때, 그게 서효주 때문이라고 했나?"

내 기억으로는 아닌 것 같은데. 진원이 순진한 얼굴로 고개를 갸웃했다.

진원은 화를 내지 않았다. 언성을 높인 것도 아니고, 여전히 입가에는 평온한 미소를 띤 채 정말로 모르겠다는 얼굴로 지민을 바라보고 있었다. 그런데 희한하게 등골이 서늘했다. 지민은 그런 진원의 앞에서 금붕어처럼 입만 뻥긋거리는 게 고작이었다.

"그러면, 지민아. 왜 그랬어? 미안한데, 운동장이 하도 조용해서 네가 하는 말, 나 다 들었는데. 화가 많이 난 목소리더라."

"진원아……."

"나는 분명히 마음의 여유가 없어서라고 말했는데, 대화에 오해가 있었나?"

진원의 목소리가 한층 낮아졌다. 효주는 기다랗게 뒤로 그림자를 드리우며 차분한 어조로 말을 이어 가는 진원을 바라봤다. 보고 싶지 않다고 생각했는데, 이렇게 쉽게 다시 보게 됐다. 그것도 그다지 보여 주고 싶지 않은 모습으로. 앙칼지던 지민의 목소리가 떨렸다.

그와 대조적으로 옅은 미소가 밴 진원의 그림자 진 얼굴이 서늘했다. 효주는 눈조차 깜빡이지 못하고, 그 얼굴을 쳐다봤다. 순간 멈춘 줄 알았던 심장이 빠르게 뛰기 시작했다.

"그런 게 아니고……."

"그런 게 아니면, 이제 너도 효주랑 더 이상 할 얘기 없겠다. 그치?"

진원이 효주의 어깨에 손을 얹었다. 온통 차가워졌던 몸이 거기에만 온기가 돌았다. 효주는 짧게 몸을 떨었다. 진원이 효주에게 '가자.'라고 말하고 효주의 팔을 잡고 일으키려 하는가 싶더니, 금세 표정이 변했다. 그러고는 무릎에 손을 얹고 바들거리는 지민을 향해서 여상한 어조로 말했다.

"사실 여기서 자리를 피해 줘야 할 사람은 지민이 너인 것 같아. 여기 서효주 전용석이거든."

"……!"

"뭐, 굳이 찬바람을 맞으면서 여기 꼭 있겠다고 하면 자리를 피해 주겠지만."

진원의 말투는 더할 나위 없이 완만했지만, 그 내용은 누구라도 느낄 수 있을 만큼 날이 서 있었다. 지민도 그를 깨달은 듯 분연히 자리를 박차고 일어났다. 그러고는 어처구니없다는 듯 코웃음을 치며 진원과 효주를 번갈아 노려봤다.

"남진원, 너도 어쩔 수 없구나."

"······무슨 소린지는 모르겠지만, 잘 들어가 봐."

"쟤가 대체 무슨 매력이 있어서 네가 이러는지는 모르겠는데, 그래 둘이 잘해 봐. 서효주, 너 대단하다? 남자 꼬시는 데 재능이 있나 봐."

지민의 얼굴이 묘하게 일그러졌다. 꼭 쥔 두 주먹이 몸서리치는 게 보였다. 목소리가 삐쭉했다. 잘 보이지 않는 어둑한 곳에서도 지민의 얼굴에 울음이 어리고 있는 게 느껴졌다. 효주는 어떻게 굴어야 할지 감조차 잡지 못하고, 그저 진원과 지민을 번갈아 보기만 했다.

"지민이 너야말로 왜 그렇게 생각하는지는 모르겠지만, 서효주는 나한테 아무 짓도 안 했어. 나 때문에 화가 났으면 나한테 얘기를 했어야지."

진원이 지민의 눈가에 고인 눈물에도 아랑곳하지 않고 담담하게 말했다. 지민의 입술이 뭐라고 말하고 싶은 것처럼 화들거렸다. 그러나 그 입에서 뭐라고 더 대거리가 나오는 일 없이, 지민은 팩 돌아섰다. 그리고 보기만 해도 짜증이 가득한 발걸음으로 멀어지기 시작했다. 멀어지면서 뭐라고 분에 차서 중얼거리는 것 같기는 했지만, 그 내용까지는 들리지 않았다.

지민이 어느 정도 멀어진 다음, 진원이 지민이 비우고 간 옆자리에 앉았다. 효주에게 뭐라 말을 걸지도 않고 그냥 거기에 앉았다. 그래서 효주도 그냥 가만히 앉아 있었다. 간혹 뭐라고 귓가에 속삭이고 가는 겨울바람을 맞기만 하면서.

그렇게 앉아서 몇 분이 지났는지 몰랐다. 어쩌면 몇 십 분이었을 수도 있겠다. 팔조차 닿지 않은 채 나란히 앉아 있는데, 바람결에 실려 나직한 목소리가 들렸다.

"미안해."

진원이 말했다. 효주는 불쑥 떨어진 말에 저도 모르게 고개를 돌렸다. 진원이 효주를 바라보고 있었다. 눈이 마주쳤다. 진지한 시선이었다. 뱃속이 철렁했다. 효주는 왠지 눈물이 날 것만 같아졌다.

"……뭐가."

"나 때문에 백지민이 저런 거 같아서. 미안. 저런 애인 줄 알았으면 처음부터 상대도 안 했을 거야."

울컥, 뭔가가 치밀어 올랐다. 생각해 보면 달랐다. 그때는 아무도 효주의 편을 들어주지 않았다. 그런데 진원이 나타나서는 그렇게 해 주었다. 눈가가 뜨거웠다. 몽글몽글 쉬지 않고 가슴팍에서 뜨끈함이 새어 나오기 시작했다. 고개를 숙였다.

"너 때문 아니야. 원래 한 번은 이럴 일이 있을 것 같았어."

그래서 친구를 못 만들었다. 한때는 학교에서 전부 저를 보고 수군거리는 것 같은 착각이 들었다. 중학교 때 같은 학교를 다녔던 애들이, 아직도 그때를 기억하고 효주를 차갑게 비웃을 것만 같았다.

늘 그런 시선에 대비하고 있었다. 항상 이어폰을 끼고, 아무도 없는 운동장에 나와 있는 버릇이 생긴 것도 그 때문이었다. 효주는 어느새 바짝 말라 버린 아랫입술을 깨물었다.

"괜찮아."

"……뭐가?"

"뭐든."

진원이 갑자기 내뱉은 한 마디에 효주는 다시 고개를 들었다. 그리고 재차 마주친 진원의 시선은 여전히 올곧아서 효주의 얄팍한 방어막을 단숨에 꿰뚫을 것만 같았다. 좋아하지 말자고 생각했다. 지민의 말에 대꾸 하나 하지 못한 것도 그래서였다.

정말로 좋아했으니까. 그래서 방해가 된 거라면, 제 탓일지도 모른다고 생각했다. 제가 잘못된 거라고 생각했다. 진원의 눈빛이 따뜻하게 변했다. 효주는 눈물을 참는 게 고작이었다.

"난 백지민이 무슨 얘기를 한 건지는 몰라. 하지만 어찌 됐든 상관없어. 아무것도 몰랐을 때부터, 네가 눈에 들어왔어. 그래서 말을 걸었어. 널 알고 싶어서."

목소리도 눈빛만큼 정다웠다. 막으려고 했던 눈물이 슬그머니 차올라 시야를 가렸다. 지민의 따갑기 그지없는 말보다 왜 진원의 말에 더 눈물이 나려는 건지 모를 일이었다.

"그리고 길게는 아니지만, 널 백지민보다는 훨씬 더 잘 알게 됐다고 생각하는데, 난 지금의 네가 좋거든. 그러니까 신경 쓰지 마, 아무것도. 너 그대로 괜찮으니까."

결국 눈물이 방울져 효주의 뺨을 타고 흘렀다. 진원은 울리려고 한 말은 아니었는데 하며 여트막한 미소를 지었다. 효주는 볼에 힘을 주어 따라 웃어 보려고 했지만 실패했다. 눈물이 멈추려고 들지 않는 까닭이었다. 지금의 효주가 좋다고, 남진원이 그렇게 말했다.

진원의 말과, 표정과, 목소리가 핀볼처럼 어지럽게 효주의 온몸을 때렸다. 그래서였다, 아마. 전혀 슬프지 않은데도 눈물이 나는 건. 진원은 그런 효주를 물끄러미 쳐다만 봤다. 그러다 효주의 눈가에 천천히 손을 가져다 댔다. 그리고 아주 진지한 표정으로 눈을 찡그리며 말했다.

"손수건 같은 게 있었으면 좋았을 텐데."

그 말을 하며 눈가를 쓰다듬는 진원의 태도가 마치 만지면 할퀴기라도 하는 새끼 삵을 만지는 것처럼 조심스러워, 효주는 조금 웃을 뻔했다.

왜 그렇게까지 다정하게 굴어, 나한테. 처음부터 경계했다. 아무 설명 없이 다가와 말을 걸어서 수상했다. 좋아한다는 걸 깨닫고는 멋대로 남의 마음을 열게 만든 진원의 다정함이 더 싫어졌다. 그래서 멀어지려고 했는데 허를 찔렸다.

담을 낮췄다가 실수한 것 같아 다시 단단히 쌓으려고 보니 진원은 이미 담 안쪽으로 넘어와 있었다. 웃음이 났다. 결국 이렇게 됐구나. 씁쓸한 미소가 감돌기 시작하자 진원이 다소 혼란스러운 표정으로 효주의 눈가에서 손을 떼어 냈다. 효주는 목을 가다듬었다. 그리고 갈라진 목소리로 입을 열었다.

"중학교 때였는데 그때 친구가 있었어. 예쁘고, 착하고, 귀엽고, 상냥하고…… 아무튼 여자애가 가질 수 있는 좋은 점은 죄다 가진 애였어."

다소 뜬금없이 시작한 효주의 이야기에도, 진원은 뭐냐고 되묻지 않았다. 대신 또 그 가슴을 꿰뚫곤 하는 예리한 눈으로 효주를 바라봤다. 민아 말고는 누구한테도 해 본 적 없는 얘기였는데, 서두를 트고 나니 생각보다 쉽게 말이 나올 것 같았다.

진원은 입술조차 달싹거리지 않고 효주의 이야기를 들었다. 효주는 언제 눈물을 뚝뚝 흘렸나 싶게 담백한 어조로 말을 이었다. 다행이었다. 효주의 우는 얼굴은 정말이지 보고 싶지 않았다. 얼굴을 찡그리는 것도 아니고, 차분한 안색으로 눈물이 떨어지는 걸 보고는 뱃속이 몹시도 불편해졌다. 효주는 이따금 목소리가 갈라질 때, 잠시 멈추는 것 말고는 끊이지 않고 말을 했다.

　"나는 그다지 숫기가 없는데도 그 애가 먼저 다가와 줬어. 난 그게 고마웠고, 그 애를 아주 좋아하게 됐어."

　그런데 누군지는 몰라도 지금부터 진원이 굉장히 싫어하게 될, 그 여자애에게 좋아하는 사람이 생긴 모양이었다. 그게 아까 지민이 언급했던 뭐였더라 김정우? 였고.

　거기까지만 듣고 나서도 일이 어떻게 돌아갔던 건지 대강 짐작이 갔다. 남의 남자 친구 어쩌고 했으니 이야기가 뻔했다. 진원은 눈을 굴리고 싶은 기분을 참고 효주의 말을 계속 귀 기울여 들었다. 효주가 진원에게 개인적인 일을 털어놓는 건 처음이었다. 이게 처음이자 마지막이 되게 만들고 싶지는 않았다.

　"그래서 나는 그 남자애를 잘 몰랐거든. 그냥 화단 돌보기 담당을 같이 맡았던 것 빼고는. 그런데 오해가, 생겼었나 봐."

　효주가 입술을 깨물었다. 뭔지 모르지만 얼굴도 모르는 그 둘을 왠지 패 주고 싶은 기분이 들었다. 사람을 때려 본 적은 한 번도 없지만, 지금이라면 할 수 있을 것도 같았다. 듣고 보니 남자 친구조차 아니었다.

얘기를 간단히 풀면 그랬다. 서효주의 친구가 누군가를 좋아하게 됐다. 그래서 걔가 그 남자애와 잘 되고 있다고 생각해서 고백을 했는데, 남자애의 입에서 서효주의 이름이 나왔다. 그래서 그 뒤로 사이가 뒤틀렸다.

"난 아니라고, 그런 적 없다고 말했는데도 그 애 입장에서는 그런 게 아니었나 봐. 배신이라고 생각한 것 같아."

그래서 영문을 모르고 쩔쩔매는 효주를 두고, 발이 넓었던 그 여자애가 소문을 냈다. 전교생이 효주의 적이 되었다. 하는 얘기를 들어 보니 효주를 좋아한다고 했던 김정우인가 뭔가 하는 놈은 결국 효주의 친구와 사귀게 되었고. 그러고 나서는 뻔한 이야기였다. 효주를 좋아했다든가 하는 말은 싹 사라진 채 결국 효주만 고립되었을 것이다. 계속, 졸업 때까지. 어쩌면 그 후로도.

진원은 느리게 속눈썹만 떨어 가며 조곤조곤 이어지는 효주의 이야기를 들었다. 효주가 아무리 이야기를 에두르려 해도 까놓고 말하면 유치하기 짝이 없는 집단 심술이었다. 불쾌했다. 진원이 그 불쾌감을 내색하지 않은 유일한 이유는 아무렇지 않은, 혹은 아무렇지 않은 척하려는, 효주의 의사를 존중해 주고 싶기 때문이었다.

"재미없는 얘기지. 아무튼 그랬었어. 지민이나, 너 예전에 사귀었던 민지도 아마 알 거야. 같은 중학교 나왔거든."

말을 마친 효주는 희미하게 웃었다. 웃는 것이 별로 익숙하지 않다는 듯 아주 연한 미소였다. 진원은 혹시 그 이전에는 효주가 다른 얼굴로 웃었을까를 상상했다. 잘 떠오르지 않았다. 입술을 살짝 여는 것만으로 쉽게도 변하는 인상이, 활짝 웃으면 얼마나 달라질까 궁금했다. 역시 아직도 진원이 보지 못한 효주가 참 많았다.

"재미없는 건 걔네들이지. 그리고 네 얘기 들으니까 진작 헤어지길 잘했단 생각이 든다. 둘 다."

거침없이 내뱉어진 진원의 말에 효주는 뭐라 표현할 수 없는 표정을 지었다. 그러곤 작지만 명료한 소리로 말했다.

"미안."

"뭐가?"

"나 때문에, 지민이랑…… 그, 안 좋게 된 것 같아서?"

"네 탓 아니라고 했잖아. 그리고 말했듯이 차라리 알게 된 게 나아. 잘 모르는 일로 뒤에서 이러쿵저러쿵하는 것도, 그것 갖고 트집 잡아서 사람 괴롭히는 것도 둘 다 최악이니까."

효주가 미안할 일은 하나도 없었다. 오히려 미안해야 할 쪽은 제 쪽이라고, 진원은 생각했다. 지민에게는 효주가 이 문제에 대해서 아무 연관도 없다고 말했지만, 실은 그게 아니었으니까. 효주에 대한 안 좋은 얘기를 하는 것도 그랬거니와, 그것 때문에 효주가 저에게서 한 걸음 멀어지려고 하는 게 아닌가 생각하니 더 이상 지민을 보고 싶지 않아졌다. 그래서 헤어지자고 말했다.

결과적으로 말하면 진원의 예측은 맞기도 하고 아니기도 한 일이었지만, 지민에게 한 말에 대해서는 한 치의 후회도 없었다. 이 뒤에 괜한 앙심을 품고 효주에게 못 되게 굴면 어떻게 하나는 좀 신경이 쓰였다. 그것도 어떻게 해결을 봐야겠지.

진원이 그런 생각의 꼬리에 꼬리를 물고 있을 때, 아까보다 조금 커진 목소리로 효주가 입을 열었다.

"……고마워."

"……뭐가?"

"얘기 들어 줘서."

그러고는 효주는 눈을 가늘게 휘었다. 입꼬리가 환하게 올라갔다. 진원은 잠시 생각을 멈췄다. 상상했던 것처럼 구김 없이 화사한 웃음은 아니었지만, 진원이 지금까지 본 것 중 가장 밝은 미소였다.

보기 좋다. 진원은 무심코 떠올렸다. 매일 저렇게 웃는 걸 보고 싶어질 만큼 선명한 표정이었다.

효주의 미소에 생각의 흐름이 탈선을 시작했다. 그래서 이렇다 할 대답을 하지 못하고 진원은 효주의 얼굴만을 들여다봤다. 이어지는 침묵에 효주의 얼굴에서 미소가 서서히 미끄러지더니 의아함이 그 자리를 메우기 시작했다. 그게 못내 아쉽고 싫어서 진원은 다급히 입에 잡히는 말을 아무거나 내뱉었다.

"친구니까."

맥박이 이상하게 빠르게 뛰었다. 집히는 대로 뱉어 버린 말이었지만, 아마 그게 정답일 것 같았다.

친구니까.

효주는 진원의 겉모습이나, 소문을 듣고 다가온 게 아녔다. 뭔가 얻어 가려고 한 적도 없었다. 일부러 과장되게 살갑게 굴지도 않았다. 오히려 너무 무뚝뚝하다 싶었으면 했지. 그래서 편해졌고, 좋아졌고. 그러니까 친구라서가 맞을 터였다.

그런데 그 말에 효주의 얼굴에서 미소가 완벽하게 사라졌다. 또다시 평소의 무감정한 얼굴로 돌아왔다. 그래 하고 대답하는 목소리가 거칠었다. 진원은 방금 제가 효주의 미소를 거둬 버릴 무언가를 저질렀나 빠르게 되짚었다. 효주의 까만 눈동자를 살폈다.

왜 웃는 걸 멈춘 거야, 서효주. 말로 물어도 대답이 나올 리가 없었다. 그래서 눈을 가만히 들여다봤다. 자세히 보면 거기에는 늘 감정이 들어 있었다. 생각 없이 스치면 아무것도 들어 있지 않은 것처럼 보이는 효주의 눈동자는 실은 아주 다채로운 색을 지녔다. 그리고 진원은 금세 제 시선을 피하는 눈 안에서 결국에는 그 감정을 읽어 냈다.

상처받았다?

왜? 진원은 당황했다. 조금 전 중학교 때 일화를 늘어놓을 때가 아니라 진원의 이야기를 듣고 나서 더 상처받은 얼굴을 했다. 왜? 그럴 이유가 없었다. 진원의 말에 갑자기 효주가 상처를 받았다니 말이 안 됐다. 진원이 방금 한 말은 그냥 친구라고…….

그리고 진원은 여태까지 몰랐던 한 가지를 눈치챘다. 한번 깨닫고 나니 지나치게 잘 보여서 왜 이제껏 발견하지 못했던 건지 제 자신을 의심하게 될 만한 사실이었다. 어쩌면 너무나 눈앞에 가까이 들이대어져 있어서 오히려 본 적이 없다고 생각했던 건지도 몰랐다.

서효주는 날 좋아한다.

'친구니까.'

　진원은 곧잘 그렇게 말했다. 문제는 그거였다. 결정적으로 효주의 맘을 세차게 흔들고 나서도 저는 그럴 의도가 없었다는 양 친구라고 말했다. 진원은 '좋다'는 말도 자주 썼다. 난 이런 네가 좋아. 네 이런 점이 좋아. 하는 말들. 물론 그 역시 진원에게는 별다른 의미가 없었다. 꽃이 예쁘다, 밥이 맛있다, 같은 일상적 표현의 하나일 뿐이었다. 그렇지만 조금만 방심해도, 효주의 마음은 진원의 한 마디, 한 마디에 형편없이 휘청거렸다.

　그래서 늘 아니라고 부정해 왔다. 진원의 모든 상냥함은, 그건 전부 연애감정이 아니라고 스스로를 일깨웠다. 하도 단단히 되새긴 탓에 마음 속 어딘가를 뒤져 보면 '남진원의 말 한 마디에 흔들리지 말자.' 하고 인이 박힌 페이지가 있을지도 몰랐다.

　그러니까 '왜 이제 와서?' 같은 생각이 드는 건 당연했다. 언제부턴가 효주는 진원을 좋아했고, 좋아해서 무참하게 흔들리게 되었는데, 진원은 언제나 무던했다. 효주가 저를 좋아할지도 모른다는 건 상정 외인 것처럼 대했다. 그걸 버티기 어려워서 더는 못하겠다고 결단을 내렸다. 그러자 진원은 이제 와서 효주를 좋아한다고 말한다. 사귀자고 말한다. 그게 맘에 걸렸다.

　'좋아해'보다 '사귀자'가 먼저였다. 마치 진원이 그렇게 말을 꺼내면, 효주가 당연히 그러자고 할 거라는 것처럼. 효주가 진

원을 오래오래 좋아했다는 걸 마치 훤히 알고 있기라도 한 것
처럼.

그렇지만 그걸 알고 있었다고 생각하면 역시 고등학교 때의
진원의 태도가 이해가 가지 않았다. 알았다면 그렇게 쉽게 효
주를 친구라고 말하고, 여자 친구 얘기를 무심하게 꺼냈으면
안 됐다. 효주는 계속 고민했다.

진원이 효주에게 일방적으로 폭탄을 떠넘기고 난 뒤로 시간
은 느리게 흘렀다. 특히 혼자 누운 밤이 그랬다. 머리가 복잡
해져서 잠을 이룰 수가 없었다. 포근하다고 생각했던 이불마저
도 성가실 만큼.

진원은 이따금 메시지를 보냈다.

—아직이야?

그러면 효주는 그 짧디짧은 메시지를 지그시 읽다가 간결하
게 답을 보냈다.

—아직이야.

초조했다. 진원의 본심을 모르겠어서 더 그랬다. 나쁜 생각
을 하려면 얼마든지 할 수 있었다. 예를 들면, 진원은 사실 저
를 전혀 좋아하지 않는데, 효주가 친구였을 때 한 번 훌쩍 떠
났으니, 사귀는 걸로 잡아 놓고 싶어 한다든가.

얼토당토않는 소리 같았지만, 따져 보면 영 말이 안 되는 것
도 아니었다. 진원은 말했다.

'멀어지지 마.'

저한테 그만한 수작을 부릴 만한 가치가 있는 줄은 몰랐지만, 속 모를 남진원이니까 그럴 수도 있겠다 싶었다.

믿을 수가 없었다. 그래서 쉽게 기뻐할 수가 없었다. 평범하게 따져 보면 내가 좋아하는 사람이 나를 좋아한다고 말하고, 사귀어 보고 싶다고 한다. 찜찜한 구석이 하나도 없는 이야기였다. 오히려 좋은 일이었다. 그렇지만 효주의 머릿속은 물음표로 가득 찼다.

정말 이대로 괜찮은 걸까? 만약 헤어지고 나면? 사귀고 나서 지금보다도 훨씬 푹 빠졌다가 뻥 차이기라도 하면? 그때는 어떡하지? 별의별 생각이 다 들었다. 한숨만 나왔다. 제일 나쁜 점은, 실은 거절하고 싶은 마음이 하나도 안 든다는 점이었다. 수많은 '설마'들도 승낙해야 할 이유 한 가지에 전부 사족을 못 썼다.

'내가 남진원을 좋아하니까.'

우선은 조언을 구할 수밖에 없었다. 처음으로 이야기를 털어놓은 건 연수에게였다. 그랬더니 아니나 다를까 하는 반응이 나왔다.

"거봐! 내가 뭐라고 그랬어! 걔 태도가 딱 그랬다니까!"

학교에서 만난 연수는 효주가 진원의 고백을 받았다고 말하자 효주보다도 더 방방 뛰었다. 답은 좀 나중에 하기로 했다고 대답하자 연수는 효주의 등짝을 때렸다.

"망설일 게 뭐가 있어? 너도 걔 좋아하잖아! 빨리 전화해서 오케이해!"

그러면서 아예 효주의 휴대폰을 뺏어 들어 제가 전화를 하려고 들었다. 연수가 효주보다 반 뼘 이상 작지 않았다면 정말로 그대로 전화를 뺏길 뻔했다. 갑작스러워서 좀 생각해 보겠다는 말을 여러 번 반복하자, 연수는 그제야 조금 토라진 얼굴로 '그 래도, 절대 열흘은 넘기지 마!' 하고 말했다. 연수에게 털어놓은 게 이미 사흘 이상 지난 후였다는 건 비밀로 하기로 했다.

유학 중인 민아에게도 조언을 구했다. 민아는 한국과의 시차 때문에 일어난 지 얼마 안 된 것 같은 깔깔한 목소리로 전화를 받았다. 그리고 그 내용은 연수의 반응과는 완전 정반대였다.

ㅡ그 새끼가 계속 너 간 본 거 맞다니까.

"새끼라고 부르지 말아 줄래."

ㅡ딱 봐도 어장 관리하다가 요새 여자 친구 없으니까 너 건드리는 거다.

"걔가 여자가 모자랄 일은 없어."

ㅡ아무튼 몰라. 너 좋은 대로 해. 아니다. 이번에 사귀어서 완전 네가 주도권을 잡고 휘둘러 버려. 그동안 휘둘린 게 억울하지도 않냐. 지가 먼저 고백했으면 좀 져 주겠네.

민아는 진원에게 그다지 우호적이지 않았다. 효주가 진원의 얘기를 완전히 털어놓은 건 민아와 지현, 딱 두 명이었는데, 성격이 워낙 털털하고 직설적인 민아는 효주의 가슴앓이를 완전히 이해하지 못했다. 그러면서도 효주가 고민하는 원인인 진원에 대해 늘 퉁명스러운 태도를 취했다.

자고로 그렇게 축복받은 인간들은 남 생각을 안 하는 자질을 타고났다는 이유에서였다. 그래서 효주를 그렇게 멋대로 휘두르는 거라고. 효주는 항상 '그런 애 아니야.' 하고 진원을 변호하곤 했지만, 민아의 시원시원한 일갈에 마음이 좀 편해지는 게 아예 없지는 않았다.

마지막으로 효주는 지현에게도 말을 꺼내고 싶었지만, 그건 할 수가 없었다. 지현이 남자 친구와 다투고 헤어질 위기였기 때문이었다.

지현은 아주 어렸을 때부터 꾸준히 연애를 했다. 효주는 지현을 사랑을 먹고 자라는 애라고 생각했다. 지현은 연애가 잘되어 가면 밝고 예뻐지고, 헤어지고 나면 펑펑 울고 시들어 가곤 했다.

효주가 진원에 대한 감정에 대해 이야기를 할 때면, 효주보다 더 빨리 분해하고 울어 주었다. 그런 애인만큼 남자 친구와 사이가 좋지 않은 상태에서는 너무 데친 시금치처럼 매가리가 하나도 없었다. 거기다 대고 '고백받았어!' 같은 말을 할 수 있을 리가 없었다. 효주는 울먹거리는 지현을 다독이며 전화를 끊었다.

그래서 결국 효주가 얻게 된 두 가지 의견은 아주 상반된 시각을 가졌지만 결론은 하나였다. 사귀어라. 그러면 그렇게 하면 그만이겠다 싶다가도 결단이 흔들렸다.

진원과 사귀고 나면 관계는 이전과 아주 달라질 것만 같았다. 효주는 누군가와 사귀어 본 적이 없어서 친구와 정확히 어떻게 달라질지 짐작조차 할 수 없었다. 진원을 쭉 좋아하면서도 진원과 사귀는 미래를 구체적으로 상상해 본 적이 없었다. 그럴 일이 없을 거라고 자연스럽게 차단해 버렸기 때문이었다.

그러면서도 헤어지는 쪽으로는 상상이 아주 잘 되는 것도 문제였다. 혼자서 진원을 떼어 내고 나서 한참을 앓았던 것도 이별이라고 볼 수 있다면, 연애의 시작보다는 이별 후가 더 익숙하기 때문이지 싶었다.

헤어지고 나면, 이제는 정말 친구로 두 번 다시 볼 수 없게 될 텐데. 나쁜 일이라고 생각하면, 진원이 추억으로도 남지 못하게 될지 모르는데.

생각만으로 마음이 깨질 것처럼 아팠다. 그럴 거면 아예 재회조차 하지 말았어야 했다. 분명 그렇게 헤어지고 나면 짝사랑을 접었던 것보다 훨씬 호되게 괴로울 게 분명했다. 진원의 고백 이후로 효주에게 늘어 가는 건 설렘이 아니라 한숨이었다.

효주는 차라리 진원이 전화를 걸어 사실 너한테 고백한 건 착각이었어. 그냥 친구로 지내자 같은 말을 해 주면 어떨까 이따금 생각했다. 그게 마음이 편하겠다 싶다가도, 역시 그렇게 말하는 진원의 목소리를 떠올리면 마음에 슬픔이 뭉개졌다. 이도 저도 전부 좋은 쪽으로는 생각이 향하질 않았다.

결국 며칠에 한 번씩 오는 진원의 문자가 멈췄다. '아직이야?'라는 말에 '아직이야.'라고 항상 똑같은 대답을 했기 때문이겠지. 효주는 느리게 한숨을 쉬었다. 진원과 마지막으로 만난 이후로 거의 2주가 지났다.

연수는 학교에서 매일같이 '대답했어? 사귀자고 했어? 좋다고 했어?'를 물어 왔고, 효주가 찔린 표정으로 천천히 고개를 저으면 제가 더 안달을 냈다. 오늘 역시 연수는 헤어지는 길에 '오늘 안에는 꼭 대답해야 돼!' 하고 신신당부를 했다. 효주는 고개를 젓는 듯, 끄덕이는 듯 애매하게 움직이는 것으로 답변을 대신했다.

스스로 생각해도 이제는 답을 줘야 할 것 같았다. 3주라고 최대한 긴 기간을 잡기는 했지만, 정말로 3주나 미적거릴 생각은 없었다. 2주 정도라고 생각했다. 그리고 이제 2주였다. 어차피 이제 할 말은 승낙밖에 남지 않았는데, 그게 또 말하려니 쉽지 않았다. 전화를 해서 보자고 할까? 그리고 나서 마주 보면 뭐라고 하지?

"그래, 너랑 사귀어 줄게."

이 무슨 거만함인가. 사귀자고 한 거 알겠어. 그러자. 사귀는 거 찬성이야. 뭘 어떻게 생각해 봐도 어색한 대답밖에 나오질 않았다. 효주는 집으로 향하는 버스 안에서 내내 어떤 게 제일 적절한 답변이 될지를 생각하고 있었다. 잘 안 풀렸다. 언어에 약한 약점이 여기서도 효주가 맥을 못 추게 했다.

효주는 버스에서 내려 아파트 상가 안의 마트에서 맥주 두 캔을 샀다. 전화한다고 치면 약간 취해 있는 쪽이 도움이 될 것 같았다. 그렇다고 저번처럼 너무 많이 마시는 건 곤란하고.

봉지에 넣고 달랑거리며 걸으니, 맥주캔이 사정없이 흔들렸다. 그래서 효주는 가방을 열고 한 캔은 책 옆에 잘 끼워 넣었다. 나머지 한 캔은 아예 따 버렸다. 역시나 거품이 흘러넘쳤다. 캔 위를 어지럽히는 맥주 거품을 혀로 훔치고는 크게 한 모금을 마셨다. 목을 태우는 탄산이 복잡한 머리 안의 고민도 지글지글 태워 주는 것 같았다. 벌써 이렇게 술에 익숙해지면 안 되는데.

효주는 아파트 단지 안의 보도를 따라 집으로 향하면서 계속 맥주를 홀짝였다. 아예 집에 도착하기 전에 다 마시고 분리수거함에 쓰레기를 버리고 가야지 싶었다. 그렇게 생각하며 모퉁이를 돌자 익숙한 주차장과 벤치가 보였다. 그리고 벤치 앞에는 더 익숙한 인영이 보였다.

부를 필요도 없었다. 그 사람은 이미 효주가 걸어오는 쪽을 향해 있었다. 효주가 저를 발견했다는 걸 깨달은 듯 가볍게 손짓했다.

효주는 반사적으로 입에 대고 있던 맥주캔의 마지막 한 모금을 목을 젖혀 털어 넣었다. 계속 걸어가자 저절로 벤치에 가까워졌다. 벤치에서 세 걸음도 안 되는 거리에 도달했을 때, 벤치 옆의 쓰레기통을 보지도 않고 빈 캔을 던졌다. 찰캉, 금속이 경쾌하게 부딪히는 소리가 났다. 동시에 남자는 작은 웃음을 지었다.

"남진원."

"오늘도 술 마셔?"

"……여긴 어쩐 일이야?"

"네가 학교로는 찾아오지 말라고 했지만, 집으로 오지 말라

172

고 한 적은 없잖아."

천연덕스럽게 말하는 진원의 말에 효주는 입이 저절로 벌어지는 걸 느꼈다. 확실히 그건 그랬지. 생각해 보면 진원이 집까지 바래다준 게 벌써 두 번이었다. 효주의 집까지 오는 길을 알고 있다고 해도 이상할 건 아니었지만, 그랬지만……. 효주가 멍하니 저를 쳐다보는 시선을 느낀 듯 진원이 가볍게 뒷목을 쓰다듬었다.

"최대한 기다린다고 기다렸는데, 더는 못하겠어서 그냥 얼굴이나 보려고 왔어."

더 못 기다리겠어서. 진원이 말했다. 효주는 겨우 2주가지고 하는 말을 떠올리려다 말았다. 나는 벌써 2년째인데. 효주는 진원처럼 쉽게 말할 수 있었다면 좋았을 거라고 생각했다. 진원의 입가에 잔잔한 미소가 떠올랐다.

"대답을 꼭, 지금 해 달라고 하는 건 아닌데, 물론 지금 해주면 좋고. 그런데 대답을 듣겠다고 온 건 아니고 그냥 왔어. 너 보고 싶어서."

보고 싶어서.

"보니까 좋다."

또 그런 식으로 진원은 의미심장한 말을 던졌다. 목이 후끈 달아올랐다. 머리가 어찔했다. 이건 진원의 말 때문은 아닐 거라고, 효주는 생각했다. 방금 들이켠 맥주 기운이 오르기 시작한 거라고. 그런데 알코올이 심장도 빠르게 뛰게 하던가.

맥박이 온몸의 동맥이 있는 자리를 겉으로 표시라도 하려는 듯 세차게 뛰어올랐다. 어지러움이 머리부터 발끝까지 퍼져서 다리가 휘청했다. 효주는 진원이 비워 둔 건지 모를 옆자리에 털썩 주저앉았다. 진원이 놀란 표정으로 효주의 왼쪽 어깨를 매만졌다. 왼쪽 어깨. 입꼬리가 저도 모르게 올라갔다.

"너 괜찮아?"

"그래."

"뭐?"

"대답을 지금 해 주면 좋겠다고 그랬잖아. 그래서 대답하겠다고. 그래."

효주를 걱정하듯 가늘게 찌푸려져 있던 진원의 눈이 크게 뜨였다. 효주는 진원이 들은 게 맞다는 의미로 고개를 크게 끄덕였다.

"그래서 네 대답이⋯⋯."

"'그래'라고. 그래. 그래. 사귀자. 남진원."

효주는 허탈하게 웃었다. 진원은 절묘한 타이밍으로 항상 사람 마음을 흔들었다. 아니라고 하려는 시점에 귀신같이 그러지 말라고 하고. 흔들리지 말자고 다짐하려고 하면 통째로 쥐고 흔들어 버리고. 이미 효주는 지쳤다. 더 이상 머리를 굴리는 것도 하고 싶지 않았다. 진원을 만나고 나서는 한다는 게 의심 혹은 고민밖에 없었다.

한 번쯤은 그냥 아무 생각 없이 질러 버려도 괜찮겠지. 이게 진원이 원하는 결말, 아니, 시작이라면 이제는 버틸 수도 없었다. 그러고 싶지 않았다. 그래서 효주는 진원을 보고 웃었다.

그래. 하자, 남진원. 연애, 그거 해 보자.

우리의 론도

"......"

"뭐, 필요한 거 있어?"

"아니, 아무것도."

"그래."

진원은 어깨를 으쓱하곤 다시 노트북 모니터에 집중했다. 기말고사 대체 보고서라고 했으니, 꽤 중요한 과제일 거다. 진원의 타자 소리를 들으며 효주는 잡고 있던 정적분 문제에 다시 골몰하려 애썼다.

수식을 적으려고 애썼지만, 페이지 위에는 신기하게도 어느새 자주 그리곤 하던 개구리 캐릭터가 웅크리고 있었다. 효주는 턱 끝을 샤프로 톡톡 치다가 그 옆에 작은 말풍선을 그리고 '심심해.' 하고 적었다. 옆에 달팽이도 같이 그렸다. 달팽이 위에는 '너도?' 하는 말을 그려 넣었다. 그러고도 흘깃 올려다본 진원이 여전히 리포트 작성에 집중하고 있어서 효주는 빨대를 입에 물고 잘근잘근 씹기 시작했다.

"……심심해, 서효주?"

"……아니."

"그럼 거기 그 개구리가 하는 말은 뭐야."

"개구리가 심심한가 보지."

효주가 빨대 끝을 아작 내기에 집중하고 있을 무렵에야 진원의 목소리가 들렸다. 웃음기가 섞여 있었다. 효주는 그런 진원의 말에 퉁명스럽게 대꾸했다.

곧 있으면 시험 기간이었다. 찾아오는 추위보다도 무서운 게 시험이었다. 진원과 효주는 주말에 함께 카페에서 만나, 3시간째 공부를 하고 있었다.

"벌써 7시가 넘은 줄은 몰랐네. 이 페이지까지만 끝내고 저녁 먹으러 가자. 그동안 먹고 싶은 거 고르고 있어."

"고기."

"그래, 그럼 먹고 싶은 고기 고르고 있어."

진원이 워드에서 시선을 떼지 않은 채로 말했다. 효주도 다시 문제 풀이를 시작하려고 했다. 그런데 아무리 생각해도 문제보다 외따로 떨어진 두 명의 심심한 동물들에게 친구를 만들어 주는 게 더 중요해 보였다. 심심하고 외로워 보이니까 신기한 애를 그려 주자.

효주는 사각사각 샤프펜슬을 움직였다. 유니콘이 한 마리 생겨났다. '그럼 놀이공원에 가자!' 유니콘이 말했다. 효주는 고개를 슬그머니 들었다. 남진원은 아무 말도 안 했다. 하아, 효주가 저도 모르게 한숨을 쉬자 진원이 흘깃 효주를 쳐다봤다.

"나 화장실 좀 갔다 올게."

진원이 고개만 끄덕하고 다시 모니터에 시선을 고정하는 사이 효주는 자리에서 일어나 카페 문으로 향했다. 나가면서 뒤로 돌아봤을 때도, 진원의 시선은 전혀 제 쪽을 향해 있지 않았다.

"……하아."

화장실에서 손을 씻고 고개를 들었다. 거울 안에 효주의 모습이 비쳤다. 똑같았다. 두 달 전이랑. 머리가 조금 길었으니 이제 자를 때가 된 것 빼고. 화장을 좀 한 것도 빼고. 그냥 계속 거울 속에서 봐 왔던 서효주였다. 누가 연애를 하면 예뻐진다고 했던가. 효주는 너무나도 낯익은 거울 안의 저를 보며 또 한 번 한숨을 쉬었다.

두 달째였다. 그날 효주의 아파트 앞에서 처음 사귀기로 한 뒤로. 그리고 연애에서 제일 반짝반짝하다는 그 두 달이 지나는 동안 진원과 효주는 정말로 똑같았다. 고등학교 때나 지금이나 바뀐 게 없었다. 아니, 아예 없는 거냐고 물으면, 굳이 따져 보면 두 가지는 있었다.

하나는 효주의 전화번호부 속 진원의 이름이 '연락하지 말기'에서 '남진원'으로 돌아간 것. 아무래도 그대로 둘 수는 없겠다 싶어, 도로 진원의 이름으로 저장했다.

바꿀 때 혹시 이름 석 자는 너무 건조한가 싶어 '남자 친구' 같은 걸로 바꿔 볼까 했지만, 성 이름 세 자로 나란히 정렬된

다른 이름들 사이에서 너무 튀었다. 그리고 너무 부끄러웠다. 남자 친구라니! 그래도 이제 연락하지 말아야 할 일은 없을 테니, '남진원'이라고 저장했다. 그렇게 전화번호부에 진원의 이름이 끼어들었다.

둘째는 이제 '뭐 해?'라는 메시지를 주고받게 되었다는 것. 생각해 보면 사소하지만 나름대로 큰 변화였다. 그렇다면 바뀐 게 없이 똑같다는 말은 취소해야겠다. 용건이 딱히 없어도 서로의 하루 일과를 묻는 사이가 되었다.

진원에게서 '일어났어?'나 '밥 먹었어?' 같은 메시지가 하루에도 두세 번 왔다. 물론 그게 시작하는 연인들 같은 달콤한 대화로 이어지지는 않았지만, 사귀기 전에는 그런 소소한 일상에 대해 메시지를 나눈 적이 한 번도 없었으니 많이 달라졌다고 볼 수 있다.

그리고 그것 빼고는 뭐가 있을까. 효주는 손의 물기를 털어 내며 지난 두 달을 훑었다. 그리고 생각해 냈다. 제일 큰 변화를. 이제는 손을 잡게 되었다.

그날, 진원이 효주의 집 앞으로 찾아왔던 날, 효주가 그러자고 말했던 날, 진원은 효주의 대답을 듣고 아주 예쁜 얼굴로 웃었다. 나름대로 진원의 외모에 익숙해졌다고 생각했던 효주도 깜짝 놀랄 만큼. 그러곤 아주 살며시 효주의 손 위로 제 손을 겹쳤다.

밖에 오래 있었는지 진원의 손은 조금 차가웠다. 손끝부터 전해지는 냉기 때문에 등골까지 부르르 떨렸다. 그렇다고 하기에 진원의 손이 그렇게까지 차갑지는 않았지만, 효주는 애써 그 때문이라고 납득했다.

진원은 곤두선 효주의 신경을 알아챈 듯 작게 웃으며 효주의 손을 소중한 것이라도 다루듯 천천히 매만지기 시작했다. 그러곤 효주의 손가락 틈새에 제 손가락을 꼭 맞춰 끼웠다. 효주의 손도 그렇게 작은 편은 아니었는데 진원의 것과 비교하니 손가락 한 마디가 넘게 차이가 났다. 진원은 그렇게 깍지를 낀 손을 느릿하게 제 볼에 가져다 댔다.

닿은 뺨이 따뜻해서 효주는 작게 손을 떨었다. 그러자 진원이 한쪽 입꼬리를 깊게 패며 여태껏 한 번도 본 적이 없는 아찔한 얼굴로 웃었다.

숨을 멈췄다. 심장이 터질 것만 같았다. 보지 않아도 제 얼굴이 봉숭아물을 들인 마냥 불그죽죽 달아올라 있을 게 분명했다. 손을 빼내고 싶었지만, 진원의 손이 딱 달라붙어 있어 그럴 수도 없었다.

두근거림이 점점 심해져 갔다. 못 견딜 만큼. 심장이 너무 빨리 뛰면 숨을 쉬고 또 쉬어도 산소가 부족해질 수 있는 건가 싶었다. 덕분에 잡생각이 꼬리를 감추고 사라진 효주의 머릿속에 잊고 있었던 중요한 점 한 가지가 활개를 치기 시작했다.

'남진원.'

'왜, 효주야.'

'사귄다는 건, 지금까지랑 어떻게 달라지는 거야?'

'……어떻게 달라졌으면 좋겠는데?'

179

몰라. 하필이면 그렇게 대답할 뻔했다. 처음이었다. 정말 몰랐다. 효주가 알고 있는 연애에 대한 정보는 친구 지현의 하소연과 자랑을 들어 주며 주워들은 것뿐인데, 아마 모르긴 몰라도 그게 평범한 사람들의 연애사는 아니겠지 싶었다.

연애를 하는 지현은 언제나 바빴다. 헤어졌다가, 만났다가. 울다가, 웃다가. 김지현이라는 섬이 있어서 거기에 사람들이 살고 있다면 아마 그 섬의 원주민들은 몹시 바쁠 게 분명했다. 화재가 났다가, 번개가 쳤다가, 눈 깜짝할 새 홍수가 일어났다. 어제까지 멀쩡히 사이가 좋던 남자 친구가 오늘은 없어지곤 했다. 연애하는 사람들은 정말 피곤하겠구나 하는 생각이 들 만큼이었다. 그래도 지현은 즐거워 보였지만, 효주는 그게 일반적인 연애라면 겁이 날 지경이었다.

진원에게 그럼 넌 다른 애들이랑 사귈 때 어땠는데? 되물으려던 것도 참았다. 떠올리는 것만으로도 뱃속이 싸해졌다. 들어봤자 괜히 마음만 쓸릴 질문을 굳이 할 필요는 없었다. 결국 효주는 할 수 있는 제일 무난한 대답을 했다.

'잘 모르겠어.'
'……그럼, 당분간은 잘 모르겠는 대로 하자.'
'뭐?'
'사람이 사람을 만나는 방식에 정답 같은 건 없잖아. 지금은 잘 모르는 그 나름대로도 괜찮지 않을까. 그러다 보면 알게 되겠지.'

진원은 그렇게 말하고 그대로 손을 얽은 채 효주를 굳이 아파트 문 바로 앞까지 바래다주었다. 효주는 돌아서는 진원의 등을 오래오래 바라보았다.

잘 모르겠는 대로 하자. 그 말이 귀에 오래오래 울렸다. 그게 정확히 뭘 의미하는 건지는 모르겠지만, 곰곰이 생각해 본 후에 떠오른 건 그냥 하던 대로 하면 되겠지 하는 말이었다.

갑자기 사귄다는 딱지가 하나 붙었다고, 뭘 어떻게 다르게 행동하는 건 생각만 해도 서먹하고 어색했다. 그래서 효주는 그냥 평소대로 있기로 했다. 그리고 그건 아마 진원이 의미한 정답이었던 것 같다.

진원과 효주의 만남은, 그러니까 따지자면 데이트 자체도 그래서 그대로였다. 영화를 보고, 카페에 가고, 밥을 먹고, 가끔은 너무 많이 마시지 말라고 귀에 딱지가 앉게 충고하는 진원의 앞에서 맥주 한 잔을 홀짝거리고. 친구일 때랑 달라진 게 없었다. 그랬는데도 얼마간은 진원이 걸으며 자연스럽게 어깨를 끌어안는 것만으로도 못 참을 만큼 긴장이 됐다.

오히려 사귀기 이전에 걸을 때, 우연히 닿았던 것보다도 더 의식하게 됐다. 의식을 하다못해 손발이 따로 놀 지경이었다. 그랬더니 진원이 손을 잡았다.

'이 정도는 괜찮지?'

하는 말에 고개를 끄덕였다. 손가락을 어떻게 둬야 할지, 고민이 되기는 했지만 그래도 손을 잡는 게 닿는 면적이 더 작아서 긴장이 덜 됐다.

효주가 손을 가만히 둬도 진원이 쥐고 있는 식으로 손을 잡았다. 그렇게 얼마 지나고 나자, 손을 잡는 건 익숙해졌다. 손이 땀으로 축축해질까 봐 걱정하던 것도 사라졌고, 어깨가 우연히 닿는 정도의 감각으로 받아들이게 됐다. 이제는 진원이 깍지를 껴 오면 저도 똑같이 깍지를 낄 정도는 되었다.

그런데 정말 이런 것들을 제외하고 나면 나머지는 똑같았다. 두 달이라는 짧은 기간 동안 빼빼로데이라는 나름대로 연인들끼리는 의미가 있는 기념일이 하나 지나갔다.

태어나서 한 번도 크게 의식해 본 적이 없었던 그 날이 갑자기 크게 다가왔다. 효주와 진원은 고등학교 때 거기에 대해서 이야기를 나눈 적이 있었다. 지나가는 화제로. 그리고 그때 효주는 정확히 말했다.

'그런 기념일 같은 거 왜 챙기는지 모르겠어.'

진원은 이렇게 대답했다.

'나도. 짐만 많아지고 귀찮아.'

그렇게 말하는 진원의 옆구리에는 빼빼로가 차곡차곡 담긴 커다란 쇼핑백이 하나 있었다. 너무 많아서 혼자 먹을 수가 없으니 다른 애들하고 나눠 먹는 중이라고 했다. 그러면서 효주에게도 과자를 한 통 내밀었다. 둘은 나란히 앉아서 오독오독 긴 과자를 씹어 먹었다. 진원은 자리에서 일어나면서 효주에게 쇼핑백 채로 아예 가지라고 했다. 어차피 교실에 돌아가면 또 있다면서.

그러니까 빼빼로데이라는 건 모든 기념일에 일평생 선물 보따리를 짊어지고 다녔던 진원에게는 또 하나의 귀찮은 날이었을 뿐인 셈이었다.

효주는 어떻게 할까 고민하다가 제과점에서 연수에게 줄 것과 똑같은 빼빼로 모양 과자를 하나 미리 샀다. 그냥 평범한 크기의 별 특징 없는 과자였다. 그리고 정작 진원과는 그날 만나지 못했다. 교수님이 갑자기 다음 날 돌발 퀴즈 시험을 보겠다고 선언하셨기 때문이었다. 다음에 만났을 때, 챙겨 갔던 상자는 건네줄 타이밍을 잡지 못하고 그대로 효주의 가방에 담긴 채 집으로 고스란히 돌아왔다. 그냥 그렇게 지나가 버렸다.

만나기는 자주 만났다. 시험기간을 제외하고는. 일주일에 두 번 정도. 그런데 정작 특별히 뭘 하지를 못했다. 학기가 진행될수록 시간이 모자라졌기 때문이었다. 진원은 과도 과인 데다가 교양 수업까지 조모임이 많았고, 효주는 끝없이 밀려오는 과제에 밀려 얼굴을 보고도 카페에 앉아 서로 할 일을 하거나, 아니면 금방 헤어지거나 했다. 친구 사이라도 할 수 있는 시간을 보냈다.

그래서 지금까지 그대로였다. 두 달 동안. 친구일 때랑 달라진 게 있긴 했지만, 그것도 자세히 들여다봐야만 보이는 것들이었다. 그냥 만나서 놀고, 이야기하고. 아, 그리고 집에 바래다주고. 집에 바래다주는 것도 바뀐 점 중 하나였다. 집이 가까운 것도 아닌데, 진원은 꼭 굳이 집 앞까지 바래다주곤 했다. 목 뒤가 근지러울 만큼 연인다운 습관이었다.

그럼 생각해 보면 바뀐 게 아주 없는 것도 아닌데 왜 이렇게까지 똑같다는 기분이 드는 걸까. 효주는 이미 물기가 다 말라버린 손을 들고 곰곰이 되짚었다.

'잘 모르는 대로도 괜찮지 않을까.'

깨달았다. 남진원의 태도였다.

효주는 화장실을 나서 유리문을 통해 도로 카페 안으로 들어왔다. 원하지 않을 때에는 사람 심장 멈추는 짓을 숨 쉬듯 초단위로 하던 진원은 효주가 자리에 가까워져도, 효주가 오든 말든 여전히 노트북만 들여다보고 있었다. 좀 차가운 거 아니야? 만약 그냥 친구인 채로 앉아 있는 거였다면 전혀 신경 쓸 필요가 없는 태도였지만, 이제는 조금 신경이 쓰였다.

내가 잘 모르겠다고 해서 그런 걸까. 효주는 입술을 깨물었다. 처음에 무언가 크게 바뀌는 게 아닐까 겁먹었던 게 우스워질 만큼 진원은 여상하게 굴었다. 효주는 일부러 큰 동작으로 의자에 주저앉았다. 힐끗 진원의 기색을 확인해도, 진원의 시선은 효주에게 향하지 않았다. 효주는 약간 풀이 죽어 화장실에 가기 전, 잡고 있었던 연습장을 배 가까이 끌어당겼다.

풋, 그리고 연습장을 보자마자 웃음이 터졌다. 입가에 퍼지는 미소를 감추려는 노력도 하지 않고 진원을 올려다보니, 진원은 여전히 모니터만 직시하고 있었다. 그 만면에 장난기 어린 미소가 감돌고 있다는 것만 제외하곤.

"……너, 몰랐는데 꽤 귀여운 구석이 있다."

"뭐, 이제 알아 가는 단계니까."

진원이 어깨를 으쓱했다. 두고 갔던 연습장에는 옹기종기 모여 앉은 작은 동물들 옆에 작대기로 그려진 사람이 한 명 늘어나 있었다. 그리고 그 막대기 인간은 이렇게 말하고 있었다.

놀이공원에는 나랑 가.

"시험 끝나고 가자."

진원이 노트북 화면 너머로 다가와서 말했다. 효주는 그러자고 대답하려다가 시험이 끝나고 나면 한겨울이 될 것이란 점을 떠올렸다. 지금도 이미 상당히 추워져 있었다. 야외에서 놀이기구를 타다가는 매서운 겨울바람에 싸대기를 얻어맞고 코를 훌쩍이게 될지도 몰랐다.

"이 날씨에?"

"……그럼 어디 가고 싶은 데 또 없어?"

"……눈썰매장?"

진원이 별안간 웃음소리를 냈다. 눈매가 곱게 휘어져 있었다. 가볍게 심장이 두근거렸다. 잘생긴 건 질리도록 알고 있었지만, 남자 친구가 되고 나서 유달리 의식이 됐다. 그렇게 선명한 얼굴선을 가지고 있었는지는 몰랐다.

"왜 웃어?"

"스키장도 아니고, 눈썰매라서."

"나 스키 못 타."

"가르쳐 줄게, 그럼. 스키장 옆에 눈썰매장도 있어."

그 말과 동시에 진원의 손이 건너왔다. 자연스럽게 효주의 손 위로 안착했다. 진원이 효주의 손마디를 슬슬 간질였다. 효주는 손을 달싹거렸다.

"……빨리 배울 수는 있는 거야? 나 자전거도 못 타는데."

"하루면 배워, 스키도. 하루로 안 되면 이틀에는 확실히 배워."

"그럼…… 우선 시험 끝나고."

"그래. 시험 끝나고. 가자. 둘이서."

둘이서. 진원이 그렇게 말했다. 그 말이 의식이 되어 효주는 가볍게 입술을 축였다. 둘이서 어딘가 먼 곳에 가 본 적은 없었다. 그럴 기회도 없었고. 진원이 엄지로 쓰다듬는 자리가 조금 뜨거워졌다. 예전과 달라진 점이 아주 없는 건 아닐지도 모르겠다고, 효주는 생각했다.

"그거 혹시 자고 오자는 거 아니야?"

연수가 두 손을 맞부딪쳐 큰 박수 소리를 내며 말했다. 효주에게 바싹 다가온 연수의 동공이 왠지 팽창해 있는 것 같았다. 연수는 효주가 뭐라고 말하기도 전해 한 옥타브는 높아진 목소리로 탄성을 질렀다.

"헉, 완전 저돌적이야! 걔 그렇게 안 생겨 가지고 진도가 엄청 빠르네."

"자고 오자는 얘긴 안 했는데."

"이틀이라고 하면 자고 오자는 거지, 뭐야! 둘이 지금 어디까지 나간 거야. 헉, 혹시 나한테 말도 없이 벌써 그렇게 된 거야?"

연수가 매섭게 눈을 빛냈다. 효주는 속사포처럼 이어지는 연수의 말에 뭐라 대답할 타이밍을 찾지 못하고 눈꺼풀만 깜빡였다. 그런 의미였나?

효주는 곰곰이 진원과의 대화를 돌이켜 보았다. 연수가 말하는 '그렇게'가 뭔지는 모르겠지만, '그렇게'의 '그'자만큼 의심 가는 일이 없었다. 진원의 태도도 평범했다. 별로 당황하는 법이 없는 애의 태도로 뭔가 짐작해 보는 게 그렇게 유용한 일일지는 모르겠지만. 효주는 고개를 저었다.

"그런 거 아니야. 아직 어디로 언제 가자는 얘기도 구체적으로 안 했어."

연수는 효주의 미온적인 반응에 김이 샌 듯 어깨를 늘어뜨렸다가 언제 그랬냐는 듯 다시 들뜬 표정을 지었다.

"와…… 그래도 그거 여행이잖아! 일박 이 일이면. 핫, 혹시 그거 자기 생일에 가자는 거 아닌가? 헉, 그런가 봐!"

걔 겨울에 생일이잖아! 어떡해, 어떡해! 하고 연수가 가성으로 소리를 지르며 테이블을 요란스럽게 두드렸다. 연수의 행동에 테이블 위 식기가 가볍게 달그락거렸다. 효주는 연수의 격양된 반응에 잠시 움찔했다. 그러고는 방금 들은 낯선 말에 대해 조심스럽게 물었다.

"생일?"

"응, 걔 생일. 얼마 안 남았잖아."

말간 표정으로 효주를 바라보는 연수에게 효주는 망설이며 물었다.

"네가 어떻게 알아?"

"걔 SNS 들어가 보면 바로 뜨잖아. 아, 내가 걔한테 친구 신청했거든. 근데 걔 친구들 중에 예쁜 애도 엄청 많고 부자 냄새 나는 애도 엄청 많더라!"

명문대라 그런가? 근데 걔 페이지에 댓글 다는 애들 중에 외국 유학하는 애도 많고 그렇더라고! 연수는 갑자기 진원의 친구를 소재로 방향을 틀면서 종알대기 시작했다. 그런 연수의 말을 들으면서 효주의 뇌리에는 다른 생각이 스쳤다. 효주는 진원의 생일을 몰랐다. 얘기가 그런 쪽으로 한 번은 흘렀을 법도 한데, 실은 그런 일이 없었기 때문이었다. 아마 항상 겨울 방학 시즌이었기 때문이 아닐까 생각했다.

진원이 SNS를 하는 줄도 몰랐다. SNS 같은 형식의 교류가 좀 부담스러웠기 때문에 효주는 메신저조차도 잘 하지 않았다. 진원이 딱히 그와 관련된 화제를 꺼낸 적도 없었다. 그 때문에 연수가 당연히 알고 있는 사실을 효주는 놓쳤다. 진원의 다른 친구들에 대해서도 아는 바가 전혀 없었다. 효주는 떨떠름하게 읊조렸다.

"몰랐어. 남진원 곧 생일인 줄."

"어…… 뭐, 그래도 이제 알았으니 됐지! 선물 뭐 줄지 미리 생각할 수 있고 좋잖아. 남자 선물 고르기가 그렇게 쉽지가 않아요, 또. 미리미리 고민해 두는 게 좋다, 너!"

연수는 숟가락으로 효주를 가리키며 힘주어 말했다. 그러고는 어우, 말을 많이 했더니 배가 또 고프다, 하더니 냠 하고 먹다 남은 볶음밥을 큼지막하게 떠서 숟가락을 입에 물었다.

생일, 여행. 효주는 덤덤하게 넘어갔던 빼빼로데이를 떠올렸다. 효주의 집은 기념일을 딱히 크게 챙기는 편이 아니었다. 생일마저도 아침에 바쁘면 미역국을 못 먹기도 하고, 주말에 몰아서 외식 한 번 하는 것으로 끝내기도 했다. 그러다 보니 예전에는 생각이 미치지 못했던 일이 이제는 이벤트의 하나가 되었다.

효주는 몰래 한숨을 쉬고는 열심히 숟가락질을 하는 연수를 바라보며 저도 다시 숟가락을 쥐었다. 역시 사귀고 나서 바뀌는 일이 아주 없는 건 아니었다.

두 달이었다. 서효주가 그러자고 한 지. 진원은 제가 제법 잘해 내고 있다고 생각했다. 천천히, 느긋하게, 효주가 겁먹지 않게. 효주가 제 눈을 바라보며 떨리는 목소리로 대답했던 순간이 눈에 선했다. 하마터면 저도 모르게 그 통통한 아랫입술에 손을 댈 뻔했던 걸 가까스로 참았다. 아직은 아니라고 되새겼다.

효주는 진원이 필요 이상으로 가까워졌다 싶을 때마다 순간 흠칫했다. 끌어안는 것에도, 귓불을 만지는 것에도. 안 잡아먹어 하고 말하고 싶었지만 그렇게 말하면 거짓말이 될 것 같아 관두었다. 그렇다고 '아직' 안 잡아먹어, 하기엔 너무 구차하기도 했고.

진원은 효주의 반응을 몇 번 보다가 사람하고 닿는 것 자체에 별로 익숙하지 않은 것 같은 효주의 진도에 맞춰 주기로 결정했다. 시간이 걸리는 애라는 건 알고 있었으니까. 친해지는 것만으로도 경계를 했는데, 연인이 되는 건 더 버거울 게 당연했다. 먼저 느긋하게 안심을 시키는 게 낫다 싶었다. 어차피 이제 제 것이 되었으니, 급하게 갈 필요는 없었다.

손을 잡는 것까지는 세이프. 손을 만지는 것도 세이프. 어깨에 손을 얹는 것까지도 아슬아슬하게 세이프. 그걸 초반에 깨닫고 나서는 거기까지만 시도했다. 사귀지 않았을 때는 오히려 효주의 잔떨림이 제법 즐거웠는데, 사귀고 난 이후에도 겪으니 역시 그렇게까지는 달갑지 않았던 탓이었다. 익숙해지도록, 천천히. 진원은 느릿하게 그 말을 곱씹었다.

"남진원!"

현재가 뒤에서 등을 쳤다. 진원은 눈을 진득하게 감았다가 떴다. 악연이었다. 초중고도 모자라 대학까지 같이 진학하게 될 줄은 몰랐다. 그것도 같은 과였다. 2학년 전공을 미리 들어 두고 있었는데, 공교롭게도 강의실에 들어와 보니 현재가 있었다.

경영학과가 덩치가 커서 반을 갈라 뒀기에 망정이지 만약 반 배치까지 같았으면 진원은 업이라는 것을 믿게 되었을 것이다. 현재가 진원의 미적지근한 반응에도 아랑곳하지 않고 유쾌하게 입을 열었다.

"걔랑은 잘되고 있냐?"

"걔가 누구야."

진원은 현재 쪽을 쳐다보지도 않고 무심하게 워드패드를 열었다. 현재가 투박한 손길로 가방을 열면서 다그쳤다.

"새침 좀 떨지 마. 그…… 효주 말이야."

"효주라고 부르지 마."

"아오, 성이 기억 안 나서 그랬다. 그래, 그…… 단발머리 걔 말이야."

진원은 결국 인상에 짜증을 가볍게 내비쳤다. 현재가 효주에 대해서 묻는 건 언제나 반갑지 않은 일이었다. 진원은 현재를 향해 살짝 고개를 돌리고 차가운 시선을 보냈다.

"신경 꺼."

"어, 이거 기미가 수상한데. 혹시 잘 안 됐어?"

"관심 두지 말라고 말했잖아."

"이상하네. 너 요새 기분이 좀 좋아 보여서 잘되고 있는 줄 알았는데."

현재가 천연덕스럽게 대꾸하고는 가방 속에서 노트를 꺼냈다. 진원은 그 모양을 가만히 노려보다가 다시 제 노트북으로 시선을 돌렸다.

고등학교 때도 그랬지만, 요즘도 현재는 유독 효주에 관한 화제를 입에 올리곤 했다. 다른 애들한테야 별거 아니라고 얼버무리면 그만이었지만, 오현재한테는 그게 안 됐다. 진원이 무시를 하건 말건, 화제를 돌리건 말건 아랑곳하지 않고 이따금씩 효주에 대한 걸 물었다. 거슬렸다. 싫은 티를 낼수록 더 캐물어 대서 웬만하면 반응하지 않으려고 했지만, 아예 무시하는 것도 불가능했다.

"뭐야. 걔가 너 싫대?"

무시를 할수록 더 신경에 거슬리는 말로 되물어 오기 때문이었다. 진원은 느리게 숨을 들이쉬었다.

"그럴 리가."

"와, 이 자신감. 진짜 얄미운데 뭐라고 반박할 수 없는 게 더 얄밉다."

"……."

"근데 싫다고 한 거 아니면, 뭐, 너 좋대? 걔가 고백이라도 했어?"

"……."

"어, 이 자식 아니라고 안 하네. 진짜야?"

진원은 침묵으로 응답하며 시계를 보았다. 정각이 되려면 3분밖에 남아 있지 않았지만, 이 강의의 교수님은 연강일 때에는 대개 10분에서 15분 정도 늦게 강의실에 들어오시곤 했다. 그 말은 가만히 놔뒀다간 근 이십 분 정도 현재의 보챔에 시달려야 한다는 말이었다. 진원은 한숨을 삼키며 입을 열었다.

"……사귀게 됐어."

진원의 여상한 한 마디에 현재의 눈이 크게 뜨였다.

"야, 진짜? 오, 드디어, 드디어!"

"그러니까 앞으로 쓸데없이 물어보지 마."

"뭔 소리야. 사귀니까 더 물어볼 건데? 키스는 했냐?"

현재의 말이 끝나자마자 진원이 현재를 가만히 쳐다봤다. 눈조차 깜빡이지 않고, 매서운 것도 아닌 아주 평온한 시선이었다. 하지만 현재는 그것이 진원이 정말로 화가 났을 때 보이는 얼굴이라는 점을 이미 알고 있었다.

현재는 두 손을 가볍게 올려 항복 표시를 하고는 몸을 돌려 가방에서 필통을 꺼냈다. 그런 현재의 입가에서 장난기 가득한 미소가 피어오르는 것을 다시 앞을 향한 진원은 보지 못했다.

진원을 약 올리는 게 딱히 현재의 취미는 아니었다. 그러기엔 인생이 좀 소중했으니까. 하지만 그게 충동을 완전히 막아 준다는 이야기가 되지는 않았다. 진원을 열받게 만드는 게 그렇게 쉬운 일은 아니었는데, 고등학교에 올라와서 불쑥 한 가지 중요 키워드가 생겨 버렸다. 그, 걔. 현재는 필사적으로 머리를 굴려 머릿속에 떠오르는 무난한 얼굴의 핵심 인물의 이름을 떠올렸다. 김, 이, 박 같은 평범한 성은 아니었는데.

아, 생각났다. 서효주.

현재가 서효주라는 이름을 꺼내서 관심을 보이면, 진원의 얼굴에서 늘 은은하게 띠고 있는 미소가 미끄러졌다. 현재가 부러 효주의 이름을 꺼내는 이유를 진원은 아직도 모르는 듯했다. 그게 바로 서효주가 머리 회전에다 눈치까지 빠른 진원의 맹점이라는 증거였다.

처음부터 미심쩍은 구석이 있었다. 처음엔 진원이 자습시간에 이따금씩 어디론가 자리를 떠서, 한참 있다가 돌아오는 걸 화장실이라도 다녀왔나 생각했다. 그러다가 그 빈도가 좀 일정해지자, 현재는 그게 꼭 창밖을 물끄러미 바라보고 난 후라는 걸 깨달았다. 진원이 또 자리를 비운 틈을 타서 창가로 다가가 진원이 보던 곳을 쳐다봤을 때, 거기 진원이 있었다. 그리고 혼자가 아니었다. 여자애가 있었다. 그 광경이 현재의 무한한

탐구심을 일깨웠음은 물론이었다.

진원이 돌아와서 자리에 앉자마자, 현재는 뭘 하다 온 거냐고 넌지시 진원을 떠 봤다. 그랬더니 '알 거 없어.'라는 대답이 돌아왔다. 진원의 신비주의야 이골이 날 만큼 익숙했지만, 진원이 그렇게 뾰족하게 구는 게 흔한 일이 아님을 현재는 비상한 눈치로 알아챘다. 그 뒤로 이따금 집요하게 물었다.

그러면 누구를 대해도 평등하게 친절한 척하는 진원이 그 서효주라는 애를 두고서는 잘도 예민해지곤 했다. 그러니 현재가 어느 쪽에 관심이 있냐고 묻는다면 효주에게 관심이 있다기보다, 서효주에게 관심이 있는 진원에게 관심이 있었다는 편이 맞을 것이다.

미묘하게 굳어지는 진원의 표정이 재미있어 현재는 종종 진원에게 효주의 이름을 꺼내곤 했다. 그러면 거의 평생을 친구로 지내면서도 보지 못했던 진원의 모습을 여러모로 볼 수 있었다. 그것도 효주의 행방이 묘연해지고 나서는 할 수 없었지만, 다시 만났다니 이젠 또 써먹을 거리가 생긴 셈이었다.

진원이 고개를 돌리기 전, 현재는 만면에 퍼져 있던 미소를 싹 거두었다. 그나저나 길게도 빙 돌아가더니 어째 만난 지 얼마 되지도 않아 급속도로 사귀게 된 건지. 고등학교 때랑은 좀 달라졌나 싶어, 현재의 호기심이 더 모락모락 피어올랐다.

"네 여자 친구 있잖아."

"어?"

"이과야?"

진원의 갑작스러운 물음에 현재는 건성으로 대답했다. 최고 기록을 세우고 있었다. 과외 선생님이 딱 15분간 쉬자고 해서 생긴 자유 시간을 현재는 핸드폰 게임으로 보내기로 결정했고, 그건 최고의 선택이었다. 현금 결제를 해서도 며칠 동안 깨지 못했던 고비를 좀 있으면 깰 수 있을 것 같은 광명이 보였다.

"어, 그렇긴 한데."

"발 넓다고?"

"어."

"그럼 어떻게 좀 해 봐."

"뭘?"

"백지민."

아씨. 마지막 한 단계에서 삐끗하고 말았다. 딱 하나만 더 죽이면 되는데! 매번 이런 식이었다. 현재는 핸드폰을 소파 위에 집어 던지고 진원을 쳐다봤다. 네가 말 걸어서 죽은 거라고, 짜증을 내고 싶었는데 진원의 표정이 꽤 진지해 보였다.

"백지민이 뭐."

"걔가 헛소리 못 하고 다니게, 네 여자 친구한테 말 좀 해 줘."

"헛소리?"

"……서효주한테 또 이상한 말 하거나, 이상한 소문내거나 안 그러게."

"뭐야, 무슨 일 있었어? 뭔데."

소파 밑에서 등을 기대고 있던 현재가 진원의 말에 눈을 빛

195

내며 진원의 옆자리로 올라왔다. 진원은 현재의 눈에 떠오른 흥미로움이 지겹다고 생각했다. 하지만 부탁을 하는 입장이었다. 진원은 구김이 가려던 심기를 빠듯하게 잡아서 평평하게 만들었다.

"……네 말대로더라. 백지민이 서효주 불러다가 시비를 걸더라고. 또 안 그런다는 보장이 없어서."

"뭐야. 헤어졌는데도 그래? 뭐, 하긴 헤어졌으니까 더 그러려나? 근데 유정이가 걔랑 좀 친하긴 한데…… 하긴 우리 유정이도 걔 가끔 너무 징징거린다고 싫어하긴 하더라."

현재가 고개를 끄덕거리며 제풀에 납득했다. 그러더니 눈을 가늘게 뜨며 의심스러운 눈으로 진원을 흘겼다.

"근데 너 왜 그렇게 서효주한테 신경을 써? 뭐야, 진짜 둘이 뭐 있나?"

"……내 탓이라 그래. 나랑 친하게 지낸다는 것만으로 안 좋은 말 듣게 하는 거 싫어서."

"뭐…… 그래, 뭐 어려운 일도 아니고. 아, 그럼 아예 유정이한테 말해서 걔랑 친하게 지내 주라고 할까?"

"그건 됐어."

현재가 의아함을 안고서 밝은 목소리로 건넨 제안을 진원은 단호하게 거절했다. 그 정도까지는 필요 없었다. 안 그래도 인간관계에 신중한 효주가 동정이나 선의에서 비롯된 불순한 우정을 원할 것 같지도 않은 데다가, 좀 싫은 것 같기도 했다. 솔직하게 말하면 친하게 지내는 건 저 하나였으면 좋겠다는 생각이 들었다.

진원이 몇 달에 걸쳐 조금씩 얻어 냈던 걸, 같은 여자라는 이유로, 같은 이과라는 이유로, 같은 반이라는 이유로 손쉽게 얻어 낼 거라고 생각하면 그것도 기분이 별로였다.

"그래…… 뭐, 알겠어. 내가 말해 볼게. 근데 너 진짜 걔랑 잘되는 중인 건 아냐?"

"얘기나 잘해 둬."

"쉬는 시간 끝! 너네 들어오래."

현재가 짓궂은 어조로 물어 오는 걸 끊어 내자마자, 서재 안에서 고개를 빼꼼 내민 선우의 목소리가 들려왔다. 진원은 현재에게서 신경을 거두고 곧바로 몸을 일으켰다. 현재가 뒤에서 뭐라고 중얼거리는 소리가 들려오긴 했지만 무시했다.

책상 앞에 둘러앉았다. 자리에 앉아서 펜을 들자마자 곧 선생님이 주장과 근거의 5단 구성법을 설명했지만, 진원의 귀에는 내용이 들어오지 않았다. 현재는 효주와 잘되는 중이냐고 물었다. 잘되어 가냐고? 효주가 진원을 좋아한다는 건 확실했다. 대강 90퍼센트 정도 그렇다고 여기고 있으니, 그 정도면 확실하다고 말할 수 있겠지.

진원은 왜 여태까지 그걸 알아채지 못했을까 자문했다. 사람을 파악하는 데에 꽤 기민하다고 생각했다. 특히 남이 저한테 보이는 호감을 포착하는 것에 있어서는. 그런데 여태 몰랐다. 몰랐을 리가 없던 일을 몰랐다면 거기에는 그만한 이유가 있어야 했다. 그리고 한번 따져 보자 이유는 쉽게 발굴되었다.

서효주가 전혀 그런 태도가 아니었으니까.

여태 진원에게 '좋아한다'고 말을 했거나, 그게 아니어도 좋아한다고 소문이 났던 애들은 대개 그만한 티를 냈다. 먼저 말을 걸고, 먼저 뭔가를 주고, 먼저 웃어 보였다. 진원에게 부탁할 게 아닌데도 일부러 구실을 만들어 접근했다. 그게 기분이 나쁜 건 아니었지만, 이따금은 성가시기도 했다.

진원은 효주가 편하다고 생각했던 이유와, 효주의 감정을 발견하지 못한 이유가 동일하다는 것을 깨닫고 조금 눈살을 찌푸렸다. 효주의 좋은 점이라고 여겼던 구석이 갑자기 먹먹하고 멀게 느껴졌다.

그다음에는 궁금해졌다. 진원을 좋아하는 거라면, 왜 그렇게 데면데면하게 구는 건지. 진원의 기준에서 효주의 반응은 비일상적인 것이었다. 어딘가 딱 들어맞지 않았다. 그래서 불편하고 찜찜해지는 것이라고, 진원은 생각했다. 그 비일상이 효주에 대해 자꾸만 묻게 만들었다. 알아 가고 싶게 만들었다.

개학을 하고도 벌써 3일이 지났다. 조금만 있으면 봄방학이 시작되고, 그러면 3학년이 된다. 지금 누군가 진원에게 기분이 어떠냐고 묻는다면 긍정적인 수식어를 쓸 수는 없을 것 같았다. 나쁘다고 인정하고 싶지는 않았지만, 한없이 거기에 가까운 기분을 진원은 느끼고 있었다. 진원의 불쾌감은 효주에 대해 머릿속에서 묻고 묻던 중 퍼뜩 깨달은 한 가지 사실에서 비롯된 것이었다.

우연히 핸드폰 메시지를 되짚던 중, 진원은 위화감을 느꼈다. 미미한 위화감은 효주와 주고받은 메시지를 전부 확인하고 나자 곧 무시할 수 없는 크기로 변했다.

한 번도 없었다. 단 한 번도. 서효주에게서 먼저 연락이 온 적이, 없었다. 처음에는 설마 싶어 두어 번 더 확인했다. 그러나 휴대폰 화면이 보여 주는 메시지 목록은 단순한 확인사살이 되었다.

알아챈 순간 불쾌해졌다. 어떻게 단 한 번도?

왜 여태 이 점을 몰랐는가 하면, 진원이 효주에게 말을 걸고 싶을 때마다 생각 없이 먼저 말을 걸어 버렸기 때문일 것이다. 상대에게 궁금증을 가진 쪽이 이야기의 물꼬를 트는 게 당연했으니까. 그런데 그건 진원이 효주의 마음을 알기 전까지만 당연한 일이었다.

좋아하는 사람한테 한 번도 먼저 연락하지 않는 사람도 있었나? 혼란스러웠다. 좋아할수록 가까워지고 싶어 하는 게 아니었나? 그렇다면 진원이 효주의 기색을 잘못 읽고 착각해 버린 걸까?

스스로에게 묻는 걸로 답이 나올 리가 없었다. 그래서 진원은 효주에게 묻기로 했다. 물론 그게 진짜 '말'로 묻는다는 의미는 아녔다.

진원은 기말고사가 끝나고 겨울방학이 시작하기 전, 효주에게 먼저 연락을 했다. 영화를 보러 가자고. 한 번은 거절당했다. 두 번 묻자, 알겠다는 대답이 돌아왔다. 거절의 구실이 '그날은 일이 있어서.' 같은 두루뭉술한 것이라 더 의아해졌다. 정말로 착각이었나 싶었다.

막상 만나고 나니 착각이 아니었다는 걸 깨달았다. 일부러 머리를 쓸어 넘겨 줘 봤다. 가볍게 길을 이끄는 척 팔목을 잡아 봤다. 말없이 눈을 길게 마주쳐 봤다. 그때마다 효주의 눈매나 입가에 큰 변동이 생기는 건 아니었지만, 광대뼈 근처는 붉게 물들었다. 눈을 마주치지 못하고 시선을 피했다. 익숙한 반응이었다. 확신했다. 서효주는 날 좋아해.

그렇다고 고민이 끝난 건 아녔다. 효주와 헤어지고 나서 진원이 고민하기 시작한 것은 '그럼 이제부터 어떡할까.'였다.

상대가 좋아한다고 말을 꺼내면 진원이 보일 반응은 둘 중 하나였다. '사귀자.'와 '미안해.' 그런데 효주의 태도를 보아하니 그 말이 효주에게서 쉽게 튀어나올 것 같지는 않았다. 진원은 효주와 사귀면 어떨까 상상했다. 세세하게 떠오르는 이미지는 없었다. 진원이 여직 만나 왔던 애들과는 효주가 전혀 다른 타입이었기 때문이었다. 그래도 나쁘지는 않을 것 같았다. 평탄하고 무난하고 즐거울 거란 생각이 들었다.

그래서 우선은 효주가 말을 꺼낸다면, 예스라고 말하기로 마음을 먹었다. 그런데도 여전히 효주는 제 감정을 드러낼 만한 이렇다한 접근을 하지 않았다. 그렇게 방학이 시작되었다.

진원의 의문에는 결국 오기가 더해졌다. 방학이 되자 학교에서 우연히 마주칠 일도 적어졌다. 독서실에서도 머리카락조차 보이지 않았다. 진원은 효주가 먼저 연락하기 전에는 저도 그 어떤 메시지도 보내지 않기로 마음을 먹었다. 머리 한구석에 단단히 쑤셔 박힌 위화감의 쐐기를 빼고 싶었다.

좋아하는 건 효주 쪽인데, 왜 진원이 더 구애를 받고 있는지 모를 일이었다. 일종의 파워게임인가 하고 비딱하게 생각하다 가도, 곧 고개를 저었다. 효주가 그런 걸 능숙하게 할 줄 아는 애였으면, 진원이 이만큼 마음을 쓰게 될 일도 애초에 없었다.

그리하여 결국 방학 내내 효주가 먼저 연락한 적은 한 번도 없었다. '왜?'라는 글자가 참고서 위에도, 문제집 위에도 이따금 떠올랐다. 그래도 핸드폰은 무심하게 침묵을 지켰다. 이해가 가지 않았다.

진원은 제가 효주에게 다른 애들한테 하는 것보다 훨씬 친절했다고 생각했다. 만약 효주가 진원을 좋아하고 있다면, 단순히 말을 거는 게 그렇게 어려운 일일 리가 없었다. 그런데도 어떻게 이렇게까지 무심하게 굴 수가 있을까 싶었다. 불쾌했다. 그만큼 선명하게 떠오르는 감정을 설마 진원이 착각했을 리는 없는데.

한 번만 더 확인하고 싶었다. 개학을 하고 나서 마주치면 좀 달라질까 해서. 그래서 지금 진원은 누군가를 기다리는 척 교문에 기대서 있는 중이었다. 지나가는 애들이 누구를 기다리는 중이냐며 진원에게 인사를 하고 지나쳤다. 진원은 대답 없이 웃으며 고개만 까딱했다. 그리고 지나치던 개중에 한 명이 멈춰 서서 진원에게 말을 걸었다.

"……그래서, 음, 공부하는 거 힘든데, 어, 맛있는 거라도 먹으면 좋잖아. 그치."

"그렇지."

"그래서 너 단 건 좋아해? 난 단 거 진짜 좋아하는데 초콜릿을 하나씩 틈틈이 먹어 주면 집중하는 데, 어, 도움이 많이 되더라고!"

"그렇지. 나도 싫어하지는 않아."

아마 학생회 회의 때 만난 애 같았는데, 잘 기억이 나지는 않았다. 이름이 뭐였더라. 진원은 그 애가 하는 말을 거의 흘려들었다. 대충 영화나 보여 주고 마는 수업이 끝난 지도 좀 됐다. 슬슬 나올 때가 됐다 싶었는데도 도통 모습을 보이지 않았다. 여자 건물이 교문에서 더 멀어서 벌써 지나갔을 리는 없을 텐데.

조바심이 슬슬 고개를 들려는 찰나, 건물 우측 현관을 통해서 나오는 효주의 모습이 보였다. 진원은 효주의 그림자를 확인하자마자 말을 걸어온 여자애한테 집중하는 척했다. 원래는 효주가 교문에 가까워지면 말을 걸 예정이었지만, 생각을 바꾸었다. 어차피 교문을 지나기 전에 진원을 보게 될 거고, 그러면 진원에게 말을 걸든가 할 것이다. 그편이 낫겠다 싶었다.

"단 거 어떤 거? 초콜릿이 나아, 사탕이 나아?"

"글쎄, 초콜릿보단 사탕이 천천히 먹을 수 있으니까."

"아, 정말? 아, 맞다, 맞다. 그건 그래."

여자애는 상기된 얼굴로 뭐라고 빠르게 말했지만, 진원은 그 말을 한 귀로 흘렸다. 효주가 점점 가까워지고 있었다. 세 걸음, 두 걸음, 한 걸음. 그리고······.

"서효주!"

"어······ 안녕."

지나쳤다. 진원은 그 동그란 뒤통수에 대고 저도 모르게 효주를 불렀다. 못 봤나? 여기 서 있는 걸? 그렇다고 치기에 진원은 교문에 아주 가까웠다. 효주는 진원이 저를 부를 줄은 몰랐다는 듯 맹한 얼굴로 눈을 깜박이고 있었다. 그 얼굴에 화가 났다. 진원은 눈앞에서 저와 효주를 번갈아 보는 여자애한테 예의상 웃어 보이고는 다리를 움직였다.

"안녕, 얘기 즐거웠어."

"어, 어, 그래. 안녕!"

진원이 효주를 향해 몇 발짝 걷는 동안, 효주는 긴장한 듯 가방끈을 바싹 쥐고 있었다. 못마땅했다. 저 긴장은 좋은 의미일 수도 나쁜 의미일 수도 있었다. 그 여부를 판가름해서 분류할 수 없게 만드는 효주가 좀 얄미워졌다.

"오랜만이네."

"……그러네."

"오랜만인데 얘기 좀 할까?"

진원이 교문 한참 안쪽의 벤치를 가리켰다. 효주는 진원의 말에 가볍게 눈을 흐리는가 싶더니, 곧 고개를 끄덕였다. 진원은 그 끄덕임에 효주의 등에 살짝 손을 얹고 방향을 바꿨다. 손 밑의 몸이 옅게 달싹이는 게 느껴졌다. 내려다 본 귓바퀴가 꽃잎 같은 분홍색이었다. 이런 걸 보면 날 좋아하는 게 맞는데. 둘은 나란히 걸어 벤치에 도착했다.

"많이 바빴나 봐."

"음, 바빴던…… 건 아니고."

"얼굴 보기 힘들다, 너. 진짜 오랜만이야."

진원은 한 글자 한 글자 힘주어 말했다. 맘 같아선 당장 왜 먼저 연락을 하지 않는지 다짜고짜 따지고 싶었다. 그럴 수야 없는 일이지. 진원은 가장 덜 위협적이어 보이는 미소를 얼굴에 띠웠다. 날카로워지려는 말투를 애써 곱게 다듬었다. 효주는 진원의 말에 동그랗게 입술을 모으더니 작게 아, 하는 소리를 냈다.

"음, 겨울에 여행…… 비슷한 거 다녀오느라."

"여행?"

"오랫동안 친하게 지낸 음, 민아라는 친구가 미국에 살거든. 아버지가 그쪽으로 발령이 나셔서, 그래서, 어, 비행기 표값만 내면 자기 집에서 지내도 된다고 해서."

다녀왔어. 효주가 머뭇거리며 말을 끝내고는 진원을 향해서 슬그머니 웃어 보였다. 진원은 효주의 말에 어지러웠던 가슴이 다소 가라앉음을 느꼈다. 그래서였구나. 일부러 피한 게 아니었다. 연락을 못할 수도 있다 싶었다. 시차도 있고, 휴대폰을 잡고 있기 어려웠을 수도 있고. 진원은 그제야 진심으로 피어난 미소를 지었다.

"난 또, 하늘로 솟았나 싶었지. 아, 하늘로 솟았던 게 맞기는 하네."

진원의 말에 효주가 작게 웃음을 터뜨렸다. 작디작은 웃음소리였지만 듣기 좋았다. 더 웃었으면 싶었다. 안도가 됐다. 효주가 제 앞에서 웃고 있다는 게. 그리고 문득 머리 한구석에 엉켜 있던 고민의 전선에 짧게 스파크가 튀었다. 금속성으로 이어지는 불협화음.

안도? 왜 내가 안도를 하지? 효주의 부재에 이유가 있었기 때문에? 서효주가 날 좋아하는 게 맞아서? 내 앞에서 웃고 있어서? 물음표를 따라 불꽃이 빠르게 번졌다. 고막이 멍멍해질 정도의 폭발음을 냈다.

　왜. 난 왜 이렇게까지 서효주가 연락을 하고 하지 않는 것에 대해, 웃고 웃지 않는 것에 대해서 예민하게 구는 걸까. 진원이 아무 말도 없이 제 눈 안을 빤히 들여다보자 효주가 불안한 표정으로 아랫입술을 깨물었다. 그리고 진원은 불현듯 그 입술을 제가 대신 물어 주고 싶다고 생각했다. 심지가 점화했다. 그제야 깨달았다.

　나도.

　서효주를 좋아한다.

　"으……."

　"왔어?"

　"응. 죽을 것 같아."

　효주는 전공책들이 돌더미처럼 가득한 가방을 카페 의자 위에 쿵 소리가 나게 내려놓았다. 아마 저 가방을 멘 상태로 물에 빠진다면 숨 한 번 못 쉬어 보고 그대로 꼴깍이겠지. 진원이 효주의 가방으로 손을 뻗어 의자에 반듯하게 기대어 놓았다. 효주는 카페 테이블 위로 스르르 엎어졌다.

　드디어 기말고사가 끝났다. 효주는 팔에 고개를 기대고 눈만 올려서 진원을 흘깃거렸다. 진원이 손을 뻗어 효주의 이마 위로 흘러내린 머리카락을 거둬 주었다. 효주는 눈을 감았다.

　오랜만이었다. 남진원을 보는 것도.

시험이 있는 주에는 진원을 거의 못 봤다. 둘의 학교 시험 기간은 미묘하게 어긋났다. 진원의 기말고사가 거의 끝날 즈음이 되어서야 효주의 기말고사가 시작됐다. 그래서 결국 합치면 그게 10일이 넘었다.

미리미리 예습 복습을 해 두지 않은 탓에 효주는 하루 종일 시험 범위에 시달려야 했다. 정신이 하나도 없었다. 진원과는 '시험 잘 봐.' 같은 단순한 문자를 주고받을 짬밖에 나지 않았다. 얼이 빠진 채 마지막 시험을 치고 핸드폰을 켜 보니, 진원에게서 효주네 학교 근처 카페에 있겠다는 문자가 와 있었다.

"수고했어."

"너도."

"이제 방학이네."

진원이 효주의 손가락을 매만지며 말했다. 효주는 그 손길에 가만히 손을 맡기며 나무 테이블 위에 볼을 뭉갰다. 진원이 손을 만지는 것에도 익숙해졌다. 오히려 진원의 온기가 사라진 손이 조금 허전해질 만큼.

진원이 효주의 뺨에 따뜻한 커피를 가져다 댔다. 찬바람에 살얼음이 낀 듯 아려오던 뺨이 그 온기에 녹았다. 난방 덕에 후끈할 만큼 포근한 카페의 공기에 캐럴이 섞여 들려왔다. 그러고 보니 어느덧 그런 시기였다. 크리스마스가 코앞이었다.

"방학 땐 좀 한가해?"

"음, 딱히 뭐 정해 둔 일정은 없는데."

효주는 진원의 말에 대꾸하면서 시험 기간에 같이 도서관에 틀어박혔던 연수가 휴게실 의자에 늘어져서 했던 말을 떠올렸다.

'난 시험 끝나면 아르바이트 할 거야!'

'그래?'

'응. 영화관 알바! 거기가 그렇게 연애의 전당이란다. 그중에 내 님 하나는 있겠지.'

'······응원할게.'

'너도 같이 할래? 너 있으면 안 심심할 것 같은데! 너 좋아하는 영화도 공짜로 많이 볼 수 있어. 내 친구가 했는데 좋았대.'

솔깃했다. 하지만 효주는 연수의 말을 아쉬워하며 거절했다. 만남의 전당 같은 걸 필요로 하지 않기도 했고, 오히려 그렇게 새로운 사람을 많이 만나는 일이 꺼려졌기 때문이었다.

민아가 올해도 잠깐 놀러 왔다 가라고 하긴 했지만, 매번 그렇게 신세를 지기도 부담스럽고, 집에 비행기표 때문에 손을 벌리기도 죄송했다. 그것도 아쉽게 거절했다. 그러니까 아직 효주의 겨울은 새하얗게 비어 있었다.

"그럼 네 비어 있는 시간, 나한테 전부 달라고 해도 돼?"

"······전부는 안 되지."

"냉정하긴."

"현실적인 거지. 같이 사는 것도 아닌데 어떻게 전부 줘."

효주가 몸을 바로 세우곤 진원이 밀어 준 컵을 열었다. 카페 라테에서 향기로운 김이 피어올랐다. 뚜껑을 닫고 커피를 한 모금 마셨다. 딱 알맞은 온도로 따뜻했다. 진원이 물끄러미 효주와 눈을 맞췄다.

"그럼 크리스마스는?"

"크리스마스?"

"그날은 줄 수 있어?"

"……어, 응."

효주는 진원의 물음에 잠시 고민하다 대답했다. 특별한 일이 없으면, 효주는 크리스마스를 가족과 보냈다. 하지만 이 경우에는 특별한 일이 있는 게 맞겠지. 하지만 효주는 부모님에게 진원에 대해서 아직 말을 하지 않았다. 그때 걔가 사실 제 남자 친구가 됐어요, 라고 말하는 게 좀 부끄럽기도 했지만, 어차피 언젠가는 말해야 할 일이기도 했다. 그런데 어떻게 말하지. 효주는 머리를 굴렸다.

"……그럼 그날 뭐 하고 싶은 거 있어?"

"글쎄…… 딱히 생각나는 게 없는데. 으, 그날 밖에 사람 진짜 많겠지."

번화가를 골목골목 꽉꽉 메울 인파를 생각하며 효주는 미간을 찌푸렸다. 사람이 많은 곳은 질색이었다. 여기저기 치이면서 컨베이어벨트 위의 공산품처럼 나란히 걷는 것도 싫었다. 효주는 머릿속에 쑥쑥 튀어 오르는 불만스러운 광경에 얼굴을 계속 구기다가 진원과 눈을 마주치고 표정을 풀었다. 진원의 미소가 기울어져 있었다.

"그래. 사람 많겠지. 너 사람 많은 거 싫어하고."

"……."

효주는 마땅한 대답을 찾지 못했다. 사람이 많은 게 싫은 건 사실이었지만, 그게 진원과 만나는 게 싫다는 얘기는 아니었다. 하지만 진원에게는 그렇게 들렸을 수도 있다. 효주는 혀끝에 맴도는 말을 어떻게 표현할 지를 찾았다. '너하고면 괜찮아.' 이건 너무 간지럽고. '많아도 상관없어.' 이건 너무 생색내는 것 같고.

효주가 입술을 지그시 깨물자, 진원이 테이블 위로 몸을 바싹 기댔다. 그리고 가까워진 얼굴에 뭐라고 말할 수 없는 미소가 기어올랐다.

"그럼 우리 집에 올래?"

－헉? 그게 무슨 뜻이래.

－뭐야, 어떡해.

－갈 거야?

연수의 반응이 열광적이었다. 효주가 뭐라고 답을 보내기도 전에 연달아 메시지를 쏘아 보냈다. 괜히 말했나 싶었다. 연수는 진원과의 얘기를 바로바로 말하지 않은 것에 이따금 서운해하곤 했다. 그래서 효주는 연수가 보낸 문자의 답장에 오늘 진원과 나눈 대화를 써 보냈다.

그랬더니 숨을 쉴 틈조차 주지 않고 연수는 따발총처럼 추궁의 메시지를 날려 왔다. 뭐라고 답을 줘야 할지 효주가 잠시 고민하는 동안, 그런 고민이 헛수고라는 듯 곧 핸드폰이 진동했다. 연수의 전화였다. 효주는 입가에 떠오르는 미소를 참으며 전화를 받았다.

"응."

─갈 거야? 응? 갈 거야? 아니다. 가 본 적 있어? 걔네 집?

"아니, 가 본 적은 없는데."

─와. 야. 근데 걔네 집이면 부모님 계시는 집 말하는 거야? 뭐야. 가족 소개 같은 건가?

"혼자 따로 나와 산다고 그랬어. 학교 근처에."

─뭐? 진짜로?

연수의 목소리가 기이할 만큼 높고 커졌다. 효주는 귀에 대고 있던 핸드폰을 멀찍이 떼어 낼 수밖에 없었다. 그 뒤로도 연수의 수다는 끊이지 않았다. 효주는 그게 그만큼 별일인가 싶었지만, 연수에게는 그게 아닌 듯 했다.

예쁘게 하고 가라느니, 마음의 준비를 해야 할 것 같다느니. 아니, 그렇다고 너무 분위기에 넘어가지 말라느니, 전해 줄 말이 참 많아 보였다.

"특별히 무슨 의도를 갖고 한 얘기는 아니라고 생각하는데."

─뭔 소리야! 네가 그런 의도로 안 들었다고 말한 사람도 그럴 것 같아?

"……내가 사람 많은 곳 싫다고 해서 그런 거야."

효주는 연수에게 대꾸하며 볼이 살그머니 달아오르는 걸 느꼈다. 다른 의도가 있을 리가 없었다. 왜냐면 아직…… 그런 느낌이 아니었으니까. 효주는 제게 제안을 하던 진원을 얼굴을 떠올려 봤다. 전혀 긴장한 얼굴이 아니었다. 그래. 별 뜻이 있던 것 같지는 않았다.

그 뒤로도 연수와의 통화는 계속 연수가 주장하고 효주가 온건히 반박하는 흐름으로 진행되었다. 결국 한바탕 이어지던 가설과 충고는 '그래. 아무튼 크리스마스 잘 보내.'라는 말로 끝났다.

효주는 전화를 끊고, 쪼그렸던 몸을 펴서 침대에 대자로 누웠다. 진원이 뭔가를 하려고 했던 적은, 아마, 없었다. 눈치가 빠른 편은 아니었지만, 진원이 노골적으로 요구해 왔다면 이미 저도 낌새를 느꼈을 거라고 생각했다. 그러니까 특별한 의미를 갖고 한 제안은 아니었을 것이다. 아마 그렇겠지? 효주는 애써 그렇다는 쪽으로 생각을 돌렸다. 그렇지만 내부에 간질간질하고 어질어질한 기운이 천천히 스며드는 것을 완전히 막을 수는 없었다.

"왔어?"

"음, 안녕."

진원의 집은 생각보다 찾기 쉬웠다. 학교 근처라고 해서 원룸텔 형식일까 싶었는데 역에서 5분 정도 떨어진 높다란 신축 오피스텔이었다. 모퉁이를 돌자 현관에 나와 있는 진원이 보였다. 진원이 효주에게 손을 흔들며 인사를 건넸다. 효주도 어색하게 손을 흔들었다.

건물 현관 앞에 선 진원은 효주가 도착하자마자 보안카드를 대고 먼저 들어갔다. 건물 안으로 들어가자 엘리베이터가 바로 보였다. 생각했던 것보다 고급스러운 내부에 효주는 주위를 힐끗 돌아보며 진원의 뒤를 따랐다.

"8층이야. 나 사는 데."

고개를 끄덕이고 엘리베이터에 올랐다. 반짝거리는 엘리베이터 내부에 효주는 왠지 모르게 위화감을 느꼈다. 효주가 매일 타곤 하는 아파트의 엘리베이터보다 넓은 것 같았다. 엘리베이터가 멈추고 내리자 진원이 앞장서서 걸었다. 진원이 현관문의 비밀번호를 누르는 동안, 효주는 어깨에 멘 가방을 꼭 쥐었다. 좀 긴장이 되긴 했다.

"들어와."

"응."

진원이 바닥에 슬리퍼를 내려 주었다. 신발을 벗고 집 안에 들어서자 보이는 풍경에 효주는 눈을 깜빡였다. 넓었다. 넓고 깨끗했다. 다른 사람이 자취하는 곳에 가 본 적이 없어서 드라마에서 가끔 봤던 자취방 같은 걸 생각했는데 전혀 달랐다. 걸음을 옮겨 안으로 들어서자 채광이 좋았다.

넓은 창문이 한쪽 벽에 위치해 있고, 그 앞에는 효주네 집에 있는 것보다도 커다란 티브이가 있었다. 그러니까, 그냥 가족이 사는 집 같았다. 그것도 아주 좋은 집. 혼자 사는데 도우미 아주머니까지 부를 필요가 있을까 싶었는데, 이 정도 크기면 그럴 법도 해 보였다.

"짐이랑 코트 같은 건 나 줘. 안쪽 방에 걸어 둘게. 편하게 앉아 있어."

"아, 응."

효주는 들고 있던 가방을 내려놓고 코트를 벗었다. 가방 안에는 진원에게 줄 크리스마스 선물이 들어 있어서 가지고 있을까 잠시 고민하다가 진원에게 건네주었다. 이따가 꺼내서 주면 되겠지. 효주는 두리번거리다가 미색 소파 위에 엉덩이를 붙였다.

전체적으로 깔끔하고 장식이 없는 집이었다. 방문 같은 게 두 개 보였고, 곧 그중 하나에서 진원이 나왔다. 진원이 소파 앞 낮은 테이블을 지나 효주의 옆자리에 앉았다.

그리고 정적이 흘렀다. 닫힌 창문 너머로는 거리의 소음마저 요원했다. 난방으로 건조한 겨울 공기만이 거실을 맴돌았다. 효주는 못 견디게 진원이 의식되기 시작했다. 밖에서 만나는 것과는 달랐다. 정말 둘뿐이었다. 무릎 위에 올려 둔 손 위에 천천히 땀이 배어 나왔다. 효주는 진원을 곁눈질했다. 진원은 효주와 눈을 마주치고 얕게 웃었다.

효주의 손 위로 진원의 손이 겹쳐졌다. 그리고 진원의 엄지가 살살 효주의 손바닥 가운데를 문질렀다. 아무 말도 없이.

효주는 작게 숨을 들이켰다. 처음으로 닿은 것도 아닌데, 이미 익숙한 접촉이라고 생각했는데, 기묘하리만큼 초조한 침묵에 겹친 진원의 손길이 뭐라 말할 수 없을 만큼 긴장감을 불러일으켰다. 입술을 달싹였다. 뭐라고 말을 꺼내서 이 무거운 침묵을 깨뜨려야 할 것 같은데, 마땅히 할 말이 생각이 나질 않았다.

'혹시 모르니까 속옷은 예쁜 걸로 입고 가.'

불현듯 연수가 내뱉었던, 말도 안 되는 소리라고 여겼던 한마디가 효주의 머릿속을 스쳤다. 귓가에 쿵쾅쿵쾅 맥박 소리가 울렸다. 그런 게 아니었을 텐데. 아니었을 텐데. 효주는 다시 진원을 곁눈질했다. 진원의 얼굴이 너무 가깝게 느껴졌다. 두 겹의 스웨터 너머로 느껴지는 체온이 지나치게 뜨거운 것 같았다.

진원은 입을 다물고 효주와 지그시 눈을 마주쳤다. 효주는 무언가 은밀한 장면을 훔쳐보다 들킨 사람처럼 진원의 눈에서 시선을 떼지 못했다. 그러자 진원이 아주 조금, 입술을 달싹였다. 턱이 떨려 왔다.

"영화 볼까?"

"어? 아, 응? 어, 응."

진원의 입에서 빠져나온 말이 너무도 평범한 것이라, 효주는 잠시 멍해졌다. 그 사이 진원이 소파에서 몸을 일으켰다. 그리고 티브이가 놓인 자리 옆의 서랍장이라고 생각했던 것의 문을 열었다. 진원이 효주를 돌아보며 웃었다.

"뭐 따로 보고 싶은 거 있어? DVD 갖고 있는 게 좀 있는데 한번 볼래?"

"어, 응."

효주는 진원의 손짓에 따라, 몸을 일으켜 진원에게 다가갔다. 이것저것 영화 DVD를 꺼내 보이는 진원의 태도는 어디까지나 담백했다. 효주는 몸을 굽혀 진원이 건네주는 DVD들을 받으며, 진원이 여상한 어조로 설명하는 영화에 대한 이야기를 건성으로 들었다.

내려다보이는 진원의 옆모습 역시 무심하게 깨끗했다. 마치 효주가 제 공간에 들어온 게 별다르게 반응할 일이 아니라는 듯이. 늘 겪는 일인 것처럼. 익숙해 보였다.

효주의 귓가에는 아직도 빠르게 뛰어오르는 제 맥박 소리가 선연했다. 두근거렸다. 진원의 태도는 그런 효주의 떨림이 길을 잘못 찾은 것처럼 느끼게 만들었다.

"이건 어때? 디즈니는 아니지만, 네가 말한 대로 내가 좋아하는, 애니메이션이야. 그래픽도 좋고, 스토리도 좋고, 크리스마스 얘기기도 한데. 아, 혹시 이미 본 거야?"

"아니, 아냐. 그거 보자. 나도 보고 싶다고 생각했던 거야."

"그래. 그럼. 가서 앉아 있어. 간식이라도 꺼내 올게."

진원이 몸을 일으켜 부엌 쪽으로 움직였다. 효주는 어쩐지 힘이 잘 들어가지 않는 다리를 움직여, 주춤주춤 소파 쪽으로 향했다.

소파에 앉아 진원이 냉장고 문을 열고 주스 병을 꺼내는 걸 바라봤다. 냉장고도 커다랬다. 진원은 더없이 편안하고 자연스러운 동작으로 움직이고 있었다. 나만 떨리는 걸까. 그 자연스러움이 효주의 팽팽함을 비웃는 것 같아 괜스레 진원이 원망스러워졌다.

영화는 재미있었다. 아니, 재미있었던 것 같다. 영화를 보면서 나쵸와 살사소스, 그리고 처음 보는 황금향이라는 과일을 먹었다. 아주 달고 맛있었는데, 막상 많이 먹지는 못했다. 어둑한 거실에 단둘이 있다는 사실이 못내 의식되었던 탓에, 뭔가를 먹고 싶다는 생각이 안 들었다. 나란히 앉아서 옆에 닿아오는 진원의 체온에 침을 삼키며 익숙해지는 게 고작이었다.

영화를 다 보고 나니 시간이 5시 정도였다. 진원은 영화를 하나 더 보겠냐고, 아니면 보드게임을 하겠냐고 물었다. 효주는 후자를 택했다. 그러고 나서는 좀 긴장감이 풀렸다. 경쟁심이 불타올랐기 때문이었다. 진원이 꺼내 온 보드게임은 쿼리도라는, 꽤 머리를 써야 하는 2인용 게임이었는데 효주는 처음보는 게임이었다. 그래서 연달아 세 판을 지고 말았다. 진원이 게임을 너무 잘했다.

"봐줄 생각은 안 들어?"

"져 주면 화낼 거잖아."

효주가 뾰로통하게 내뱉은 말에 진원이 말을 움직이며 대답했다. 그거야 봐주는 게 티가 나면야 화가 나겠지만, 그렇다고 한 번도 이기지 못하는 것도 분했다. 머리를 쓰는 게임에서 밀리고 있다고 생각하니까 묘하게 더 자존심이 상했다.

"너 이거 맨날 하지."

"아냐. 산 지 얼마 안 됐어."

두세 번 해 봤어. 진원이 블록으로 길을 막으며 말했다. 그럼 왜 그렇게 잘하는 건데. 효주는 쏘아붙이고 싶지만 관뒀다. 패키지에서부터 '멘사 추천 게임'같은 문구가 쓰여 있었다. 그런 말을 내뱉어 버리면 정말 지는 느낌이 들 것 같았다. 효주는 입술을 꾹 깨물고 제 말을 움직였다.

"끝!"

효주는 의기양양하게 말을 마지막으로 움직였다. 반대편으로 먼저 움직이는 쪽이 이기는 게임인데, 여섯 번 만에 드디어 효주가 이기고야 말았다. 효주는 저절로 떠오르는 미소에 볼이 볼록해져 진원을 향해 으스대는 표정을 지었다. 진원이 가볍게 박수를 쳤다.

"축하해."

"……그런 태도 하나도 안 기쁜데."

"그래? 그럼, 아, 조금만 더 갔으면 내가 이기는 건데! 아쉬워 죽겠다."

"……놀리는 거야?"

"그 정도 눈치는 있구나."

효주는 금세 사그라지는 승리의 기쁨에 짐짓 매서운 눈길로 진원을 노려보았지만, 진원은 효주의 표정에 오히려 작게 웃음을 터뜨렸다. 효주는 미간을 찌푸렸다.

"뭐야. 지금 봐준 거야?"

"아니야. 진짜 진 거야."

처음 해 보는 것치고 되게 잘한다, 너. 진원이 그렇게 말하자, 효주는 괜히 뿌듯한 기분이 들었다. 그래서 저답지 않게 턱을 치켜들곤 새침한 표정으로 내가 이 정도야, 하는 시늉을 내 봤다. 그랬더니 진원이 작게 웃음을 터뜨렸다. 그 표정에 효주의 얼굴에도 작게 미소가 번졌다.

눈이 마주쳤다. 웃음이 잦아들었다. 시선은 그렇지 않았다. 그 위로 또 침묵이 번질 것 같아, 얕게 효주의 입술이 달싹였을 때, 진원이 입을 열었다.

"……배는 안 고파?"

"고파."

효주는 급히 대답했다. 그러고 보니 배가 고파졌다. 하도 머리를 써 댄 탓인지 꽉 차 있다고 생각했던 배가 홀쭉했다. 뭐라도 빨리 배 속에 집어넣고 싶었다. 진원이 게임판 위를 정리해서 상자에 도로 집어넣으며 말했다.

"그럼 저녁 먹자."

"맛있다!"

"다행이네."

효주는 진원이 따라 준 뱅쇼를 홀짝이며 말했다. 뱅쇼란 건 처음 먹어 봤다. 와인에 계피랑 과일 같은 걸 넣고 뜨겁게 데워 만드는 음료라고 했다. 몇 모금 들이켜자 안 그래도 노곤하던 사지가 의자에 축 눌어붙을 지경이 되었다. 저녁을 어떻게 먹을까 싶었는데, 뜻밖에 진원이 열어 보인 냉장고 안이 풍성했다.

'아주머니께서 음식 해 주고 가셨어. 데우기만 하면 돼.'

여자 친구랑 먹을 거라고 했더니, 보기도 좋고 맛도 좋은 걸로 해 주신다고 호언장담하시더라. 진원은 그렇게 말하며 냉장고에 차곡차곡 들어찬 요리를 식탁 위에 늘어놓았다. 전부 꺼내자 둘이 먹기에는 턱없이 많은 양이 되었다. 그리고 식탁 위에 빼곡히 올라간 음식들은 과연 하나하나 전부 맛있었다.

새우와 치커리가 들어간 콜드 파스타 샐러드, 오이에 돌돌 말린 연어 카르파치오. 오븐으로 데우자 치즈가 놀랄 만큼 부드럽게 늘어나던 시금치 라자냐. 농후하면서도 느끼하지 않게 사르르 녹은 티라미수.

전부 전문 레스토랑에서 사온 게 아닐까 생각이 될 만큼의 맛이었다. 도저히 이런 음식을 남길 염치가 들지 않아서, 효주는 정말 배를 콕 찌르면 음식이 밀려 나올까 걱정이 될 만큼 배가 부르게 먹었다. 효주가 신음 소리를 내며 배를 부여잡는 걸 보고, 진원이 웃지 않을까 생각했지만, 진원의 찌푸린 미간을 보아하니 효주와 비슷한 상태이지 싶었다. 진원의 그런 모습은 처음이었다. 배가 불러서 나른해진 남진원. 효주는 몰래 웃었다.

몰랐던 부분을 보게 된 셈이라 생각하니, 포만감과는 다른 감정이 효주의 아랫배를 따뜻하게 데웠다.

"정리는 내가 할게. 나 너무 얻어먹기만 한 것 같아."

"괜찮아. 그냥 둬. 너 손님이잖아."

"그래도."

"너 편하게 있으라고 오라고 한 거야. 편히 있어."

효주는 잔을 내려놓고 텅텅 비어 버린 접시를 정리할 자세를 취했으나, 진원이 고개를 저었다. 반쯤 일어나려던 효주는 다시 의자에 엉거주춤 앉았다. 음식 무게까지 더해져 무겁기 그지없어진 엉덩이가 의자가 제 운명이라는 듯 착 달라붙었다. 효주는 등받이에 기대, 따뜻한 유리머그를 쓰다듬었다. 그래도 정말 계속 신세만 지는 것 같았다. 와서 아무 생각도 없이 진원이 권하는 대로 전부 해 버리고.

뭔가 해 주고 싶은데, 나도.

그렇게 생각한 순간, 퍼뜩 떠오르는 것이 있었다. 선물.

"내 가방 어디에 있어?"

"내 방 안에 뒀는데. 코트랑 같이. 가져다줘?"

"어…… 응."

"잠시만."

진원이 느긋하게 자리에서 일어났다. 효주는 제가 가져오겠다고 말하려다가 관두었다. 진원의 방에 들어간다고 생각하면 아무래도 배 속이 이상해졌기 때문이다. 너무 많이 먹었나. 진원이 곧 효주의 커다란 숄더백을 들고 나왔다. 그리고 이번에는 효주의 건너편이 아닌 옆자리 의자에 앉았다.

"자, 여기."

"음. 고마워."

효주는 꽉 다물려 있는 가방의 지퍼를 슬그머니 열었다. 열린 가방 아가리 틈새로 집을 나서기 전에 넣어 두었던 쇼핑백이 보였다. 효주는 힐끗 진원의 눈치를 살폈다. 진원이 입 모양으로 '왜' 하고 말했다. 괜히 긴장이 됐다. 진원이 이렇게 좋은 곳에 사는 줄은 몰랐다. 예쁜 걸 고른다고 골랐는데 막상 꺼내려니 너무 초라한 게 아닌가 싶어 망설여졌다. 효주는 입술을 몇 번 잘근거리다가 어렵게 서두를 꺼냈다.

"그러니까…… 대단한 건 아닌데……."

"아, 잠깐만."

진원이 효주의 말을 멈추고 자리에서 일어섰다. 그리고 다시 제 방 안으로 사라졌다. 갑자기 사라진 진원의 행동에 효주가 얼빠진 채 가만히 뒷모습만 좇는 사이, 진원이 곧 방 밖으로 나왔다. 손에는 검정색 쇼핑백이 들려 있었다. 자리로 돌아와 앉은 진원이, 멀뚱히 저를 쳐다보는 효주를 보고 씩 웃었다.

"크리스마스 선물 주려던 거 아니야?"

"어, 맞는데……."

"나도 있어. 선물."

진원이 쇼핑백을 높게 들어 보였다. 효주는 입을 동그랗게 벌렸다. 하긴 갑자기 가방을 가져다 달라고 했으니 알아챈 것도 당연할 법했다. 의식하고 나자 괜히 떨렸다. 효주는 가방을 마저 열고는 안에 고이 들어 있던 제 쇼핑백을 꺼냈다.

"그럼 교환."

"아, 그래."

진원이 효주에게 쇼핑백을 넘겼다. 효주도 입구가 접힌 쇼핑백을 펴서 손잡이를 잡고 진원에게 건네주었다. 진원이 살짝 각이 무너진 쇼핑백을 받으며 환하게 웃었다. 순간 그 얼굴이 반짝거린 것 같아 효주는 눈을 빠르게 깜박였다. 시야가 다시 멀쩡해졌다. 눈에 뭔가 들어갔었나.

"고마워."

"나도, 고마워."

"지금 열어 봐도 돼?"

"아, 아니! 아니. 나중에 열어 봐. 나 가고 나서."

"왜, 지금 보고 싶은데."

진원이 흔치 않게 들뜬 목소리로 말했다. 뱅쇼에 알코올이 남아 있었던가. 눈 밑 광대 쪽이 자꾸만 후끈후끈 뜨거웠다. 효주는 작은 목소리로 답했다.

"……부끄러워서 그래."

절대 별거 아니니까, 기대는 하지 말고. 효주는 기어들어 가는 목소리로 덧붙였다. 진원이 고개를 잠시 기울이다 한쪽 입가를 장난스럽게 올렸다.

"알겠어. 네 의사를 존중해 줄게. 대신 내 건 지금 풀어 봐."

"어…… 그래."

효주가 건네받은 쇼핑백을 슬쩍 열었다. 연분홍색 포장지에 싸인 상자가 보였다. 시선만 들어 진원을 바라보자 진원이 미소가 떨어지지 않는 얼굴로 얼른 하고 말했다. 효주는 어색한 동작으로 박스를 꺼내서 조심스럽게 포장지 겉에 붙은 셀로판테이프를 벗겨 냈다. 손톱이 짧아 잘 벗겨지지 않았다.

"찢어도 되는데."

"기다려 봐. 거의 다 떨어졌어."

효주는 1분 정도 걸려 포장지 겉에 붙은 테이프를 다 떼어냈다. 드디어 포장이 열리기 시작했고, 눈앞에 보인 것은 익숙한 로고였다. 효주는 눈을 가늘게 떴다. 마지막으로 상자에 붙은 테이프를 떼어 버리자 박스 겉의 제품 사진이 완전히 드러났다. 효주는 표정을 굳혔다.

"맘에 들어?"

"이게…… 내 선물이야?"

"응."

"이거 엄청 비싸잖아."

태블릿PC였다. 효주도 잘 알고 있는 브랜드의. 주위 애들 중에 갖고 다니는 애들을 보기도 했다. 모르긴 몰라도 가볍게 받을 만한 가격이 아닌 것만은 확실했다.

"너, 낙서하고, 그림 그리고 글 쓰는 거 좋아하잖아. 터치펜도 같이 샀어. 갖고 다니기도 편하고, 안에 이북 넣어서 볼 수도 있고, 앱 받아서 이것저것 할 수 있어서…… 좋아할 거라고 생각했는데. 표정을 보니까 별로 맘에 안 드는가 보다."

"아니야. 아니, 마음에 들어. 드는데, 근데, 이거…… 너무 비싸잖아."

특히 스무 살짜리가 가볍게 줄 만한 가격대의 선물은 아니라고 생각했다. 얼마일까. 몇 십 만 원? 크리스마스 선물이라고 간단하게 주고받을 만한 물건은 아니었다. 열어 보기도 부담이 되어서 효주는 상자를 가만히 무릎 위에 올려놓았다.

"음, 그런가. 그래도 주고 싶었던 거라."

고개를 갸웃하는 진원이 어쩐지 멀게 느껴졌다. 집에 발을 들이면서부터, 아니 고등학교 때부터 어느 정도 부유한 집에서 자랐다는 건 짐작할 수 있었지만, 갑자기 이런 선물을 받고나니 확실하게 체감이 되는 느낌이었다.

민아도 상당히 거리감이 있는 정도의 부자라고 생각했는데 진원은 어쩌면 효주가 느꼈던 것보다 훨씬 더 유복한 배경의 소유자일지도 몰랐다. 확실히 멀었다. 여태까지 알아 왔던 진원보다는.

"그래서, 안 받을 거야? 내 선물?"

진원이 눈썹을 살짝 찡그리고 아쉬운 듯한 얼굴로 물어 왔다. 네가 기뻐할 거라고 생각했는데. 말하는 어조가 짐짓 침울하게 느껴져서 효주는 저도 모르게 고개를 저었다.

"아냐. 기뻐. 고마워. 정말이야."

"그럼 좀 기쁜 표정으로 받아 줘. 부담스럽게 여기지 마. 그

223

냥 내가 주고 싶어서 주는 거잖아. 빚 같은 거 아니고."

"그렇지만…… 내가 준 거랑 너무 비교되는 거 같아. 내 건
진짜 별거 아니란 말이야."

효주는 진원의 품에 고스란히 안겨 있는 제 선물에 눈길을
줬다. 그리고 손을 뻗어 그 선물을 도로 채 가려고 해 봤지만,
진원의 손에 저지당했다. 부끄러워. 효주가 진원에게 선물한
건 목도리였다.

직접 떠서 정성이 들어간 것도 아니고, 세심히 고르기는 했
지만 그래도 값도 그냥저냥 무난하고, 디자인도 무난하기만 한
물건이었다. 제가 받은 것에 비하면 턱없이 부족했다.

"줬다가 뺏는 게 어디 있어."

"뺏는 게 아니고…… 아니, 진짜 별거 아니라서 그래."

"무슨 소리야. 선물에 급 나누지 마. 난 받아서 기쁘니까."

아직 뭔지는 모르지만. 진원이 효주가 팔을 허우적대는 걸
가로막으면서 말했다. 효주는 아무리 시도해도 선물을 탈취해
오는 게 무리라는 걸 깨달았다. 결국 효주는 다시 등받이에 몸
을 기대고 어깨를 축 늘어뜨렸다. 혼자서만 비싼 선물을 하고
는 부담 갖지 말라고 쉽게 말하는 진원이 원망스러웠다.

"그렇게 신경이 쓰이면, 내가 하나 제안을 할게."

"……뭔데."

"사실은 하나 더 받고 싶은 선물이 있어."

"뭔데? 아, 네 생일에?"

"내 생일?"

진원의 말에 효주의 뇌리에는 연수가 알려 줬던 진원의 생

224

일이 떠올랐다. 아, 맞아. 생일에 좀 좋은 걸 선물해 주면 되겠구나. 광명이 트인 느낌이었다. 뭘 해도 지금 받은 것처럼 비싼 건 줄 수 없겠지만. 그런데 진원이 효주의 물음에 영문을 모르겠다는 표정을 지었다. 그 얘기가 아니었나?

"아, 응. 한 달 후면 네 생일이잖아. 그거 말하는 거 아니었어?"

"아아, 맞아. 그건 어떻게 알았어?"

"……연수가 말해 줬어."

"연수? 연…… 아, 네 친구. 아아. SNS 보고 알았나 보네. 응. 맞아. 생일."

효주의 실토에 진원이 가볍게 납득하는 표정을 지었다. 그러다 갑자기 얼굴에 떠 있던 장난스러운 기운이 싹 사라졌다. 눈빛이 바뀌었다. 효주는 진원의 변화에 가볍게 등이 오싹해지는 걸 느꼈다.

"그런데 내가 받고 싶다는 건, 그게 아니고, 지금, 여기서를 말하는 거야."

"……그게 뭔데?"

진원이 느리게 팔을 올려 효주의 뺨을 쓰다듬었다. 뺨을 만지다가 귓불을 살짝 스친 손가락이 턱선을 따라 내려왔다. 효주는 꼼짝도 하지 못하고 진원의 손길을 받았다. 진원의 손이 닿는 자리마다 불이 붙었다. 진원은 그런 효주의 반응에도 아랑곳하지 않고, 계속 꿰뚫릴 것 같은 시선으로 효주를 쳐다봤다. 서서히 타고 내려온 손가락이 입술에, 닿았다. 효주는 급히 숨을 들이켰다. 진원의 엄지가 아랫입술에 스쳤다. 얕게, 그러나 타는 듯한 자국을 남기며 입술을 훑고 지나갔다. 아래

턱이, 아니 온몸이 떨려 왔다.

"줄래?"

진원의 목소리가 약간 쉬어 있었다. 항상 매끄럽게 흘러나오던 음성에 깃든 쇳소리에 목 뒤가 저릿했다. 효주는 고개를 돌리지도 못하고, 숨을 쉬지도 못하고, 그 음성이 새어 나온 진원의 입을 바라보았다. 턱이 달달 떨렸다. 진원의 눈빛이 흔들리지도 않고 효주를 붙잡아 두고 있어, 목소리를 낼 수조차 없었다. 기도가 사라져 버린 것만 같았다. 대답할 방도가 없어, 효주는 움직일 수 있는 단 하나를 움직여 답을 대신했다.

눈꺼풀을 닫고 나니 뺨에 닿아 있는 진원의 체온이 더 진하게 느껴졌다. 눈앞에 어둠이 서리니 모든 게 좀 더 생생해졌다.

공기도, 숨소리도, 가까워지는 진원도.

심장이 미친 듯이 뛰었다. 이렇게 뛰다간 죽어 버릴 것만 같았다. 옷자락이 부딪치는 소리가 났다. 시간이 너무 느리게 흐르는 것 같았다. 캄캄한 시계에 불안감이 커져 효주는 주먹을 꼭 쥐었다. 턱을 붙잡은 진원의 손이 효주의 얼굴을 기울였다. 죽을 것 같아. 솜털에 뜨거운 숨결이 미쳤다. 떨림이 심해졌다. 그리고 효주가 초조함을 참지 못해 눈을 떠 버리려는 순간,

입술이 닿았다.

슬쩍 떠진 눈 틈새로 진원의 속눈썹이 보일 것만 같아, 효주는 급히 다시 눈을 감았다. 머리가 어찔했다. 진원의 손이 효주의 뒷목을 그러쥐었다.

진짜였다. 입술에 닿아 오는 부드러운 감촉과, 그 안에서 섞이는 더운 숨이 그걸 말해 줬다. 그대로 녹아서 사라질까 두려

워질 만큼 전신에 열이 올랐다. 진원이 닿아 있는 곳부터 융해될 것 같았다. 효주는 어찌할 바를 모른 채, 그저 진원이 이끄는 대로 입술을 달싹였다. 뇌 속의 세포가 너무 강한 열기에 타 버린 것처럼 아무 생각도 할 수 없었다.

　하나의 분명한 사실만이 효주의 몸을 울렸다. 이건 키스였다. 첫, 키스였다.

못갖춘마디

"티켓 확인 도와드리겠습니다."

효주는 커플 중 여자가 내미는 핸드폰을 잡고 모바일 티켓을 확인했다. 7관. 효주가 벌써 일곱 번은 본 영화였다.

"7관은 들어가서 오른편에 있습니다. 즐거운 관람 되세요."

의례적인 인사말을 마치자 다음 관람객이 다가왔다. 효주는 목을 가다듬고 최대한 명랑한 목소리를 냈다. 티켓 확인 도와드리겠습니다.

영화관 아르바이트를 시작했다. 아직 2주째라서 적응이 잘 안 되기는 했지만, 어찌어찌 사고 없이 해 나가는 중이었다. 먼저 싹싹하게 입지를 닦아 둔 연수의 강력 추천 덕에 여러 지원자들 중에서 무사히 뽑힌 것만으로도 운이 좋았다. 아직은 수습생이었지만, 근무시간이 쌓이면 시급도 오를 거라고 했다.

효주가 아르바이트를 시작하게 된 데에는 복합적인 이유가 있었다. 우선은 돈이 모자랐다. 시험 때문에 자주 못 만났을 때는 몰랐는데, 누군가를 매일같이 만나서 밥도 먹고 디저트도 먹고 하면, 돈이 생각보다 많이 들었다.

특히 그게 친구가 아니라 애인이라고 하면 돈 들어갈 일이 두 배는 많았다. 100일 같은 기념일도 있고, 진원의 생일도 곧이었고, 밸런타인데이 같은 것도 있었고. 선물을 주고받을 일이 엄청나게 많아졌다. 그렇다고 진원한테 사실대로 말하면 분명 제가 전부 내겠다고 할 게 틀림없었다.

싫었다. 아예 소개팅 같은 걸로 만난 사이였으면 몰라도 친구로 시작한 관계에서 일방적으로 금전적 부담을 지게 하는 건 좀 아닌 것 같았다. 지금도 거의 진원이 돈을 내는 일이 많은데 거기서 더 기울고 싶진 않았다.

그리고 거기에 이유를 하나 더하자면, 처음 키스를 한 날, 그러니까 첫 키스를 한 날, 그 키스는 결코 한 번으로 끝나질 않았다. 처음에는 가볍게 닿기만 하고 떨어졌던 입술이, 두 번째에는 좀 더 길게 머물렀다.

진원의 손이 효주의 뒤통수를 강하게 끌어당기는가 싶더니 그다음에는 입을 벌리고 혀……. 생각만 해도 얼굴이 빨개져서 효주는 제멋대로 펼쳐지는 기억을 애써 접었다. 그날 무슨 정신으로 집에 들어간 건지 아직도 기억이 흐릿했다. 집에 들어서는 효주에게 입술이 퉁퉁 부었다고 걱정하는 엄마에게 매운 걸 먹고 들어와서 그런 거라고 변명했을 때야 정신이 들었다.

'엄마야…….'

 그게 효주가 크리스마스 날 밤, 입술이 떨어지고 나서 했던
첫 마디였다. 그 말에 진원은 낮게 웃음을 터뜨렸다. 진원의
웃음소리에 창피함이 솟구쳐서 효주는 진원의 어깨를 밀어냈
다. 효주의 서투름을 비웃는 것만 같았다. 그랬더니 진원이 곧
효주의 팔목을 붙잡고 물었다.

 '싫어? 싫었어? ……이제 하지 말까?'
 '아니!'

 그 목소리가 어찌나 당혹스럽고 조심스럽게 들렸던지, 효주
는 깜짝 놀라서 진원과 눈을 마주치며 단번에 부정의 말을 내
뱉었다. 눈만 깜박거리기를 몇 초. 진원의 표정에서 걱정스러
움이 떠나질 않자, 효주는 고개를 절레절레 저으며 말했다.

 '안 싫어. 싫은 거 아니야. 그냥…… 익숙하지 않아서 그래.'
 '정말?'
 '으응…….'
 '그럼.'

 진원이 한 번 더 효주의 턱을 붙잡고 입술을 길게 눌렀다. 혀
끝이 살짝 입술을 간질이듯 다가오더니 효주의 입이 당황에 절
로 벌어지는 찰나 효주의 혀를 건드렸다. 그리고 곧 입술이 떨

어졌다.

'이것도 안 싫어?'
'……응.'

귀 끝을 붉힐 시간도 주지 않고 물어 오는 진원에 효주는 반사적으로 제일 먼저 떠오르는 대답을 뱉었다. 왜냐면 정말로 싫은 건 아니었으니까. 문제는 못 견딜 만큼 부끄럽다는 점이었다. 제 속 어디에 이렇게 많은 부끄러움이 숨어 있는지 의심하게 될 만큼 부끄러웠다. 제 꼴이 토마토 뺨치게 발개졌을 것 같아서 효주는 손바닥을 올려 두 볼을 감쌌다.

영화에서 남이 하는 걸 보면 그냥 애정신을 묘사하는 방법 중 하나구나, 하면서 담담하게 봐 왔던 게 이렇게 떨리는 행위일 줄은 정말로 몰랐다.

키스는 효주를 구석에 숨어 버리고 싶을 만큼 어찌해야 할지 모르는 상태로 만들었다. 그런데 그보다도 효주를 쩔쩔매게 만든 건, 진원이 그다음 상큼하게 웃으면서 던진 말이었다.

'그럼 오늘을 시작으로 점점 익숙해져 보는 건 어떠냐고 물으면, 그건 어때?'

효주가 입만 어물어물거리는 사이, 진원의 입술은 또 다가왔고, 효주는 눈을 감았다. 진원의 손이 이끄는 대로 제 손을 진원의 목에 감쌌고, 그렇게 막차가 끊길 시간이 돼서, 집에

돌아왔다. 그러다 보니 어느새 진원은 효주의 대답을 무언의
긍정으로 받아들인 모양이었다.

　얼마 전까지만 해도 친구였을 때하고 바뀐 게 하나도 없다
고 내심 투정을 부렸던 제 자신을 조롱하고 싶었다. 달라진 게
없다니. 너무 많은 게 달라졌다.

　진원은 이제 효주의 허락을 구하지도 않고, 아무 때나 제가
하고 싶을 때 하고 싶은 대로 키스를 하곤 했다. 물론 싫으면
싫다고 말하라고 하기는 했지만. 진짜 문제가 그거였다. 좋았
다. 기분이 진짜로 좋았다.

'내 선물 때문에 빚진 것 같은 기분이 든다며.'

　이렇게 갚는 걸로 해. 진원은 그렇게 말했다. 어물어물 효주
가 대꾸할 틈조차 주지 않고, 아무 때나 새가 쪼는 듯한 입맞춤
을 했다. 가끔은 그것보다도 훨씬 깊었다. 부끄럽고 떨려서 매
번 목 뒤가 타오를 것만 같았다. 그러면서도 밀어낼 맘이 들지
않아 효주는 진원의 어깨에 손을 가만히 짚고 눈을 꼭 감았다.
그러고 나면 입술을 떼어낸 진원이

'아무래도 네가 더 부담을 갖게 만들어야겠다.'

　속삭였다. 효주는 그 순간 결심했다. 돈을 열심히 모아서라
도 저도 크리스마스에 받은 만큼의 선물은 꼭 돌려줘야겠다고.
　아무튼 그렇게 시작하게 된 아르바이트였지만, 결과적으론

꽤 재밌었다. 사람들도 친절했고, 영화를 맘껏 볼 수 있는 기회가 생긴 것도 좋았다.

진원은 별로 탐탁지 않은 눈치였다. 왜 시작했냐고 물어 오는 진원에게 '돈 때문에'라는 말을 하기가 좀 그래서 효주는 '그냥 사람도 만나고 경험도 쌓고 싶어서.'라고 대답했더니 딱히 별말 없이 넘어가긴 했지만.

영화관이 진원의 학교 근처였기 때문에 '걱정되면 아무 때나 보러 와.'라고 이야기를 했던 게 도움이 되었을지도 모른다. 그리고 진원에게 이야기를 했을 때는, 단순한 구실에 불과했지만 새로 사람을 만나고 일을 해 보는 건 실제로 좋은 경험이 되어 가는 중이었다.

효주는 생각을 갈무리하며, 다음 손님에게서 영수증 티켓을 건네받았다. 3관, E열 11, 12번. 아직 입장 가능한 시각까지는 오 분 정도 남았다. 준비된 안내 멘트를 날리려고 손님의 눈을 쳐다봤을 때, 그 사람이 효주의 얼굴을 보고 눈을 둥그렇게 떴다.

"어, 서효주?"

"아, 네?"

효주는 다짜고짜 제 이름을 불러오는 사람을 향해 고개를 갸웃했다. 그러자 상대방의 얼굴에 난데없이 출처를 알 수 없는 화색이 돌았다. 그러곤 감탄이 섞인 목소리로 외쳤다.

"와, 이렇게도 보네! 맞다. 너 진짜 남진원이랑 사귀어?"

"네?"

"아, 아니. 맞다, 나 모르는구나. 나 진원이 친구인데. 오현재라고. 너랑 같은 고등학교 나왔거든! 근데 너 진짜 진원이랑 사귀어? 고백했어?"

"어…… 네?"

효주는 갑작스럽게 이어지는 대화의 흐름을 종잡을 수 없었다. 진원의 친구라고 자처하는 남자의 얼굴은 기억에 없었다. 봤는데도 잊어버렸을 수는 있지만, 익숙한 얼굴은 아니었다. 하지만 지나가는 말로 들은 것 같기도 하고 아닌 것 같기도 해서 효주는 어쨌든 머뭇거리다 고개를 끄덕였다. 남자가 물은 말에 굳이 대답을 줘야 한다면 긍정하는 게 맞았으니까.

"와, 진짜구나. 드디어, 소원 성취했네. 남진원. 축하해. 둘이."

남자는 눈을 빛내며 효주의 어깨를 팡팡 두드렸다. 힘이 어찌나 셌는지 좀 비틀거리게 될 정도였다. 남자의 팔짱을 낀 여자가 효주를 경계하는 눈빛으로 쳐다봤다. 그 눈길에 효주는 제가 들고 있는 게 영화표고, 지금은 근무 중이라는 사실을 생각해냈다.

"아, 저, 3관 아직 입장 시각이 되지 않아서, 전광판에 입장 가능 여부가 표시된 다음에 다시 와 주시겠어요?"

"아, 어, 미안. 미안, 일하는 중인데. 와, 근데 정말 이렇게 볼 줄은 몰랐어. 나도 너랑 얘기할 날이 올까 싶었는데 이렇게 보네."

앞으로 종종 볼 일 있겠다. 나 여기 가끔 오거든. 남자는 손을 붕붕 흔들었다. 그러고는 옆에 있는 여자 친구에게 질질 끌려가면서 사라졌다. 효주는 방금 허리케인처럼 몰아치고 간 돌발 상황에 당황할 새도 없이 다음을 기다리는 손님과 시선을 마주했다.

"아, 고객님, 티켓 확인 이쪽에서 도와드리겠습니다."

효주가 순간 멍해진 머리에 내뱉어야 할 인사말도 잊어버리고 눈만 끔벅거리던 사이, 맞은편에 서 있던 선배 언니가 잽싸게 상황을 수습했다. 효주는 고개를 한 번 흔들고는 언니를 향해 입 모양으로 '고마워.'라고 속삭였다. 정신을 차려야 했다. 계속 폐를 끼치고 싶진 않았다. 효주는 얼굴에 뻣뻣하게 미소를 띠고서 저를 흘깃거리는 여자 두 명에게 최대한 상냥한 목소리로 말을 건넸다.

태연한 안색을 가장하고 기계처럼 똑같은 문구를 뱉어 내는데도 머릿속에서는 진원의 친구가 해 왔던 말이 자꾸 맴돌았다. 그쪽에서 효주를 아주 잘 아는 것처럼 말해 오는 것도 맘에 걸렸고, 그 두서없이 휘몰아쳤던 말의 내용도 곰곰이 뜯어보니 찝찝한 구석이 있었다.

고백을 했다? 드디어?

마치 오래전부터 진원에 대한 효주의 마음을 알아 왔던 것만 같은 말이었다. 입가에 억지로 미소를 자아내면서도, 심정이 자꾸만 싱숭생숭해졌다.

"야."

요즘 진원의 일상에 점수를 매기자면, 아마 90점 이상은 될 것 같았다. 좋았다. 전부 잘되어 가고 있었다. 살면서 이 정도로 매일같이 즐거웠던 날이 있었던가 싶을 만큼. 한 가지 불만스러운 구석이 있었다면 효주가 별안간 사람을 만나겠다며 아르바이트를 시작해 버린 거였지만 하지 말라고 말릴 핑계가 없었기에 진원은 그냥 입을 다물었다.

사람을 만나고 경험을 쌓는다니. 그럴 필요가 뭐가 있냐고 묻고 싶었지만, 진원에게는 막을 권리가 없었다. 그래도 약간 불쾌했다. 분명히 거기에도 남자가 있을 텐데. 진원은 조만간 효주의 아르바이트가 끝나는 시간에 영화관에 찾아가서 얼굴이라도 비쳐 줘야겠다 마음을 먹었다.

"야, 남진원."

효주에게 한 번 손을 대고 나자 더는 참을 수가 없게 되었을 때는 조금 불안해졌다. 그동안 부러 적당한 거리를 유지해 온 보람이 전부 깨져 버린 건 아닐까. 혹시 효주를 겁먹게 만든 걸까.

그런데 효주는 진원을 밀어내지 않았다. 붉어진 얼굴에 부끄럽다고 말하기는 했어도 밀어내지는 않았다. 진원은 그동안 참았던 것을 맘껏 즐기는 중이었다. 무릎 위에 앉혀 놓기도 하고, 입을 오물거리는 모양이 귀엽다 싶으면 입을 맞춰 보고.

순탄한 연애는 즐거웠다. 손에 넣고 나니 얼굴을 보는 것만으로도 등골이 저릴 만큼 만족스러웠다. 효주가 아르바이트를 시작하고 좀 바빠진 게 맘에 걸리긴 했지만, 그래도 오후 시간은 비어 있었고. 자주 볼 수 있어서 좋았다. 드문드문, 있는 듯 없는 듯, 홀연히 사라지거나 하지 않는 것만으로 충분했다.

"남진원!"

"왜."

그리고 이렇게 좀 생각에 잠겨 있으려면 기다렸다는 듯 귀찮게 구는 인간만 없다면 좋을 텐데. 진원은 아예 제 귀에다 입을 대고 소리를 지른 현재를 향해 눈살을 찌푸렸다. 현재는 아랑곳하지 않고, 싱글거리며 진원에게 어깨동무를 하더니 은밀한 얘기라도 하듯 귓가에 읊조렸다.

"나 네 여자 친구 봤다."

"뭐? 네가 왜."

"왜냐니. 짜식아. 우연히 봤어, 우연히. 걔 영화관에서 알바 하더라."

혼자 살기 시작한 뒤로 현재는 자꾸만 진원의 집에 드나들었다. 집 앞에 와서는 매번 초인종을 미친 듯이 눌러 대는 걸 참다못해 그냥 현관 비밀번호를 알려 줬더니, 이제는 아주 제 집인 것처럼 드나들었다. 비밀번호를 다시 바꿔 놓든가 해야지, 생각했지만 그래 봤자 다시 초인종 테러나 시작될 터였다. 진원은 낮게 한숨을 쉬었다.

효주가 아르바이트 장소로 고른 영화관이 제 학교 근처라고 했을 때부터 언젠간 현재와 마주치지 않을까 하는 걱정이 들기는 했지만, 설마 이렇게 빠른 시일에 조우할 줄은 몰랐다. 쓸데없는 얘기나 안 했으면 좋을 텐데.

"이제 나도 좀 정식으로 소개시켜 줘! 나 혼자만 걔랑 친한 척하는데 좀 민망하더라."

"너랑 안 친해져도 돼."

진원은 읽던 책을 한 장 넘기며, 간단하게 대꾸했다. 그러자 현재에게서 억울함에 찬 볼멘소리가 터져 나왔다.

"진짜 까칠하게 구네. 왜! 내가 도와줬잖아. 그런데 이렇게 찬밥 취급해도 돼? 내가 뭐 잡아먹는대? 그냥 궁금하니까 그렇지. 네가 씨알만큼도 말 안 하니까."

"도와줬다고?"

"그래, 내가 막 그때 여친한테 말해 가지고 서효주 좀 잘 봐 달라고도 하고, 조언도 해 주고."

진원은 책날개를 끼워 책을 덮었다. 현재를 차갑게 노려봤다. 비뚤게 올라가는 진원의 입가에 현재가 조금 찔린 듯한 표정을 지었다. 진원은 자리에서 일어나 부엌으로 향했다. 기껏 좋았던 기분을 잡쳤다. 따뜻한 차라도 마셔야겠다 싶었다. 조언 같은 소리 하네. 단언하건대 현재의 소위 '조언'이란 건 전혀 도움 따위 된 적 없었다.

진원의 인생에서 타인의 애정을 이끌어 낼 필요가 있었던 적은 한 번도 없었다. 그러나 모든 일에는 처음이란 게 있기 마련이라 진원은 어느새 어떤 한 마디를 얻어내기 위해 고군분투하는 중이었다.

3학년이 되었다. 새 학기가 되고 나자 학년 전체가 '입시'에 치중하기 시작했다. 효주는 겨우내 모습을 쏙 감췄던 게 거짓말이라는 듯 자주 눈에 보였다. 독서실에서도 가끔 만났다. 문자에도 대답을 잘하고는 했다. 그동안 느꼈던 피하는 기색이 사라졌다. 그런데 이상하게도 진원은 오히려 벽이 생긴 것 같다는 생각을 했다. 한번 부숴 냈다고 생각했던, 처음 느꼈던 그 벽.

효주는 원래도 개인적인 얘기를 잘 하지 않았지만, 최근에 나누는 화제들은 특히 더 표면적인 것투성이였다. 전부 입시, 수능, 모의고사, 아니면 내신. 그런 정도의 얘기뿐이었다. 가끔 하곤 했던 친구들 얘기나 가족 얘기도 깨끗하게 없어졌다. 진원은 의아해졌다. 겨우내 무슨 일이라도 있었나? 넌지시 무관심한 척 물어봐도 효주는 찡그리듯 웃고 말았다.

그게 싫었다. 서효주는 원래도 잘 안 웃었다. 웃고 싶을 때는 웃고, 웃지 않고 싶으면 평소의 퉁한 얼굴 그대로였다. 그런데 지금은 어쩔 줄 모르겠다는 듯, 자꾸만 그렇게 웃었다.

대신 어딘가 안절부절못하던 모습이 사라졌다. 효주의 감정이 읽기 어려워졌다. 조금만 주의를 기울여도 볼 수 있었던 반응이 사라졌다. 진원은 초조해졌다. 일부러 가까이 다가가 봤다. 자연스럽게 신체를 맞대어 봤다. 여전히 효주의 몸은 움찔했다. 눈이 흐리게 일렁였다. 그런데 그 기미가 너무 희미해져, 진원은 당황하기 시작했다.

경계를 할 만한 일은 하나도 안 만들었다고 생각했다. 할 수 있는 한 가장 친절하게 굴었다. 효주가 멀어질 만한 말은 하나도 안 했다. 진원이 바꾼 건 아무것도 없었다. 그런데 효주가 바뀌었다. 손에 잡힐 듯 보인다고 생각했던 효주의 감정이 연해졌다. 날 좋아하는 게 아니었어?

진원이 제 감정을 깨닫자마자 효주는 그를 비웃듯 언제 그랬냐싶게 돌변했다. 어안이 벙벙했다. 보지 못한 동안 그렇게 쉽게 없애 버릴 수 있는 감정이냐고 되묻고 싶었다.

물론 실제로 그러지는 못했다. 사람의 감정을 잴 수 있는 저울이 있다면, 진원은 그 저울에서 한 번도 더 무거운 축에 올라본 적이 없었다. 언제나 상대가 어쩔 줄 모르며 제 마음을 건네주면, 그걸 눈앞에 대고서 받아 줄 만한 것인가, 아닌 것인가를 면밀히 재는 게 고작이었다. 쉽고 간단했다. 모든 관계가.

그런데 그 편의성이 효주에 의해 깨져 버렸다. 불안해졌다. 데면데면하게 구는 것에는 오히려 긴장감이 묻어 있었다. 그런데 지금 효주의 태도는 마치 진원이 일상 중에서도 가장 식상한 부류에 속한다는 것처럼 변해 있었다. 완전히 그렇지는 않다 해도 효주 자신이 진원을 아무렇지 않은 것의 범주에 넣어버리려고 노력하는 것처럼 보였다.

진원은 질문하고 싶었으나, 그럴 수가 없었다. 관계의 저울에서 상대가 완전히 무게를 떼어 버리면, 결국 바닥에 추락하고 만다는 걸 진원은 알고 있었다. 제가 그 당사자가 되고 싶지는 않았다.

"저기, 진원아."

진원은 아직 효주가 저를 좋아한다고 생각했다. 믿었다. 그렇다고 생각했다. 사람을 쉽게 믿지도 않는 효주가 한번 좋아했던 대상을 그렇게 간편하게 바꿀 리가 없었다. 그러니까…….

"저기…… 남진원!"

"……응?"

진원은 저를 불러오는 소리에 문득 머릿속을 가득 메운 상념에서 깨어났다. 진원을 현실로 돌아오게 만든 것은 여자애의 작은 목소리였다. 진원은 효주와 이야기를 하던 벤치에 앉아있었다. 효주가 지나가기를 기다리면서. 그런데 진원에게 말을 건 건 효주가 아닌 다른 사람이었다.

"으으음, 어…… 안녕!"

"……안녕."

여자애는 우물쭈물하다가 인사를 건넸다. 진원은 무심하게 인사말을 돌려주었다. 그러고 나서야 여자애의 얼굴이 눈에 들어왔다. 아는 얼굴이었다. 저번에 교문 앞에서 진원에게 말을 걸었던 여자애.

진원은 잔뜩 기대감에 부풀어 있는 여자애의 얼굴을 무감각하게 읽었다. 저번에는 효주가 다가오는가 아닌가에 신경을 쏟느라 보지 못했던 마음이 거기에 있었다. 이 애는 저를 좋아했다. 그러나 진원은 그것을 전혀 모른다는 듯 태연하게 대꾸했다. 알아본다고 해서 아는 티를 내서는 이로울 일이 하나도 없었다.

"무슨 일이야?"

"저기…… 이거! 너 사탕 좋아한다고 했잖아."

그 애는 등 뒤에 숨겨 왔던 무언가를 꺼내 진원에게 내밀었다. 막대사탕을 촘촘히 꽂아서 만든 사탕 꽃바구니였다. 직접 만든 건지, 아니면 값을 치르고 산 물건인지 구분이 안 갈 만큼 잘 만들어진 바구니였다.

"아, 고마워."

진원은 제 품에 떠넘겨진 사탕 바구니를 받고 의례적으로 웃어 보였다. 밸런타인데이도 그랬지만, 화이트데이에도 진원에게 선물을 주는 애들은 가끔 있었다.

밸런타인데이야 여자가 남자한테 선물을 하는 묘한 풍속이 있어서 그렇다곤 하지만 화이트데이는 그 반대의 경우로 알고 있었는데도 그런 걸 구분할 생각이 전혀 없는지 진원에게 사탕 꾸러미를 안기는 애들이 몇몇 있었다. 올해는 웬일인지 별로 그런 애들이 없다 싶었더니, 결국 생기고 말았다.

진원에게 선물을 안긴 여자애는 누가 봐도 경직된 미소를 지었다. 작고 오동통한 볼을 가진 여자애였다. 조금 떨고 있어서 진원은 마음만 받게 하고 거절할까 하던 마음을 되짚고 가능한 한 친절한 미소를 지었다. 그리고 여자애, 그러니까, 이름이 뭐였더라. 혜, 그러니까. 아.

"고마워, 김혜윤."

"어…… 내 이름 알아?"

"응, 저번에 단체 회의 때 봤잖아."

혜윤의 볼이 발그레하게 달아올랐다. 발간 볼은 똑같은데, 그걸 효주에게서 봤을 때와는 전혀 다른 감상이었다. 혜윤의 것은 그냥, 지나가는 노을이 빨갛구나, 정도의 감상이라면, 효주의 볼이 붉어진 걸 보면 오랫동안 기다려온 꽃잎이 톡, 하고 붉게 터진 것처럼 설레는 기분이 들었다.

젠장. 그때 이미 깨달았어야 했다. 이미 반했다는 걸. 그랬다면 이렇게 초조해할 일도 없었을 것이다. 진원은 우글거리며 솟아오르는 내면의 감상을 애써 억누르고 눈을 반짝거리는 여자애, 그러니까 혜윤을 향해 미소를 지었다.

"맛있게 먹을게. 그럼."

"아, 응! 저기 그럼……."

"잘 가. 고마워."

"어…… 그래. 안녕!"

진원은 뭔가 남아서 하고 싶은 말이 있는 것 같은 혜윤의 낌새를 모조리 무시하고는 그저 작별 인사를 고했다. 평소였다면 좀 더 대화를 받아 주겠지만, 지금은 그럴 마음이 아니었다. 제 문제만으로도 머리가 복잡했다.

　혜윤은 진원의 얼굴에 붙박인 미소에 수줍게 웃어 보이고는 손을 흔들며 뒷걸음질 쳤다. 뒷걸음질을 치다가, 제 발에 걸려서 넘어질 뻔한 혜윤의 모습에 진원은 조금 웃었다. 그러나 그 미소는 곧 운동장 구석에서 모습을 보이기 시작하는 효주의 그림자 끄트머리에 사라졌다.

　진원은 아주 작은 인영에도 바로 효주를 알아본 제 신경에 씁쓸한 미소를 지었다. 정말로 신경이 쓰였다. 하긴 그게 처음 있는 일도 아니었다. 시작도 운동장 멀리 보이는 벤치에 흔들리는 다리를 발견한 데서부터였다. 그때, 이미 심상치 않다는 걸 깨달았어야 했는데.

　효주는 종종걸음으로 점점 가까워져 왔다. 살짝 숙인 고개로 운동장을 가로질러 걷고 있었다. 일부러 진원이 앉은 벤치를 피하려는 듯 멀찌감치 떨어져 걷는 모습에, 진원은 저도 모르게 목소리를 높였다.

　"서효주!"

　"……어?"

　저를 부르는 목소리에 효주가 반사적으로 고개를 들었다. 그리고 진원을 발견한 효주는 주춤했다. 표정이 아니라, 발걸음이 뒤를 향했다. 달갑지 않다는 듯. 입맛이 썼다. 왜 그러는 건데. 진원은 모르는 척 효주에게 손짓했다. 그러면 효주는 발꿈치를 돌려 점차 진원에게 다가왔다. 부르면 온다. 하지만 부르지 않으면 그대로 지나쳤을 것이다.

진원은 그 차이를 절감했다. 맘속에 커지는 의심을 억눌렀다. 날 좋아하면, 좋아한다면. 효주가 벤치에 거의 다섯 걸음쯤으로 가까워졌을 때, 진원은 제 옆자리를 톡톡 쳤다. 효주는 애매하게 웃으며 앉았다. 진원은 바구니에서 사탕을 하나 뽑아 들어 효주에게 내밀었다.

"이거 받아."

"음, 사탕이네."

"응. 혼자 먹긴 너무 많은 것 같아서, 너도 먹어."

"고마워……."

효주는 진원이 내민 사탕을 쭈뼛거리며 받아 들었다. 그러곤 꼭 쥐고 고민하는 표정을 짓더니, 무릎에 올려 둔 쇼핑백 안에 집어넣었다.

"좀 더 가져갈래?"

진원은 효주를 보고 무심코 바구니 안에 든 것을 한 줌 잡아서 뽑아냈다. 효주를 향해 손을 내밀자 효주가 살짝 표정을 찡그리며 고개를 저었다.

"그거, 누가 선물한 거 아니야?"

"맞아."

"그럼, 나 주는 거 선물한 사람한테 실례잖아."

효주의 얼굴에 또 힘겨워 보이는 미소가 떠올랐다. 진원은 문득 효주의 눈 안에서 또 그때랑 같은 기운이 번뜩이는 것 같다고 생각했다. 방학이 시작되기 전, 바로 이 의자에 앉아서 목격했던 그 눈빛이었다. 진원은 태연하게 대꾸했다.

"뭐 어때."

그 눈동자 안에 튀었던 기운을, 진원은 확인해야만 했다. 그래서 진원은 효주 안에서 단 한 번 그 감정을 튀어나오게 했던 한 마디를 굳이 하고야 말았다.

"친구잖아."

준 애도 혼자 다 먹을 거라곤 생각 안 했을 거야. 진원은 그렇게 말하곤 짧게 웃었다. 그러면 효주의 두 눈이 그때처럼 일렁였다. 진원은 숨을 참아 가며 그 눈망울이 아주 짧은 순간 비쳐 내는 감정을 읽어 냈다.

상처받았다. 친구라는 말에. 아파 보였다. 진원은 효주를 상처받게 만든 것에 대해 일말의 죄책감도 느낄 수가 없었다.

뭐야, 서효주. 입가에 떠오르는 만족의 미소를 참아 내는 게 최선이었다.

너 아직 나 좋아하는 거 맞잖아.

진원은 가끔 일부러 효주에게 그런 말들을 했다. 만약 다른 방법을 알았다면, 그런 유치한 수단은 쓰지 않았을 것이다. 그러나 제가 갖고 있는 경험을 돌이켜 써 먹으려고 보니 이런 경우에 어떻게 해야 하는지에 대해 아는 바가 아예 없었다.

당황스러운 일이었다. 보통은 진원이 여자애의 마음을 알아차리고 나서, 그걸 모른 척하고 평범하게 대해 주는 것만으로도 상대 쪽에서 고백을 해 왔다. 멀찍이 도망가려고 하는 여자애를 어떻게 그러지 못하게 하는가에 대해서는 무지했다. 친절하게, 다정하게, 상냥하게 대하면 오히려 맘을 확인할 수가 없어졌다.

'난 네가 좋아.' 하면 효주는 경계하는 기색을 보였다. 그 뒤에 '그래서 너랑 친구가 된 게 좋아.'라고 덧붙이면 그제야 경계가 깨졌다. 그리고 다친 눈을 했다. 진원은 그러고 나서야 안심할 수 있었다. 날 좋아하는 게 맞아. 그러면서 커지는 건 의구심뿐이었다. 진원을 좋아하면서 왜 다가가는 게 아니라 밀어낼 때 오히려 제 마음을 비치는 건지, 의문이 들었다.

이런 문제의 답을 어디서 얻어야 하는지 알 수가 없었다. 문제가 있는데 답을 구할 수 없다니, 그런 경험도 처음이었다. 제 대신 답의 끄트머리라도 알고 있는 사람이 있다면, 도움을 구하고 싶었다. 그 대상으로 처음 떠오른 사람의 얼굴에 진원은 신음했다.

정말이지 묻고 싶지 않았다. 그러나 그 이름을 지워내자, 딱히 목록에 올릴 만한 사람이 없었다. 딜레마가 따로 없네, 진원은 결국 낮게 한숨을 쉬었다.

"……오현재."

"어, 왜?"

"널 좋아하는 애가 있다고 가정해 봐."

"어…… 왜? 왜? 누가 나 좋대? 근데 나 상화랑 헤어질 생각

없는데."

눈썹을 번쩍번쩍 들어 올리며 나오는 대답에 진원은 눈을 비볐다. 역시 잘못된 생각이었다. 현재가 왜, 왜? 하는 눈빛으로 진원의 어깨를 잡고 흔들었다. 진원은 마지못해 말을 이었다.

"……가정이라고 했잖아. 현실이 아니고. 그런데 걔가 아무 이유 없이 너한테 멀어지려고 하는 것……."

"헉, 야, 선우 선우! 일로 와 봐! 남진원이 지금……."

진원은 별안간 목소리를 높이는 현재의 입을 급히 틀어막았다. 진원의 손 아래 단단히 막힌 입 사이로도 현재는 뭐라고 말하려는 시도를 거두지 않았다. 사람 말인가 의심이 갈 만한 소리가 자꾸 새어 진원은 그 손을 더 강하게 누르려는 시도를 거뒀다.

"좀 닥쳐. 조용히 해. 됐다."

"아씨, 왜. 너 지금 나한테 연애 상담하려는 거 아니야? 너무 재밌어. 이걸 어떻게 혼자 듣냐?"

"됐어. 말 안 해."

"아, 야, 왜! 아, 알았어. 알았어. 나만 들을게. 말해 줘."

"왜 불러."

선우가 서재 문 밖으로 불퉁하게 고개를 내밀었다. 선우는 틈만 나면 과외 선생님께 수작을 거는 중이었다. 지금도 막 방해를 받은 모양인지 기분이 좋지 않아 보였다.

"아냐. 아무것도. 오현재가 잠깐 돌아서 그래."

"뭐, 아이씨. 근데 아무것도 아닌 건 맞아."

현재는 진원을 향해 눈을 찡그리다가도 미심쩍은 눈길로 쳐다보는 선우와 눈을 마주치자 얼굴에서 표정을 싹 거두고는 짐짓 진지한 얼굴로 진원의 말에 맞장구를 쳤다. 선우는 그런 현재를 잠깐 한심한 눈으로 돌아보고는 다시 방 안으로 쏙 사라졌다. 그리고 사라진 시선을 진원이 이어받았다. 아무리 물을 사람이 없대도 그 상대로 현재를 택한 건 실수였다.

"진원아, 미안. 다신 안 그럴게. 그러니까 물어보려던 거 그냥 물어보면 안 돼? 다른 사람한테 절대 말 안 할게. 진짜야."

현재는 한숨을 쉬는 진원의 팔뚝을 붙잡고 애원하는 목소리를 짜냈다. 눈썹을 축 늘어뜨리고 반성하는 표정을 짜냈지만, 눈빛에서 뿜어져 나오는 흥미로운 기색은 전혀 가려지지 않았다.

진원은 그런 현재를 보고 잠시 고민했다. 제일 가깝게 지내는 사람이 현재라는 점에서, 평탄하다고 생각해 온 제 인간관계를 좀 반성해 볼 법한 것 같았다. 시계를 확인했다. 휴식 시간이 15분이었으니, 간단히 정리해서 말하기엔 충분한 시간인 것 같았다.

길게 알려 줄 필요는 없었다. 진원은 일부러 효주의 이름을 넣지 않고, 한마디로 상황을 축약했다. '나를 좋아하는 것 같은데, 다가오기는커녕 멀어지려는 사람이 있다면 그건 이유가 뭘까.' 진원의 간단한 정리를 듣고 현재는 5초 정도 고민하는가 싶더니 불쑥 내뱉었다.

"그건 이제 널 안 좋아한다는 뜻 아니야?"

"아니야, 그건."

진원은 단언했다. 현재는 진원을 향해 의미를 알 수 없는 표정을 짓더니, 새끼손가락으로 제 눈썹 언저리를 매만졌다.

"난 가끔…… 네 그런 확신이 참 부럽다. 진원아."

"……아무튼 그건 아니라면, 그럼 뭐 같은데?"

"밀고 당기기?"

"그런 걸 할 수 있는 성격이 아니야."

딱 잘라 말한 진원의 대답에 현재는 입꼬리를 팽팽하게 당겼다. 되게 잘 아나보네. 현재는 고심하는 척 턱을 매만지고 다음 선택지를 내어놓았다.

"그럼 지금 안 좋아하는 건 아니지만, 안 좋아하고 싶어 한다거나?"

"왜?"

진원은 고개를 갸웃했다. 현재는 그런 진원을 물끄러미 바라보았다. 진원은 역지사지를 아주 잘하고, 눈치도 빠르며, 상황판단도 탁월한 편이었지만, 그 '상대방의 입장을 저한테 갖다 놓는다.'는 부분이 좀 허점이 있었다.

말인즉슨, 제가 할 줄 아는 일은 남도 전부 할 줄 알 거라는 터무니없는 믿음을 갖고 있다는 뜻이었다.

"가망이 없어 보여서, 포기하려고 하거나, 아님…….."

"아예 고백조차 안 해 보고 멀어지는 게 오히려 더 가망이 없는 거 아니야?"

"고백을 했다가 생길 결과가 두렵다거나…….."

"상대방도 날 좋아하거나, 아니거나 둘 중 하나잖아. 거절당해도 생길 수 있는 제일 나쁜 결과가 상대랑 멀어지는 거 아닌가?"

그럼 표현하는 쪽이 이득이잖아. 진원의 또박또박한 말대꾸를 들은 현재는 손바닥으로 이마를 지그시 눌렀다. 아기한테 설명하는 것처럼 하나하나 풀어서 설명을 해야 하나. 현재는 진원을 똑바로 쏘아보았다.

"거절당한다는 사실 그 자체가 싫을 수도 있거든?"

"……왜?"

"그거야 사람마다 이유가 다르겠지만, 그냥 원래 겁이 많다거나, 아님 뭐, 자존심을 지키고 싶다거나."

진원은 현재의 말을 듣고는 곰곰이 생각했다. 겁이 많고, 자존심을 지키고 싶고. 딱 서효주를 설명하는 말들이었다. 일리가 있는 것 같았다. 딱히 뭘 기대하고 물은 건 아니었는데 영 도움이 되지 않는 것도 아니었다.

"그럼 그 경우에는 어떻게 해야 하는데."

"뭘 어떡해."

"어떻게 해야 상황을…… 개선시킬 수 있겠냐고."

현재는 둘 다 익히 아는 문제를 굳이 에둘러 말하는 진원을 마치 못 볼 걸 봤다는 듯 쳐다보곤 눈살을 찌푸렸다.

"몰라…… 네가 먼저 서효주한테 고백을 하든지!"

"이름 꺼내지 마. 걔 얘기라고 안 했잖아."

"다 알게 말해 놓고 뭘 꺼내지 말래."

"……아무튼, 그건 싫어."

고백을 하고 싶지 않은 이유가 겁이 나기 때문이거나, 자존심 문제라고 하면 진원의 이유는 후자에 속했다. 아집이라고 불러도 좋았지만, 그러고 싶은 기분이 정말로 아니었다.

닭 쫓던 개처럼 혼자 안달 내는 것 같은 느낌을 받는 건 태어나서 처음이었다. 누군가에게 이만큼 나서서 다가가 본 것도 처음인데, 그만큼 진원을 달가워하기보다 틈만 나면 피하려고 하는 사람도 처음이었다. 사람 맘을 묘하게 동요시키는 재주가 있었다. 서효주는.

모든 걸 전부 진원 쪽에서 시작했다. 친구가 된 것도, 그 관계를 잇기 위해 노력하는 것도, 발전시키고 싶어 하는 것도 전부 저였다. 그러니까 하나쯤은 그 무거운 입에서 먼저 토해 내게 만들고 싶었다. 그 한 가지 말쯤은.

"아, 그럼 뭘 어떡하냐!"

현재가 벌컥 큰 소리를 내서, 진원은 미간을 찌푸렸다. 말 안 하겠다는 사람을 잡고 제발 말해 달라고 들러붙은 게 누군데, 이제는 짜증을 낸다.

진원이 현재를 잠시 노려보자, 현재도 그 시선을 잠시 맞받아치다가 나 들어갈래, 하며 자리에서 일어났다. 진원은 그런 현재의 팔목을 빠르게 낚아채 끌어당겼다.

"아, 왜! 내 말은 듣지도 않을 거면서!"

"질문을 바꿔 볼게."

"……뭐, 뭐로."

진원은 빠르게 말을 골랐다.

"겁이나 자존심 같은 거 상관없이 다가올 정도로 날 좋아하게 만들려면 어떻게 해야 해?"

그 말에 현재의 턱은 한없이 바닥을 향해 툭 떨어지고야 말았다.

역시 상담할 상대로 현재를 선택한 건 오판이었다. 현재는 턱이 빠져라 벌렸던 입을 굳이 손을 써서 닫고는, 몇 번 입을 뻐끔거리는가 싶더니, '……모르겠어.' 하고 겨우 내뱉은 게 고작이었다. 그렇게 휴식 시간이 끝나고, 다시 과외가 시작되었다. 현재는 약간 경악한 눈빛으로 진원의 어깨를 한 번 꽉 잡고는 그대로 자리를 떠 버렸다. 도움이라곤 하나도 되지도 않았다.

모의고사도, 중간고사도 벌써 끝나 버렸다. 봄이 깊었다. 솔직히 말하면, 진원은 그동안 제가 '그 말'을 꺼내는 것 말고는 전부 다 했다고 생각했다.

상냥하게 구는 것도, 짓궂게 구는 것도, 떠보는 것도 웬만큼 눈치가 있는 사람이라면 전부 알아챌 정도였다고 생각했다. 그런데 효주에게는 도무지 통하는 건지, 아닌지를 알 수가 없었다. 일부러 모르는 척하는 것도 아닌 것 같은데, 진원이 뭔가 다정하게 굴 때마다 모호하게 웃기만 하는 이유가 뭔지 알 수가 없었다.

진원은 창밖에서 뺨을 적시는 봄 햇살을 그냥 맞고만 있었다. 오늘따라 나른했다. 효주가 작게 터뜨리는 웃음소리가 생각이 났다. 통통한 아랫입술이 밝은 미소로 길게 휘어졌던, 그때의 미소가 떠올랐다. 늦봄, 아니면 초여름 같은 웃음이라고 생각했다. 그렇게 웃는 걸 못 본 지가 한참이나 되었다고 생각하면 짜증이 났다.

괜한 오기를 부리는 건가 싶어졌다. 역시 그냥 내가 먼저 말해 버릴까. 떠올리다가도, 답답함이 차올랐다. 왜 넌 아무것도 말하지 않는데? 왜, 아무것도. 조바심이 쌓이다 못해 갈증이 났다. 정말이지 진퇴양난이었다.

"남진원."

진원은 햇빛을 가리며 제 앞에 얼굴을 들이대는 현재를 가늘게 뜬 눈으로 훑었다. 만면에 사뭇 비장해 보이는 표정이 서려 있었다.

"뭐."

"내가 고민해 봤어."

"……뭘."

"서…… 아니 그 얘기. 좋아하게 만드는 그, 얘기."

현재는 효주의 이름을 꺼내려다 좁아지는 진원의 미간을 확인하곤 찔끔 방향을 틀었다. 진원은 현재에게서 새어 나오는 진짜 별걸 다 갖고 예민하게 군다는 중얼거림을 깔끔하게 무시했다.

"그래서."

"내가 방책을 좀 세워 봤다고."

"무슨 방책."

진원이 현재의 말을 듣기라도 해 보겠다는 태도를 취하자, 현재가 당돌한 미소를 짓고는 빈자리의 의자를 끌고 와서는 진원의 옆에 앉았다. 현재의 두 눈이 꺼림칙하게 빛났다.

"일단, 네가 먼저 말하는 게 싫다니까. 그걸 제외하고 생각해 봤어."

우선은 밀당. 현재가 그렇게 말하는 동시에 진원은 고개를 가볍게 저었다. 현재의 표정이 조금 구겨졌다. 하지만, 그건 당연히 안 될 말이었다. 밀면 밀린다니까. 당겨도 안 오고.

현재는 조금 입을 불퉁하게 내밀었다가, 그럼 다음은 떡밥 뿌리기! 하고 말했다. 진원이 그게 뭐냐는 듯한 눈빛을 보내자 현재가 검지를 올려가며 뿌듯하게 설명했다.

"그건 그거야. 좋아한다는 제스처는 전부 다 해 놓고, 말만 안 하는 거지. 예를 들면, 막 걔만 티 나게 챙겨 주거나, 항상 먼저 연락하거나, 뭐 사소한 선물을 준다거나."

"……그런 거라면, 이미 하고 있는 것 같은데."

일부러 그러려고 한 건 아니었지만, 진원은 예전에 사귀었던 여자애들한테 보다도 훨씬 더 효주에게 살가웠다. 다른 애들이 원하는 본심에서 우러난 다정함이나 심술 같은 걸 맘껏 부리고 있었다.

그냥 그렇게 됐다. 조그맣게 입가에 달리는 웃음이나, 찡그림 같은 걸 보고 싶어서. 그런데도 이제 효주는 진원이 원하는 대로 반응해 주지 않았다. 진원은 고개를 저었다. 현재는 짧게 실망을 하더니, 곧 의미심장한 눈빛으로 돌변해서 외쳤다.

"그럼, 내가 생각하는 제일 좋은 방법은 바람 넣기!"

"그건 또 뭔데."

"옆에서 부추겨 주는 거지. 네가 걔한테 관심이 있는 것 같다, 고백하면 잘 될 거다, 뭐 그렇게 열심히 바람을 넣는 거야."

"……그걸 누가 하는데?"

"예를 들면 나."

현재가 눈을 순진하게 깜빡이며 양손으로 꽃받침 모양을 만들어 턱을 받쳤다. 나를 소개시켜 줘. 그러면 내가 입을 잘 털어 놓을게. 현재는 자신만만하게 주장했다. 네가 완전 좋은 놈이고, 은근히 너도 마음이 있고, 뭐 그런 거. 진원은 한껏 예쁜 척을 하며 어불성설을 늘어놓는 현재를 보고 뭐라 말할 수 없는 기분이 되었다.

"싫어."

"아, 또 왜?"

"내가 왜 널 걔한테 소개시켜 줘. 무슨 말을 할 줄 알고."

"아, 뭐 무슨 말! 넌 왜 그렇게 나를 경계해? 야, 걔 안 뺏어가! 그냥…… 그래. 좀 궁금한 건 사실이지만, 불순한 맘은 없거든?"

그냥 네가 맨날 궁금하게 만드니까 그런 거지! 진원은 현재의 항변을 그저 듣고만 있었다. 좀 싫었다. 왜냐고 묻는다면, 그냥 효주가 다른 사람이랑 친해지는 게 싫은 것 같기도 했고, 그게 현재라서 더 싫은 것 같기도 했다. 제가 오랫동안 공을 들여 가까워진 관계에 누군가가 멋대로 끼어드는 것도 싫었다.

효주가 진원이 아닌 다른 사람, 그것도 남자, 예를 들어 현재를 보고 웃음을 터뜨린다고 생각하면, 상상만으로도 현재의 뒤통수를 때리고 싶어졌다. 진원은 비딱하게 현재를 쳐다봤다. 쓸데없는 호기심을 키우는 게 불쾌했다. 진원은 더 이상 현재의 '조언'을 듣지 않기로 결정했다.

"그래서 그게 네가 세웠다는 방책의 전부야?"

"너는 사람이 도와준다고 해도, 꼭 그런……."

"그래. 고마워. 이야기 잘 들었어. 그럼."

진원의 무심한 대꾸에 현재는 미간을 찌푸렸다. 그러다가 진원의 책상 앞으로 바짝 다가왔다. 얼굴에 다급한 기색이 떠올랐다. 진원은 현재가 왜 그렇게까지 이 사안에 대해서 관심을 갖는지 알 수 없었다. 살짝 눈을 찌푸렸다. 현재가 빠르게 입을 열었다.

"아니, 아냐. 또 있어! 또 뭐냐면, 남은 건, 음, 별로 추천은 아니지만, 질투 작전이라거나?"

"질투?"

"그래. 뭐 다른 여자애들한테 관심이 있는 척, 곧 잘되는 척."

"뭐해. 다들 자리 들어가 앉아. 지금 점심시간 끝난 지 5분이 넘었어!"

현재가 뒷말을 이으려는 찰나, 앞문을 열고 수학선생님이 들어오시며 호령했다. 현재는 이크, 하는 표정으로 자리에서 벌떡 일어나서 얼른 제자리로 뛰어갔다. 의자는 정리하지도 않고 돌아간 탓에, 진원이 일어나서 의자를 원래 자리로 밀어 넣었다.

"조용히 하고, 오늘은 저번에 봤던 모의고사 질문 나오는 거부터 해설해 줄 테니까. 앞 번호부터 설명 필요한 거 번호 불러."

그럼 딱히 수업을 들을 필요가 없겠다 싶었다. 진원은 형식적으로 책상 속에 들어 있던 연습장을 꺼내서 펴 두었다. 그리고 수군거리는 아이들의 목소리를 귀 뒤로 흘리며 현재가 황급히 사라지기 전 했던 말을 떠올렸다.

다른 여자애에게 '관심이 있는 척.'

그러고 싶지는 않았다. 일이 귀찮아질 것 같은 예감이 들었기 때문이었다. 상대가 착각할 가능성도 다분했고. 부러 굳이 효주의 마음을 건드릴 필요가 있는 걸까 싶었다.

죄책감이 드는 거냐고 하면 그건 아니었다. 오히려 좀 적반하장 격인 기분이 들었다. 그럴 거면서, 상처받을 거면서 왜 네 맘은 꼭꼭 감춰 두고만 있느냐고 묻고 싶었다. 그래서 친구라는 말을 몇 번이고 되풀이하고, 그 표정을 관찰했다. 그렇게 하지 않으면 확인할 수가 없었으니까. 말이 없는 서효주의 감정을 파헤치기가 어째서인지 점점 어려웠으니까.

그때, 문득 진원의 뇌리에 얼마 전, 제게 사탕 바구니를 건네주었던 혜윤과, 그때 사탕을 건네받은 효주의 얼굴이 떠올랐다. 봤던 것 중에서 제일 흔들리던 두 눈. 떨리던 입가. 진원의 가슴께에서 무언가 엉켜 있던 타래가 풀리는 것만 같았다.

다른 여자애에게.

관심이 있는 척.

글쎄, 되짚어 보니 아주 의미가 없는 방법은 아닐 것도 같았다.

데자뷔

소파에 누워 있었다. 정확히는 진원의 집 소파에 앉아 있는 진원의 무릎에 다리를 올리고 누워 있었다. 나른했다. 오늘은 휴일이었고, 막 미국 드라마 릴레이를 끝낸 참이었다. 잠시 휴식 시간을 갖자고 제안을 해서 그야말로 아무것도 안 하고 쉬는 중이었다.

진원의 집에 처음 온 날 이후로, 둘의 데이트는 거의 진원의 집에서 하는 격이 되었다. 날씨가 점점 추워져서 밖에 돌아다니는 게 성가셔진 것도 있었고, 추위를 많이 타는 편인 효주가 바깥에서 부들부들 떠는 걸 본 진원이 우선 집에 가서 편하게 있자고 했던 게 어느덧 습관이 된 것이기도 했다.

딱히 갈 만한 곳도 생각나지 않아서 효주는 그냥 그러려니 했다. 그런데 연수한테 그렇게 말하자 돌아오는 말이 이랬다.

'초반부터 그렇게 맨날…… 집에 가도 괜찮은 건가? 괜찮지? 막, 그래. 괜찮겠지.'

걔 나쁜 애 같아 보이지는 않았으니까. 연수는 그렇게 말끝을 얼버무리고 웃었다. 효주는 연수와의 대화를 떠올리며 잠시 고개를 기울여 진원을 올려다봤다. 나쁜 애, 너 나쁜 애야? 묻고 싶어졌다.

그러자 곧바로 진원과 눈이 마주쳤다. 얼굴이 슬쩍 붉어졌다. 시선을 멍하니 두고 있는 동안에도 진원이 계속 쳐다보고 있는 줄은 몰랐다. 진원이 가만히 미소를 짓더니 효주의 뺨을 살살 간지럽혔다. 효주는 요리조리 얼굴 위를 스치는 손가락에 움찔하며 피하는 시늉을 했다.

"간지러워."

"간지러우라고 한 건데."

더 간지러워 볼래? 진원은 그렇게 말하고는 효주의 옆구리에 손을 댔다. 효주는 갑작스러운 공격에 몸을 움츠렸다. 진원을 노려보자 그 얼굴에는 반성의 기미 대신 더욱 깊어진 미소가 떠 있었다.

효주가 몸을 일으켜 반격을 하려는 찰나, 진원의 손이 이번에는 볼을 찔러 왔다. 불시에 당한 탓에 효주가 제대로 반응조차 하지 못하는 사이 진원이 반대쪽 볼을 또 찔렀다.

"하지 마."

"할 거야."

그렇게 대답하는 진원의 얼굴에 너무나도 즐거움이 파다해서 효주는 발끈했다. 자꾸만 얼굴을 쿡쿡 찔러 대는 그 못된 손가락을 잡으려고 시도했으나, 진원이 잽싸게 피하고는 이번에는 코를 꼬집었다. 또 잡기도 전에 도망가 버려서 약이 올랐다. 효주는 미간을 좁히고는 또다시 진원의 손가락이 내려오는 타이밍에 맞춰 아예 손목을 확 붙잡아 버렸다. 그리고 코앞에서 멈춘 손가락을 저도 모르게 깨물어 버렸다.

"아!"

진원이 짧게 비명을 터뜨렸다. 효주는 그 소리에 손가락을 문 상태로 씩 입꼬리를 올렸다. 그러곤 손가락 주위로 입술을 움직여 당당하게 말했다.

"아프라고 한 거야."

효주는 왠지 신이 나서 아예 살짝 진원의 손을 잡고 손가락을 얕게 잘근거려 봤다. 덩달아 코에 가까워진 진원의 손에서는 옅은 향기가 났다. 맞잡고 다닐 땐 몰랐던 향기였다. 효주는 눈을 감고 숨을 들이마시며, 화장품 냄새도 아니고, 향수 냄새도 아닌 것 같은 그 향기를 분간해 보려 노력했다.

그러자 일순간 진원이 손이 갑자기 조금 깊숙이 들어와서 효주의 혀를 훑었다. 간질이듯 천천히 입천장 안쪽을 훑기 시작했다. 당황했다. 효주의 입이 자연스럽게 조금 벌어졌다. 그랬더니 중지까지 들어와 효주의 혀를 매만졌다. 깜짝 놀라 머리를 뒤로 뺐다. 손가락이 빠져 나갔다.

뺨이 붉어졌다. 입 안을 제 것처럼 자연스레 쓰다듬던 손의 감촉이 효주에게 기묘한 부끄러움을 선사했다.

"너 방금……."

대답 대신 진원은 몸을 움직였다. 눈 깜짝할 새 효주의 몸 위로 진원이 거의 엎어지듯 다가왔다. 그 덕에 저절로 진원의 다리 위에 놓였던 종아리가 밀려나 소파 아래로 떨어질 뻔했다. 그러나 곧 효주의 허벅지를 쥐어 당기는 진원의 손길에 그런 참사는 막을 수 있었다.

대신 진원의 몸이 효주의 다리 사이로 들어왔다. 효주가 어떻게 반응을 하기도 전에 진원이 다급히 입을 맞췄다. 효주는 어느 정도 익숙해진 행위에 반사적으로 입을 벌렸지만, 몸은 여전히 진원을 따라가지 못했다.

머릿속이 하얗게 됐다. 뜨거웠다. 장면 전환이 너무 빨라서 스토리를 따라갈 수 없는 영화의 인물이라도 된 것 같았다.

효주의 사고가 멈춰 버린 사이, 진원이 효주의 입 안을 부드럽게 가르고, 입 안의 여린 부분을 건드렸다. 효주는 눈을 감으며 목 뒤로 작게 느껴지는 신음을 삼켰다.

원래 키스라는 게 이렇게 쉽게 기분이 좋아지는 건가. 그냥 입술과 혀가 맞닿을 뿐인데, 등 뒤에서 탄산이라도 터지는 것처럼 찌릿한 감각이 따라온다. 효주는 등을 작게 휘었다. 진원의 입술이 잠시 떨어졌다 싶었는데 아랫입술을 제 입술로 가볍게 물어 왔다. 효주는 생각 없이 진원의 윗입술을 똑같이 따라 물었다.

진원의 입에서 뜨거운 한숨이 새어 나왔다. 그 미미한 소리에 효주의 아랫배가 화끈해졌다. 요즘 들어 진원이 닿아올 때마다 그런 경우가 잦아졌다. 정신이 없는 와중에 '좋아.'라는 말만이 머릿속에 강하게 새겨졌다. 좋아, 좋아해. 진원이 만지는 게 좋았다. 닿는 게 좋았다. 그럴 때마다 효주는 저도 진원에게 닿고 싶다고 생각했지만, 어디서부터 어떻게 손을 대야 자연스러운 걸지 갈피를 잡다가 관두곤 했다. 머리로는 알고 있다고 해도 먼저 행동하기가 어려웠다.

정신을 차리지 못하는 사이 어느새 진원의 팔이 효주의 상체를 거의 껴안고 있었다. 효주는 갈 곳을 모르고 맞닿은 상체 사이에 끼어 있던 팔을 빼내 진원의 등에 얹었다. 슬쩍 힘을 주어 껴안았다. 너른 등 탓에 진원이 하는 것처럼 바싹 끌어안을 수는 없었다. 효주의 반응을 의식했는지, 진원이 효주의 뒷목에 얹힌 손가락으로 목덜미를 지분거렸다. 저절로 몸이 비틀렸다.

눈을 떠 봤다. 진원이 정말로 가까워서, 조금 궁금해졌다. 손을 대도 괜찮은 걸까. 효주는 진원이 했던 것처럼, 진원의 뒷목에 손가락을 대고 살짝 문질렀다. 손 아래에서 진원의 몸이 뒤틀리는 게 느껴졌다.

입술이 떨어졌다. 진원이 효주와 눈을 맞췄다. 눈가가 붉었다. 효주는 그 반응에 목덜미에 닿아 있던 손을 그대로 쭉 등줄기를 따라 내렸다. 그러면 진원의 입에서 밭은 신음이 흘러나왔다. 처음 듣는 소리였다. 나지막한 금속성의 신음.

그 소리에 효주는 홀린 듯 손을 그대로 더욱 아래로 미끄러뜨렸다. 그러자 온몸의 솜털을 곤두서게 만드는 한숨 소리와 함께 진원의 손이 제 몸을 더욱 힘주어 끌어당겼다. 더 가까워질 수 없을 거라고 생각했던 몸이 하나가 된 것처럼 빈틈없이 달라붙었다.

'엄마야.'

동시에 효주는 소리 없는 비명을 질렀다. 허벅지 안쪽에 뭔가 단단한 감촉이 느껴졌기 때문이었다. 머릿속이 새하얘졌다. 직접 본 적은 없어도 지금 닿고 있는 게 진원의 핸드폰이 아니라는 것쯤은 알 수 있었다. 엄마야. 효주는 입을 뻐끔거렸다. 효주가 소스라치는 사이 진원이 효주의 목을 길게 핥았다.

이번에야말로 정말 새된 비명을 지를 뻔했지만, 목구멍이 너무 뻣뻣해서 채 소리가 만들어지지 않았다. 진원은 그런 효주의 반응에도 아랑곳하지 않고, 오히려 이번에는 효주의 살갗을 작게 깨물기까지 했다.

"흐앗, 잠깐, 자……."

효주는 목덜미를 쪼듯이 잘근거리는 진원의 이에 당황했다. 그러다 그 이가 귀 뒤의 맥박이 뛰는 자리로 이어지고 곧이어 귓불에까지 이어지자 더 당황할 수밖에 없었다. 효주는 진원의 등을 감싼 손으로 진원의 등을 때렸다. 진원은 아랑곳하지 않고 혀를 내밀어 귓불에 가볍게 이를 세웠다.

"아, 앗! 남, 진원! 잠, 깐!"

효주는 속이 울렁거릴 만큼 배 안을 채우는 낯선 긴장감에 필사적으로 진원의 옷을 잡아당겼다. 울 것 같아. 효주는 그렇게 생각했다. 이런 느낌은 난생처음이었다. 10년 정도 나누어서 느껴야 할 자극을 한 번에 몰아서 받고 있는 것만 같았다.

몸이 제 것이 아닌 것처럼 화끈거려서 효주는 애써 두 팔에 힘을 주며 진원을 밀어냈다, 잡아당기기를 반복했다. 버둥거리는 효주의 움직임에 진원이 곧 입술을 떼고 효주의 양 뺨을 붙잡았다. 초점이 흐려진 눈을 맞추며 물었다.

"……싫어?"

왜 싫으냐고 물어보는 거지? 효주는 숨을 색색 몰아쉬었다. 입술이 저절로 떨렸다. 뭐라고 대답해야 할지 알 수 없었다. 왜냐면 싫지 않으니까. 전혀 싫지 않은 게 오히려 더 낯설었으니까. '그만할까?'였다면 쉽게 그렇다고 대답했을 것이다. 그러나 진원은 싫으냐고 물었고, 효주는 알맞은 대답을 제시간에 떠올리지 못했다.

진원은 아랫입술을 깨무는 효주의 턱을 잡고, 제가 대신 효주의 입술을 깨물었다가, 그대로 효주의 턱선에 키스를 퍼붓기 시작했다. 정신을 차릴 수가 없었다. 숨 쉴 틈도 주지 않고 이어지는 접촉에 효주는 그저 새된 신음만을 내뱉었다. 제 귀에도 이질적일 만큼 한 번도 들어 보지 못한 음정이었다.

그때, 효주의 흐려진 정신을 타고 작은 소리가 들려왔다. 우우웅. 익숙한 소리였다. 효주는 희미하게 눈을 떴다. 우우웅. 소리가 이어졌다. 진동음. 우우웅. 그리고 그 소리가 어디서 비롯된 것인지를 깨달았다. 핸드폰 진동이었다. 효주는 소리의 근원을 향해 곁눈질을 했다. 제 핸드폰이 울리고 있었다. 그제야 가까스로 정신이 들었다.

"잠깐, 전화, 전화 왔잖아."

진원은 헐떡이는 효주의 말에도 전혀 멈출 기미를 보이지 않았다. 입술이 야금야금 효주를 목덜미부터 먹어 치울 태세로 움직였다. 효주는 급박하게 말했다

"잠, 깐. 전화, 왔다고! 남진원, 전화!"

효주의 외침에 진원이 결국 효주의 목덜미에서 얼굴을 떼어

냈다. 진원의 눈이 젖어 있었다. 우웅, 우우웅. 휴대폰은 그런 둘에도 개의치 않고 끊임없이 울려 댔다. 진원이 느릿하게 입을 열었다. 목소리가 잔뜩 쉬어 있었다.

"······광고, 전화일걸."

"아닐 수도 있어."

효주는 최대한 단호한 눈으로 진원과 시선을 맞췄다. 진원은 아쉬운 듯 효주의 입술에 한 번 입을 맞췄다. 효주는 진원이 몹시 허기진 표정을 하고 있다고 생각했다. 효주는 무의식적으로 침을 꿀꺽 삼켰다.

"······알겠어. 받아. 그럼."

진원의 못마땅한 양보에 효주는 약간 어질어질한 상태로 팔꿈치를 세워 몸을 일으켰다. 진원이 몸 위에서 비킬 생각을 하지 않아, 효주는 그 어깨를 툭툭 쳤다. 진원이 달갑지 않다는 듯 밀려났다.

효주는 재빨리 소파에서 내려와 탁자 위의 휴대폰을 쥐었다. 그리고 눈을 살짝 찌푸렸다. 영화관 매니저님이었다. 무슨 일이시지? 효주는 다소 의아한 상태로 전화를 받았다.

"여보세요?"

—응, 효주 씨. 지금 바빠? 통화 가능해요?

"아······ 아니요. 안 바빠요."

옆에서 효주의 대답을 들은 진원이 코를 울려 웃었다. 효주는 샐쭉하게 진원을 쳐다보고는 미간을 찌푸렸다. 진원이 눈을 굴렸다. 효주는 그 시선을 무시하고 다시 통화에 집중했다. 정확히 말하면 바쁜 건 정말 아니었으니까.

─그럼 내가 부탁이 있는데, 정말 급해서 그런데 들어줄 수 있을까?

매니저님의 어조가 제법 간곡했다. 효주는 매니저님이 부탁하는 말을 끄덕거리며 들었다. 간간이 네, 괜찮아요. 그럴게요. 아니에요. 괜찮아요. 그럼 이따 봬요. 따위의 대꾸를 하고는 짤막한 통화를 끝마쳤다. 핸드폰을 귀에서 떼고 진원을 쳐다보자, 진원의 얼굴이 살짝 굳어 있었다. 효주는 왠지 부채감을 느끼면서 말했다.

"나 가 봐야겠다."

"왜?"

"갑자기 오후 타임 결근한다는 애들이 생겼나 봐. 사람이 부족해서 나와 줄 수 없겠냐고 하셔서."

가늘어진 진원의 눈에 못마땅함이 드러나 있었다. 효주는 어깨를 으쓱했다. 진원이 바닥에 내려와 효주의 옆에 앉았다. 진원의 손가락이 금세 귓불을 쓰다듬었다. 몸이 움찔했다. 진원이 평소보다 미묘하게 낮아진 목소리로 말했다.

"바빠서 못 간다고 해."

"이미 가겠다고 했는데."

"갑자기 급한 일이 생겨서 안 될 것 같다고 해."

"……그럼 거짓말하는 거잖아."

진원이 말없이 효주와 눈을 맞췄다. 그 눈은 아까보다는 깨끗해 보였지만, 그래도 여전히 안쪽에서 무언가 일렁이고 있었다. 효주는 시선을 피하고 싶은 마음을 꾹 참고 다부지게 눈을 마주쳤다. 가야할 것 같았다.

기분이 이상했다. 배 속이 흐물거려서 가만히 있을 수가 없었다. 처음 겪은 제 몸의 반응은 하염없이 충격에 가까웠다. 초조하고 필사적으로 부딪혀 오는 진원도 초면이었다. 조금 거칠고 몹시도 낯설었다.

"……그래. 알겠어. 간만에 하루 종일 쉬는 날인데, 아쉽네."

진원의 목소리는 그렇게 원래대로 돌아왔다. 진원이 효주의 뺨에 키스했다. 그리고 입술에도 한 번 얕게 입을 맞췄다. 효주의 아랫입술을 가볍게 물었다 떼면서. 옷깃 안으로 가볍게 파고들어오는 진원의 손가락에 효주는 손을 겹쳐 떼어 냈다. 그러고 보면 가끔 상의 안으로 손끝이 밀려들어 오는 경우가 종종 있었다.

당황한 효주가 손을 밀어내면 진원은 미안, 하고 말하곤 다시 옷 위로 허리를 잡아 오긴 했지만, 그런 일이 한 번으로 끝나지는 않았다. 효주는 혹시 연수가 걱정했던 게 순식간에 이런 상황이 될까 봐서였을까, 생각했다. 그리고 연수의 걱정이 아주 타당했다는 결론을 내렸다.

"바로 가 봐야 돼. 이미 일손 밀려서 가능한 한 빨리 와 줄 수 없냐고 했거든."

"……바래다줄게."

효주가 급히 몸을 일으켜 벗어 놓은 외투며 목도리를 챙기는 와중에 진원이 말했다. 효주가 진원을 돌아보자, 진원이 매끄럽게 웃으며 말했다. 몇 분 전까지 다급하게 달려들었던 남자는 흔적조차 없이, 효주가 알던 그 얼굴로 되돌아와 있었다. 어쩐지 기시감이 들었다.

"괜찮은데……."

"바로 앞이잖아. 바래다줄게. 같이 가자."

순식간에 차분한 태도로 변해 버린 진원을 향해 효주는 입을 달싹였다. 찬바람이라도 쐬고 걸으면서 혼자 마음을 가라앉히고 싶은데, 진원은 그렇게는 놔두지 않을 모양이었다. 효주가 망설이는 사이 진원이 재차 다정한 어조로 말을 붙였다.

"가면 연수도 있지? 연수도 보고 인사도 할 겸."

"……그래. 그럼."

효주는 결국 저를 보고 부드럽게 웃어오는 진원을 향해 고개를 끄덕였다. 평소에도 짧은 거리를 바래다주는 건 왕왕 있던 일이었다. 진원이 굳이 연수 얘기까지 꺼낸 마당에 거절할 구실도 없었다. 둘이 효주가 모르는 사이에 SNS를 통해 제법 살가워진 모양이었다.

잘은 모르지만 인사를 하고 싶다는데 말릴 권리가 효주에게 있는 것도 아니니까. 효주는 그렇게 납득하고는 외투를 걸쳐 입으러 방으로 들어가는 진원의 뒷모습을 물끄러미 바라봤다.

만일 연수가 일하고 있으면, 길게 얘기할 수 없을 거라고 진원에게 말했는데 막상 영화관 안으로 들어서니 얼핏 연수가 보이지 않았다. 밥을 먹으러 갔나? 진원에게 그렇게 말하려고 막 입을 여는데 연수가 화장실에서 나오는 모습을 발견했다. 그리고 동시에 연수도 효주를 발견한 모양인지 방향을 틀어 종종걸음으로 뛰어오기 시작했다.

"어, 너 왔어? 오늘 나오는 날 아니잖아"

"응. 매니저님이 대타해 줄 수 없겠냐고 전화하셔서."

"아, 맞아. 근데 걔네 진짜 웃긴 거 알아? 아침까지 술 먹고 술병 나서 못 나오는 거래. 진짜 어이없지 않아?"

연수가 뾰로통한 표정으로 불평했다. 효주가 대꾸할 만한 말을 찾고 있을 때, 옆에서 진원이 한 발짝 몸을 내밀었다. 그리고 상냥한 음색으로 인사를 건넸다.

"안녕. 연수야."

"아, 안녕? 둘이 같이…… 왔어?"

연수는 눈을 살짝 동그랗게 뜨고 효주와 진원을 번갈아 쳐다봤다. 진원이 웃으면서 답했다.

"효주 바래다주러 왔어. 그리고 데려다주는 김에 너도 볼 겸."

진원은 그렇게 말하곤 미소를 지었다. 연수는 갸웃하면서도 진원을 따라 입꼬리를 올렸다.

"나는 왜?"

"실은 할 말이 있어서."

"나한테?"

"너한테."

"……뭔데?"

진원은 영문을 모르는 연수를 향해 한 발짝 다가갔다. 그리고 고개를 숙여 연수의 귓가에 뭔가를 속삭였다. 그 소리가 효주의 귀에까지는 들리지 않았지만, 아주 짧지는 않은 얘기였다. 진원이 곧 고개를 떼어 내고 귓속말을 끝마치자, 연수의 입에 뭐라고 콕 집어 표현할 수 없는 표정이 떠올랐다. 효주는 좀 당황스럽게 그 모습을 쳐다봤다.

"그럼 잘 부탁해. 난 이만 갈게. 일 열심히 해."

진원은 효주의 뺨에 마지막으로 짧게 입술을 대었다가 떼고는 돌아섰다. 효주는 반사적으로 손을 흔들었다. 진원이 차츰 멀어지자 연수가 효주의 어깨에 팔을 둘렀다. 얼굴에는 여전히 의미 모를 표정이 떠 있었다. 웃음을 참는 것 같기도 했다.

"너네 정말 잘 사귀고 있구나."

"……그래 보여?"

효주는 연수의 말에 영화관에 도착하기 전, 진원의 집에서 있었던 일을 떠올렸다. 달라졌던 공기. 참을 수 없을 정도의 어지러움. 진원의 열기 어린 눈동자. 처음 보는 눈.

"네 남친이 너 엄청 좋아하나 보다."

연수는 놀리는 말투에 이번에는 방금 뒤를 돌아 사라진 진원을 되새겼다.

집을 나서기 전 있었던 일들이 거짓말인 것처럼 금세 아무렇지 않은 얼굴이 되어 연수에게 귓속말을 하고, 제 뺨에 입을 맞추고 사라졌던 진원을. 늘 알아 왔던, 사람을 헷갈리게 만드는 남진원.

연수는 효주가 순조로운 연애를 하고 있다고 말했다. 효주 자신도, 그렇게 생각했다. 비교할 만한 대상은 없지만 즐겁고 설레면서도 편안한 연애였다. 굴곡도 없고, 맘 졸일 만한 사건도 없다.

다만 효주의 마음이 가라앉지 않는 이유는, 이따금씩 종잡을 수가 없어져서였다. 진원도, 그의 감정도. 카드게임의 패를 이미 서로 공개하고 나서도 히든카드를 감추고 있다는 듯 구는 상대방을 보는 것만 같은 기분이었다. 그럴 때마다 효주는 때때로 불안해졌다.

고등학교 때 그랬던 것처럼, 전부 제 착각이었다는 순간이 올 것만 같아서.

매니저님께 아무래도 오후타임 늦게까지는 할 수 없겠다고 말씀을 드렸다. 적어도 9시에는 집에 가야겠다고. 그랬더니 조금 일찍 8시 반에 근무를 끝낼 수 있었다. 효주는 유니폼을 갈아입고 묶었던 머리를 풀었다. 핸드폰을 확인하면 진원에게 메시지가 와 있었다.

—끝나고 연락 줘.

효주는 바로 답을 할까 말까 고민하다 연수에게 귓속말을 하던 진원을 떠올리곤 그대로 핸드폰을 닫았다.

연수는 오늘 야간까지 연장근무를 한다면서 옷을 갈아입고 나온 효주에게 손을 흔들었다. 효주는 그 뒤로도 시간이 날 때마다 두어 번 아까 진원이 무슨 얘기를 한 거냐고 물었지만, 연수는 '진짜 별거 아니야.' 하면서 입을 다물었다. 신경이 쓰였다.

비밀얘기를 할 정도로 연수와 진원이 친근할 거란 생각은 단 한 번도 해 본 적이 없어서 가슴이 답답해졌다. 진원에게 보채면 말해 줄지도 모르지만 그렇게까지 하고 싶지는 않았다.

건물 밖으로 나오자, 바람이 한결 더 차가워져 있었다. 효주는 입고 있는 패딩의 모자를 썼다. 핸드폰이 울렸다. 손이 시려 딱히 전화를 받고 싶지 않았다. 그냥 손이 시려서, 였다. 연수와 진원의 행동 때문에 신경질이 나거나, 기분이 나빠서가 아니라고 효주는 애써 스스로를 납득시켰다.

고개를 푹 숙이고 발을 떼었다. 끝나고 나서 연락을 달라고 했으니, 따뜻한 지하철 안에서 답장을 해도 되겠지.

건물에서 멀어질수록 바람이 매서워져, 효주는 더욱 몸을 움츠리고는 걸음을 빠르게 했다. 그렇게 바닥만 보고 걸은 게 실수였다. 패딩 모자 안에 들어가 있어서 좁아진 시야 탓에 효주는 앞에서 걸어오는 사람을 발견하지 못하고 그대로 상대의 어깨에 얼굴을 부딪치고 말았다. 효주의 입에서 작게 비명이 터졌다.

"꺅!"

"헉, 죄송합니다."

"아니에요. 제가 앞을 잘 안 봐서……."

허둥지둥 사과를 하는 상대를 향해 효주는 고개를 절레절레 저었다. 그렇게 눈을 마주치고 나서야, 효주는 눈앞의 남자가 본 적 있는 얼굴이란 걸 깨달았다. 상대방도 효주를 알아본 듯 눈을 둥그렇게 떴다.

"어, 너? 서효주?"

"……안녕."

효주는 알은체를 하는 남자애에게 어색하게 인사를 했다. 진원의 친구라며 영화관에서 말을 걸어왔던 애였다. 효주의 인사에 남자의 얼굴에 커다란 미소가 떠올랐다.

"그래, 안녕! 이렇게도 마주치네. 하하. 정말 우연이다!"

"그러게. 부딪혀서 미안해. 그럼……."

저번에 마주쳤던 진원의 친구라는 남자애가 어딘가 연극적인 웃음소리를 내며 말했다. 효주는 뻣뻣하게 대충 의례적 인사를 건네고 지나치려고 하는 효주의 앞을, 남자애가 옆으로 옮겨 서며 가로막았다.

효주가 다소 당황한 낯으로 눈을 깜빡이는 것을 눈치채지 못했다는 듯, 남자애, 그러니까 현재는 살갑게 말을 붙였다.

"지금, 뭐 어디 가던 중이야? 남진원 만나러 가는 중?"

"어…… 아니. 아르바이트 끝나서 집에 가려던 중이었어."

"잘됐다. 그럼 시간 있겠네! 춥지! 이렇게 만난 것도 우연이고 인연인데! 내가 따뜻한 커피라도 한 잔 살게!"

"아니, 괜찮은데……."

현재의 명랑한 어조에 효주는 당혹스러워졌다. 같은 학교를 나왔다고는 해도 효주에게 현재는 낯선 사람에 불과했다. 그런데 현재의 태도는 원래 오랫동안 알아 온 친구를 반가워하는 사람의 것과 같았다. 효주의 당혹감을 눈치챈 듯 현재가 재빠르게 덧붙였다.

"아니 아니, 둘이서 마주 보고 앉아서 커피 마시면서 담소를 나누자는 그런 말은 아니고, 그냥 테이크아웃으로! 내가 사고 싶어서 그래! 그, 저번에 일하는 거 방해한 것도 미안하고. 부딪힌 것도 미안하고! 그러니까 사과의 의미로!"

"어, 저기……."

"안 돼? 싫어? 진짜 내가 커피 한 잔 사면서 사과하고 싶은데. 정말 싫어?"

효주가 뭐라고 반응할 새도 없이 현재가 번개같이 말했다.
그러면서 눈썹을 한껏 내려뜨리고는 애처로운 표정을 지었다.
효주는 현재의 적극적인 어필에 어쩔 줄을 모르다, 결국 저도
모르게 고개를 저었다.

"아니, 아니, 안 싫어."

"그래? 그럼 좋은 거지? 저기 괜찮아?"

"아, 응……."

"그래그래. 가자, 그럼!"

효주가 얼떨결에 승낙하자 현재는 언제 그랬냐는 듯 또 함
박웃음을 지으며 빠른 걸음으로 효주를 지나쳐 카페로 향했다.
순식간에 카페 문 앞에 도착한 현재는 여전히 둘이 부딪쳤던
자리에 붙박인 듯 서 있는 효주를 향해 크게 손짓했다. 효주는
결국 떨떠름하게 발길을 옮겨 현재에게 다가갔다.

"음료는 카운터 왼쪽에서 받으시면 되고요. 음료 나오면 진
동벨로 알려 드리겠습니다. 감사합니다."

현재가 카운터 직원에게 진동벨을 받고는 돌아서서 효주를 향
해 씩 웃었다. 효주는 그 얼굴에 어색하게 같이 미소를 지었다.

"나올 때까지 저기 앉아서 기다리자."

"음, 그래."

현재는 효주의 대답이 끝나자마자 제가 가리켰던 테이블에

먼저 자리를 잡았다. 효주는 느릿하게 그 뒤를 따라 현재의 맞
은편에 앉았다.

"네가 좀 갑작스럽게 여기는 거 나도 알아."

"뭐?"

"그, 내가 막 친한 척하는 거? 미안. 내가 원래 성격이 좀 급
한 것도 있고 그래서."

"아니, 괜찮……."

"근데 이제 또 이렇게 친해질 수도 있고 그렇잖아? 그치? 나
남진원이랑 엄청 오래된 친구고, 수상한 사람 아니야. 그러니
까 안심해도 돼. 나쁜 사람도 아니야."

현재는 고개를 끊임없이 주억거리며 빠르게 내뱉었다. 효주
는 뭐라고 미처 대꾸할 타이밍도 잡지 못하고 얼떨떨하게 현재
를 따라 고개를 끄덕였다. 그러자 현재가 만족스러운 듯 웃었다.

"아니, 실은 내가 계속 너 궁금해했는데, 소개시켜 달라고
했는데 진원이가 진짜 극구 안 된다고, 완전 철통 방어를 해
가지고. 그러는 게 날 더 궁금하게 만든단 걸 알면서도 참."

"날 고등학교 때부터 알았어?"

현재의 말에 효주는 걸리는 데가 있다고 생각했던 지난 대
화를 떠올렸다. 효주는 현재의 말에 저번에 검표를 하면서 들
었던 말을 떠올렸다. 현재는 효주를 아주 친숙한 사람인 것처
럼 대했고, '드디어', '고백을 했냐'고 물었다.

마치 효주가 진원을 오랫동안 좋아해 왔다는 걸 이미 알고
있다는 식의 말투였다. 지금 들은 말도 유사한 맥락이었다. 효
주에 대해 원래 알고 있었다는 뉘앙스를 풍겼다.

"어? 아, 응. 음…… 그게 왜냐면, 알 수밖에 없었어. 걔가 여자인 친구, 그러니까 여자 친구 말고, 성별이 여자인 친구를 만드는 건 처음 봤거든."

"그렇구나……."

효주는 현재의 답변에 납득했다. 하기야 진원과 그리 친하지 않은 애들도, 이따금 효주와 마주치면 알아보는 듯한 표정을 지었다. 그렇게 친한 사이라고 한다면 굳이 진원이 뭐라고 말하지 않았더라도 아는 게 당연하겠지.

"아, 아무튼 그래서! 사귄다는 얘기를 들으니까, 역시! 싶었지. 하하. 그리고 이제 사귀니까 어, 친구의 여자 친구를, 어, 궁금해하는 건 당연하잖아."

"그렇겠네."

효주는 고개를 끄덕거렸다. 친구니까 궁금해할 수밖에 없겠지. 연수만 해도, 진원과 효주 사이의 일에 대해서 꽤 자주 물어 오곤 했다. 연수. 연수의 이름이 갈피에 끼어들자 오늘 진원과 연수가 둘이 무슨 얘기를 했는지 자꾸 맘에 걸렸다.

표정이 절로 굳어졌다. 아무래도 이렇게 신경을 쓸 바에는 진원에게 물어보는 게 나을 것 같았다. 분명 별 얘기가 아닐 테니까. 효주는 입술을 깨물었다. 그러자 현재가 효주의 표정 변화를 의식한 듯 조심스럽게 입을 열었다.

"혹시 내가 친해지고 싶은 게 싫은 건 아니지?"

"아, 아니야. 괜찮아. 아니. 나도 좋아."

효주는 미소를 만들어 내며 대꾸했다. 진원이 효주의 친구와 친하게 지내는데, 제가 그러지 말라는 법은 없었다. 현재는 효주가 익숙한 유형의 사람은 아니었지만, 별말을 하지 않아도 저에게 호감을 보이는 사람이라면 가까워지는 게 그리 어려울 것 같지는 않았다. 효주의 반응에 현재의 만면에 화색이 돌았다.

"그래. 그치! 그럼 네가 진원이한테 말해서 그런, 자리를 갖고 싶다고 해 줘."

"자리?"

"응, 왜냐면 오늘 마주친 건 비밀로 해 줬으면 좋겠어. 또 내가 남진원한테 혼나거든. 자연스럽게 네가 얘기를 꺼내 주면! 남진원도 싫다곤 안 할 테니까."

효주는 혼난다는 말에 고개를 갸웃했다. 혼난다니 무슨 말이지? 효주가 어리둥절하면서도 응? 하고 허락을 구하는 현재의 표정에 고개를 막 끄덕이려고 했을 때 현재가 빠르게 말을 가로챘다.

"아, 맞다. 나랑 진원이네 가족이랑 매번 겨울에 스키 타러 가고 그러거든. 원랜 가족끼리 갔는데 이번에는 너까지 해서, 우리끼리! 그래, 좋다! 어때? 스키 좋아해? 보드는? 술은? 낮에 타고 밤에 술 먹고 그런 거 어때? 알코올이 들어가면 더 친해질 수도 있고!"

갑작스레 신이 난 현재의 기세에 효주는 당황해서 눈만 깜빡였다. 스키? 가족? 화두의 방향 전환이 너무 가팔랐다. 효주가 입술을 벌리고 멀뚱거리자, 현재가 급히 덧붙였다.

"아, 거기 우리 별장도 있어서. 숙박비도 안 내도 돼! 아, 그거 말고도 장비 빌리는 비용 같은 건 걱정하지 마. 남진원이 아마 다 알아서 해 줄걸."

"그게 아니고 너무⋯⋯."

갑작스러운데. 말을 마치려던 찰나 어깨에 손이 얹혔다. 별 안간의 접촉에 깜짝 놀라 뒤를 돌아보니 뒤에는 은은한 미소를 띤 익숙한 얼굴이 서 있었다.

"둘이 언제 친해진 거야?"

"남진원⋯⋯."

"안 친한데!"

효주는 뜬금없이 울려 퍼지는 외침에 뒤를 돌아 현재를 향했다. 현재는 다소 굳은 표정으로 고개를 붕붕 흔들고 있었다.

"안 친해. 진원아. 우리 지금 아주 공교롭게도 밖에서 부딪쳐서 내가 사과의 의미로 커피를 사고 있는 그런 정말 대단히 우연적이고도 또 아무 의미도 없는 상황이야. 맞지? 효⋯⋯ 서 효주?"

머신 건처럼 말을 다다다 내뱉은 현재가 어쩐지 필사적인 눈길로 효주와 눈을 맞췄다. 진원이 작게 코웃음 치는 소리가 들렸다.

진원은 효주의 어깨에서 손을 떼지 않은 채 옆자리에 앉아 그대로 어깨를 감쌌다. 그러고는 효주의 몸을 제 쪽으로 당기며 물었다.

"그래?"

"어?"

"밖에서 우연히 만난 거야?"

효주를 향한 질문에, 현재에게서 '맞다니까!' 하는 억울한 대답이 튀어나왔지만, 진원은 그쪽으로는 눈길도 주지 않았다.

일련의 상황들이 전혀 이해가 가지 않았다.

진원은 어떻게 알고 이 카페에 왔으며, 현재는 왜 저렇게까지 저를 만난 게 우연에 불과했다고 항변하는지, 왜 효주가 현재를 만나는 게 그렇게 꺼려지는 일인지, 전부 헷갈리기 짝이 없었다.

"응…… 맞아. 영화관에서 나오는 길에 서로 부딪쳤어. 미안하다고 커피를 사 준다고 해서 여기 들어왔고."

"그랬구나……."

어쨌거나 내어진 질문에 효주가 얼떨떨하게 답을 주고 나서야 진원은 고개를 돌려 현재를 향했다. 진원의 시선이 현재에게 닿자 현재는 가볍게 고개를 끄덕였다. 효주는 아랫입술을 꽉 깨물었다.

또다. 또 이렇게 진원은 알아들을 수 없는 행동을 한다. 마음을 놓기가 무섭게 사람을 불안하게 만드는 게 취미이기라도 한 듯이. 진원이 그런 효주의 심기를 눈치채지 못한 듯 가볍게 입을 열었다.

"그래. 그럼. 이제 사과는 끝난 거지? 그럼 그만 일어나도 되겠네."

"아, 어. 그렇지."

진원의 말에 현재가 눈을 잠깐 동그랗게 뜨고는 자리에서 일어났다.

"내가 눈치 없게 커플 사이에 끼어 있을 수는 없지! 그럼 저기, 난 이만 가 볼게. 즐거운 데이트가 되었으면 좋겠네. 안녕! 다음에 봐!"

현재는 둘에게 짧게 인사를 전하고는 뛰듯이 빠른 걸음으로 사라져 버렸다. 효주는 순식간에 멀어지는 현재의 뒷모습과 진원을 번갈아 쳐다봤다. 어안이 벙벙했다. 영화관을 나선 후 불과 20분 사이 돌개바람이 몰아치고 간 것만 같았다. 의문과 상념이 효주를 덮쳤다. 속이 불편해져 어깨를 들썩이자, 진원이 다정한 목소리를 냈다.

"뭘 하기는 시간이 좀 애매하지? 좀 얘기하다 가자. 집에 바래다줄게."

"……."

"효주야?"

대답이 없자 진원이 의아한 듯 효주의 이름을 불렀다. 효주는 혀끝을 잘근잘근 깨물다가 결국 마음속에 복잡하게 차오르던 의문 중 제일 가벼운 것을 입 밖으로 던지고 말았다.

"어떻게 알았어?"

"응?"

순수하게 무슨 말인지 알아듣지 못하겠다는 진원의 표정에, 효주는 볼멘소리를 간신히 참으며 재차 물었다.

"나 여기 있는 거 어떻게 알았어?"

"아아. 근무가 끝났다는데도 계속 연락이 없기에 언제 끝나나 다시 영화관에 가 보려고 했지. 어차피 집도 코앞이니까. 그런데 지나가다 보니 지겹도록 익숙한 얼굴이 보이더라고."

아, 너 말고 오현재. 진원이 조금 장난스럽게 웃었다. 평소였다면 저도 모르게 따라 웃었을 미소였지만 이번에는 그러고 싶지 않았다.

"······일이 끝났다는 건 어떻게 알았는데?"

"아, 너 연락이 없어서 연수한테 물어보니까 너 마치고 나갔다더라고."

태연하게 이어지는 말에 헛웃음이 날 뻔했다. 또, 연수. 여지없이 튀어나온 그 이름에 효주는 빠듯해지는 관자놀이를 무시하고는 고개를 곧게 들고 진원을 응시했다.

"너, 왜 네 친구가 나 만나는 거 싫어해?"

"······친구? 현재?"

"응. 왜, 그렇게····· 못마땅해하는 건데?"

최대한 단호하게 말하려고 했지만 실패했다. 가다듬은 목소리는 기민한 사람이라면 금방 알아챌 만큼 떨려 나왔고, 남진원은 바로 그 기민한 사람 중 하나였다. 진원의 얼굴에서 웃음기가 거둬졌다.

"싫다기보다, 걔가 말을 가끔 생각 없이 할 때가 있어서, 네가 불편할까 봐······."

"안 그랬어. 친절했어. 살가웠고."

효주는 진원의 말을 끊고 무뚝뚝하게 내뱉었다. 그러자 진원의 눈매가 조심스러워졌다.

"······너, 화났구나."

진원이 부드러운 목소리로 말하며 어느새 떨어진 효주의 고개에 가볍게 손을 대곤 들어 올렸다. 효주는 그런 진원의 손길이 얄밉다고 생각하면서도 어느새 한층 다정해진 진원의 음성에 마지못해 고개를 올려 진원과 눈을 맞췄다. 마주 보는 눈동자에는 의아함과 조심스러움만이 담겨 있어서 효주는 재차 아랫입술을 깨물었다.

"……넌 내가 부끄러워?"

"뭐?"

그러고는 마음속을 어지럽히던 한마디를 결국 꺼내 버리고야 말았다. 진원의 일순 당황한 눈빛에 효주는 눈을 내리깔았다.

유치하고 서툰 감정이라는 건 알고 있었다. 하지만 티 내지 말아야지, 하며 쌓아 왔던 온갖 색깔의 질문과 투정은 결국 터져 버리고야 말 더미였다. 하고 싶은 말이 수십 가지가 넘었다.

왜 네 친구하고 나는 친해지면 안 되는데? 너는 연수한테 지독히도 다정하게 굴면서, 나도 모르는 얘기를 나누면서, 왜 내가 그러면 안 되는 건데? 넌 연수 얼굴을 보고 귓속말까지 하고 갔으면서, 왜 나는 우연히 마주친 것만으로도 기분 나빠하는 건데? 왜 그 애는 날 잘 아는 것처럼 말해? 내 얘기를 했어? 걔가 말했던 별장이라는 건 뭐야? 스키장에 가족끼리 묵는다는 건 뭐야? 별장이라는 게 보통 사람들도 가지고 있는 거였어?

물론 그런 얘기들을 입 밖으로 꺼낼 수는 없었다. 혼자 묵혀 뒀던 불만과 불안들은 너무나도 사소한 거였다. 하나하나로는 별 의미가 없지만 쌓이기 시작하면 한없이 어려워지는 그런 문제들.

"그게 무슨 소리야, 부끄럽냐니."

진원의 목소리에 기묘한 질타가 실려 있었다. 효주는 그 말에 얼굴을 붉혔다. 어린애를 다독이는 것만 같은 말투에 대꾸는 더 뾰족하게 튀어나왔다.

"그게 아니면, 왜 내가 네 친구랑 만나는 걸 싫어해?"

"그런 게 아니라, 현재가 혹시 이상한 말을 할…….”

"아니라고 했잖아. 나도 친해지고 싶어. 네 친구들이랑. 근데 넌 그게 엄청 싫어 보여.”

침을 꿀꺽 삼켰다. 효주를 숨기고 싶은 게 아니라면, 왜 진원은 제 친구마저도 효주에게는 공유하지 않는 걸까. 다소 황급하게 들리는 진원의 목소리에도 효주는 딱 잘라 대답했다.

"서효주, 그게 아니고…….”

"아니라면, 나도 거기 갈래.”

끼어든 효주의 말에 진원이 입을 다물고 영문을 모르겠다는 표정으로 고개를 기울였다. 효주는 그 표정에 터지려는 실소를 삼키며 입을 열었다.

"너, 겨울마다 스키 타러 간다는 그 여행, 그거 말이야. 현재가 말해 줬어. 겨울마다 간다고. 거기, 나도 같이 갈래. 현재가 나도 같이 가자고 했거든. 네가 저번에 스키장 가자고 하기도 했잖아. 그거 겸해서 가면 되는 거잖아.”

"효주야, 그건…….”

"왜? 같이 가서 하룻밤 노는 거! 그것도 안 돼?”

뭐라고 자신을 다독이려는 진원에게 날카롭게 반응했다. 단순히 저한테 친구를 소개시켜 주고 싶지 않아 하기 때문이 아니라, 고등학교 때부터 지금까지 모여 왔던 그 모든 흔들림이 솟구쳤기 때문에. 확실한 답변 없이 이어졌던 시간들이 눈앞을 스쳤다. 효주는 눈을 내려뜨며 가늘게 말했다.

"싫으면 그냥 싫다고 해. 그럼 그런 줄 알 테니까.”

차라리 그게 나았다. 아무 답변도 듣지 못하는 것보다는. 진원의 한숨 소리가 들렸다. 귀가 달아올랐다. 이렇게 억지를 부리고 싶지는 않았는데. 구차하고 싶지도 않았는데. 자꾸만 진원이 효주를 그렇게 만들었다. 아주 사소한 것들로.

진원이 대답하지 않는 찰나마저 마음을 어지럽혔다. 쿵쿵. 심장 소리가 귀 뒤에서 울렸다.

"……그래. 그럼. 그러자."

진원의 긍정이 짧은 적막 이후 떨어졌음에도, 희미하게 웃으며 이마에 입 맞추어 주었는데도, 현재에게 이야기를 해 보겠다고 덧붙여 주는데도, 이상하게 그 엇박자의 두근거림은 쉽사리 가라앉지 않았다.

"짜잔! 여기야! 들어가자"

"……예쁘다."

현재가 유쾌하게 두 팔을 벌려 가며 별장을 가리키자, 효주가 작게 웃으며 대꾸했다. 진원은 효주가 볼 수 없도록 못마땅하게 눈을 굴렸다. 현재가 진원의 심기를 알아챈 듯, 그럼, 들어가자! 하며 먼저 안으로 향했다. 엉뚱한 곳에서도 자꾸만 급정거에 급발진을 거듭해서 사람을 긴장시켰던 사람치고는 꽤나 활발한 동작이었다.

바람이 불었다. 이른 아침이라 아직 햇볕에 달궈지지 않은 공기가 시리도록 차가웠다. 산기슭을 스치는 바람결은 도시의 것보다 한층 더 겨울의 차가움을 담고 있었다. 진원은 혀로 입 안쪽을 쓸며 효주의 어깨를 당겼다.

"춥지. 우리도 들어가자."

"응."

옅은 미소를 짓자, 효주가 어색하게 따라 웃었다. 진원은 혀 끝을 씹었다. 순조롭다고 생각했던 연애에 차질이 생겼다. 그 것도 오현재 때문에.

진원은 어떻게든 그 죄목을 현재에게 미루고 싶었다. 효주 가 드물게 큰 소리를 냈던, 그 날 밤 대화의 흔적이 여전히 둘 사이에 찜찜하게 말라붙어 있었다.

'너 부끄러워서 그런 거 절대 아니야. 부끄럽다면, 오현재가 부끄러워서 그런 거지. 좀 성가시고, 귀찮아서. 너랑 안 맞을 수도 있다고 생각해서 그런 거야. 마음 상하게 할 생각은 없었 어. 정말이야. 미안해. 미안. 효주야.'

눈을 피하려 드는 효주의 두 볼을 고정시키고 애써 눈을 맞춰 가며 차근차근 설명했다. '미안해. 그런데 그런 거 정말 아니야' 라고 강조하는 진원의 말에 효주는 괜찮다고, 알겠다고 대답하 기는 했지만 그 뒤로 어딘가 어긋나 있다는 기분이 들곤 했다.

이런 일을 만들지 않으려고, 멀어지는 상황을 만들지 않으 려고 노력한 보람이 없었다. 진원은 현재의 정강이를 더 제대 로 차 버리지 않은 걸 후회했다.

영화관에서 우연히 마주쳤다는 현재의 말을 듣고 나름대로 둘이 만나는 자리를 만들지 않으려고 일부러 연수에게 직접,

쓸데없는 남자애가 말 거는 일이 없도록 해 달라고 신신당부까지 했는데 전부 소용이 없어져 버렸다.

'그게 아니면 왜, 네 친구를 만나는 걸 싫어해?'

서효주는 그렇게 물었다. 네가 부끄러워서 그런 게 아니고, 현재가 쓸데없는 말을 할까 봐 그런 거라고. 진원은 그렇게 대답했다. 반쯤만 진실을 담고 있는 말이었다. 진짜 속셈은 말할 수가 없었다.

네가 듣지 않았으면 하는 이야기를 해 버릴까 봐, 내가 멍청했던 옛날 일을 혹시 흘려서 네가 상처받아서 멀어져 버릴까 봐 그런 거라고. 말하고 싶었지만 그러지 않았다.

그러면 효주는 '그게 무슨 얘긴데?' 하고 물을 거고, 진원은 효주가 들어도 괜찮을 만한 답을 줄 수가 없었을 테니까.

이제 서효주의 실망하고 상처받은 눈은 더 이상 보고 싶지 않았다.

진원은 과거의 제가 어떻게 그런 눈동자를 낱낱이 들여다보며, 저에게 흔들린다고 내심 뿌듯해했는지 이해가 가지 않았다. 제 것이 되었다고 생각하면 볼수록 세세한 구석까지 예뻤다.

예쁘다고 생각하면 저절로 손이 나갔다. 만지고, 껴안고, 키스하고 싶었다. 사귀게 되고 나서 효주와 함께하는 매분 매초가 점점 진원의 심지를 갉아먹었다. 아무렇지 않은 척, 효주가 익숙해지기를 기다리겠다던 결심이 지키기 어려워져만 갔다.

어떻게 그렇게 자신만만하게 굴었는지, 왜 진작 지금처럼 관계를 진전시키지 않았었는지, 쓸데없는 자존심 싸움에 낭비했던 시간들이 아까워서 죽을 지경이었다. 처음 입을 맞추고 난 날, 겹쳤던 입술 안쪽은 말 그대로 모조리 훑어먹고 싶을 만큼 달았다.

'서효주도 날 좋아하니까.'로 시작했던 자신감은 하루가 지날수록 추락 일직선이었다. 지금에 와서 진원의 태세를 묘사하자면 '더 좋아하는 사람이 지는 거니까'에 가까웠다.

잠깐만, 하는 말에도 몸을 멈추기가 쉽지 않았다. 생각해 보면 연애에 서툰 건 효주뿐만이 아니었다. 보고만 있는 걸론 한없이 모자라서 피부에 닿았는데도 한층 더 가까워지고 싶은 연애는 진원도 처음이었다. 키스를 시작하고 난 이후로 그런 떨림은 더 걷잡을 수 없이 다급해졌다.

말간 눈으로 무슨 일이냐는 듯 저를 올려다볼 때마다 입 안이 말랐다. 손바닥에 닿아 오는 체온에 숨이 쉬어지지 않을 것만 같을 때도 있었다. 아예 그 감촉을 몰랐을 때가 오히려 쉬웠다. 기다릴 자신이 있었다.

그런데 한번 닿고 나면 그 자신감은 통쾌하게도 박살이 났다. 가볍게 끝내려던 입맞춤이 조절되지 않아서 더, 더, 더 자꾸만 깊어졌다. 서효주가 모자랐다. 손안에 완전히 들어올 때까지 작게 만들어 버리고 싶기도 했고, 그대로 품 안에서 녹아들게 만들어서 먹어 치워 버리고 싶기도 했다.

효주는 익숙하지 않아서 부끄럽다고 말했다. 그 말에 진원은 시간을 들이려고 했다. 말했던 대로 어디까지나 배려를 해 가며 효주의 페이스에 맞춰 가고 싶었다. 그런데 막상 효주와 눈을 마주치고 가까워지면, 천천히 눈을 감은 채 파들거리는 속눈썹을 보면 그러기가 지독히도 어려웠다.

감싸 쥔 뺨의 홍조가, 손안의 여린 살이 못 견딜 만큼 진원의 뱃속을 소용돌이치게 만들었다. 이대로, 남김없이 삼켜 버리고 싶다, 는 생각만이 머릿속을 지배했다.

진원은 방을 소개해 주는 현재의 손짓에 따라, 문을 닫고 사라지는 효주의 가느다란 뒷모습을 쳐다봤다. 들키지 않게 한숨을 쉬고는 얼굴을 쓸었다. 그래도 열 번 건드리고 싶은 걸, 한 번으로 참으면서 잘 해내고 있었다고 생각했다.

그런데 드디어 저번 날 밤, 이성이 완전히 날아갈 뻔했다.

아마 효주가 지금처럼 한 발짝 떨어진 것 같은 태도를 취하는 것에는 그 탓도 있겠다 싶을 만큼.

폭주했다. 손가락을 깨물고 웃어 보이는 얼굴에 수류탄의 핀이 뽑힌 듯 정신이 나가 버렸다. 주춤거리며 제 등을 훑어가는 작은 손은 이미 폭발로 폐허가 된 곳에 때려 붓는 연료나 다름없었다.

귓가가 터질 만큼 흥분해서 달려들었다. 잠깐만, 이라고 등을 통통거리는 손짓에도 멈출 수가 없었다. 물기가 어린 눈도, 달뜬 숨을 내뱉는 입술도 전부, 통째로 가져 버리고 싶어서, 그래서…….

"옷, 안 갈아입어?"

진원은 효주의 목소리에 상념에서 깨어났다. 정신을 차려 보면 어느새 스키복으로 갈아입은 효주가, 눈을 깜박거리고 눈앞에 서 있었다. 진원은 빠르게 얼굴에 미소를 걸고 답했다.

"입어야지."

그럼 입고 나올게. 말을 던지고 방 안에 들어섰다. 진원은 닫은 방문 뒤로 기대 느리게 눈을 감았다 떴다. 잠시 떠올리기만 해도 주체하기가 힘들 만큼, 아랫배가 당겼다.

겁먹게 하지 않으려고 했는데, 이래 가지고는 계속 그럴 수 있을까.

한숨이 났다. 현재가 돌아가고, 카페에 앉아서 잠시 얘기를 나눴을 때, 또 그런 눈을 보고 싶지는 않은데.

효주는 그때 미안하다고 말하는 진원에게 똑같이 사과를 했다. 나도 미안해. 너무 예민하게 굴었나 봐. 진원은 네가 미안할 일이 아니라고 거듭 대답했지만, 효주는 쓸쓸하게 웃었다. 그러고는 또 사과를 했다.

'네가, 그냥, 네가 내 친구는, 만나는데, 내가 그러는 건 싫어하는 게 좀, 서운했나 봐. 미안해.'

그러고는 집에 가는 내내 입을 꾹 다물었다. 살짝 숙여진 고개를 보면서 진원은 보채고 싶었다. 네 속내를 더 얘기해 보라고, 그래도 괜찮다고. 혼자 불안해하지는 말라고. 하지만 결국 그렇게 말할 수는 없었다.

내가 네 친구한테 접근하는 건 네가 혹시 또 자취를 감추고 도망쳐 버릴까 봐 쳐 두는 안전장치에 불과하고, 네가 현재와 가까워지지 않았으면 하는 건 네가 알게 하고 싶지 않은 사정이 있기 때문이라고 설명할 수는 없었기 때문에.

대학 입시가 가까워질수록, 시간의 흐름은 빨라지고, 남은 날짜는 눈 깜짝할 새에 줄어만 갔다. 효주와는 거의 독서실에서 만나거나 할 수밖에 없었다.

서효주는 여태까지 안 한 만큼 더 열심히 공부해야 해서, 갖은 핑계를 대고는 진원과 마주치지 않으려고 노력하는 사람처럼 굴었다. 코빼기도 볼 수 없는 날도 많았다.

이따금은 제가 궁금하지도 않을 만큼 바쁘냐고 묻고 싶었다. 날 좋아하는 게 아니었냐고. 그런데 왜 피하기만 하는 거냐고. 쫓아다니는 여자애들에게 핑계를 대고 밀어낸 적은 있어도 그 핑계를 듣는 당사자가 되는 건 처음이었다. 그리고 단언하건대, 그 대상이 되는 건 전혀 좋은 느낌이 아녔다.

더군다나 항상 제가 먼저 말을 건다는 걸 의식하고 나자 안 그래도 편치 않은 기분이 더 저조해졌다. 먼저 다가가지 않으면 끊어질 것만 같은 관계에는 익숙하지 않았다. 진원은 휴게실의 소파에 몸을 더 깊이 묻으며 생각했다. 그러니까 이렇게 같잖은 짓까지 하게 된 거겠지.

"그래서, 내가 친구들한테 너 여기 다닌다고 말을 했더니, 자기들도 여기 등록하고 싶다는 거야!"

"그래?"

"응, 그런데 여기 자리 없잖아. 그래서 내가 안 될 거라고 했더니, 애들이 다 나 부럽다는 거 있지!"

진원은 눈을 반짝거리며 이어지는 혜윤의 말을 심드렁하게

291

들었다. 물론 겉으로는 누구보다도 경청하는 시늉을 잊지 않았다. 어려운 일도 아니었다. 틈틈이 대충 맞장구를 쳐 주고, 몇 번 미소를 지어 주면 혜윤은 볼을 붉히며 조잘조잘 혼자서 대화의 공백을 메웠다.

끊임없이 계속되는 일방적 수다를 들으며, 진원은 힐끗 시계를 확인했다. 7시 27칠 분. 효주가 독서실에 도착하는 시간은 대개 7시 반에서 8시 사이였다. 조금만 있으면 도착하겠지. 진원은 그런 꿍꿍이를 감춘 채 혜윤이 뭐라고 신이 나서 하는 말에 고개를 끄덕여 주었다.

몇 분인가 더 지났을 때, 낯익은 발소리가 들렸다. 진원은 올라가려는 입꼬리를 애써 당기며 웃음을 참았다.

여기서 효주를 기다리는 건 어느새 진원의 일과가 되어 이제는 발소리만 들어도 구분이 가능할 지경이었다. 다소 느리고 나른한 발걸음. 진원은 눈으로는 혜윤을 보면서, 온몸을 복도에 긴장시켰다. 서효주가 쓰는 6인실은 반드시 이 휴게실을 지나야 했다.

"그래서 있지, 내가 너랑 지금처럼 얘기도 하고 그런다고 하니까……."

"아…."

그리고 드디어 걸음 소리가 멈췄다. 진원은 무심결인 척 시선을 돌렸다. 그러면 양손으로 가방끈을 움켜쥐고는 복도 끄트머리에 서 있는 서효주가 시야에 들어왔다. 진원은 우연히 발견했다는 듯 손을 들어 인사를 했다.

"안녕."

"······안녕."

"응? 아, 안녕!"

효주가 엉거주춤 손을 들어 인사를 건네자, 얘기에 한창 심취해 있던 혜윤이 고개를 돌려 효주를 바라보고는 똑같이 인사를 했다. 효주의 조용한 목소리와 대비되는 명랑한 음색이었다. 효주는 활짝 웃어 보이는 혜윤에게 또 떨떠름한 표정으로 손을 흔들었다. 진원이 태연하게 내뱉었다.

"둘이 아는 사이야?"

"아니! 그치만 진원이 네가 소개해 주면 이제부터 아는 사이가 되는 거지! 안녕, 난 김혜윤이라고 해!"

생글거리며 제 소개를 하는 혜윤과 진원 사이를 번갈아 쳐다보며 효주는 어딘지 멍한 표정을 지었다. 진원은 입가를 당겼다. 그리고 입술을 열었다 닫았다 하다 아랫입술을 깨물고 난 효주를 직시하며 대신 대답했다.

"쟤 이름은 서효주야. 쟤가 좀 낯을 가려서. 혜윤이 네가 이해를 좀 해 줘."

"아, 그렇구나. 괜찮아. 사람마다 성격이 다를 수도 있지! 여기 앉을래?"

혜윤이 제 옆자리를 손으로 팡팡 두드렸다. 대단히 사교적인 성격임이 분명한 혜윤은 아마, 서효주에게는 더없이 불편한 상대일 게 뻔했다. 아니나 다를까, 효주는 눈에 띄게 부담스러운 얼굴을 하고는 더듬더듬 대답했다.

"아니, 나는, 음, 오늘 끝내야 할 분량이 많아서, 다음에."

효주가 빠르게 눈을 깜빡이며 그렇게 대답하고는 본래보다 훨씬 급한 걸음으로 달아나 버렸다. 혜윤이 영문을 모르겠다는 표정으로 진원과 눈을 맞추자, 진원은 원래 잘 저래. 하고 가볍게 답했다. 그러고는 몸을 일으키며 상쾌하게 말했다.

"그럼 우리도 그만 들어갈까? 오래 앉아 있었잖아."

"어, 아, 그런가?"

"응, 공부해야지. 다음에 또 얘기하자. 먼저 들어가 봐."

"아, 응! 그럼 나중에 봐!"

또 얘기하자는 말에 확연히 얼굴이 환해진 혜윤은, 제가 내쫓기는 줄도 모르고 몸을 발딱 일으켜 손을 붕붕 흔들고는 사라졌다.

진원은 혜윤이 방문 너머로 쏙 사라진 걸 확인하고 나서야 피로해진 몸을 이리저리 비틀었다. 듣고 싶지 않았던 얘기를 들어 주는 건 나름대로 고된 일이었다. 하지만 목표했던 바는 달성했으니까 보람은 있는 셈이었다.

방금 전 혜윤이 앉아 있었던 자리는, 얼마 전까지는 효주가 앉아서 진원과 이야기를 나누던 자리였다. 요즘에야 진원이 불러 세워도 그 자리에 서서 몇 마디 말을 주고받고는 그대로 모습을 감추는 게 대부분이었지만.

한때는 둘이서 약속한 것처럼 시간을 보내곤 했던 자리. 효주가 멀어지지 않더라면 계속 앉았을 자리. 그러니까 이건 진원 나름의 선전포고였다.

네가 그대로 멀어진다면, 그래서 다른 애가 네 자리를 채워 버릴 수도 있다고 하면, 그때는 너 어떻게 할래. 서효주.

"최선우는 점심때 넘어서야 도착할 거래. 우리끼리 먼저 타고 있으랬어."

현재가 스노 고글을 뒤집어쓰며 말했다. 발밑에 인공 눈이 뽀득뽀득 밟혔다. 이른 시간인데도 스키장에는 사람들이 제법 있었다. 익숙하지 않은 스키화를 신은 효주의 걸음걸이는 제가 봐도 뒤뚱거렸다. 그에 반해 현재와 진원은 늘 오던 곳인 양 편해 보였다.

둘 다 전부 본인 전용 스키를 가지고 있었고, 스키뿐 아니라 입고 있는 복장 모두가 본인 물건이었다. 두 사람 모두 스키장에 와 본 적이 없는 효주가 봐도 꽤 전문적으로 갖춰진 복장이었다. 겨울마다 온다더니 그래서 그런가 보다 싶었다.

효주가 입고 있는 스키복이며 장갑은 외국에 나가 있는 현재의 동생의 여벌을 빌린 것이었다. 스키도 그랬다. 거의 새것이나 다름없어서 제가 써도 괜찮겠냐고 물었을 때, 두 사람 다 어딘가 질린 듯한 표정으로 고개를 끄덕였다. 현재는 이렇게 덧붙였다.

'어차피 걔 변덕이 심해서 그거 다시 입지도 않을걸. 아예 너 가져도 돼. 걔가 쓰던 거니까 별로 탐탁지는 않겠지만.'

변덕으로 몇 번 입지 않고 갈아치우는 용도치고는 꽤 비싸 보이는데……. 효주는 두터운 장갑 때문에 잘 움직이지 않는 손가락으로 괜히 옷자락을 쥐어 보았다. 어쩐지 위화감이 들었다. 여기까지 이동하면서도 그런 생각을 했다. 며칠 전, 거기까지는 어떻게 가면 되나 물었을 때, 진원은 대수롭지 않게 말했다.

'현재가 차 가지고 너희 집 앞으로 가기로 했어.'

그렇구나 하고 오늘 아침 아파트 현관을 나섰더니, 바로 앞에 차가 멈춰 서 있었다. 아마 진원이 밖에 나와 있지 않았다면, 효주는 그게 현재의 자가용이라고는 생각하지 못했을 것이다. 차종을 잘 모르는 효주도 알아볼 수 있는 마크를 달고 있는 차는, 보통 갓 면허를 딴 나이에 타고 다닐 만한 종류는 아닌 것 같았다.

선우라는, 현재의 사촌이자 둘의 친구이기도 한 애가 나중에 온다기에 '그 애는 어떻게 오는데?'라고 물었을 때, 현재는 '걘 늦는다고 자기 차 타고 온대.'라고 여상하게 말했던 것도 생경했다.

효주의 좁은 인간관계 중에 그렇게 당연한 것처럼 본인의 자가용을 가지고 있는 사람은 없었다. 현재나 선우가 낯선 사람인 것과는 별개로 그 사이에 낀 제가 아주 이질적으로 느껴졌다. 말하자면 공작 우리에 잘못 떨어진 중닭 한 마리가 된 것처럼.

"나는 늘 타던 코스로 갈 건데. 너희는 어떻게 할래?"

현재가 옆구리에 끼고 있던 스키를 능숙하게 밟아 신으며 물었다.

"효주 스키 배우는 거 봐 줘야지."

"오, 그래그래. 둘이 오붓한 시간 보내. 그럼 난 먼저 타러 갈게."

현재는 깜짝 놀랄 만큼 경사가 가파른 슬로프 쪽을 가리키더니, 스키폴도 짚지 않고 빠른 속도로 사라져 버렸다. 눈 깜짝할 새 멀어지는 뒷모습을 홀린 듯 바라보고 있으면 진원이 어깨를 톡톡 건드렸다.

"너도 스키 신어야지."

"아, 응."

진원은 제 것은 받침대에 기대 놓고 무릎을 굽혀 들고 있던 효주가 쓸 스키 플레이트를 바닥에 내려놓았다.

"여기에 부츠 끝을 맞추고, 힘을 꾹 줘서 밟으면 돼."

"응. 꾹."

효주는 진원의 말에 따라 양쪽 발을 차례대로 스키에 끼워 넣었다. 다 신고 나자 판자 위에 고정된 장식 인형 같은 기분이 들어 몸을 기우뚱거려 봤더니, 진원이 작게 웃음소리를 냈다.

"왜 웃어."

"귀여워서."

효주는 입술을 꾹 다물고 시선을 피했다. 진원은 최근 들어 부쩍 저런 말을 많이 하게 됐다. 원래도 불시에 사람 마음을 덜컹거리게 하는 말을 던지고는 했지만, 딱히 저렇게 직설적으로 낯부끄러운 말을 뱉는 타입은 아니라고 아녔다고 하면, 지금은 아무렇지도 않게 그런 칭찬들을 하곤 했다.

예뻐서, 귀여워서. 표정 하나 변하지 않고 그렇게 말할 때마다 멀쩡한 척하려 해도 자꾸만 뺨이 뜨거워졌다.

보통 연애를 하게 되면 다들 그런 말을 습관처럼 하고는 한다는데, 어떻게 반응해야 평범한 반응인 건지, 다른 사람들은 그런 칭찬을 들어도 지금처럼 귀가 터질 것처럼 부끄럽고 두근거리지는 않는 건지, 갈피를 잡기가 어려웠다.

특히나 아직도 조마조마한 자신과는 달리 비교적 평온해 보이는 진원을 앞에 두고서는 똑같이 자연스럽게 굴고 싶은데 그게 잘 안 됐다. 제가 부끄럽냐는 말까지 해 버릴 만큼 사소한 일에 휘청대고 투정부리는 사람이고 싶진 않았는데.

"그럼 이제 움직여 봐. 앞으로 미끄러지듯이."

진원이 효주의 등을 받치며 말했다. 효주는 조심스럽게 발을 움직였다. 금방이라도 넘어질까 불안해서 몸을 꼿꼿이 굳힌 채 조금씩 움직이면 어떻게 전진을 할 수는 있었다. 진원의 팔을 짚고 움찔움찔 앞으로 나가는 효주의 긴장한 귓가에 진원의 웃음기 섞인 음성이 꽂혔다.

"우선은 잘 넘어지는 법부터 배우자."

운동신경이 좋다고는 말할 수 없는 효주지만, 한두 시간 정도 끙끙대고 나니 생각보다 어렵지 않게 스키를 타고 움직이는 법을 배울 수 있었다. 진원은 생각보다 좋은 선생님이었다. 잘 따라 하지 못하는 동작이 있어도 끈기를 가지고 지켜보며 가르쳐 주었다.

넘어질 때는 주저앉지 말고 스키를 모아서 옆으로 넘어지기. 그것만 20분은 반복했다. 그다음에는 발끝을 모아 A자를 만들고 천천히 내려오는 법, 경사를 오르는 법, 가고 싶은 방향으로 회전하는 법 등을 평지에서 몇 번이고 되풀이했다. 그랬더니 어느 정도 감이 잡혔다. 효주가 대강 진원이 말하는 대로 바로바로 동작을 따라할 수 있게 되자 진원이 말했다.

'그럼 이제 초심자 슬로프에 올라가 볼까?'

얼추 자신이 붙은 효주는 그 말에 고개를 끄덕였다. 그렇게 지금 발을 달랑거리며 리프트에 앉아 있게 되었는데, 밑에서 올려다볼 때는 그다지 높지 않다고 생각했던 슬로프는 막상 공중에 떠서 보니 생각보다 길고 경사가 있었다. 서서히 고도가 높아질수록 생겼던 자신감이 줄어드는 것만 같았다.

"무서워하지 마. 막상 타 보면 생각보다 쉽고 재밌을 거야."

그런 효주를 의식한 듯 진원이 효주의 손 위에 제 손을 얹으며 말했다. 효주는 고개를 끄덕였다. 리프트는 아주 천천히 움직였다. 바람이 강해지면 조금 흔들렸다. 그때마다 진원은 효주의 어깨를 감싼 손에 힘을 주었다. 그 손길은 효주를 마음을 안정시키면서도 동시에 소란스럽게 만들었다.

둘이서 나란히 있는 건 처음이 아니었지만, 장소가 허공이 되고 나니 묘하게 맥박이 빨라졌다. 발밑은 허전하고, 주위는 조용했다. 곁눈질을 해 보면 진원은 무언가 생각에 잠긴 듯 정면을 응시하고 있었다.

뭐라도 말해서 침묵을 깨고 싶었지만, 입을 열면 심장 소리가 입 밖으로 튀어나올 것만 같아서 그럴 수가 없었다. 목 안쪽이 따끔따끔해질 만큼 진정이 되질 않았다. 손톱이라도 매만질까 손을 내려다보면 손톱은 두꺼운 장갑 안에 꽁꽁 감춰져 있어서 그것마저도 할 수 없어 더 초조해졌다.

그때, 진원의 나지막한 목소리가 들려왔다.

"······서효주."

"······어?"

"나 이제 네 친구한테 연락 안 해."

"뭐?"

뜬금없는 말에 진원 쪽으로 고개를 홱 돌리면 진원의 시선은 여전히 앞을 향해 있었다. 대체 무슨 얘기를 하려고 하는 건지, 물어보려던 찰나 진원의 말이 뒤를 이었다.

"나연수한테 개인적으로 연락 안 한다고."

뒷목이 순식간에 화끈해졌다. 그걸 신경 쓰고 있었던 걸, 어쩌면 진원이 낌새챘을지도 모른다고 생각해 본 적은 있지만, 이렇게 단도직입적으로 말을 꺼낼 줄은 몰랐다. 창피했다. 별것도 아닌 일에, 그것도 연수는 제 친구인데. 효주는 치졸한 속내를 들킨 것만 같아 퉁명스럽게 대답했다.

"······연락하지 말라고 말한 적 없는데, 나."

"알아, 그런 적 없는 거. 그냥······."

진원이 말을 멈췄다. 남진원이 말을 더듬거나 머뭇거리는 걸 본 적이 없었는데, 지금 진원의 모습은 마치 꼭 그러고 있는 것만 같았다.

"내가······ 저번에 걔한테 할 말이 있다고 했던 건, 혹시 너한테 쓸데없이 수작이라도 거는 남자가 있으면 중간에서 막아줄 수 있겠냐고 부탁하러 갔던 거야."

"뭐?"

예상치도 못한 이야기에 효주는 저도 모르게 입을 떡 벌렸다. 진원이 윗입술을 깨물었다. 기분 탓인지 진원의 광대뼈가 추위가 아닌 다른 이유로 붉어진 것처럼 보였다.

"너 딱 부러지게 거절 잘 못할 것 같아서. 그냥 그 얘기하러 간 거지, 다른 얘기하려던 거 아니었어."

진원은 그렇게 말하고는 입을 딱 다물었다. 효주는 그 갑작스러운 말들에 진원의 곧은 옆얼굴만을 쳐다봤다. 그런 말을 했을 거라고는 상상조차 못했다. 말을 거는 사람이라 봐야, 화장실이 어디냐거나, 시간이 지난 표를 환불해 달라거나 하는 사람들뿐이라 그런 당부 같은 건 필요하지도 않았을 텐데. 그걸 굳이 전하러 간 이유를 알 수가 없었다.

효주는 뜬금없는 진원의 자백에 어떻게 반응해야 할지를 몰라 그냥 눈만 끔벅거렸다. 그리고 바로 그때,

"어?"

갑자기 리프트가 작동을 멈췄다. 효주는 난데없이 정지해 버린 리프트에 앞뒤를 돌아보았다. 혹시 고장이 난 건가? 이 위에 계속 대롱대롱 매달려 있어야 하나? 막연함에 못 견디게 초조해지려던 순간, 진원이 효주의 맘을 읽은 듯 말했다.

"위험한 거 아니야. 누가 넘어지거나 못 내려서 잠깐 멈췄나봐. 곧 다시 움직일 거야."

"아, 응."

두터운 스키 점퍼 너머로 진원이 어깨를 꼭 쥐어 왔다. 안심
시키려는 듯한 동작에 효주는 고개를 끄덕였다. 숨을 길게 내
쉬었다. 케이블에 매달린 채 멈춰 버린 부실한 리프트 카는 움
직일 때보다 더 위험하게 느껴졌다. 그래도 혼자가 아니니까,
진원이 옆에 있으니까, 아주 불안하지는 않았다.

효주는 손목에 걸려 있던 스키폴 손잡이를 꼭 쥐었다. 동시
에 어깨에 닿은 진원의 손에 더 힘이 들어가는가 싶더니, 곧이
어 진원의 목소리가 들려왔다.

"불안해하지 마."

"……괜찮아. 곧 다시 움직일 거라며."

"그거 말고."

그렇게 말한 진원은 줄곧 앞을 향하고 있던 시선을 돌려 효
주와 눈을 맞췄다. 효주는 몇 번 정도 가만히 눈을 깜박거리고
나서야, 비로소 진원의 짧은 한마디가 무엇을 뜻하는 것인지
알아챘다. 그러지 마. 이 관계를 불안해하지 마.

"불안해하지 마. 전부 다."

"……."

"난 정확히…… 뭐 때문에 네가 마음을 놓지 못하는 건지는
모르겠지만, 그게 뭐가 됐든, 난 네가 싫어할 만한 건 아무것
도 안 할 테니까. 그러려고 노력 중이고."

덜컹. 진원의 침착한 마디마디가 끝나는 걸 기다렸다는 듯,
리프트는 다시 가동을 시작했다. 그러나 효주를 직시하는 진원
의 시선에는 미동조차 없었다. 효주는 어느새 바짝 깔끄러워진

혀 뒤로 침을 삼켰다.

"예를 들어서, 난 늘, 지금 이 순간을 포함해서, 너한테 아무 때나 키스하고 싶어져. 하지만 안 하고 있어. 왜냐하면 네가 원하지 않을 것 같아서."

진원의 말에 효주는 저도 모르게 웃음을 터뜨렸다. 그 말을 하는 진원의 눈빛이 더할 나위 없이 진지해 보였기 때문이었다. 싫었던 적이라고는 한 번도 없는데, 진심으로 효주가 꺼리는 걸지도 모른다고 믿고 있는 것만 같은 눈이었다.

"나 진지한데."

"그래 보이네."

진원은 효주의 가벼운 대답에 입꼬리를 내리며 못마땅한 얼굴을 했다. 그 얼굴이 왠지 평소보다 어려 보여서 또 웃음이 날 뻔한 걸 꾹 참았다. 진원의 목울대가 일렁였다.

"맘에 걸리는 게 있으면 말해 달라고 해도, 너 웬만하면 혼자 속에 갖고 있을 성격인 것도 알아."

"……"

"그냥…… 도망가지만 말라는 뜻이야. 화가 나면 화를 내. 전화는 안 받아도 괜찮아. 번호를 바꾸지만 마. 밀어내는 것까지도 괜찮은데, 사라지지는 마."

그 정도만 해 주면 내가 알아서 너 쫓아갈 거니까. 네 페이스에 전부 맞출 테니까. 그렇게 어려운 일은 아니잖아. 진원의 목소리는 밀도 있는 겨울 공기에 실려 무거워진 채 귓가에 닿았다. 최대한 신중히 고른 단어들이 맞물린 말들에, 효주는 진원이 한 치의 오차 없는 본심을 전하고 있다는 걸 깨달았다.

여간해서는 당황하는 일도 없이, 늘 어딘가 안전한 장소에서 상대를 관조하는 듯한 태도를 보이는 진원이 이만큼 절실한 눈을 하고 있는 건, 묘한 위화감이 드는 장면이었다. 때맞춰 불기 시작한 바람이 사정없이 효주의 두 뺨을 때리고 지나가지 않았더라면, 꿈이 아닌가 생각했을지도 모를 정도로.

"알겠으면 대답 좀 해 줘."

진원의 음성에 어딘가 뾰족한 구석이 있었다. 착각인지 뭔지 입술이 좀 나와 있는 것 같기도 하고.

동갑이라기엔 모든 것에 능숙해 보이기 짝이 없어, 항상 어딘가 어른 같다고 느꼈던 진원의 반듯한 얼굴이 오늘따라 이상하게 앳되어 보였다. 효주는 올라가려는 입가를 내려 누른 채 답했다.

"……알겠어."

"정말로?"

"정말로."

"……그래. 그럼 내릴 준비하자."

연거푸 이어지는 추궁에 효주는 얼핏 진지한 표정을 만들어서 단호하게 대답했다. 진원은 효주가 고개를 끄덕이는 것까지 앞으로 몸을 돌렸다. 내려야 한다는 말에 효주도 시선을 돌리니, 내리는 곳이 확연히 가까워져 있었다. 발받침에서 다리를 내리면 리프트의 안전바의 고정이 풀렸다.

일 분 정도 후면 도착하려나. 효주는 하차 장소까지 얼마나 걸릴지를 속으로 가늠해 본 후 진원의 옆얼굴을 힐끗 훔쳐봤다.

평소에는 진원의 흠 하나 없는 단정한 얼굴선이 그 옆모습을 일견 서늘하게 만든다고 생각했는데, 오늘의 남진원은 신기하게도, 힘이 들어간 것만 같은 턱의 근육이나, 희미하게 달아오른 목덜미나, 보고 있는 것만으로도 감정이 새록새록 읽을 수 있는 얼굴을 하고 있다. 어쩐지 짓궂게 굴어 보고 싶은 옆얼굴이었다. 효주는 충동적으로 진원의 이름을 불렀다.

"남진원."

"왜?"

효주의 부름에 진원의 고개가 제 쪽을 향하자마자 효주는 생각을 할 여유도 없이 본능적으로 몸을 움직였다. 두 손으로 진원의 턱을 붙잡고 가볍게 입을 맞췄다. 닿을 듯 말 듯 재빠르게 떨어져 나와서 확인한 진원의 눈동자는 얼떨떨한 기색이 가득한 채 굳어 있었다. 눈을 크게 뜨고 정지해 버린 그 얼굴이 이상하게 귀여워 보여서, 효주는 결국 웃음을 터뜨리고야 말았다.

남진원이 귀여워 보이는 거야말로 흔한 일은 아닌데.

자꾸만 피어오르는 미소를 참기가 어려워 입을 가린 손가락 새로 피식피식 웃는 소리가 새어 나왔다. 그 소리에 진원이 정신을 차린 듯 상체를 뒤로 뺀 효주의 턱을 잡고 당기려던 순간, 효주는 순발력을 발휘해 둘 사이에 손을 끼워 넣었다.

"내려야지."

이미 안전바가 완전히 올라간 리프트에서 등을 떼어 내며, 효주는 조금 전에 배운 대로 자연스럽게 일어날 준비를 했다. 효주의 단호한 말에 진원이 짐짓 부루퉁한 표정을 지으며 몸을 돌려 정면을 향했다. 효주도 넘어지지 않도록 진원이 가르쳐 줬던 것들을 되새기며 마음을 가다듬었다. 그러나 그다음 이어진, 진원답지 않게 작고 희미한 목소리로 들려온 말에는, 참고 있던 웃음이 결국 터져 나오고야 말았다.

"……불안해하지 말라는 말이, 대신 날 애태우라는 소린 아니었는데."

"그래서 어땠어? 재밌었어?"

현재가 젓가락으로 파채를 집으면서 물었다. 효주는 입에 넣었던 돼지고기를 빠르게 씹어 삼키며 대답했다.

"응. 생각보다 안 무섭더라."

"처음 타 보는 것치곤 잘 타던데."

"봤어?"

"응. 밑에서 기다리면서 봤지. 너희 중간에 앉아서 노닥거리는 것부터."

현재가 씩 웃으며 효주와 진원을 번갈아 보며 의미 모를 눈길을 보냈다. 노닥거린 적 없는데. 효주는 굳이 생각한 바를 입 밖에 내지는 않았다.

처음 타 본 스키는 효주의 예상보다 재미있었다. 자세만 잘 잡으면 넘어질 일도 없고, 속도도 원하는 대로 조절할 수 있고. 스키장에 갔다가 다리가 부러진 얘기를 하도 많이 들어 좀 겁이 나기도 했는데, 실제로 경험해 보니 그 정도로 지레 두려할 만한 스포츠는 아녔다.

다만 제대로 넘어지는 법을 꼼꼼히 익혀 두길 잘했다는 생각이 들긴 했다. 초보자용 슬로프에는 낮이 가까워질수록 점점 사람들이 북적였고, 다들 초보인 만큼 군데군데 넘어지거나, 앉아서 쉬는 사람들이 많아졌다. 특히 스노보드를 탄 사람들이 예상치 못하게 잘 가다가도 금세 앞에서 넘어지고는 했다.

만약 효주가 조금만 더 능숙했다면 그런 사람들을 이리저리 피해 갈 수 있었겠지만, 안타깝게도 그런 갑작스러운 장해물이 생길 때마다 효주는 따라 넘어져야 했다.

물론 그때마다 옆에서 천천히 따라오던 진원이 하강을 멈추고 얼른 일으켜 주기는 했지만, 한 번 내려올 때마다 두세 번은 꼭 넘어졌던 것 같다. 아마 넘어지는 법을 잘 몰랐으면 지금처럼 예상보다 쉬웠다는 은근한 자신감을 갖고 있지는 못했을 것이다.

"아 참, 그리고 최선우 거의 도착했대. 근데 이리로 오라고 했더니 오는 길을 까먹었다면서 나더러 데리러 오라더라. 아니 무슨, 10년은 다닌 길을 기억도 못해, 걘."

"걔 길치인 게 하루 이틀 일도 아닌데, 뭐."

"아무튼, 그래서 내가 밥 먹고 간다고 했어. 밥 먹고 좀 쉴 거지? 내 보드 좀 맡아 줘."

오전 내내 진원과 둘이서 초급 슬로프를 왕복한 탓에 효주는 잠시 이 여행이 둘이 온 게 아니라는 사실을 잊고 말았다. 리프트를 기다리는 것도, 타는 것도 전부 진원과 저 둘뿐이었는데, 생각해 보니 현재도 있었고, 좀 있으면 선우라는 현재의 사촌도 올 예정이었다.

선우가 오기 전까지 현재는 계속 혼자서 스키를 탔다. 왠지 마음이 쓰여 리프트에서 혹시 현재가 너무 심심하지 않겠냐고 슬쩍 운을 띄워 봤더니, 진원은 약간 심드렁한 태도로 대답했다.

'어차피 내려갈 땐 항상 혼자 내려가는데, 뭐.'

그러고는 효주의 입술에 짧게 버드키스를 했다.

'그리고 걔 최근에 여자 친구랑 헤어져서 아마 여기저기 작업이나 걸고 있을 거야. 그러니까 오현재 말고 나한테 집중해.'

이렇게 말하며 한쪽 입가를 당겨 웃어 보였다. 진원의 그 비딱한 미소와 깨끗하게 말려 올라가는 입꼬리에 또 홀린 듯 가슴이 두근거렸다. 똑같이 빵빵한 스키복에 방한모를 겹겹이 걸치고 있어도 누구는 똑같이 반짝여 보일 수도 있다는 것에 조금 감탄하기도 했다. 뿌듯하기도 했고.

현재의 말에 노닥거리거나 한 적 없다고 생각했지만 따져보면 아예 없는 말도 아니지 싶었다. 리프트에서도 슬로프에서도 틈만 나면 진원은 입을 맞춰 왔다. 계속 '키스해도 괜찮아?' 같은 걸 묻기에 '안 싫으니까 앞으로는 그냥 묻지 말고 해.'라고 답했더니 정말로 방심하고 있을 때마다 노린 것마냥 뺨이며 입술 위에 진원이 닿아 왔다. 추운 날씨가 쥐약인 효주였지만, 운동을 해서인지 아니면 은은히 배 아래를 채우는 열기 때문인지 추위를 하나도 못 느낄 지경이었다.

그 감각을 떠올리니 얼굴이 슬그머니 얼굴을 붉어지려 해서 효주는 혀를 깨물고는 반찬을 향해 젓가락을 옮겼다.

"아, 맞아 맞아. 서효주, 네가 최선우랑 초면이니까 미리 말해 두는 건데. 아, 물론 진원이가 알아서 어느 정도 설명해 줬겠지만."

"응."

"걔 좀 진짜 무서우니까 마음의 준비를 해."

이미 밥그릇을 다 비운 현재가 주먹으로 식탁을 살짝 치며 말했다. 무섭다고? 효주는 그게 무슨 뜻인가 의아해 진원을 흘 깃 바라보자 진원이 젓가락으로 현재를 가리키며 답을 주었다.

"선우는 그냥 쟤를 잘 다루는 법을 아는 것뿐이야."

"다루다니, 내가 무슨 위험물질이라도 돼?"

울컥한 현재에게 진원이 태연한 표정으로 대꾸했다.

"그것보단 조증 걸린 짐승에 가깝지."

"뭐어? 서효주, 너 지금 애 말본새 들었지? 밖에서는 점잖 빼고 다니는데 실은 본색이 이런 놈이야. 얘가. 너 잘 봐 둬. 혹시 네가 속고 있는 거면 이번 여행이 남진원의 진가를 알 수 있는 계기가 되어 줄 테니까."

효주를 향해 충고하듯 말하는 현재의 표정이 진심으로 억울 하고 분해 보여서 효주는 저도 모르게 웃고 말았다. 짧게 마주 쳤을 때도 현재가 낯가림이 없고 누구나 편하게 대하는 성격일 거란 건 짐작했지만 딱히 재밌게 말하는 재주가 없는 효주에게 도 스스럼없이 대하면서 분위기를 편하게 만들어 주었다. 오는 길에는 진원과 약간 어색해진 상태라 대화가 많이 오가지 않았는데도 현재가 운전을 하면서 여러 가지 화제를 꺼내 준 덕에 내내 적막이 내려앉는 사태는 발생하지 않았다.

"어, 최선우 지금 도착했대. 가 봐야겠다."

휴대폰을 확인한 현재가 자리에서 벌떡 일어섰다. 옷을 챙겨 입으며 뭔가를 찾는 듯 주머니 여기를 뒤적거리던 현재가 문득 동작을 멈추고는 장난스러운 표정을 지었다.

"내가 운전하고 왔으니까 계산은 남진원 네가 해야지?"

그럼 이따 봅시다. 현재는 진원의 어깨를 두어 번 두드린 후 그대로 밖으로 걸음을 옮겼다. 진원이 눈을 굴리는 것을 보며 효주는 고개 숙여 쿡쿡 웃었다. 손에 들고 있던 반찬을 입 안에 쏙 넣고 고개를 들었더니 진원이 물끄러미 효주를 바라보고 있었다.

"……왜?"

"너 오늘 많이 웃는 것 같아서."

"그래?"

효주는 눈을 떼지 않는 진원을 멋쩍게 바라보며 제 뺨을 손등으로 쓸었다. 그랬던가. 그동안 딱히 안 웃거나 하진 않았던 것 같은데. 효주의 행동에 진원이 손을 뻗어 효주의 볼을 매만졌다.

"응. 평소에도 그러면 좋겠네."

나 네 웃는 얼굴 좋아하니까. 진원은 그렇게 말하고는 눈가를 접어 웃었다. 그 말의 효주의 가슴께가 화끈해졌다. 그냥 친구였을 때 들었다면 또 멋대로 설레게 한다고 생각했을 말이었다. 진원에게는 별 의미 없는 습관적인 말에 불과하다고. 기대하지 말자고.

그런데 방금 전의 네 웃는 얼굴 좋아하니까는 예전과는 아주 다르게 들려왔다. 효주는 자연스레 진원의 손에 뺨을 기댔다. 그러면 진원의 엄지가 찬찬히 효주의 광대뼈 위를 쓸었다. 효주는 천천히 눈을 감았다 떴다. 진원과 시선이 마주쳤다. 그 눈에 서려 있는 열기는 아마도 같은 감정.

조마조마함이 가셨다.

의심했던 것 같다. 갑자기 진원이 저를 좋아하게 될 리가 없을 거라는 불신이, 가슴 한 귀퉁이에 언제나 자리하고 있었다.

다정하게 굴어도, 원래 그런 사람이니까, 어느 순간 아무렇지도 않게 다시 친구로 돌아가자고 말할지도 모른다고 생각했다. 마음을 놔 버렸다가, 전부 열어 놨다가, 혹시 더 크게 다칠까봐 겁이 났다. 수상해 할 여지가 없던 것들까지 하나하나 따지며 의구심을 가졌다.

처음 시작할 때, 그 연애라는 거 그냥 해 보자, 호기롭게 떠올렸던 게 무색할 만큼 전전긍긍했다. 일방적으로 휘둘리는 중인 줄 알았다. 서툰 탓에 우물쭈물 망설이게 되는 것도 저뿐인줄 알았다. 리프트 카 위에서 진원이 한 말들이 효주의 마음속 응어리에 스며들었다. 어쩌면 아니었을지도 모른다. 진원도 똑같이, 줄곧 효주를 의식해 왔을지도 모른다.

효주는 진원의 손 위에 제 손을 겹쳤다. 고개를 돌려 얼굴을 감싼 손바닥에 살며시 입을 맞췄다. 시선을 올려 눈을 맞추면, 진원은 뭐라 가늠하기 어려운 표정을 하고 있었다. 즐거워 보이기도 하고, 조바심이 나는 것 같기도 한 표정. 효주는 턱 끝이

서서히 달아오르는 걸 느끼며 진원의 손가락에 제 손을 얽었다.

　낯설다고 생각했던 표정도 실은 처음이 아니었을지도 몰랐다. 진원이 계속 보여 주었던 얼굴을 저 혼자서 끙끙대느라 전부 놓쳐 왔던 건 아닐까.

　다칠 거야. 아플 거야. 움츠려 가며 염려증에 걸린 사람처럼 경계심을 바짝 곤두세웠다. 진원이 뭐라 말할 것처럼 입술을 달싹이다 이내 다시 다물었다. 효주의 얼굴에 저절로 희미한 미소가 걸렸다.

　오늘 스키 타는 법을 배웠을 때 진원이 했던 말이 생각났다.

'무서워하지 마. 재미있을 거야.'

　연애에 관해서도 마찬가지였다. 불안해하지 마. 재미있을 거야. 불안에 몸을 딱딱하게 굳히고만 있으면 재밌어야 할 굴곡도 전부 위험천만하게 느껴질 터였다. 그렇게 마음에 걸리는 일들만 늘어나면 더 예민해지고, 예민한 상태에선 모든 게 불안해지고. 그렇게 여태까지보다 몇 배는 더 즐거울 수도 있었던 나날을 낭비해 버린 셈이다.

　그러니 더 이상 사소한 일에 일희일비하지 말아야겠다고 효주는 생각했다.

"기다리는 동안 따뜻한 거라도 마실까?"

"음…… 그러자."

"여기 앉아 있어. 사 올 테니까."

식사를 마치고 나와 보니 기다릴 만한 곳이 마땅치가 않았다. 들어가 본 카페마다 만석이었던 데다, 적당히 앉아 있을 만한 자리도 잘 눈에 띄지 않았다. 겨우 찾아 앉은 자리는 출입구 쪽에 가까워서 효주는 저도 모르게 어깨를 떨었다. 그랬더니 진원이 음료를 사 오겠다며 자리에서 일어났다.

"같이 가지, 왜."

"넌 여기서 자리 지키고 있어야지. 따뜻한 카페라테 맞지?"

"응."

"기다리고 있어. 모르는 사람이 말 걸어도 따라가지 말고."

진원이 효주의 이마를 톡톡 두드리며 하는 말에, 입술을 쭉 빼고 그럴 리가 없다고 중얼거렸더니 진원이 아예 효주의 뒷목에 손을 걸고 이마에 입을 맞췄다.

"금방 올게."

효주는 멀어지는 진원의 등 뒤로 손을 흔들며 기둥에 몸을 기대며 등을 쭉 폈다. 팔 뒤가 욱신거리는 것 같기도 하고, 허벅지 뒤가 저릿한 것 같기도 했다.

별로 무리를 했다고는 생각하지 않았는데 운동과는 평생 거리가 멀었던 몸은 몇 시간의 활동마저도 원활히 소화하기 어려웠던 모양이다. 팔을 통통 두드리며 주위를 돌아보자 저마다 얘기를 나누며 드나드는 사람들로 복작거렸다.

무리를 지어 유쾌한 웃음소리를 내며 지나가는 젊은 남녀들. 도도도 달려가는 아이 뒤를 쫓아가며 조심하라고 소리치는 부부. 단체로 둘러앉아 기념사진을 찍는 사람들.

인파에 끼어서 이리저리 치이는 건 싫었지만, 이렇게 앉아서 구경하는 건 또 나쁘지 않았다. 도심에서 벗어나 즐겁게 놀러 오는 장소라서 그런가, 사람들의 대화에는 번화가에서 느껴지는 것과는 다른 생생한 활기가 가득했다.

노래라도 들을까. 트랙 리스트를 뒤져 보면 지금 이 분위기에 딱 알맞을 만한 곡을 찾을 수 있을지도 몰랐다. 효주는 잘 달아 두었던 점퍼 안주머니 지퍼를 열어서 손을 뒤적거렸다. 이어폰을 챙겼던 것 같은데, 어디에 뒀는지 기억이 나질 않았다. 안에 입은 집업 후드 주머니에 넣었던가.

"저기요."

"네?"

안쪽 주머니를 열고 있을 때, 누군가 말을 걸어와 효주는 퍼뜩 고개를 들었다. 남자 둘이 겸연쩍은 얼굴로 서 있었다. 효주는 주머니에서 손을 빼고 둘 중 누군가가 입을 열기를 기다렸다.

"혹시 여기 카페 어디 있는지 아세요?"

"어…… 저쪽에 있을 거예요. 아마."

효주는 손가락으로 진원이 사라졌던 왼쪽을 가리켰다.

"쭉 들어가서 왼쪽에 있었던 것 같아요."

"아, 감사합니다. 저기 그러면요."

둘 중 키가 더 작은 쪽 남자가 꾸벅 고개를 숙여 감사를 표했다. 효주도 덩달아 고개를 숙이고는 다시 이어폰을 찾으려고 할 때, 남자가 할 말이 남았다는 눈치로 다시 효주를 불렀다.

"네."

"혹시, 시간 괜찮으시면 제가 커피 한 잔 사도 될까요?"

"네?"

효주는 남자의 엉뚱한 말에 슬쩍 눈썹을 찌푸렸다. 남자가 황급히 덧붙였다.

"길도 가르쳐 주셨고, 감사의 의미로요."

"네? 아니, 저, 괜찮아요."

"저 수상한 사람 아니에요. 정말 그냥 커피만 같이 마셔요. 고마워서 그래요."

"아, 저 정말 괜찮아요."

"제가 쟤랑 오래 친한 사이라 아는데, 진짜 괜찮은 놈이거든요. 그냥 한 번만 같이 얘기라도 해 주세요."

손사래를 치며 거절을 해 봐도 남자는 완강했다. 아예 옆의 친구까지 합세해서 권유하는 통에 효주는 난감함을 감출 수가 없었다. 왜 괜찮다는데 그대로 받아들이지 않는 건지 모를 일이었다.

"저 정말 그러고 싶지 않은데요."

"저 진짜 다른 생각이 있어서 그런 게 아니고요. 아까부터 봤는데 너무 괜찮으셔서 그냥 친해지고 싶어서 그래요."

나름대로 단호하게 쳐 낸다고 쳐 내 봐도 오히려 남자는 더 가까이 다가왔다. 아예 옆자리에 앉아서 효주에게 바싹 붙어 온 남자가 부담스러워 효주는 상체를 최대한 뒤로 빼며 물러났다.

"전 그러고 싶지 않은데요."

"그렇게 말하면 안 되지. 서효주."

위에서 떨어지는 반가운 목소리에 효주는 고개를 반짝 들었다. 테이크아웃 컵을 두 개 든 진원이 차가운 눈빛을 하고 효주 옆의 남자를 훑었다.

"이럴 땐 남자 친구가 있다고 하는 거야."

말을 맺은 진원의 입술이 매끄럽게 말려 올라가며 가지런한 이를 드러냈다. 언뜻 보면 미소였다. 그러나 유심히 보면, 그 안에 즐거움의 기색이라곤 한 톨도 묻어 있지 않았다.

공기가 순식간에 얼어붙었다. 진원의 눈은 효주 옆의 남자에게 얼마간 고정되어 있다가, 효주에게로 돌아왔다.

"여기."

"아, 고마워."

효주는 반사적으로 진원이 내민 컵을 받아 들었다. 뜨거운 커피를 쥐자 당황함에 한결 차가워져 있던 손바닥에 온기가 돌았다.

"아, 남자 친구분이세요?"

"네, 남자 친구예요."

남자는 효주가 밀어내는데도 굴하지 않던 끈질김은 어디에 버렸는지, 진원이 흘깃 눈길을 주자마자 불에 덴 것처럼 벌떡 몸을 일으켰다.

진원의 얼굴에는 미소가 못 박혀 있었지만, 그 시선을 받는 남자의 입장에서는 그게 단순한 미소로만 보이지 않는 듯했다. 남자는 뒤통수를 쓰다듬으며 어쩔 줄 몰라 했다. 진원은 그런 남자에게 어떠한 반응도 보이지 않고 공석이 된 효주의 옆자리에 안착했다.

"아, 남친분이 계신 줄은 모르고⋯⋯ 저기, 죄송합니다."

"네."

진원의 냉정한 한 마디에 멋쩍은 표정을 지으며 뭐라고 더 말하려던 남자를 친구가 옆에서 잡아끌기 시작했다. 남자는 언제 그렇게 뻔뻔했냐는 듯 돌아설 때까지 계속 꾸벅거리면서 사라졌다.

남자가 시야를 벗어나자 효주는 진원에게 시선을 돌렸다. 진원의 얼굴에는 아직까지 어딘가 살얼음이 끼어 있었다. 잘못한 건 하나도 없는데도 어쩐지 사과를 해야 할 것 같은 표정이었다. 효주는 건조해진 아랫입술을 혀로 축였다.

"모르는 사람이 말 걸면 모른 척하라고 했잖아."

"……따라가지 말라고 했지 언제 모른 척하라고 했어."

"그거나, 그거나."

진원의 말에 효주는 조금 울컥했다. 길을 묻는 척하면서 말을 걸어온 건 그 남자였고, 효주는 카페 위치를 가르쳐 준 것 외에는 제대로 된 대답을 한 적도 없었다. 그런데 왜 이렇게 진원은 효주가 잘못을 저지른 것 같은 표정을 짓고 있는 건지 모를 일이었다.

"나 잘못한 거 없는데."

"너 잘못한 거 있다고 한 적 없어."

"그럼 왜……."

그렇게 못마땅한 표정을 하고 있어? 라는 말이 효주의 혀끝을 두드렸지만, 입 밖으로 내지는 않았다. 괜히 별것도 아닌 걸로 말다툼을 하고 싶지는 않았다.

하나하나 따지고 들지 말자고 결심한 게 불과 몇 십 분 전이었다. 그렇게 다짐을 갈무리하며 효주가 손톱을 내려다보고 있을 때 한결 부드러워진 진원의 음색이 들려왔다.

"너, 어딘가 말 걸어 보고 싶게 생긴 거 알아?"

"뭐?"

효주는 진원의 뜬금없는 한마디에 눈을 동그랗게 떴다. 진원의 입가에 좀 전과는 다른 유한 미소가 감돌았다.

"그냥 가만히 있어도 무슨 생각을 하고 있을까, 어떤 애일까, 사람 궁금하게 만드는 느낌이 있어."

"……."

"그래서 말을 걸어 보고 싶어져. 네가 뭘 잘못했다는 말이 아냐. 그냥, 아마 계속 이런 비슷한 일이 생길 것 같은데……."

진원은 말을 멈추고 눈길로 효주의 얼굴을 구석구석 샅샅이 훑었다. 한결 누그러진 눈매였다. 그 눈가에 매달린 감정에 효주의 가슴께가 일렁였다.

"다음에 또 비슷한 일이 있으면 그 땐 '남자 친구 있어요.'라고 먼저 말해. 죄송합니다. 이런 거 말고 남자 친구 있다고 해. 그게 제일 빨라."

"……알겠어."

효주는 잠자코 고개를 끄덕였다. 별거 아니니까 신경 쓸 필요 없다거나, 다음부턴 알아서 잘 거절하겠다거나, 그런 말을 하려다가도 진원의 표정을 보고 있자면 그런 자질구레한 말이 나오지가 않았다. 진원이 그런 효주의 볼을 콕 찌르며 장난스럽게 말했다.

"……내 여자 친구, 인기가 많아서, 누가 채 갈까 불안해 죽겠네."

"많긴 뭐가."

"많지. 내가 본 것만 벌써 두 번짼데."

효주는 연한 미소를 걸고 제 뺨을 매만지는 진원의 손을 잡았다. 천천히 손을 떼어 내며 손바닥끼리 꽉 밀착하도록 깍지를 꼈다. 그러고는 대수롭지 않아 보이는 표정 속, 반농반진의 한마디 속에서 건져 낸 한 가지 발견을 향해 진원이 했던 것과 똑같은 말을 던졌다.

"불안해하지 마."

"……."

진원이 한쪽 눈썹을 치켜떴다. 사소한 것에 기분이 오락가락하는 게 어떤 느낌인지 알고 있다. 누군가 진원에게 이성적 관심을 보이거나, 반대로 진원이 다른 여자애에게 친근하게 굴 때 가슴속에 부스러기가 떨어지는 것 같은 느낌도 잘 알고 있다.

다만 진원도 그리리라고는 생각해 본 적 없었다. 다른 사람도 아닌 남진원이, 서효주 때문에 주위를 의식하고 경계한다는 건 정말로 이상한 일이었다. 그렇지만 진원의 표정이, 행동이, 말투가 그게 농담으로 덮인 진심이라고 말하고 있었다. 그래서 효주는 말했다.

"다른 사람 신경 쓰지 마. 어차피 네 말대로 내 남자 친구는…… 너잖아."

'네. 남자 친구예요.'

진원이 단언했던 한마디가 효주의 머릿속에 울렸다. 남자 친구예요. 그렇게 한 단어로 정의할 수 있는 끈이 생겼다.

'친구'가 되었을 때도 저와는 어울리지 않는 사람이라고 얼핏 생각했던 것 같다. 그게 '남자 친구'로 바뀌고 나서도 언제나 기저에 생소함이 깔려 있었다. 실은 지금도 아직. 처음으로 입 밖에 내 본 단어는 입천장을 간지럽게 만들었다. 하지만 효주의 말에 진원은 싱그럽게 웃었다. 계절과 어울리지 않는 여름 같은 미소였다.

"맞아. 너 이제 내 여자 친구니까."

진원의 손가락이 효주의 손등을 문질렀다. 반대쪽 손이 올라와 효주의 턱에 살며시 닿았다. 아주 소중한 걸 만지는 것처럼 조심스러운 손길이었다. 진원은 눈을 깜박이면 효주가 손안에서 금세 사라져 버리기라도 할 것처럼 효주를 촘촘히 매만졌다. 진원의 얼굴이 서서히 다가와 효주의 이마에 제 이마를 기댔다. 내 여자 친구, 진원이 효주의 뺨에 대고 속삭였다.

뜨거운 숨이 볼을 간지럽혔다. 그 숨결에 효주의 속맘을 감싸고 있던 마지막 껍데기가 완전히 벗겨졌다. 굳은살이 박이지 않도록 감춰 두었던 여린 표면에 진원의 온기가 아릴 만큼 뜨거웠다. 그리고 그 순간, 덩달아 끓어넘치려 하는 효주의 가슴속을 잠재우려는 것처럼 날카로운 한마디가 귓가를 뚫고 지나갔다.

'여자 친구 아니야.'

지금 진원이 만들어 내는 한숨 섞인 온열과는 전혀 다른 서늘한 음색.

오래전 들었던 한마디가 방심하고 있던 가슴에 칼집을 냈다. 다정한 눈빛이 향했던 건 효주가 아닌 다른 여자애. 왜 하필 거추장스러운 짝사랑의 잔해가 모두 사라졌다고 생각한 순간에, 온전히 안심하리라 마음먹은 때에 이런 기억이 머릿속을 파고드는 걸까.

'서효주, 내 여자 친구 아니야.'

마음에 온통 잔금이 나서 누가 건드리기라도 하면 무너질 것 같다고 생각했던 때가 있었다. 아무리 뒷걸음질을 쳐도 상처의 근원에서 벗어날 수 없다는 무력감에 속절없이 뒤흔들리던 때.

분명 지금의 저는 같은 온도의 애정을 보여 주는 진원의 품에 안겨 있는데도, 기억의 편린은 터무니없이 쉽게, 방심한 효주를 파고들었다.

효주는 독서실에 들어서기 전, 문 앞에서 몇 번이고 망설였다. 가지 말까. 그냥 학교에서 공부할 걸 그랬나. 집으로 돌아갈까. 오늘도 이 안으로 들어가면 남진원이 있을까. 마음을 접기 위해서 진원을 피하는 것에도 한계가 있었다.

같은 학교라 별수 없이 겹치는 생활 반경에서는 어떻게든 우연히 진원을 마주칠 수밖에 없었다. 그래서 어느 순간부터 효주는 대놓고 진원을 피하는 일은 포기했다. 어차피 이제 입시 상담이며, 수시 원서 준비며 해야 하는 일이 산더미 같아서 평소처럼 정처 없이 동요할 겨를도 없을 테니까.

그런데 진원은 마치 효주의 마음을 읽은 듯 다채로운 방법으로 효주를 떨어뜨렸다 주웠다 했다.

종종 선물로 받곤 하는 간식거리들을 꼭 효주에게 나눠 준다거나, 효주의 취약과목 요점노트를 빌려 준다거나, 독서실에서 집에 돌아갈 때 갈림길까지는 꼭 바래다주거나, 한껏 친절하게 굴었다.

효주가 마음을 꾹꾹 닫아 두지 않았다면, 가망 없는 마음에 불을 활활 태울 만한 장작감들이었다. 저를 유독 세심하게 챙겨 주는 잘생긴 남자애가 저를 볼 때마다 반가운 표정을 지으면서 웃어 보이는 것에 떨리지 않고 담담할 만한 면역을 갖추기란 참 어려웠다.

하지만 그게 지금 효주를 망설이게 만드는 이유는 아니었다. 남진원을 보는 것이었다면 오히려 매도 먼저 맞는 게 낫다고, 인사말을 몇 마디 나누고 방으로 들어가 버리고 말았을 것이다. 효주의 발이 선뜻 움직이지 않는 건 그 옆에 앉아 있을 여자애 때문이었다.

김혜윤.

밝고 경쾌한 목소리를 가진 볼이 통통한 여자애.

휴게실에서 진원의 옆에 앉아 있던 걸 본 게 그 애와의 첫 만남은 아니었다. 교문 앞에서 진원에게 시선을 고정한 채 발개진 볼을 하고 열심히 말을 건네는 모습을 본 적이 있었다.

그때부터 알고 있었다. 쟤도 남진원을 좋아하는구나. 놀랄 만한 일도 아니었다. 교내에서 진원에게 연심을 가진 여자애들을 쏙쏙 뽑아내면 모르긴 몰라도 반 하나는 채우고 남을 테니까.

'쟤 이름은 서효주야.'
'안녕!'

혜윤은 진원의 단출한 소개에 티 없는 얼굴로 웃어 보이며 손을 흔들었다. 무릎 뒤가 차가워졌다.

진원이 다른 여자애와 나란히 앉아 있는 걸 보는 건 처음이었다. 여자 친구가 있다고 했을 때도 항상 이야기를 건너 들었을 뿐이었다. 누군가와 앉아서 한없이 즐거운 표정을 하면서 담소를 나누는 남진원은 낯설었다. 제가 특별한 게 아니라고, 그러니 기대하지 말자고 수없이 곱씹었던 말들이 무색할 만큼 가슴에 쿵 소리가 났다.

어떻게 들어왔는지도 모르게 방으로 들어왔다. 귓가가 윙윙 울렸다.

진원에게 언제라도 여자 친구가 생길 수 있다는 건 알고 있었다. 그러나 상상해 보는 것과 실제로 목격하는 것에는 커다란 괴리감이 존재했다. 진원의 옆자리에 누군가가 앉아 버리자 효주는 순식간에 진원에게 '쟤'가 되었다.

'쟤가 좀 낯을 가려서. 혜윤이 네가 이해를 좀 해 줘.'

상냥한 목소리. 익히 겪어 왔던 다정함. 그게 제가 아닌 다른 사람에게 향했을 뿐인데 못 견디게 울고 싶어졌다. 머릿속에 날벌레가 오가는 것처럼 어지러웠다.

그냥 '친구'에게 여자 친구가 생긴다고 해서 효주가 울 이유는 없었다. 접기로 했는데, 잘하고 있는 줄 알았는데, 왜, 왜. 괜찮아졌다고 생각할 때마다 진원이 생각지도 못한 곳을 찔러 왔다. 때린 사람은 없는데 혼자서 얻어맞은 꼴이라 더더욱 서러웠다. 그렇게 그 날 밤 내내, 효주는 책장 위에 뺨을 모로 누이고 그렇게 몇 시간이고 꼼짝도 하지 못했다.

아무렇지 않게 행동하겠다고 결심하는 데 꼬박 2주가 걸렸다. 그 뒤로 발길을 뚝 끊어 버리면 제 맘을 들킬 것만 같았다. 그것만은 싫었다. 안 그래도 혼자 한껏 비참해지는 와중에 진원이 확실히 알아 버리면, 그래서 동정이라도 해 버리면 정말이지 죽고 싶을 것 같았다.

머뭇거리다가 문을 열고 걸어 들어가면 휴게실에는 아무도 없을 때도, 모르는 사람들이 앉아 있을 때도 있었다. 그러나 이따금씩은 혜윤이 있었다. 진원과 대화 중일 때도 혼자서 누군가를 기다리는 기색일 때도 있었다.

'안녕, 효주야!'

혜윤은 휴게실 머리에 들어선 효주를 발견하면 천진하게 인사를 했다.

'같이 진원이 기다릴래?'

이따금은 그렇게 묻기도 했다. 그러면 효주는 가만히 고개를 흔들고 제 열람실로 향했다.

지민이 진원과 헤어진 후로 효주에게 직접적으로 뭐라고 하는 일은 더 이상 없었지만, 제 평판이 여전히 좋지 않다는 건 알 수 있었다. 의도적인 수군거림이 늘어났다. 학교에 남아 있기가 어려워진 이유 중 하나였다. 하지만 혜윤은 그런 일은 하나도 모른다는 듯 반갑게 효주에게 말을 걸었다.

그러니까 김혜윤은 좋은 애였다. 하지만 그걸 알아도 그 애를 좋아하게 될 수는 없었다. 왜냐면, 왜냐면…….

머리를 스치는 이름을 짓눌렀다. 꺼림칙한 감정의 이름은 알고 있었다. 질투였다. 그럴 자격 같은 거 나한테는 없는데.

효주는 고개를 세차게 젓고는 출입문 손잡이를 잡고 당겼다. 볼 때마다 제가 구차해지는 것 같았다. 타박타박 걸었다. 뭘 보게 될지는 몰라도 오늘은 꼭 아무렇지 않아야겠다 다짐했다. 복도가 끝나고 모퉁이에 닿았다. 그리고 처음 시야에 들어온 사람과 눈이 마주쳤다.

"안녕. 서효주."

"……안녕."

효주는 진원을 발견하고 저도 모르게 새어 나오려는 한숨을 참았다. 진원이 고개를 갸웃하며 물었다.

"너 좀 지쳐 보인다. 아, 너희 반도 진로 상담 시작했지? 너도 받았어?"

325

"아니, 아마 내일일 것 같아."

"목표 학교는 정했어?"

"아직 잘 모르겠어. 우선 모의고사 성적부터 올리고 생각해 보려고."

"과는 생각해 봤고?"

"글쎄…… 그냥 점수 맞춰서 가게 되지 않을까."

효주는 가방을 꼭 붙들고서 진원의 질문들에 최대한 단조롭게 대답했다. 또 나설 데를 모르고 솟구쳐 오르려는 감정을 눌렀다. 진원이 작게 코웃음을 쳤다.

"너답다. 상담 때도 그렇게 말할 거야? 그리고 서 있지 말고 이리 와서 좀 앉아."

진원이 제 옆자리를 툭툭 치며 말했다. 효주가 할 일이 많다는 핑계를 또 써먹으려고 입을 벌리자마자 진원이 기다렸다는 듯 선수를 쳤다.

"잠깐 얘기도 못 할 정도로 바쁘진 않은 거 알아. 앉았다 가."

깨끗한 미소를 지으며 조르듯 말하는 진원과 눈을 마주치고 나면 끄덕이며 소파로 다가가는 것 빼고 효주가 택할 수 있는 선택지가 생길 리 없었다.

얘기를 한대 봤자 둘 다 수험생인 입장에서 새로운 화제가 따로 있는 건 아녔다. 입시 얘기, 모의고사 얘기, 주로 진원한테는 간단하고 효주한테는 골칫거리인 얘기들. 자칫하면 튀어

나올 만한 질문거리는 가득했다.

혜윤이랑은 언제 친해진 거야? 둘이 사귀는 거야? 하지만 그걸 먼저 꺼내서 진원이 그렇다고 답했을 때의 여파를 자초하는 자멸 행위를 할 맘은 없었으므로 효주는 입을 다물었다. 그 탓에 거의 대화는 진원이 주도하는 모양새가 되었다.

"딱히 생각해 둔 데 없으면 W여대를 목표로 해 보는 건 어때."

"W여대? 왜?"

대화는 결국 효주의 '어떻게든 되겠지.'에 대한 지적으로 돌아갔다. 목표로 하는 곳이 있어야 더 의지를 갖고 몰두하게 된다는 요지의 말이었다. 그러면서 진원이 꺼낸 대학 이름이 W여대였다. 효주는 눈썹을 찌푸리고 물었다. 지금 제 성적으로는 아슬아슬할 만한 곳이었다.

"왜냐면 거기 논술 수시는 내신 반영 별로 안 하거든. 거기다 너희 집에서도 꽤 가깝고, 캠퍼스도 예쁘고, 근처도 번화가인데다, 제일 중요한 점은."

진원이 말을 멈추고 의미심장한 표정을 지었다. 무슨 말이 이어질지 감이 잡히지 않아 효주는 고개를 끄덕이며 진원의 다음 말을 기다렸다.

"내가 다닐 학교 바로 옆이거든."

가슴이 덜컥했다. 뒷말을 기다리며 올라갔던 어깨가 허탈감에 축 처졌다. 왜 그렇게 말하는 거야. 그 한마디가 단말마의 비명처럼 효주의 맘속을 가로질렀다. 기도가 뜨거워졌다. 불퉁한 말이 반사적으로 튀어나갔다.

"그게 무슨 상관인데."

"서운한 소리를 하네. 학교가 가까워야 대학에 가도 자주 만나지."

진원의 정다운 말이 목구멍을 달궜다. 그러니까 왜 날 자주 보고 싶은 건데. 효주는 물음을 삼켰다. 대답이 뻔한 질문이었다. 헛웃음이 났다.

친구니까. 우리 친구잖아. 몇 번이고 들어서 어지간하면 딱지가 앉을 법도 한 말인데도 들을 때마다 멀미가 나는 말이었다. 효주는 피어오르는 어지럼증을 버티려 몇 번이고 침을 삼켰다. 그럼에도 가시지 않던 어지러움을 깬 건 뜻밖의 목소리였다.

"진원아! 나 왔지롱! 어, 효주도 같이 있었네?"

발랄한 어조에 고개를 들어보면 토끼 눈을 한 혜윤이 활짝 웃으며 종종걸음으로 뛰어왔다. 혜윤은 소파가 풀썩거리도록 과장스러운 동작으로 진원의 옆에 앉았다.

"둘이 앉아 있는 건 처음 보는 거 같아!"

"그러게. 얘가 요새 좀 바빠서."

얘. 진원은 또 효주를 그렇게 지칭했다. 얘. 쟤. 방금 전 대학 이후의 얘기를 언제 꺼냈냐는 양 거리감이 느껴지는 호칭이었다. 혜윤이 고개를 갸웃하더니 눈을 빛냈다.

"효주 공부 열심히 하는구나! 그래도 종종 같이 얘기도 하고 그러면 좋은데."

"아냐. 둘이 얘기해. 난 들어가 볼게."

효주는 대충 예의상 힘 빠진 미소를 짓고는 자리에서 일어섰다. 그런데 채 한 걸음도 옮기기 전 진원이 효주의 팔을 잡았다.

"왜, 더 있다 가지. 얘기 중이었잖아."

"나중에. ……혜윤, 이 왔으니까 둘이 얘기해."

재랑 둘이 얘기하면 되잖아, 말하려던 마음을 고쳐 혜윤의 이름을 불렀다. 유치하게 굴고 싶지 않았다. 계속 있으면 점점 그렇게 될 것만 같아 자리를 뜨려는데 진원이 완강했다.

"혜윤이가 온 거랑 너 들어가는 거랑 무슨 상관이야. 난 너하고도 얘기하고 싶은데."

"지금까지 했잖아."

"너 앉은 지 10분 겨우 넘었어."

"둘이 사이 진짜 좋다. 너희 진짜 안 사귀는 거 맞아?"

되도 않는 실랑이를 벌이던 둘을 멈추게 만든 건 혜윤의 순진한 한마디였다.

얼핏 들으면 아무것도 아닐 한마디에 효주는 숨을 들이켰다. 그리고 들이쉰 숨을 다시 내뱉지 못하게 만든 건 진원이었다. 진원은 대수롭지 않게 혜윤의 물음에 대꾸했다.

"안 사귄다니까. 서효주 내 여자 친구 아냐."

"에이, 암만 봐도 최소 썸 타는 사이 같은데."

"아니라니까. 그냥 친구야. 맞지?"

진원은 동의를 구하듯 효주를 올려다보며 말했다. 친구잖아. 설마 그 이상을 바라고 있는 건 아니지? 말도 안 되는 질문을 다 듣는다는 표정의 진원이 마치 그렇게 말하고 있는 것처럼 들렸다. 숨이 잘 쉬어지지 않았다.

"어."

효주는 아무렇게나 대답을 토해 냈다. 그러면 혜윤이 반짝거리는 눈으로 '다행이다!'라고 외쳤다. 그러곤 깜짝 놀라 입을 가리는 모습에 진원이 작은 웃음을 터뜨렸다.

숨이 막혔다. 팔을 잡고 있는 진원의 손을 내팽개치듯 뿌리쳤다. 나가야 해. 숨이 쉬어지지 않았다. 방 안의 공기가 전부 사라진 것 같았다.

어떻게 다리를 움직였는지도 모르게 달음박질쳤다. 정신을 차려 보니 밖이었다. 숨이 턱 끝까지 차올라서야 효주는 달리기를 멈췄다. 신발을 갈아 신을 정신도 없었다. 발치를 내려다보면 독서실용 슬리퍼가 두 발에 꿰어 있었다. 산소가 부족해 윙윙거리는 고막에 진원의 음성이 맺혔다. 가까워야 대학에 가도 자주 만나지, 그냥 친구야, 그리고 혜윤을 향해 터뜨리던 친근한 웃음소리.

깨달았다. 여기까지였다.

다가와 준 게 기뻤다. 진원과 함께했던 시간들이 소중했다. 즐거웠다. 아까웠다. 좋아해서가 아니라 친구라서. 친구가 되자고 해 주었다. 이야기를 하자고 해 주었다.

주체할 수 없는 연심에 우왕좌왕하는 와중에도 그 관계를 놓을 수가 없었다. 제 맘만 접으면 계속될 수 있지 않을까, 낙관적으로 생각했다. 착각이었다.

고등학교라는 공간에 고립된 효주의 시야는 좁아질 대로 좁아져 있었다. 그냥 이대로 공부를 하다가 대학에 합격을 하기만 하면 어떻게든 모든 것들이 저절로 전개될 것 같은 착시에 빠져 있었다. 그래서 졸업 이후의 저에 대해서는 미처 생각지 못했다.

효주는 자조적으로 웃었다. 이대로 아무것도 하지 않으면 진원의 말대로 계속 친구로 지내게 될 것이다. 진원이 새로운 사람을 만나고, 또 다른 여자애를 사귀고, 사랑에 빠진다 해도 진심이라곤 흔적도 없는 축하의 말을 건네는 그런 친구. 사양이었다. 기한 없이 그런 관계를 유지해 나갈 만한 기력 따위 없었다. 진원과는 여기까지다.

그러면 모든 시간들은 결국 추억이 될 것이었다. 즐거웠던 것도, 괴로웠던 것도 학창 시절과 함께 무뎌지고 희석되어 그땐 그랬었지, 입가에 피어나는 그리움으로 남게 될 것이다. 그게 효주가 정한 진원과의 결말이었다.

롤러코스터 라이드

"……내 얼굴에 뭐 묻었어?"

효주는 진원의 목소리에 퍼뜩 상념에서 깨어났다. 진원이 미간을 살짝 찌푸린 채 효주를 쳐다보고 있었다. 저도 모르게 진원의 얼굴을 물끄러미 바라보고 있었던 모양이었다. 효주는 진원의 의아한 눈을 마주 보며 옅게 웃었다.

여기서 끝이라고 생각했던 게 고작 1년 반 정도 전의 일이었다. 그때의 효주에게 누군가 너 나중에 남진원이랑 손잡고 뽀뽀하고 온갖 낯간지러운 일도 다 하게 될 거라고 운을 띄웠다면, 헛웃음을 터뜨리고 말았을 것이다.

보기만 해도 마음이 쩍쩍 갈라져 제대로 마주할 수조차 없었던 때도 있었는데, 어느새 이렇게 되었다. 웃지 않을 수가 없었다.

"왜 그렇게 쳐다봐."

진원이 대답도 없이 빤히 제 얼굴만 들여다보는 효주의 손을 흔들었다. 난처한 듯 애매한 미소가 떠오른 얼굴은 뜯어볼수록 모난 구석이 없었다. 쉬이 동요하지 않는 진원의 얼굴에 이따금 당황한 기색이 비치면 어째선지 효주의 마음은 간질간질해지곤 했다. 장난기가 들어 효주는 새침하게 제 얼굴을 가리키고는 이렇게 말했다.

　"너 얼굴에 김 묻었어."

　"뭐, 어디?"

　효주의 말에 진원이 흠칫하며 깍지를 끼지 않은 쪽 손으로 입가를 문질렀다. 미인은 찡그려도 미인이라더니 어떤 표정이어도 참 잘생겼다. 내 남친. 어느 쪽에? 묻는 진원에게 효주는 샐그러진 미소로 답했다.

　"잘생김."

　"뭐?"

　"네 얼굴에 잘생김이 묻었다고. 너무 많이 묻어서 닦아도 안 지워지겠다."

　능청스럽게 진원의 매끄러운 뺨을 콕 찌르며 말하자, 진원의 눈을 둥그렇게 뜨더니 결국 웃음을 터뜨렸다. 뺨을 간질이는 청명한 웃음소리에 효주는 덩달아 뿌듯하게 웃었다. 그러면 진원이 뺨의 간지러운 자리를 노린 것처럼 입을 맞췄다.

　"서효주가 그런 농담도 할 줄 알아?"

　"가끔은."

　그러면 이번에는 콧등에 웃음이 섞인 키스가 내려앉았다. 효주가 똑같이 되갚아 주려던 찰나, 심드렁한 목소리가 둘 사이를 파고들었다.

"너희 단란한 건 좋은데 지금 효주 네 차례거든. 조커가 널 기다리고 있어. 뽑아."

선우가 턱을 괴고 질린 얼굴로 둘을 번갈아 훑었다. 효주는 그 무심한 눈길에 저희 둘만 있는 게 아니란 걸 깨닫곤 진원에 게서 머쓱하게 물러났다.

"쟤넨 틀렸다니까. 완전 둘만의 세계예요. 차암 좋을 때다, 좋을 때야."

"그러게. 너도 얼마 전까지는 저랬는데, 이별이란 게 뭔지."

"아오, 남 아픈 데 좀 그만 찔러."

한탄 섞인 읊조림에 이어지는 선우의 냉정한 대꾸에, 현재는 실제로 얻어맞기라도 한 것처럼 울상을 짓고 몸을 움츠렸다.

"눈꼴신 건 쟤넨데 대체 왜 날 공격해!"

"저 둘보다 네가 두 배는 더 꼴 보기 싫으니까."

"이 냉혈한!"

"찌질이."

"피도 눈물도 없는 기집애!"

"여친한테 차이고 부재중 메시지에 이별 노래 불렀다가 수신 거부당한 찌질이."

"아, 그 얘긴 또 왜 꺼내는데, 진짜!"

현재가 벌게진 얼굴로 손에 들고 있던 카드를 내팽개치고는 식탁 위로 쓰러졌다. 효주는 어금니를 꽉 깨물어 웃음을 참았다. 남이 차인 얘기에 웃는 건 무례였다. 효주는 고개를 숙여 조금이라도 웃음기를 죽이려 심혈을 기울였다. 그러자 선우가 담담한 목소리로 말했다.

"웃어도 돼. 좀 비웃어야 다신 안 그러지."

"비밀로 해 준다며, 이 신의 없는 놈아!"

"어차피 내가 안 했어도 남진원이 얘기해 줬을걸. 얜 무시하고 빨리 카드 뽑아. 팔 아프다."

"아, 응."

선우가 무표정으로 카드를 쭉 내밀었다. 효주는 둘의 만담 같은 대화에 고민할 겨를도 없이 손에 집히는 카드 중 아무것이나 뽑았다. 어차피 웃음이 터지려는 상황이 아니었대도 선우의 표정을 읽고 정답을 고르는 건 무리였다.

처음 진원과 현재가 선우의 이름을 꺼냈을 때, 현재의 동갑인 사촌에다가 진원까지 포함해 오랜 친구 사이라기에 효주는 선우가 당연히 남자애인 줄로만 생각했다. 그래서 처음엔 막역지우인 남자 셋에 여자 혼자 달랑 끼어서 가도 되는 걸까 싶었다.

'아, 맞다. 최선우 여자야. 우선 껍데기는.'

그때 현재가 운을 띄워서 그제야 여자애인 걸 알았다.

현재는 또 선우를 '무섭다'고 말했다. 그게 무슨 의미일까 했더니 저녁밥을 먹으면서도, 술을 마시면서도 쉽없이 선우에게 몰이를 당하는 현재의 모습을 보니 그게 무슨 말인지 알 것 같았다.

말하자면 천적 같은 관계랄까. 현재가 진심으로 괴로워하는 모습을 보고 웃어 버리지 않기 위해 효주는 저녁 내내 몇 번이고 혀를 깨물어야 했다.

"아, 아!"

"조커네."

"응. 조커야. 나 이제 끝."

현재가 비틀비틀 진원의 패에서 카드를 뽑고는 괴성을 지르며 머리를 감싸 쥐었다. 진원은 마지막 카드 두 장을 내려놓았다. 선우가 먼저 카드를 전부 없애고 빠졌고, 이제는 현재와 효주 둘만 남게 되었다. 현재가 선우와 진원을 번갈아 쏘아보며 말했다.

"너네 이거 너무 잘해. 짜증 나!"

"네가 너무 못하는 거야."

"특출하게 못하지."

투정을 부리는 현재에게 둘은 익숙하게 순서를 맞춰 핀잔을 주었다. 꼬마 때부터 친구라고 하더니 죽이 맞아도 무섭도록 잘 맞았다. 선우가 현재의 눈총을 간단히 무시하며 한편에 치워 놓은 술병을 쥐었다.

"미리 술 따라 놓자."

"가득 따라. 어차피 오현재가 마실 거니까."

"야, 아직 안 끝났거든? 서효주가 걸릴지도 모른다?"

선우는 깔끔하게 현재의 항의를 묵살하고는 술병을 과감하게 기울였다. 그러나 기울어진 입구에서는 조르륵 잔의 밑바닥에 겨우 깔릴 만큼의 양만 흘러내렸다.

"아, 술 없다."

"벌써? 아씨, 어쩐지 나 지금 너무 취했어."

현재가 손에 든 카드를 내던지고 두 볼을 감쌌다. 효주는 힐 끗 뒤집어진 카드의 무늬를 확인했다. 제일 왼쪽이 조커였다.

현재의 말처럼 진원과 선우는 도둑잡기를 정말 잘했다. 특히 선우는 특유의 포커페이스를 휘둘러 여태까지 전승이었다. 가장 많이 진 사람은 현재였다. 그 말은 벌칙이 원샷인 게임에서 술을 제일 많이 마셔서 동낸 사람도 현재라는 뜻이었다.

선우를 데리러 간 현재가 좀 늦게 돌아왔기에 왜 그런가 물어봤더니, 선우의 짐을 옮기느라 시간이 걸렸다고 했다. 효주는 오후 스키를 마저 타고 돌아와서야 그 짐이 무엇으로 구성되었는지를 알았다.

음식과 술. 술과 음식. 부엌에 들어서니 냉장고 안에 고기며 백화점 지하 식품 코너에서 산 것 같은 음식들이 잔뜩 쌓여 있었다. 그리고 식탁 위에는 가지런히 늘어선 술병들.

'이건 반주용. 이건 취하는 용. 이건 벌주용.'

선우는 놀라는 효주에게 지극히도 당연하다는 표정으로 하나하나 술 무더기를 짚어 가며 설명했다. 반주용 술은 고기를 굽고 식사를 하며 다 같이 마셨다. 취하는 용도라던 술은 거의 선우, 벌주는 현재의 위로 들어갔다. 처음에는 저걸 다 마실 수 있을까 싶었는데, 아직 자정도 안 된 시각에 벌써 술이 동나고 말았다.

"이건 그만 마시라는 신호야. 그만하자. 여기까지! 곧 내일이다, 내일."

"그럼 이번에 지는 사람이 술 사 오기."

현재의 필사적인 외침을 선우가 단칼에 잘랐다. 현재는 얼굴을 사정없이 구기더니 재빨리 선우의 어깨에 매달렸다.

"야, 나 진짜 너무 취했어. 이대로 나갔다가 그대로 실종될 거 같아."

"그러면 신고는 해 줄게."

"아, 진짜. 좀!"

"싫어? 그럼 그냥 그대로 방치할까?"

슬쩍 거실 벽에 매달린 시계를 확인했다. 종일 스키를 타 지친 몸에 알코올이 들어가니 몸이 오래된 과자처럼 녹신녹신했다. 효주는 졸린 눈을 바짝 떴다. 그래도 아직 잠들 수 없는 이유가 있었다.

효주는 현재가 던져 버린 패 중 조커를 집어 들고, 게임은 뒷전으로 본격적 옥신각신을 시작한 선우와 현재를 향해 외쳤다.

"내가 뽑았어, 조커."

"오?"

현재의 얼굴에 화색이 돌았다. 비록 술기운이 불그죽죽한 건지 생기가 돌아온 건지 헷갈리기는 했지만. 효주는 마지막 패를 보이곤 저를 향해 주먹을 불끈 쥐어 보이는 현재를 향해 미소 지었다.

"내가 졌으니까 술은 내가 사러 갔다 올게."

"아니, 지금 밖에 나가면 위험하잖아."

"맞아, 위험하긴 한데, 근데 최선우 너 사람 차별이 너무 심한 거 아니야? 나는 되고 서효주는 안 되고?"

"넌 얼굴이 유독성이라 괜찮아."

"이게 진짜!"

둘은 또다시 2차전에 돌입했다. 효주는 조용히 자리에서 일어났다. 가져온 짐 안에서 꺼내야 할 것이 있었다. 그런데 부엌을 벗어나기도 전, 진원이 효주의 팔목을 낚아챘다.

"어디 가."

"진 사람이 술 사 오기로 했잖아. 사러 가야지. 나도 좀 더 마시고 싶어."

"이 늦은 시간에 무슨. 너 길도 모르잖아."

가지 마. 진원이 인상을 찌푸리며 효주를 팔 안에 가뒀다. 키 차이 덕에 저절로 올려다보는 모양새가 되었다. 술기운이 돌아 긴장도 쭉 풀렸겠다, 좀 더 과감해져 보고 싶었다. 효주는 고개를 비뚜름하게 기울이며 순진한 표정을 가장했다.

"난 진원이 너랑 둘이 가려고 했던 건데, 설마 나 혼자 보내려고 했어?"

"……아니."

"그럼 같이 가. 바람도 쐬고 술도 좀 깰 겸."

효주는 진원의 목에 자연스레 두 팔을 걸치고 속삭였다.

진원은 선우나 현재처럼 부어라 마셔라 술을 들이켜지는 않았지만, 효주의 벌주를 대신 마셔 주기를 몇 번이고 반복했다. 그래서일까, 진원의 단정한 광대뼈 부근이 불그스름하게 물들어 있었다. 눈동자에도 몽롱한 취기가 스며들어 늘 곧게 뻗는 시선마저 약간 흐트러졌다.

그런 진원의 모습을 보는 게 좋았다. 효주는 무의식적으로 진원의 뒷목을 엄지로 쓸었다. 뜨거웠다. 맥박이 뛰는 자리가 술 탓인지, 아니면 다른 이유에서인지 효주의 손을 저리게 만들만큼 요동쳤다.

"…알겠어."

진원이 한숨을 쉬듯 대답했다. 효주는 눈을 찡그리며 활짝 웃고는 그대로 진원의 품에 안겼다. 진원이 효주의 등을 토닥였다. 그 손길에 기분이 좋아져 효주는 품 안의 몸을 더 꼭 끌어안았다.

"너 오늘…… 진짜로 평소하고 좀, 다르네. 술 그렇게 많이 안 마신 것 같은데."

"그래서 싫어?"

"언제 싫다고 했어."

진원이 효주를 마주 안으며 효주의 뒷머리에 살포시 입을 맞췄다. 멍멍한 귓가에 아, 쟤네 그새 또 쪽쪽대, 하는 현재의 투덜거림이 들려왔지만, 효주는 그냥 웃었다. 시곗바늘이 12에 포개지려 하고 있었다. 둘만 있고 싶어지는 시간이 다가왔다.

도로 군데군데 아스팔트가 푹 팬 곳에 눈이 쌓여 얼어붙어 있었다. 효주가 종종걸음을 걷다 자꾸만 예상치 못한 곳에서 기우뚱거려서, 진원은 효주에게서 눈을 뗄 수가 없었다.

괜찮으냐고, 돌아갈까 물어보면 배시시 웃으면서 괜찮다고 대답하기는 했지만, 오늘 효주는 확실히 어딘가 둥실둥실 들떠 있었다. 통통거리는 걸음걸이가 좀 귀엽기도 했다.

효주가 들떠 있는 것 자체는 좋은 일이었다. 문제는 기분이 좋아질수록 서효주가 점점 과감해진다는 거였다. 아니, 과감해지는 것 자체도 나쁜 일은 아니었다. 다만 과감해진 효주의 행동에 하나하나 당황하고 동요하는 제 자신이 낯설다는 게 진짜 문제였다.

먼저 끌어안고, 입을 맞추고, 언뜻 애교 비슷한 것까지 부린다. 그래 놓고 진원이 당황하면, 뭐가 문제냐는 듯 시치미를 뗀다. 정말 몰라서 그러는 건지, 알면서 그러는 건지. 소소한 행동에 하나하나 반응하게 되고 말아서, 순식간에 귀를 달랑 잡힌 토끼로 전락한 기분이었다.

이상하게도 그 전락이 기꺼웠다. 망설이고 어색해하는 효주보다 조금 짓궂고 당돌한 효주가 더 좋았다. 그런 면들을 꼭 저에게만 보여 준다고 생각하면 손끝이 찌릿했다. 누군가의 행동에 휘둘린다는 느낌은 처음이었지만, 나쁘지 않았다. 무엇보다 효주도 그걸 좋아하는 것 같아 보이기도 했고. 조급해하지 않고 차분히 기다린 보람이 있다고 생각할 만큼.

진원이 입가에 미소를 걸고 동그란 뒤통수를 쳐다보고 있으면 때마침 효주가 또 한 번 걸음을 삐끗했다. 진원은 재빨리 손을 뻗어 그 등을 받쳤다. 효주가 진원의 옷자락을 잡아당기며 멋쩍게 웃었다.

"고마워."

"조심해서 걸으라니까."

효주의 작은 웃음이 어스름한 공기 사이로 희게 번졌다. 보면 볼수록 더 보고 싶은 표정이었다. 진원은 가슴에 콕콕 찍히는 따끔함을 감추듯 마주 웃었다.

저 표정이 완전히 닫혀 버렸던 순간이 아직도 선명히 기억했다. '그게 나하고 무슨 상관인데?' 차갑게 내뱉는, 제 삶에서 진원을 완전히 배제시킨 것만 같은 무감정하고 건조한 얼굴. 보는 순간 뭔가 잘못됐다는 생각을 멈출 수 없게 했던 눈. 그런 건 한 번으로 족했다.

왜 뻗대다 못해 도망치게 해 버렸는지, 낭비한 시간들이 못내 아까웠다. 소중하다고 깨달은 순간 꼭 쥐고 있어야 했다.

서효주는 밀어서가 아니라 당겨야만 열리는 문이었다. 알고 있었으면서도, 누가 먼저 연락하는지, 좋아한다고 누가 먼저 말하는지 같은 하잘것없는 문제에 집착해서 한 번은 놓쳐 버렸다. 두 번 같은 실수를 반복하진 않겠다고 진원은 재차 다짐했다.

그때, 갑자기 효주가 걸음을 멈췄다. 덩달아 멈춰 서서 뭘 하나 봤더니 빈 휴대폰 화면을 뚫어지게 들여다보고 있었다. 무슨 일인가 싶어 물으려는 찰나, 휴대폰에 떠 있는 숫자가 바뀌었다. 12:00. 그와 동시에 효주가 고개를 반짝 들었다. 가로등이 드문드문 서 있는 어두운 길에서도 반짝일 만큼 환한 미소를 지었다.

"남진원."

"왜?"

"생일 축하해."

뭐라 반응할 새도 없이 말을 마친 효주가 진원의 목을 끌어안았다. 숨결이 겹쳤다. 효주의 달아오른 숨을 채 머금기도 전에, 달콤한 취기가 섞인 혀가 진원의 아랫입술을 스쳤다. 숨이 차올라 저절로 입을 벌리자, 효주는 당연한 듯 진원의 혀를 간지럽혔다. 온몸이 저렸다.

진원이 가까워진 그 체온을 잡아채기도 전, 효주의 입술이 진원의 아랫입술을 가볍게 깨물고는 떨어져 나갔다. 뒷목이 뻣뻣해질 만큼 열기가 올랐다. 효주가 눈가를 접으며 수줍게 말했다.

"……내가, 제일 처음 말해 주고 싶었어. 생일 축하해."

"……잊어버린 줄 알았는데."

"안 잊어버렸어. 둘만 있을 때 말하려고 기다렸지."

효주는 그렇게 말하곤 또 희게 웃었다. 시야가 점멸했다. 차가운 겨울 공기, 뿌옇게 흩어지는 숨결, 적막이 고인 희미한 밤길, 제 눈앞에 서 있는 서효주. 진원의 생일을 제일 먼저 축하해 주는 게 그다지도 중요한 일이었던 것처럼 뿌듯하게 웃고 있는, 그런 서효주.

"좋아해."

네가 좋아. 못 견딜 만큼. 생각할 겨를도 없이 말이 튀어나왔다. 진원은 눈만 깜박이는 효주를 다급하게 끌어안았다. 좋아해. 효주야. 서효주. 네가 좋아. 쉴 새 없이 속삭였다. 더 그럴듯한 말이 필요했는데, 말이 모자랐다. 머리가 횟횟해 어떤 사고도 할 수 없었다.

난생처음으로 진원은 지금 제가 느끼고 있는 이 감정을 도무지 어떻게 표현해야 할지 알 수 없었다. 배 안을 깊고 뜨겁게 휘젓는 고열을 전하고 싶었다. 품에 껴안는 것만으로도 하나가 될 수 있다면 전할 수 있을 텐데, 그럴 방도가 없어 진원은 식상한 말을 반복할 수밖에 없었다.

"정말로, 네가 좋아."

"……나도 마찬가지야. 남진원."

좋아해. 목덜미에 효주의 한 마디가 닿았다. 불을 매단 들짐 승이 온몸을 질주하는 것처럼 온몸이 타올랐다. 처음이었다. 효주의 입에서 그런 말이 나온 건. 2년 전부터 그렇게 듣고 싶어 안달이 났던 말이었다. 그러고도 한 번도 듣지 못한 말이었다.

진원은 눈을 감았다. 나도 널, 아주 많이 좋아해. 나직한 한 마디에 감은 눈꺼풀 뒤로 달콤한 동통이 퍼졌다.

이게 갖고 싶었다. 줄곧 이 순간이 필요했다. 기다렸던 한 마디는 진원이 상상해 왔던 무수한 순간들보다 훨씬 더 선명하 고, 강렬하게 진원을 관통했다.

효주는 까매서 아무것도 보이지 않는 천장을 향해 눈꺼풀을 깜빡였다. 가슴팍에 손을 올려 보면 아직도 가슴이 쿵쿵 정신 없이 뛰었다.

그동안 좀 불퉁하게 굴긴 했어도 오늘이 진원의 생일인 건 진작부터 알고 있었다. 생일 선물 때문에 아르바이트까지 구했 는데 잊었을 리가 없었다.

선우도 현재도 별말을 하지 않기에 혹시 착각했나 싶어 진 원의 SNS 페이지에 가서 다시 확인해 보기까지 했다. 그리고 일부러 자정이 넘어가는 시각에 둘만 있을 수 있게 빠져나왔 다. 남들이 보고 있을 때 생일 선물을 건네는 게 부끄러웠기 때문이었다.

그런데 정작 선물은 아직도 진원에게 건네지도 못했단 게 아이러니였다. 왜 그걸 잊고 가져가지 못한 건지.

생일을 축하한다는 한마디가 그렇게 감격스러울 일은 아니라고 생각했는데, 진원은 어딘가 한 대 맞은 듯한 얼굴을 했다. 그 얼굴이 귀여워서 저도 모르게 입을 맞췄다. 대담해져서 입술을 한 번 슬쩍 물고 나서 떨어져 나왔다. 진원이 한결 더 얼이 나간 표정을 하고 있어서 저절로 입꼬리가 올라갔다.

그러면 진원이 갑작스럽게 효주의 몸을 끌어안았다. 옴짝달싹할 수 없게 꽉 얽힌 몸에 숨을 들이켜면 진원이 떨리는 목소리로 좋아해. 네가 좋아, 하고 끊임없이 속삭였다.

처음 사귀자는 말을 들었을 때의 '좋아해'보다 훨씬 절실한 울림을 담은 말에 가슴께가 저렸다. 목 뒤에서 뜨거운 것이 자꾸만 흘러나오는데도 진원의 고백은 멈추지 않았다. 저절로 말이 흘러넘쳤다.

나도 마찬가지야. 남진원. 네가 좋아. 효주는 아랫입술을 깨물었다. 그러지 않았다면 겁먹을 일도, 상처받을 일도, 진원의 말에 그렇게나 눈 뒤가 뜨거워질 일도 없었을 거였다. 효주는 하릴없이 진원을, 진원의 목소리를 품 안에 당겼다.

그렇게 한참을 길바닥에서 서로를 부둥켜안고 있었다. 현재가 본다면 아마 또 꼴값이라고 투덜대려나. 그걸 의식하고 나서도 진원의 품에서 빠져나오고 싶지 않았다. 고개를 움직여 따뜻한 어깻죽지에 얼굴을 부볐다. 진원의 손바닥이 효주의 뒷머리를 쓸어내렸다.

'효주야.'

'응?'

'사실 여기 너하고 둘이 오려고 했던 거 알지.'

둘이서 오자고 했잖아. 진원의 목소리가 반쯤 쉬어 있었다.
효주는 작게 고개를 끄덕이며 긍정했다. 진원이 효주의 허리를
감았던 손을 떼어 내 효주의 양 뺨을 감쌌다.

'네 말대로, 내 생일인데 너하고 둘이서 맞고 싶었어.'

진원이 천천히 말을 이었다. 그러려고 빌렸던 별장이라 넷
이서 오는 것도 하필 오늘이 된 거고, 네가 잊어버린 줄 알고
진원과 선우에게도 말 꺼내지 말라고 당부했다고, 오늘도 기분
이 풀리지 않으면 오늘 저녁, 서울에 올라가서 내 생일인데도
계속 그렇게 대할 거냐고 말해 볼 작정이었다고. 그러려고 이
미 식사도 전부 예약해 뒀다고.

효주는 진원의 한 마디, 한 마디에 눈을 빠르게 깜빡이며 미
소를 참았다. 그렇게까지 데면데면하게 굴었던 기억은 없었는
데 진원의 대처가 어딘지 효주의 눈치를 보는 것 같았다.

화를 낸 것도 아니었는데, 꼭 잘못을 저지른 아이처럼 조심
스러웠다. 언제 그렇게 된 건지 모를 일이었다. 원래 진원의
일거수일투족에 흔들리기만 했던 쪽은 늘 효주였는데.

'그렇지만 다음 생일에는 양보 안 할래.'

'다음 생일?'

'네 생일.'

그 날은 어디를 가든 상관없으니까, 너하고 나, 둘이서만 보내는 걸로 해. 말하는 진원의 눈빛이 요원했다.

제 바닥까지 들여다볼 것 같은 까마득한 시선이 효주의 눈가를, 뺨을, 입술을 매만졌다. 깊이를 모를 눈동자에 등줄기가 오싹했다. 몸 한가운데를 꿰뚫는 전격에 침조차 삼킬 수가 없었다. 눈을 감고 싶은데도 눈꺼풀을 움직일 수 없었다.

그 눈을 떠올리기만 해도 온몸의 살갗에 열꽃이 핀 것처럼 화끈했다. 효주는 괜히 여기저기를 쓰다듬으며 가시지 않는 잔열을 식혔다. 그사이 방 안에 적막을 깨는 목소리가 울렸다.

"잘 지내나 봐. 너랑 남진원."

"아, 응?"

효주가 깜짝 놀라 고개를 돌려보니 선우가 모로 누워 효주를 쳐다보고 있었다. 조명이 완전히 꺼진 어둠 속에서 선우가 어떤 표정을 하고 있는지는 확인할 수 없었다.

돌아오기 전, 둘이 길목에 가만히 서 있었을 때, 묵묵히 저를 바라보는 진원의 시선이 못 견디게 부끄러워 눈을 꼭 감고만 싶었을 때, 진원의 전화벨이 울려 긴장이 깨졌었다.

─당장 술 갖고 돌아와. 너네 나간 지 30분째야. 술 다 깼다, 벌써. 양팔 가득 술을 안고 돌아오는 거 아님 문 안 열어 준다.

그렇게 툭 끊어진 선우의 전화에 진원과 효주는 정말 양손 가득 비닐봉투에 술을 채워서 귀환했고, 그 술마저 또 동난 상태였다. 그 술의 타깃이 된 건 다름 아닌 진원이었다. 마셨다기보다, 마심을 당한 게 더 맞는 말이겠지만.

'생일주.'

선우는 엄숙하게 선언하고 진원 앞에 연달아 어디서 난지 모를 거대한 잔에 사 온 술을 다 섞어 내밀었다. 그걸 마지못해 받아 마신 진원은 아마 옆방에서 곤히 잠들어 있을 터였다.

사실 술을 만취할 때까지 마시지 않는 진원이라 술버릇이 어떨까 좀 궁금하기도 했는데 진원은 선우가 내미는 잔을 연거푸 마시고는 그대로 잠들어 버렸다. 재미없는 술버릇이었다. 잠든 진원의 몸은 현재가 떫은 표정으로 끌어 옮겨다 놓은 거실 반대쪽 방 침대 위에 곤히 누워 있겠지.

"솔직히 좀 다행이야. 둘이 좋아 보여서."

선우의 나직한 목소리는 그에 비해 꼬임 하나 없이 멀쩡했다. 분명히 진원이 한 잔을 마실 때마다 옆에서 잔을 부딪치며 대작을 했던 것 같은데, 그만큼 마시지 않고서도 비틀거리는 현재와 효주 대신 부엌과 거실을 싹 정리하고 누웠다. 간이 네 개쯤 되는 건가 싶어 존경심마저 들 정도였다.

"다행?"

"남진원이 좀, 누구를 사귀어도 진지한 걸 본 적이 없어서, 사실은 걱정했거든."

효주는 선우의 말에 진원이 고등학교 때 사귀었던 여자애들의 얼굴을 주르륵 떠올렸다. 하나같이 비슷한 이미지들의 마지막에 혜윤의 얼굴이 스쳤다 사라졌다.

'고백받았어. 김혜윤한테.'

묻어 둔 목소리들까지 멋대로 튀어나와 효주는 저도 모르게 입술을 깨물었다. 기억할 필요가 없는 일이었다. 이미 지나간 일이었다.

"나야 널 잘 모르지만, 오늘 본 것만 해도 좋은 애인 것 같고. 둘 사이도 순조로워 보이고."

"으응."

효주의 심경을 알 리 없는 선우의 찬찬한 음성에 고개를 끄덕였다가, 암흑 속에서 보일 리가 없다는 걸 알고 조그맣게 수긍의 목소리를 냈다. 괜히 떨리지 않았다면 좋을 텐데. 다행히 이상하게 흘러 나가지 않은 모양인지 선우는 무심하게 말을 이었다.

"별다른 얘기를 하려던 건 아니고, 앞으로도 남진원 잘 부탁한다는 말이 하고 싶었어. 나름 형제 같은 사이라서."

"응."

"그리고 그동안 맘고생 한 시간만큼 더 잘 지냈음 싶어서. 그게 다야."

가슴이 짧게 철렁했다. 맘고생이라니. 효주가 방금 떠올린 장면을 읽은 듯한 단어였다. 입안이 말랐다. 그럴 리가 없었다. 선우가 알 리 없는 일이었다. 과민반응을 하고 싶지 않았다. 효주는 입술을 혀로 축이고 조심스럽게 되물었다.

"……맘고생?"

"맘고생이라고 해야 하나, 가슴앓이? 짝사랑? 뭐, 어차피 고등학교 때 일이긴 하지만. 어찌 됐든 지금 잘 어울려, 너희 둘."

짝사랑. 짤막한 세 글자가 효주의 가슴 한가운데를 관통했다. 알 리가 없었다. 뭔가 착각일 게 분명했다. 진원도 몰랐던 걸 선우가 알 리가 없었다. 효주는 추락하려는 마음을 붙잡고 더듬더듬 말을 골랐다.

"그 땐…… 그냥, 친구였는데."

"아, 고등학교 때부터 좋아했다고 들어서."

고등학교 때부터 좋아했다고 들었다. 그 대수롭지 않은 한마디에 기도가 좁아지는 것만 같았다. 효주는 간신히 목울대를 움직여 말을 짜냈다.

"……누가, 그래?"

"응? 그야 남진원이지."

태연한 선우의 대구에 몸을 데우던 온열이 거짓말처럼 사라졌다. 버석한 한기가 단숨에 그 빈자리를 채웠다. 진저리가 온몸으로 퍼졌다. 선우의 말들이 녹은 아이스크림마냥 곤죽이 된 효주의 머릿속을 휘저었다.

진원이, 알고 있었다.

짝사랑이라는 말에는 주어가 없었지만, 제 얘기였다. 서효주가 남진원을 홀로 좋아했다. 고등학교 시절을 떠올리면 전부 그 감정으로 덧칠될 만큼 하염없이 좋아했다. 좋아해서 친구로

는 도무지 옆에 있을 수도 없었을 만큼. 친구라는 단어가 아플
만큼.

"내가 괜한 얘길 했나 보다. 해도 본인이 했어야 할 얘긴데.
미안. 안 한 걸로 하자. 음…… 그럼…… 잘 자."

갑자기 입을 다물어 버린 효주를 의식한 듯 선우가 서둘러
덧붙였다.

반대쪽으로 돌아누운 선우의 등을 멀거니 응시하다 효주는
천장으로 고개를 돌렸다. 잠이 들 수 있을 리가 없었다. 몸이 와
들와들 떨지 않게 하는 것만으로 힘에 부쳤다. 가만히 잠재워
두었던 모든 기억들이 이때를 기다렸다는 듯 뛰어나와 효주의
전신을 아프게 두들겼다. 진원의 음성이 어둠 속에 아롱거렸다.

'고백받았어.'

알고 있었다.

'친구잖아.'

남진원이 알고 있었다.

'그래. 그럼 만나 볼게. 혜윤이랑.'

알면서도 저를 손에 쥐고 제멋대로 흔들었다.

효주는 빠듯하게 어깨를 돌리며 굳어 있는 근육을 풀었다.

수능이 끝났다. 3년간 쌓아 왔던 책상 앞에서의 시간이 끝났다. 생각보다 홀가분함이 덜했다. 이미 수시로 갈 대학이 정해진 상태라 부담이 덜해서였을지도 몰랐다. 마킹 실수 같은 걸 하지 않았다면 무난히 필요한 성적을 받을 수 있을 수 있을 터였으니까.

운동장은 아침에 고사장에 들어올 때보다 한결 한산했다. 제2외국어는 굳이 선택할 필요가 없는 과목이라, 효주는 대부분의 아이들보다 1시간 정도 늦게 시험을 마친 셈이었다. 효주는 가볍게 손목에서 달랑거리는 도시락 가방을 흔들며 경쾌하게 걸었다.

끝났다. 전부 끝났다. 출석 일수도 모자랄 일이 없으니 원하면 더 이상 등교를 할 필요도 없을 것이다. 그러니까 진짜로 끝이 가까웠다. 고등학교도, 거기에 매달린 나날들도.

교문으로 다가가자 아버지가 효주를 향해 손을 흔들고 있었다. 효주는 발걸음을 재촉해 저를 기다리는 너른 품 안으로 답삭 안겼다.

"고생 많았어, 우리 딸."

"고생은요."

오히려 공부에 몰두하는 게 편했다. 기계적으로 문제를 풀고, 채점하고, 12시가 되면 잠이 들고. 일어나면 또 접어 두었던 문제집을 펴. 잡생각이 들지 않게 귀마개를 꽂고 하루 종일 문제집을 쌓아 나갔다. 그러면 잊을 수 있었다. 생각하고 싶지 않은 한 가지를.

"이제 맛있는 거 먹으러 가야지. 뷔페 예약해 뒀어. 엄마는 근무 마치자마자 그리로 올 거래."

"응. 배고프다. 진짜 많이 먹을 거예요. 오늘."

"아빠 저기 가서 차 빼 올게. 여기서 잠깐만 기다려. 가방 이리 주고."

"네."

아버지가 교문 왼편으로 이어지는 골목길 쪽을 가리키며 멀어졌다. 효주는 교문 옆 기둥에 기대서 숨을 길게 내쉬어 보았다. 입김이 서리지는 않았다. 많이 추워졌어도 아직 겨울이 되려면 먼 계절이었다.

어서 겨울이 지나고 봄이 왔으면 좋겠는데. 그래서 모든 게 새로이 시작됐으면 좋겠는데.

효주는 교문 앞에 쪼그려 앉았다. 그래도 이젠 거의 끝이었다. 보고 싶으면서도 보고 싶지 않은 얼굴을 볼 날도 얼마 안 남았다. 아스팔트의 갈라진 틈을 시선으로 좇으면 상념이 고랑을 따라 꼬리에 꼬리를 물었다.

학교는 진짜로 나가지 말아야지. 그 김에 오랜만에 할머니 댁으로 내려가서 몇 달 놀아도 괜찮을 것 같고. 졸업식에는 나가도 마주칠 수도 있고 아닐 수도 있겠지만, 혹시 마주친다고 해도 그 딱 한 번이 마지막일 테고. 그동안 아무렇지 않은 척할 수 있게 연습이나 해 둬야겠다. 마지막으로 사진을 같이 찍는 것 정도는 괜찮을까. 아니면 그 사진마저 지우고 싶어도 지울 수 없는 골칫덩이가 될까.

톡톡. 그때 누군가 효주의 왼쪽 어깨를 두드렸다. 아버지인가 싶어 반짝 고개를 들어보면, 저를 내려다보는 얼굴은 전혀 다른 사람이었다. 효주의 얼굴에서 웃음이 떨어져 나갔다.

"……남진원?"

"잘 봤어, 시험?"

"너 왜 여기 있어?"

그린 듯한 미소를 걸고 있는 얼굴에 주체할 새도 없이 날카로운 말이 튀어 나갔다. 효주는 벌떡 일어섰다. 진원의 미소가 흔들렸다.

"……나 시험 치는 학교 바로 옆이라, 혹시 너 끝났나 하고 와 본 건데."

오지 말지 그랬어. 혀 밑에 말을 삼켰다. 진원은 마치 효주의 허를 찔러 나타나는 게 특기라도 되는 양, 피해도, 피해도 자꾸만 불쑥불쑥 나타난다.

독서실에서 얼이 나가 뛰쳐나간 이후로 진원과 이야기를 나누는 건 처음이었다. 독서실에는 그 후로는 못 갔다. 어머니에게 부탁해서 남은 짐을 다 챙겨 나왔다. 휴대전화는 아예 정지시켜 처박아 두었다. 수능이 끝날 때까지만, 이라고 핑계를 댔지만 실은 진원의 연락 유무조차 알고 싶지 않아서였다.

"얼굴 좀 볼 수 있을까 해서. 연락해도 답도 없고. 독서실에도 안 오고. 공부는 잘 했는지, 잘 지냈는지, 시험은 잘 봤는지, 궁금해서 와 본 거야. 그런데 운 좋게 이렇게 만났네."

"……잘 지냈어."

"……내가 어떻게 지냈는지는 안 궁금해? 수능은 잘 봤냐 둥, 그런 것도 안 물어봐?"

진원의 목소리가 깔끄러웠다. 효주는 입술을 깨물었다. 진원 입장에서는 불쾌하기도 할 만한 일이었다. 이유도 없이 멋 대로 진원을 밀어낸다. 다가가도 멀어진다. 하지만 그럼 그만 다가오면 되잖아. 말하고 싶었다.

효주에게 진원은 고등학교에서 만난 단 하나뿐인 친구였지 만, 진원의 주변에는 늘 사람이 많았다. 제가 아니어도 그 빈 자리를 채울 사람은 많을 터였다. 하기야 애초에 빈자리라고 해 봐야 그리 클 리도 없었다. 진원이 우연한 호기심에 말을 걸지 않았다면 시작조차 하지 않았을 관계였다. 당위성도 개연 성도 없는 딱 거기까지의 관계.

"어련히 잘 봤겠지. 넌…… 너잖아."

"……쌀쌀맞네. 서운하게."

"나 아니어도 너 챙겨 줄 사람 많은데, 뭐."

그런데 멀어져도 자꾸 다가오면 헛된 기대감이 생기고 말았 었다. 친구라는 말에 금세 박살 날 걸 알면서도 진원의 미소에, 손길에, 다정한 말투에 무의식이 자꾸만 희망으로 탑을 쌓았다. 친구라는 담까지가 제가 갈 수 있는 최대한이라는 걸 알면서도.

"챙겨 줄 사람 누구."

"혜윤이라든가."

혜윤의 이름이 따끔따끔하게 목구멍을 통과했다. 이제는 가 슴이 아프지도 않았다. 효주에게 허락된 자리가 어느 정도인지 뼈저리게 알게 되었기 때문이었다.

356

귀염성이 있고, 밝고, 예쁜 아이들이 계속 진원의 옆자리를 번갈아 차지하는 동안, 그 옆에서 시시콜콜한 연애사를 들어 주는 그런 친구. 한번 진실을 깨닫고 나니 희망이 고이던 자리가 언제 그랬냐는 듯 메말랐다. 둔해진 통증은 느끼지 못한 척 참을 수 있을 정도가 되었다.

효주의 말에 진원이 무언가 떠올랐다는 듯한 표정을 지었다. 미세하게 어떤 기대감 같은 게 스며 있는 얼굴이었다. 이미 그런 것 따위 궁금하지 않은데도. 효주는 진원에게 집중하는 데에 길이 들어 버린 제 눈이 원망스러웠다.

"아, 김혜윤. 그러고 보니…… 오늘 만났어. 같은 고사장이더라."

"그래?"

"그리고 고백받았어."

좋아한다고. 사귀어 보재. 진원이 입가를 기울였다. 고백을 받고도 그걸 당연하다는 듯 말하는 진원의 태도에 효주는 헛웃음을 터뜨릴 뻔했다. 그야 남의 감정에 둔한 효주가 보기에도 혜윤이 진원을 좋아한다는 건 티가 났다. 진원이 눈치챈 것도 당연했다. 하지만 우스운 점은 그것 때문이 아니었다.

"……그래서?"

왜 그걸 효주 앞에까지 와서 뽐내듯 말하고 있는 걸까. 어떤 반응을 원해서? 축하해. 잘해 봐. 그런 말들을 해 주길 원하는 거라면, 그래, 그것 정도는 해 줄 수 있을지도 몰랐다. 어차피 끝물이었다. 진원을 보는 것도.

"어떻게 했으면 좋겠어?"

"······뭐?"

"사귀어 볼까, 어떻게 할까."

머리가 차가워졌다.

"그걸 왜 나한테 물어."

반문은 제가 듣기에도 건조한 음색으로 튀어나왔다. 고백을 받고 그 애와 사귀어 볼까를 묻는다. 그렇게까지 확인 사살을 해 주지 않아도 알아서 접으려고 노력하는 감정이었는데.

진원에게 효주는 '어떻게 할까'를 고려할 필요도 없는 범주의 사람이라는 것도 잘 알았다. 그렇지만 이렇게까지, 끝까지. 그러지 않을 수도 있었으면서. 그걸, 왜, 나한테, 물어.

진원의 미간이 좁아졌다. 진원은 어딘지 심기가 불편해 보이는 얼굴로 입을 열었다.

"그건······ 너도 혜윤이 어떤 앤지 만나 봐서 알고, 그리고 또."

듣지 않아도 알 수 있었다. 진원이 어떤 이유를 댈지 정도는.

"친구니까. 그 정도는 물어볼 수 있잖아."

예상을 적중한 진원의 말에 효주는 웃었다. 억지웃음이 아니라 본심에서 우러난 미소가 입가에 걸렸다.

알고 있었다. 친구. 친구. 친구. 더 이상 진원이 강조해 주지 않아도 잘 알았다. 처음부터 마지막까지 친구일 수밖에 없다는 걸. 머릿속을 가득 메워 온 관두자는 메아리에 방점이 찍혔다. 그래서 효주는 웃었다. 후련한 마음으로 대답했다.

"만나. 사귀어 봐. 좋은 애 같더라."

"······그게 다야?"

"그리고 너랑 잘 어울려."

되는 대로 말을 뱉어 내는 효주를 직시하는 진원의 표정이 굳었다. 왜 굳었는지 궁금하지도 않았다. 그냥 아무것도 알고 싶지 않았다. 진원의 얼굴을 더 이상 보지 않을 수만 있다면 좋겠다 싶었다. 제 맘을 마저 털어 내기에 최적인 시기였다. 그 마음을 더 공고히 해 주는 진원의 방문에 감사하고 싶을 정도였다.

어떻게 이렇게까지 무디게 구는 걸까. 모든 것에 예민한 진원이었다. 효주가 눈가만 찡그려도 무슨 일이 있는 것 아니냐고 볼을 찔렀다.

차라리 네가 알았으면, 알아서 곤란해했다면, 그대로 끝날수 있었는데. 진원은 처음부터 끝까지 효주의 손으로 끊어 내게 만들었다. 그러면 그렇게 해 주면 그만이었다.

"……그래. 그럼 만나 볼게. 혜윤이랑."

"그래. 잘 만나."

효주의 단호한 대답에 몇 초간 정적이 맴돌 때, 둘의 옆에 차가 멈춰 섰다. 아버지의 차였다. 조수석 쪽 창문이 내려가며 아버지의 얼굴이 드러났다. 아버지는 효주의 옆에 선 진원을 보고는 관심어린 표정을 했다.

"친구니, 효주야?"

"……안녕하세요. 효주 친구 남진원이라고 합니다."

"어, 그래. 난 효주 아빠야. 네가 진원이구나. 듣던 대로 아주 훤칠하네."

효주는 둘 사이에 이어지려는 대화를 끊으며 냉큼 조수석에 올라탔다.

"가요. 빨리. 저녁 예약해 두셨다고 했잖아요. 지금 차도 밀릴 시간인데."

"효주야. 그래도 친구가 있는…….'

"가요. 아빠."

고개를 돌려 진원에게는 보이지 않도록 제발, 하고 입 모양
으로 속삭였다. 제 표정이 어떤지는 확인할 수 없었지만, 아버
지의 얼굴이 금세 걱정스럽게 변하는 걸 보면 좋지는 않은 모
양이었다. 아버지는 곧 기어에 손을 올렸다.

"그래, 그럼. 진원이도 시험 치느라 수고 많았다."

"서효주…….'

"나중에 봐."

진원이 뭐라고 대꾸할 틈도 없이 효주는 창문을 올렸다. 차
가 출발했다. 울퉁불퉁한 골목길을 천천히 벗어나는 와중에 차
안에는 침묵이 감돌았다. 대로변으로 나와 횡단보도로 나온 뒤
에야 아버지의 조심스러운 음성이 들려왔다.

"……괜찮니, 딸?"

"괜찮아요."

"괜찮은데 그렇게 울고 그래?"

아버지의 말을 듣고서야 효주는 제가 눈물을 흘리고 있다는
걸 알았다. 손을 가져다 댄 볼이 축축했다.

슬프지도 않은데 왜 눈물이 나는 걸까. 담담히 고민을 하다
효주는 깨달았다. 포기를 하겠다고 단번에 꾸깃꾸깃 접어서 버
릴 수 있는 감정이 아니었다. 무기력해진 것뿐이다. 반응할 만
한 힘이 전부 닳았을 뿐이었다.

즐거움도 괴로움도 잔뜩 묻어 있었다. 고등학교 시절의 전

부와도 같았다. 닫겠다고 마음먹었다고 한순간에 끝날 수는 없던 모양이었다. 그러기엔 제 자신을 설득할 만한 필연성이 모자랐다.

제대로 안녕을 고할 기회가 없어서였을까. 효주는 두 눈을 꼭 감았다. 그 기회가 필요했다. 어차피 남게 될 미련을 최대한 마모시켜 줄 공식적인 안녕의 장이 필요했다. 혹여 못 참을 만큼 보고 싶어진다 해도, '끝났잖아'라고 되새기면서 어리석은 짓을 반복하지 않을 계기가 되어 줄 만한 그런 마지막 조우가.

예를 들면, 졸업식 같은.

진원은 눈꺼풀 사이로 햇볕이 새어 들자마자 욱신거리는 머리를 짚었다. 숙취인가. 눈살이 절로 찌푸려졌다. 숙취는 중학교 때 집에서 몰래 술병을 딴 현재와 선우가 진원까지 억지로 술을 먹여 공범자로 만들었던 때 이후로 정말 오랜만이었다.

평소였다면 생일주라고 해도 주는 대로 다 마시지 않았겠지만, 어제는 좀 달랐다.

'마시지 마. 그치만 너 취하면 어떻게 되는지 궁금하긴 해.'

은근히 말리는 듯 흥미로운 얼굴로 부추기는 효주도 효주였고, 수런거리는 제 마음도 마음이었다. 기분도 좋고, 뭐 어때 싶어 그냥 들이켜 버린 게 두개골을 때리는 두통으로 돌아왔다. 진원은 침대에서 힘겹게 몸을 일으켰다.

방에 딸린 욕실에서 적당히 씻고 나오니 방 밖에서 작은 대화 소리가 들렸다. 거실로 나가 보니 칫솔을 입에 문 선우와 소파에 널브러진 현재가 진원을 향해 의미심장하게 싱글거리고 있었다. 진원은 부엌으로 걸음을 옮기며 그 기묘한 시선에 눈썹을 치켜떴다.

"깼냐? 잘 잤어? 평온해?"

"효주는?"

둘이 어딘지 교활해 보이는 미소와 함께 건네는 물음에 진원은 냉장고에서 물병을 꺼내다 말고 미간을 찌푸렸다.

"효주 얘기를 왜 나한테 물어. 선우 너랑 같이 잤잖아."

진원의 대답에 선우가 고개를 갸웃거렸다.

"중간에 나간 것 같던데? 그래서 난 효주가 그쪽으로 넘어간 줄 알았는데."

"나 어제 오현재하고 한 침대에서 잤잖아. 효주가 왜 와."

"야, 나 어제 네가 하도 들러붙고 껴안아 대서 진작 거실로 쫓겨났거든. 나도 그래서 서효주가 너랑 같이…… 밤을 지새운 줄 알았는데……."

현재가 굳어지는 진원의 표정에 말끝을 어물거렸다. 효주는 선우와 같이 있었던 것도 아니고, 저와 같이 있던 것도 아니었다.

"그럼 너희 효주 오늘 못 봤어? 어디 갔는지 몰라?"

"나도 깬 지 얼마 안 돼서…… 편의점에라도 갔나?"

어딘지 위화감을 느꼈다. 진원은 방으로 들어가 침대 위 협탁 위에 올려 두었던 핸드폰을 쥐었다. 효주와 마지막으로 주고받은 메시지는 어제 아침 효주의 집 앞에서 받은 '지금 나가.'가 마지막이었다.

아무 말도 없이 나갔을 리가 없었다. 무슨 일이 생긴 걸까 싶어 걱정이 차올랐다. 진원은 통화 버튼을 눌러 효주에게 전화를 걸었다. 신호가 몇 번 갔을까 할 때, 연결음이 끊겼다.

-지금은 고객님이 전화를 받을 수 없어…….

몇 번을 다시 걸어 봐도 똑같은 멘트만 들려왔다. 불안해졌다. 어젯밤까지 옆에서 웃었던 효주가 갑자기 자취를 감췄다. 혼자 나갔다가 무슨 일이라도 생긴 건가 싶어 초조했다. 진원은 '어디야? 아무 일 없는 거지?'라는 메시지를 보내 놓고 다시 방 밖으로 나왔다. 선우와 현재가 걱정스러운 얼굴로 진원을 쳐다봤다.

"전화 안 받아?"

"어. 무슨 일이 생긴 건 아닌지 모르겠다."

선우가 초조하게 얼굴을 쓸어내리는 진원을 물끄러미 바라보다 머리를 헝클어뜨렸다.

"혹시, 나 때문일지도 몰라."

어딘지 죄책감이 서린 목소리에 진원은 고개를 휙 쳐들고 선우와 눈을 맞췄다. 선우가 찔리는 구석이 있는 표정을 하고 있었다. 진원의 얼굴이 딱딱하게 굳었다.

"너 때문이라고?"

"아마 아니라고 생각하는데, 어제 자기 전에 좀 쓸데없는 얘기를 한 것 같아서."

"무슨 소리야."

피가 식었다. 괜히 필요 없는 얘기를 한다면 그건 오현재 쪽일 거라 생각했다. 몇 번이고 경고했다. 고교 시절의 치졸했던 진원에 대해서 효주가 알 필요는 없었으니까. 그러나 진원의 주의가 미치는 범위는 말이 많은 현재 정도였지, 선우가 빌미를 주리라고는 미처 고려해 본 적이 없었다.

입술이 초조함에 바싹 말라붙었다. 진원의 표정을 확인한 선우가 띄엄띄엄 말을 이었다.

"그냥, 나는, 네가 효주를 예전부터 좋아했다고 말했던 것뿐인데, 좀 반응이 이상하더라고."

진원은 아랫입술을 윗니로 짓눌렀다. 효주가 증발했던 재작년 즈음 멀쩡한 척하면서 아무에게나 제 꼴같잖은 상황을 털어놓고 싶었을 때가 있었다. 깨끗이 사라져 버린 효주를 아무렇지 않게 화두에 올렸던 때. 좋아했는데 도망쳤어. 언젠간 잡히겠지. 그렇게 말하면 진짜로 별일이 아닌 게 되어 곧 효주를 다시 만날 수 있을 거라 생각했을 때.

효주는 여전히 메시지를 확인하지도 않은 상태였다. 진원은 혀끝을 잘근거리며 또다시 전화를 걸었다. 똑같은 메시지만 흘러나왔다.

─지금은 고객님이 전화를 받을 수 없어…….

진원은 신경질적으로 전화기를 소파에 내던졌다. 만약 지금 또 효주가 제게서 달아난 거라면 선우가 말한 게 전부일 리 없었다.

"핸드폰 좀 빌려줘."

"내 거? 어, 여기."

진원은 현재가 주머니를 뒤져 건네주는 휴대전화를 거칠게 낚아챘다. 효주의 번호는 이미 닳고 닳도록 외우고 있었다. 번호를 눌러 전화를 걸었다.

─지금은 고객님이 전화를 받을 수 없어…….

마찬가지였다. 전화기를 꺼둔 것도 아닌데 전화를 받지를 않았다. 몇 번이고 발신을 반복해 봐도 같은 메시지만 흘러나왔다.

전원이 꺼져 있어 전화를 받을 수 없습니다, 가 아니라 통화음의 끝에 이어지는 전화를 받을 수 없다는 기계적인 목소리가 진원을 더 초조하게 만들었다.

어디 간 거야. 왜 또 사라진 거야. 진원이 무너지듯 소파에 주저앉았다. 아니어야 했다. 그냥, 급한 일이 생겨서 얘기를 할 겨를이 없이 떠나 버린 걸 수도 있다. 아니면 선우의 말처럼 편의점에 들렀다가, 길을 잃어버리고, 휴대폰도 고장이 나서 발을 동동거리고 있을 수도 있다.

진원은 급히 몸을 일으켜 방으로 향했다. 겉옷을 아무렇게나 챙겨 입었다. 그런 거라면 어디든 찾아봐야 했다. 찾아야 했다. 아무것도 안 하고 앉아 있을 수는 없었다. 걸음을 재촉해 거실로 빠져나가기도 전, 선우가 문가에 서서 어정쩡하게 제 휴대전화를 내밀고 있었다.

"남진원…… 효주 전화 받았어. 너 바꿔 달…….."

진원은 선우의 말이 채 끝나기도 전 휴대전화를 낚아챘다. 전화를 받았다. 그렇단 건 아직은 말할 기회가 남아 있다는 뜻이었다. 진원은 전화 너머로 다급하게 외쳤다.

"서효주 너 어디……."

-알고 있었어?

진원은 수화기 너머로 들려오는 공허한 물음에 입을 다물었다. 두드리면 허무한 공명음만이 날 것만 같은 텅 빈 목소리. 기억에 있는 음색.

"……뭐?"

-내가 처음부터 너 좋아했던 거, 다 알고 있었어?

"……."

알았다. 알리고 싶지 않았던 사실을 결국 알고 말았다. 진원의 머릿속에 수십 가지 변명이 맴돌았다. 아냐. 몰랐어. 아니. 알았는데 나도 너 좋아해서 그런 거야. 일부러 그런 거 아니야. 떠올리기만 해도 하나같이 바보 같은 이유들이었다. 그 무엇도 떳떳하게 내놓을 수가 없었다. 침묵이 길어졌다. 효주가 진원의 어리석음을 비웃듯 코웃음을 쳤다.

-……정말이었구나. 그런데도…… 그런 거였네. 일부러 내 앞에서 다른 여자애를 만나고, 헷갈리게 만들고, 그러면서 친구라고 말하고.

"효주야……."

네가 생각하는 그런 게 아니었다고 말하고 싶었다. 하지만 전부 사실이었다. 상처받는 걸 알고 있었다. 일부러 가장 약한 자리에 빗금을 그으면, 선혈이 흘렀다. 말이 없는 효주가 제 맘을 털어놓기를 부추기면서, 안달이 날 때마다 생채기를 냈다. 뚝뚝 흐르는 붉은 감정을 보고 안심했다.

날 좋아한다. 여전히, 서효주는 나를…….

-아무것도 모르는 척, 날 속였어.

"서효주, 난……."

전자음이 섞인 목소리에는 억양이 없었다. 멀었다. 다시 잡히지 않을 것만 같이 아득했다. 차라리 울음기가 섞여 있었다면 진원은 일말의 안도감을 느꼈을 것이다.

−재미있었어?

"난……."

−내가 네 행동 하나하나에 울고 웃고 하는 게 재밌었어? 그래서, 다시 찾아와서 갖고 놀고 싶었어? 시간이 지났는데도 여전히 널 좋아하는 걸 보면서 비웃었어?

전화기 너머의 목소리에서 느껴지는 건 오직 한기뿐이었다. 한 마디 한 마디가 비수처럼 날아와 진원의 심장에 꽂혔다. 알게 하고 싶지 않았다. 계속 모르게 할 수 있을 거라고 생각했다. 그러면 아무 일도 없었던 것처럼 지나갈 거라고 믿었다. 가장 말이 필요한 지금, 하릴없이 입을 다물게 되고 나서야, 진원은 제 안일함을 통감했다.

"그런 거 아니……."

−그만해. 이제.

아니라고, 그런 게 아니었다고. 뭐라도 말을 해야 하는데 간절함이 졸아들어 진원의 목구멍을 막았다. 효주의 무미건조한 목소리가 진원의 불가피한 정적을 타고 넘었다.

네 변명 듣고 싶지 않아. 어차피 끝이니까. 효주의 체념이 아팠다. 그런 목소리를 두 번 다시 내게 만들고 싶지 않았었는데. 이어질 말을 듣고 싶지 않았다. 말하지 마. 놓지 마. 서효주.

−안녕. 남진원.

전화가 끊겼다. 효주의 마지막 말이 단두대의 칼날처럼 떨어져 진원을 반으로 갈라놓았다. 뚜, 뚜, 무의미한 기계음이 반복되는 전화기를 귀에서 뗄 수가 없었다.

'안녕. 남진원.'

겨울의 운동장에서 안녕을 고하던 효주의 목소리가 부유했다. 흙먼지가 실린 찬 입김과 웅성거리는 아이들의 소음 너머로 읽을 수 없는 표정을 한 효주가 진원을 바라봤다. 그때, 진원은 본능적으로 효주를 놓쳐 버릴지도 모른다고 직감했다.

독서실에서 정신없이 달아나는 모습을 봤을 때는, 그게 분수령이 될 거라 확신했다. 조금만 더 기다리면, 조금만 더 떨어뜨린다면, 분명히. 돌이켜 보면 한없이 무의미한 집착이었다.

그런데 효주는 진원이 바랐던 반대쪽으로 흘러갔다. 당시에는 샘솟기 시작한 불안감을 애써 억눌렀다. 혜윤과 같이 있는 모습을 보여 주고 동요하게 만드는 게 진원의 의도였다. 서효주는 동요했다. 그대로 뛰쳐나갈 만큼.

그러니까, 그대로 있으면 참지 못하고 저에게 올 거라고 생각했다. 지금은 그냥, 바쁘니까, 할 일이 많은 시기니까 그러지 못하는 거라고 억지로 납득했다. 수능 당일, 식어 있는 효주의 표정을 보기 전까지는.

그 날은 효주에게 말한 그대로 혹시나 만날 수 있을까 싶어서 효주네 반 여자애들이 어디로 배정을 받았는지 물어물어 찾아가 봤다. 이제 중요한 일은 전부 끝났으니까, 찾아가면 원하던 말을 들을 수 있지 않을까 싶었다.

실제로 만날 거란 기대는 적었는데 다가간 교문 앞에는 정말로 효주가 쪼그려 앉아 있었다. 저도 모르게 웃음이 나서 어깨를 두드렸다. 그런데 진원을 올려다보는 효주의 눈이 달라져 있었다. 타인을 보는 것만 같은 눈. 귀찮아하는 눈. 가슴이 덜컥 내려앉았다.

억지로 대화를 진행시켜 보려고 해도 시큰둥한 반응밖에 안 돌아왔다. 진원이 성가시다는 듯 효주가 대수롭지 않게 뱉은 이름에 미소가 저절로 가셨다.

'혜윤이라든가.'

서효주가 그 이름을 아무렇지도 않게 꺼내서는 안 됐다. 발끈했다. 그래서 말했다. 김혜윤이 저를 좋아한다고 말했다고. 이미 거절한 고백이었다. 하지만 오기에 휩싸여 무슨 말이든 하고 싶었다. 효주의 무반응을 깎아내릴 수 있는 거라면 뭐든. 그러나 대신 효주는 말했다.

'그걸 왜 나한테 물어.'

덤덤한 대구에 버릇처럼 반복했던 말이 혀끝을 씹기도 전 제멋대로 튀어 나갔다.

'친구잖아.'

그러면 서효주가 웃었다. 그 말에 다친 표정을 지었어야 했는데, 오히려 웃음을 보였다. 이제는 그따위 수작에 반응하지 않겠다는 것처럼.

그 순간이었다. 진원은 비로소 제가 정말로 뭔가 잘못을 저지른 거라고 깨달았다. 무거운 문이 눈앞에서 쾅 닫혀 버리는 소리를 들은 것처럼 귓가가 멍멍했다. 끝이 난 것만 같은 기분이 들었다.

그 뒤로 효주는 종적을 감췄다. 여태까지처럼 찾기 어렵다, 가 아니라 아예 찾을 수 없게 되었다. 전화를 해 보면 받지 않는 게 아니라 없는 번호라고 했다. 반에 찾아가 보면 다들 못 본 지 오래됐다고 했다.

'할머니가 편찮으셔서 할머니 댁에 내려가 있는다고 하더라. 졸업식에는 나올 거라고 했어. 그런데 둘이 친했니?'

교무실에 찾아갔을 때 효주네 담임에게서 들은 말이었다.

졸업식. 툭 끊어지려고 했던 이성의 끈을 겨우 붙잡게 만든 단어였다. 누군가 이마에 물방울을 일정하게 떨어뜨리기라도 하는 것처럼, 진원의 머릿속은 하루가 다르게 조각나는 중이었다.

왜. 결국 말하지 않고 끝낼 만큼의 감정이었나. 날 그만큼 좋아했던 건 아니었나. 벌써 끝나 버린 건가. 실수였던 걸까. 그러지 말았어야 했을까. 돌이킬 수 없는 일이 되어 버린 걸까. 포기하게, 만들어 버린 걸까.

하지만 졸업식에 나올 거라는 얘기를 듣고 나서, 진원은 마음을 다잡았다. 아직 되돌릴 기회가 남아 있다면, 아무것도 필요 없었다. 좋아한다고 말하자. 늦지 않았다면, 너도 같은 마음이라면…… 자존심 따위를 챙길 여유 같은 건 효주의 무심한 표정을 보았을 때 이미 바닥이 났다.

좋아한다고, 네가 좋아졌다고 그 말만은 꼭 말해야 했다. 그렇게 매일같이 분침의 움직임을 좇으며 기다렸다. 몇 번이고 할 말을 정리해 가면서 졸업식까지의 시간을 셌다.

웅성거리는 인파 속에서, 멀리 보이는 벤치 앞에 서 있는 효주를 발견했을 때 달리고 말았던 건 그래서였다. 진원은 기념사진을 위해 어깨동무를 하고 있는 팔들을 뿌리치고 효주에게 다가갔다.

해야 할 말이 있었다. 정말로 늦어 버리기 전에 전해야 할 말이 있었다.

'서, 효주……'

진원의 부름에 교복 위에 단정한 코트를 입고 주머니에 손을 넣은 채인 효주가 뒤를 돌았다. 얼굴을 보고 진원은 안심했다. 효주가 개운한 얼굴로 웃고 있었다. 저를 기다리고 있었다는 것처럼 웃었다. 진원도 가빠진 숨을 고르며 효주를 따라 웃었다.

'오랜만이다.'
'……그러게.'
'남진원, 뭐 하냐? 와서 사진 찍어! 빨리 와!'

뒤에서 달려 나간 진원을 부르는 반 아이들의 목소리가 시끄러웠다. 지나치게 시끄러워서 뭐라고 말하려고 했던 말들이 제대로 생각이 나질 않았다. 눈을 느리게 깜박이며 하고 싶었던 말을 정리하고 있자면, 그 위로 효주의 차분한 목소리가 겹쳤다.

'그동안 고마웠어. 진원아.'

꼭 마지막인 것처럼 그렇게 말했다.

'네 덕분에 고등학교에서 돌이켜 볼 만한 추억도 생겼고.'
'아, 사진 찍고 얘기해. 남진원 오라고!'

왜 그동안이라는 말을 하는 건지 묻고 싶었다.

'……친구들한테 가 봐.'

효주가 작게 웃으며 뒤쪽으로 손짓했다. 그러곤 벤치에 앉았다. 앉아서 기다리고 있겠다는 것처럼 그렇게 웃었다.

'여기 있어. 바로 돌아올게.'
'아, 빨리 와! 너 때문에 우리 반 사진 못 찍잖아!'

현재가 반 애들 몇 명을 끌고 와서 진원을 보챘다. 진원은 효주와 눈을 맞췄다. 효주는 그 눈을 피하지 않고 옅은 미소를 지었다.

'꼭 기다려. 해야 할 얘기가 있으니까.'

당부를 하고 뒤돌아 꽃다발로 어깨를 짓누르는 현재의 손에 끌려갔다. 뭐라고 말을 해야 할까. 다짜고짜 널 좋아했다고. 좋아해 왔다고 말해도 괜찮을까. 시끌시끌한 주위 소음과 바람결에 실리듯 작은 목소리가 환청처럼 들렸다.

'안녕, 남진원.'

3분도 지나지 않아 서둘러 돌아왔을 때 이미 벤치는 텅 비어 있었다. 그때야 방금 전의 '안녕'은 잘못 들은 게 아니라 효주의 마지막 인사였다는 걸 알았다.

서효주는 진원의 이야기 같은 건 더 들을 필요가 없다고 생각했다. 진원이 오랫동안 반복해 온 실수에 대한 기다려 달라는 물음에마저 끝까지 답을 주지 않았었다는 건, 다음 몇 달간 그 짧은 마지막 만남을 수백 번 곱씹어 보고 나서야 깨달았다.

실은 진원이 효주를 찾고자 정말 노력했다면, 어떻게든 찾을 수 있었을지도 몰랐다. 증발했다고 해도 정말 세상에서 사라져 버린 건 아니었으니까. 그렇게 하지 못했던 건, 정말은 꼴사나워 보이기 싫어서도, 언젠가 다시 만날 거란 확신이 있어서도, 효주가 계속 저를 좋아하고 있을 거라는 자신감이 있어서도 전부 아니었다.

혹시 더는 아닐까 봐, 이젠 아니라고 할까 봐서.

효주가 먼저 저한테 다가와야 한다는 웃기지도 않은 자존심 때문에 멍청한 짓을 반복한 걸 들킨 걸까 봐 겁이 났다. 기껏 재회한 눈동자가 무감정해졌을까, 더는 효주에게 제가 아무것도 아니라는 걸 확인받게 될까 무서웠다. 상처 냈던 걸 후회하면서도 더 이상 상처를 낼 마음조차 사라졌을까 봐, 아무것도 할 수가 없었다.

우연히 탄 버스에서 익숙한 등을 발견했을 때는 환각을 보는 건가 싶었다. 손을 들어 어깨를 두드려 보고 나서야 현실인 걸 알았다. 그리고 곧 돌아본 눈동자에 아직도 저를 향한 감정이 있다는 걸 발견했을 때 진원은 더 이상 망설이지 않겠다고 결심했다.

더 소중하게 색칠할 수 있었던 많은 나날들이 존재했다. 그 시간을 진원은 효주를 흔들고 아프게 만드는 데에 낭비했다. '안녕. 남진원.' 하는 재회의 인사를 들었을 때, 조그맣고 스산하게 들려왔던 작별의 안녕은 두 번 다시 하게 만들지 않을 거라고, 더는 불안하게도, 흔들리게 만드는 일도 없을 거라고 다짐했다.

　-재미있었어?

　-내가 네 행동 하나하나에 울고 웃고 하는 게 재밌었어? 그래서, 다시 찾아와서 갖고 놀고 싶었어? 시간이 지났는데도 여전히 널 좋아하는 걸 보면서 비웃었어?

　-안녕. 남진원.

알고 있었다. 그런 모진 말을 하게 만든 건 누구도 아닌 진원이었다. 제 탓이었다. 진원의 이기심은 기만하고, 숨기고, 그러고도 연애가 무사하기를 바랐다. 그 결과가 두 번째 작별 인사였다.

진원은 손톱이 깨질 만큼 휴대전화를 세게 움켜쥐었다. 효주는 이별을 말했다. 진원이 하는 얘기를 듣고 싶지 않다고 했다. 하지만 그렇게 놔둘 수 있을 리가 없다.

어제까지만 해도 한 잎 한 잎 피워 낸 새로운 모습으로 진원을 보고 웃었다. 몇 번이고 다시 반할 만큼 예쁘게 웃고 있었다. 좋아한다고 말해 주었다. 그동안 염원했던 순간을 겨우 잡았다고 생각하자마자 손가락 사이로 흘러내렸다.

이대로 보낼 수는 없었다.

피가 통하지 않는 것처럼 얼어붙었던 손가락에 온기가 돌아왔다. 진원은 가볍게 주먹을 쥐었다 폈다. 어차피 처음부터 지금까지 진원은 계속 이기적이었다. 조금 더 자기중심적이 된다고 잃을 건 없었다. 가만히 있어도 떠난 채로 있을 터였다.

이번에는 놓칠 수 없다. 꼴불견이어도 상관없다. 욕을 듣는데도 상관없다. 결과가 엉망이어도 괜찮다. 효주는 끝을 고했다. 하지만 진원은 쫓아가지 않겠다는 약속 따위는 하지 않았다.

불연속점에 서서

효주는 서울로 돌아와서 꼬박 하루를 앓았다. 지난밤 옆에서 곤히 잠든 선우를 두고 효주는 한숨도 자지 못했다. 동이 틀랑 말랑 할 때 몰래 빠져나와 첫차를 타고 올라왔다.

돌아오는 버스 안에서는 내내 울었다. 다들 있는 방 안에서는 터질 기미가 없었던 눈물샘은 이제는 풀어져도 되겠다 싶었는지 한번 터지자 도무지 멈출 생각을 안 했다.

무슨 일이 있냐고 묻는 어머니의 물음에도 고개만 겨우 젓고는 집에 돌아오자마자 침대에 틀어박혔다. 옷을 갈아입을 힘도, 씻을 힘도 없었다. 이불 속에 파묻혀 웅크리면 금세 열이 올랐다. 온몸을 쑤시고 비트는 근육통에 식은땀으로 뒤덮였다.

머릿속이 온갖 의문으로 범벅이 돼 깨져 나갈 것만 같았다. 현재도, 선우도 알고 있었는데 저만 아무도 모르는 줄 알았다.

그래서 현재가 효주를 처음 만났을 때 '드디어 고백을 했냐.'고 물어봤던 거였다. 아직도 진원을 좋아해서 고백을 해 버리고 말았냐고, 그래서 진원이 받아 준 거냐고. 고등학교 때부터 효주를 알았다고 했으니 내심 안쓰러워하고 있었던 걸지도 몰랐다.

'나랑 만나. 친구로 말고. 남자랑 여자로.'

대뜸 그렇게 말했던 건, 그저 매사에 유들유들한 구석이 있는 진원의 성정 때문인 줄로만 생각했다. 그게 아니었다. 진원은 이미 알고 있었기 때문이었다. 효주가 저를 좋아했다는 걸. 여전히 구질구질하게 들러붙는 그 연정을 버리지 못해서 끙끙 앓고 있을 거라는 걸.

그래서 선심을 쓰듯 그렇게 손을 내민 거였을까. 나쁜 생각들은 잘못 박힌 못처럼 효주의 머리를 괴롭혔다. 저를 좋아하긴 했을까. 여태까지는 그런 줄로만 알았다. 좋아해서 저를 보고 웃고, 뺨을 매만지고, 원한다는 듯 키스를 한다고 생각했다.

'네가 좋아. 좋아해.'

제 몸을 있는 힘껏 그러안으며 전했던 진원의 말이 진심이라고 믿었다. 밀착한 몸의 온도가 높았다. 목소리의 진동이 열렬했다. 그게 바로 어제 일이었는데도 마치 꿈속에서 깨어난 것마냥 막연했다.

진심이 아니었을 수도 있다. 그런 생각이 드는 게 제일 아팠다. 너무 예민하게 굴지 말자고. 작은 일에 흔들리지 말자고 다짐했던 직후, 효주의 안일함을 조소하듯 안심이 박살 났다.

왜 그랬을까. 왜 내내 알고도 모른 척을 했던 주제에 다시 찾아와 다정하게 굴었을까.

우연히 만나고 나서 아직도 저를 좋아하는 효주가 우습고 불쌍해서였을 수도 있다. 아니면 막 누군가를 사귀어 볼까 싶던 시점에 마침 발견된 게 효주, 저였을 수도 있다.

부글부글 끓어오른 치졸한 의심들은 그대로 고열이 되어 전신에 퍼졌다. 그래서 아팠다. 두터운 이불 안에 꼭꼭 숨어서도 한참을 앓을 만큼.

집에 도착하기 직전에 터미널에 데리러 오신다는 어머니와 연락을 하려 꺼 뒀던 전화기를 켰다. 그러면 전화가 계속 울렸다. 진원의 번호는 버스에 올라타자마자 홧김에 수신 거부를 해 뒀다. 혹시나 해서 어제 교환했던 현재의 번호도 같이 등록했다.

휴대폰 화면을 확인해 보니 모르는 번호였다. 효주는 이 번호도 수신 거부를 해 버릴까 얼마간 망설이다가 전화를 받았다. 누구 번호일지는 받기도 전에 알았다. 선우였다.

―효주야. 무슨 일인지는 모르겠는데 진원이 얘기도 좀 들어 주라.

내가 말을 잘못 전달한 것 같아, 응? 곤란한 듯 말하는 선우의 목소리에 마음이 흔들렸다. 아닐 수도 있었으니까. 그런데 정작 전화기를 건네받은 진원은 효주의 물음에 침묵했다.

'알고 있었어?'

질문 뒤에는 아니라고 대답해 줘, 라는 속마음이 숨어 있었다. 아니라고 하면 그냥 그 말을 믿었을지도 몰랐다. 그렇게 좋아한다고 말했는데, 일부러 모른 척 저를 농락했을 리가 없다고 애써 납득했을 거였다.

그런데 진원은 한 번도 아니라고 하지 않았다. 제 이름만 불러 대는 당황이 섞인 목소리에, 효주는 결국 선우가 했던 말이 정말이라는 걸 확신했다. 들이쉬는 공기가 차가웠다. 치밀어 오른 화는 몸을 달구는 대신 오히려 머리를 차갑게 식혔다.

불안감을 무시하지 말았어야 했다. 효주의 가슴이 공기방울이 섞이지 않은 얼음처럼 깨끗하게 얼어붙었다. 혹시 일부러 그러는 건가 의혹을 가졌던 적이 없는 것도 아니었다. 다만 남진원이 그럴 리가 없어. 그렇게까지 할 이유가 없어. 그런 애가 아니야. 하며 늘 부정해 왔던 것뿐이다.

그러지 말았어야 했는데.

진원은 처음부터 전부 알고 있었다. 하긴 타인의 심리에 기민하기 짝이 없는 진원이 몰랐다고 생각한 게 더 어리석었다. 효주는 여태 그 말이 저를 향한 우정이라고 생각했다. 그러나 진원은 제 말에 효주가 일희일비하는 그 모든 순간들을 알면서도, 다 알면서도.

참지 못하고 독을 뱉었다. 잘 벼려져 가장 날카로운 말들을 골라 진원에게 던졌다. 똑같이 아팠으면 싶었다. 저를 상처 입힌 만큼 진원도 다치길 바랐다.

날 갖고 놀았어. 비웃었어. 제 말에 낱낱이 상처받고 있다는 걸 알면서도 진원은 몇 번이고 효주를 찔렀다. 그러고도 태연하게 웃었다. 효주는 진원도 저와 똑같이 피를 흘리게 만들고 싶어 견딜 수가 없었다.

그런데 혀끝에서 자아낸 독은 목 뒤로 넘어가 효주까지 감염시켰다. 속였다. 가지고 놀았다. 재밌어했다. 제가 했던 말들이 그대로 침전되어 온몸에 스며들었다. 정말 그랬을까. 정말로 그 모든 시간들은 저에게만 반짝였던 걸까. 진원에게는 그저 유희거리 뿐일까.

효주는 베개 속에 얼굴을 파묻었다. 이대로 녹아서 사라져 버리고 싶었다.

수백 가지 형태의 혹시와 설마가 번갈아 효주를 괴롭혔다. 재회 후의 진원이 했던 말은 진심이었다고 믿고 싶었다. 애정이 어린 눈가로 예쁘다고, 좋아한다고 해 주었던 말들이 만약, 만약 진심이 아니었다면…….

두 눈을 질끈 감았다. 누군가 두개골을 끌로 조각하는 것 마냥 머리가 아파 왔다.

잊어버리고 싶었다. 혼자 되풀이한다고 답을 알 수 있는 문제가 아니었다. 혹사당한 몸에 피로감이 가득했다. 더 이상 생각하고 싶지 않았다.

효주는 머리 위로 이불을 뒤집어썼다. 간신히 만들어 낸 어둠 속에서 애써 잠을 청했다. 그러고 나면 모든 문제가 단지 악몽으로 산화되기라도 할 것처럼.

선잠에 빠지다 말다를 반복하던 효주는 방문을 똑똑 두드리는 소리에 스르르 눈을 떴다. 작게 열린 문틈으로 어머니의 걱정스러운 얼굴이 보였다.

"효주야. 몸은 좀 괜찮아졌니?"

"……네."

거짓말은 아니었다. 들끓던 고열의 원인은 몸에 있는 게 아니라 정신에 있어서, 몸은 어느새 어느 정도 아픔이 가신 상태였다. 어머니가 침대 맡에 다가와 효주의 머리를 짚어 보고는 고개를 끄덕였다.

"엄마네 회사에 갑자기 문제가 생겼대서 잠깐 나가 봐야 할 것 같아. 냉장고 가운데 칸 냄비 안에 죽 있으니까. 배고프면 꺼내서 데워 먹고. 굶지 말고, 응?"

"……그럴게요."

"그리고 설 선물 들어오느라 오늘 택배가 몇 개 올지도 모르는데, 혹시 몸 괜찮으면 받아 주고. 아니면 그냥 놔둬."

"알겠어요."

어머니는 마지막으로 효주의 이마에 들러붙은 머리카락을 귀 뒤로 넘겨 주고는 어머니가 방문을 닫았다. 문 너머로 현관문이 열렸다 닫히는 소리가 들렸다. 효주는 똑바로 누워 천장을 응시했다. 진원의 얼굴이 퍼뜩 떠오르려 해 다시 눈을 감았다.

생각하지 말자. 생각하지 말자. 이대로 잊어버리자.

어차피 작년 겨울 이맘때에도 똑같이 겪었던 일이었다. 떠올리지 않으려고 노력하면, 아예 잊히지는 않더라도 무뎌지기 마련이다.

예전에는 잠이 오지 않을 때마다 몰래 맥주를 사 먹고 잠이 들곤 했다. 그러나 만약 지금 그렇게 했다가는 취기에 홀려 진 원에게 전화를 해 욕이라도 해 버릴 것만 같았다. 그러고 싶을 만큼 그때보다 지금이 훨씬 더 절박했다.

식욕은 하나도 없었다. 굶지 말라던 어머니의 당부에도 아무것도 먹을 수가 없었다. 효주는 죽이 든 냄비를 위에 올려 두고도 뚜껑을 열지 못하고 그대로 그 앞에 엎드렸다. 잠을 자고 싶었다. 꿈조차 꾸지 않는 아주 깊은 잠. 잡념을 전부 묻고 나올 수 있는 잠에 오래도록 빠져 있고 싶었다.

하지만 어지러운 마음으로는 그것조차 마음대로 되지 않았다. 멍하니 서늘한 유리 위에 볼을 기대고 있으면 하기 싫은 생각만 자꾸 피어올랐다. 효주는 식탁 앞에서 몸을 벌떡 일으켰다.

거실로 나가 소파 주위를 뱅글뱅글 걸으며 돌았다. 탁자 위의 티슈를 잘게 찢어 돌돌 말아서 소복한 더미를 만들었다. 리모컨을 붙잡고 채널을 하염없이 돌렸다. 제일 좋아하는 영화를 틀어 놓고 대사가 나올 때마다 따라 했다. 그 사이 어머니의 말씀대로 택배 기사분이 두 번이나 벨을 눌러 그것도 받아 뒀다. 물론 그 사이에 울지 않았다는 말은 아니다. 눈물이 예고 없이 주룩 흐르면 손으로 눈가를 닦으면서 아무거나 의미 없는 행동을 계속했다.

또다시 벨이 울린 것은 효주가 물을 채운 세면대에 휴대폰을 담그면서 화면이 나가는 걸 구경하고 있을 때였다.

2년도 안 된 사이에 벌써 전화를 두 대를 수장시켰다. 그렇지만 가만히 놔뒀다간 또 휴대폰을 붙잡고 고민을 할 게 뻔했다. 진원의 번호를 몇 번이고 입력했다가 실수로 연락이라도 해 버릴까 무서웠다. 효주는 화면이 얼룩지다가 까맣게 물드는 걸 확인하고는 화장실을 나섰다.

"잠시만요!"

효주는 빠른 걸음으로 현관에 도착했다. 그리고 도어록을 해제하고 문을 열어젖히자마자 그대로 정지했다.

진원이었다.

효주가 반사적으로 문을 닫기도 전에 사이로 진원의 발이 먼저 끼어들었다. 문고리를 잡은 손에 힘을 주어 당겨 봐도 문은 꼼짝할 생각도 안 했다. 진원이 발을 움직여 문 틈새를 더 벌렸다.

"내…… 얘기 좀 들어 줘."

"가."

"미안해."

화가 났다. 간신히 떠올리지 않고 있었는데 실물이 눈앞에 나타나면 마음이 흔들리는 건 당연한 수순이었다. 효주는 시선을 아래로 고정하곤 내뱉었다. 시야에 들어온 진원의 신발코는 스키장으로 향하던 차 안에서 본 것과 똑같았다. 사과를 하는 목소리에 우울감이 잔뜩 끼어 있었다. 효주는 이를 악물었다.

"가. 들을 얘기 없어."

진원의 음성이 잔뜩 쉬어 있어서 화가 났다. 얼핏 스친 얼굴이 밤새 잠도 자지 못한 것처럼 엉망이어서 또 화가 났다. 마치 효주를 절대 놓칠 수 없다고 얘기하는 듯한 진원의 모든 징후에 화가 나서 참을 수가 없었다.

"미안해."

실은 그저 그것만으로도 진원을 용서해 버릴 것 같은 저 자신에 제일 화가 치밀었다.

"……알겠으니까, 가."

"예전부터 좋아했어."

뜬금없는 진원의 말에 효주는 무심코 고개를 들었다. 시선에 닿은 얼굴이 더없이 진지한 기색을 띠고 있었다.

"뭐?"

"고등학교 때부터, 줄곧, 네가 좋았어."

진원이 조심스럽게 발음하는 짧은 문장의 모든 음절이 날아와 정중앙에 꽂혔다. 효주는 진원의 충혈된 눈동자를 가만히 직시했다.

"날 좋아했다고? 그때부터?"

"……맞아."

진원이 고개를 끄덕였다. 효주는 당기려고 애쓰던 문고리를 아예 놓아 버렸다. 둘 사이를 가르던 문의 틈이 넓어졌다. 한층 가까워진 거리에서 효주는 진원을 향해 미소를 지었다.

"……진원아."

작게 이름을 부르면 진원의 두 눈에 안도감을 닮은 기운이 어렸다. 효주는 그 눈을 똑바로 쳐다보면서 맘속에 떠오르는 한 글자 한 글자에 진심을 담아 말했다.

"그게 더 최악이야."

굳어지는 진원의 표정에 효주는 입가에 퍼지는 조소를 걷잡을 수 없었다. 저를 알게 된 이후로도 진원은 여자 친구를 둘이나 더 사귀었다. 그러면서 효주의 앞에서 그 관계를 과시하듯 스스럼없이 보여 주었다.

좋아했다는 게 사실이라면 어떻게 그럴 수가 있을까. 그러면 안 되는 거였다. 비웃음에 섞여 속에 응어리진 독설들이 속사포처럼 쏟아져 나왔다.

"그땐 아니었다가, 지금은 좋아한다는 말보다 그게 더 나쁜 거야. 알아? 넌 지금 나한테 좋아하는 상대를 1년이 넘게 멋대로 가지고 놀고도 죄책감을 못 느꼈다는 말을 하는 거야. 네가 그것밖에 안 되는 인간이었다는 소리를 하는 거라고."

"서효……."

"이었다, 가 아니라 지금도 그런 인간이라는 게 맞겠지."

효주의 단언에 진원의 턱이 눈에 띌 만큼 떨리기 시작했다. 마주친 눈이 쉴 새 없이 깜박였다. 그러나 그 모든 변화는 효주의 조소를 더 깊게 만들기만 했다.

"그래서, 그랬던 게 미안해서 뒤늦게 만회하려고 한 거야? 그래서 사귀자고 했어? 그러고 나면 내가 싹 잊어버리고 너하고 다시 좋아지낼 거라 생각해서? 그러면 그랬구나, 좋아해 줘서 고마워, 사귀자고 해 줘서 고마워, 그렇게 말할 줄 알았어?"

목소리가 제 귀로 듣기에도 악에 받쳐 있었다. 태어나서 누군가에게 이렇게 직설적으로 빈정거려 보는 건 처음이었다. 진원의 표정이 연신 아리게 흔들렸다. 아마 효주가 고등학교 때 진원의 앞에서 지었던 표정과도 닮은 방식으로.

"너, 나한테 미안하다고 했지. 그거 알아? 네가 진짜로 미안하다고 생각했으면……."

효주는 냉소적으로 손가락을 들어 진원의 어깨를 밀어냈다.

"넌 날 발견하지 말았어야 해."

진원의 몸은 언제 완강하게 버텼냐는 듯, 가벼운 손짓에도 쉽게 뒤로 밀려났다.

"미안했으면 내가 눈에 띄었어도 그대로 모른 척 지나갔어야 해. 그러면 네가 준 그 알량한 우정이라는 허울이나마 나는 소중하게 갖고 살았을 테니까. 그때의 기억마저 망가지진 않았을 테니까."

처음으로 겪었던 연심은 아팠던 만큼 소중했다. 계속 간직하고 있으면 거스러미는 다 떨어져 나가고 고운 부분들만 남아, 훗날 꺼내 봐도 빛을 잃지 않는 추억이 될 줄로만 믿었다.

"그러니까 가. 이제라도 그냥 지나가 버려."

효주는 어느새 뒷걸음질로 멀어진 진원을 뒤로한 채 세게 문을 닫았다. 진원의 모습이 사라지자마자 거짓말처럼 눈물이 터져 볼 위로 흘러내렸다. 개운하게 몰아붙였다고 머리로는 생각해도 눈물이 자꾸만 솟아올랐다.

닫힌 문 바깥에서 '효주야…….' 하고 부르는 어렴풋한 음성이 새어 들었다. 그 소리에 또 흐려지는 시야를 참을 수가 없어 효주는 제 방으로 달려갔다. 침대에 뛰어들었다. 아직도 축축한 베개에 얼굴을 묻었다.

제가 알아 왔던 남진원은 전부 진짜라고 믿었는데 지금은 뭐가 진짜였고 뭐가 가짜였는지 도무지 분간할 수가 없었다.

진원이 건넸던 감정들이 겉만 번지르르한 모조품에 불과했을 수도 있다고 생각하면, 겉과 속이 뒤집히는 것처럼 피부 안쪽이 아팠다.

좋아했다는 말이 사실인데 그런 효주를 가만히 보고 있었을 리가 없다. 부러 모진 말들만 골라서 던져 놓고도, 상처 입은 듯한 진원의 얼굴에 효주의 가슴에까지 같이 흠집이 났다. 밀어내도, 쫓아내도, 도망쳐도 결국 저에게 생채기가 났다.

눈을 감고 손바닥으로 눈꺼풀 위를 덮어도, 문 너머로 가려지던 진원의 마지막 표정이 눈 안쪽에 아로새겨진 듯 선연했다. 효주는 베개에 더 깊숙이 얼굴을 밀어 넣었다.

차라리 널 만나지 않았더라면 좋았을 걸. 그랬다면 이렇게 힘들 일은 없었을 걸.

효주는 몇 주 되지도 않은 시간 동안 눈에 띄게 창백해지고 여윈 거울 속 얼굴을 들여다봤다. 거울을 보는 것도 오랜만이었다. 눈가가 아직 조금 붉기는 했지만, 붓기는 거의 빠졌다. 오랜만에 마주한 제 얼굴은 똑같으면서도 많이 달라져 있었다.

억지로 입가를 당겨 미소를 지어 보았다. 겨우 얼마간 웃지 않은 것뿐인데도, 미소 띤 얼굴이 눈에 설었다. 효주는 금세 시려 오는 눈가를 의식하고는 신발에 발을 꿰었다. 벌써 오후 2시였다. 곧 만나야 할 사람이 있었다.

올해는 유난히 봄 날씨가 일찍 찾아왔다. 눈이 온다 싶었더니 아직 2월인데도, 해가 길어지는 속도보다 빠르게 공기가 포근해졌다. 효주는 겨울 내내 창문을 자주 내다보았다. 가끔은 눈이 오고, 가끔은 비가 내렸다. 눈이 오면 눈송이를 세고, 비가 오면 빗방울을 세며 시간을 보냈다.

둘 중 아무것도 내리지 않는 날에는 진원의 얼굴이 유리창에 스쳤다.

진원은 이제 더 이상 찾아오지 않았다. 처음 진원의 코앞에서 문을 닫아 버린 후에도 진원은 한참을 그 앞에서 문을 두드리고 벨을 눌렀다.

이불 틈새로도 들려오는 그 소리에 효주는 참지 못하고 인터폰을 들어 1층 경비실에 연락을 했다. 집 앞에 모르는 사람이 서 있다고, 가 버리게 좀 해 달라고. 얼마 후 두런두런 작은 소란이 일고 난 후 결국 문 두드리는 소리는 멈췄다.

그 뒤로도 얼마간 계속 진원이 찾아왔다는 건, 경비실 아저씨와 얘기를 나눈 아버지가 전해 주셔서 알게 되었다. 경찰서에 신고를 할 거라는데도 자꾸만 들어가려고 했다고. 처음 효주의 집을 찾아낸 것도 모든 집의 초인종을 눌러 확인해서였다는 것도 그때 알았다.

'무슨 일인지는 모르지만, 그렇게 안 좋게 싸운 거야?'

묻는 어머니의 말에 효주는 잠자코 고개를 끄덕였다. 혹시 진원을 마주쳐도 아무 말도 하지 말라고 간곡히 부탁했다. 어머니는 효주의 간절한 얼굴을 가만히 들여다보다가 볼을 쓰다듬으며 알겠다고 대답했다.

연수에게는 말을 못했다. 연수는 고등학교 때 일을 모르기도 하고, 진원과 친하게 지냈었던 것도 있어서 미주알고주알 얘기를 전해 주기가 꺼려졌다. 미안하지만 아르바이트를 더 이상 못할 것 같다는 얘기만 겨우 전할 수 있었다. 연수는 자세한 사정은 묻지 않고 효주에게 그저 힘내라고만 위로해 주었다.

지현이에게 말을 하자 같이 울어 주었다. 다행히 지금 지현의 연애는 순조롭다고 했다. 만약 지현까지 실연 중이었다면, 혼자 울기도 벅찬 애에게 차마 제 얘기를 할 수는 없었을 거라고 생각했다.

'우리 만나자. 만나서 술 마시자. 마시고 잊는 거야!'

울먹이는 지현의 제안을 효주는 거절했다. 술을 마시면 진원을 찾을까 봐 무서워서가 아니라 혹여 집 밖에 나서면 기다리고 있는 진원을 발견할까 봐서 그랬다. 그때는 아직도 진원이 종종 찾아오던 때였기 때문이었다.

대신 효주는 매일같이 지현에게 전화로 한탄을 늘어놓았다.

'완전히 속은 거야, 그러니까. 그런데도 어떻게 뻔뻔하게 와서 대뜸 원래 좋아했다고 말했는지 진짜 이해가 안 가. 그렇게 말하면 내가 서로 좋아했구나 하면서 기뻐할 줄 알았나?'

같은 말을 매일매일 수십 번씩 했는데도, 지현은 매번 응,

응하고 진심으로 맞장구를 쳐 주었다. 많이 힘들지, 나도 알아, 그 기분. 하고 최선을 다해 동감해 주는 지현이 효주는 정말로 고마웠다.

동이 틀 새벽 무렵이 되면 민아에게 화상 통화를 걸었다. 그러면 민아는 기꺼이 효주에게 점심시간을 할애해 주었다. 민아한테는 딱히 진원을 헐뜯을 기회가 없었다.

'내가 그 새끼 그런 걸 줄 알았어. 네가 아깝다고 했잖아, 내가. 진짜 내가 한국이었으면 패러 갔다.'

효주가 뭐라고 말을 하기도 전에 민아가 먼저 진원에 대한 혹평을 날리기 때문이었다.

효주는 민아가 구사하는 다채로운 욕설에 서러움이 차오를 새도 없이 통쾌함이 우선했다. 민아는 항상 좀 머뭇거리는 구석이 있는 효주 대신 나서서 시원하게 대거리를 하는 역할을 맡아 주었다.

그러고도 시간이 남으면, 효주는 울었다. 울어야지, 마음을 먹고 운 게 아니라 가만히 있는데도 눈물이 났다. 얼음이 녹으면 당연히 물이 떨어지는 것처럼, 효주의 눈에서도 자꾸만 짠물이 떨어졌다.

머리를 쓸어 넘기다가도 제 귓가에 머리카락을 넘겨 주던 진원의 손길이 생각이 나서 울었고, 노래를 듣다가도 이게 개를 기다리던 중에 들었던 노래였지, 기억하곤 울었다.

진원이 생각나는 물건은 전부 침대 밑에 쑤셔 넣었다. 매일 누워서 자기 전에 영화를 돌려 보던, 진원이 선물한 타블렛PC는 진작 침대 밑에 처박혔다. 지나가다가 예쁘다고 말해서 진원이 사 주었던 코끼리 얼굴 모양 쿠션도 나란히 침대 밑에 틀어박혔다. 진원의 생일 선물이라고 샀다가 결국 전해 주지 못한 향수병도 거기서 같이 뒹굴었다.

다 버려 버려야겠다 생각을 해 봐도 진원은 꽉 달라붙어 좀처럼 떨어지지 않았다. 매몰차게 밀어낼 수 있었다고 그게 그동안의 시간을 한 번에 잊을 수도 있다는 증거는 아니었다.

효주는 아무 생각 없이 운동화를 구겨 신다 거기에서도 진원을 발견했다. 신발 꼴은 엉망이어도 신발끈은 가지런히 매여 있었다.

'이렇게 하면 잘 안 풀려.'

고쳐 묶어도 자꾸만 풀리는 신발끈을 끌고 다니는 효주를 진원이 벤치에 앉히곤 직접 묶는 법을 가르쳐 준 거였다.

지금 효주의 운동화끈은 죄다 진원이 가르쳐 준 방법으로 묶여 있었다. 효주는 또 제멋대로 나오려는 눈물을 꾹 참고 끈이 없는 단화로 갈아 신었다. 집에 돌아오면 전부 풀었다 다시 묶어야지, 생각하면서.

효주는 타박타박 걸어 엘리베이터로 향하면서 휴대폰 화면을 꾹꾹 눌렀다. 임시로 아버지가 쓰시던 예전 휴대폰을 받아 쓰는 거라 버튼 인식이 잘 되지 않았다.

—나 지금 나가. 40분쯤 후에 도착할 거야.

-응. 이따 보자

민아의 답장은 금세 날아왔다. 효주는 휴대폰을 쥐고 엘리베이터 버튼을 눌렀다. 실은 아직 어디 외출을 할 만한 기분이 아니었지만, 며칠 전에 민아가 화면 너머로 돌연히 던진 말 덕에 어쩔 수가 없었다.

　-나 주말에 한국 가. 보자.
　'주말에? 너 학기 중 아니었어?'
　-금요일 수업 없으니까. 주말에 하루 들렀다 가려고.
　'한국은 갑자기 왜?'
　-너 보러. 방에 틀어박혀 혼자 골골대고 있을 게 뻔해서.

민아의 태연한 말에 효주는 그럴 필요가 없다고 손사래를 쳤지만, 민아는 간단히 대꾸했다.

　-이미 비행기표 끊었어.

그 대답에는 어떻게 거절을 할 도리가 없었다. 효주는 불안하게 일렁이는 가슴을 잠재우며 엘리베이터의 닫힘 버튼을 눌렀다.

마주칠 리가 없다. 어차피 진원이 사는 곳과는 반대 방향으로 가는 데다가, 사람도 많은 번화가였다. 효주는 열심히 그렇게 납득했다. 경비실에 인터폰으로 물어봤을 때도 그 남자애 없다는 대답이 돌아왔다. 찾아오지 않은 지가 오래라고.

이미 진원에게도 끝난 일이 된 모양이었다. 더는 설명도 사과도 할 필요가 없는.

엘리베이터에 달린 거울에 비친 초췌한 얼굴을 향해 효주는 다시 한 번 속삭였다. 그러니까, 마주칠 리가 없어.

효주는 영화관 앞 기둥에 기대 민아를 기다렸다. 이번에 만나는 게 근 2년 만에 보는 거였다. 화상 통화를 통해 봤던 민아의 머리색은 분홍색이었으니까 발견하는 게 어렵지는 않을 터였다. 주위를 두리번거려 보면, 지나가는 사람들의 머리색은 전부 어두웠다. 광고도 시작했을 시간이었는데, 아직 도착하지 못한 것 같았다.

영화관에서 만나자고 한 건 민아였다. 결국 만나겠다는 확약을 받아 내고 민아는 개구지게 웃으며 말했다.

–실은 너 보는 것도 보는 건데 곧 나 좋아하는 감독 영화 신작 한국에서 개봉하잖아. 여기서 보면 자막이 없으니까 대사를 자꾸 놓쳐서 자막이 필요해.

그래서 영화를 보기로 약속을 한 건데, 민아는 그렇게 기다린 애치고는 시작할 시각이 다 되었는데도 모습을 드러낼 생각을 안했다. 좀 초조해져서 핸드폰을 들여다보고 있으니 동시에 메시지가 도착했다.

—나 늦을 거 같으니까 표 맡기고 먼저 들어가 있어.

내용을 보고 효주는 잠깐 한숨을 쉬었다. 중학교 때부터 늦는 버릇은 알았지만, 비싼 비행기 표값 치러 가면서 한국까지 와 놓고서 지각을 할 줄은 몰랐다. 그렇게까지 할 만큼 보고 싶었던 영화였다면서. 효주는 가방을 고쳐 메고 미리 뽑아 두었던 표를 맡기기 위해 데스크로 향했다.

영화관 안에 들어서서 효주가 맨 먼저 느낀 감정은 위화감이었다. 스크린에는 막 비상구 안내 영상이 지나가는 중이었는데, 어두운 극장 안이 지나치리만큼 고요했다. 좌석을 찾아 들어가면서 그 적막이 효주는 상영관 안에 아무도 없어서라는 걸 깨달았다.

이상한 일이었다. 극장 바깥에는 영화를 예매하는 사람들로 가득했다. 아무리 사람들이 많이 찾을 만한 영화가 아니라고는 해도, 보통은 이렇게까지 비어 있는 경우가 없었다. 그것도 한창 사람이 많은 오후의 번화가에서는 특히. 관객이 없으면 상영 자체가 취소되는 경우도 빈번했다.

효주는 미심쩍게 주위를 둘러보며 좌석에 앉았다. 아무도 없는 영화관에 홀로 앉아 있는 건 기묘한 기분이었다. 가방을 바닥에 내려놓자 곧 영화사 로고가 화면에 비쳤다.

어차피 한 번 본 영화라서 좀 늦어도 괜찮으려나. 효주는 점차 밝아지는 화면을 응시하며, 영화에 집중할 준비를 했다.

10분 정도 영화의 초반부를 보고 있을 때, 발걸음 소리가 들렸다. 믿아겠거니 싶어 효주는 스크린에서 눈을 떼지 않고 계속 영화에 몰입했다. 유명한 감독인 건 알았지만, 좀 지루할 줄 알았는데 생각보다 흥미진진했다.

걸음 소리는 곧 효주의 옆에서 멈추었고, 그 주인이 자리에 앉았다. 어차피 둘뿐이라 효주는 굳이 목소리를 낮출 시도도 하지 않고 말했다.

"보고 싶었다면서 왜 그렇게 늦었어."

"……네가 날 안 봐 줘서."

돌아오는 음성에 심장이 발밑으로 굴러떨어졌다.

재미있다고 생각했던 영화의 대사들이 모조리 소음으로 변했다. 효주는 누가 목에 칼이라도 들이대고 있는 양, 아주 천천히 왼쪽으로 고개를 돌렸다. 깜깜한 시야에서 화면에서 나오는 빛이 진원의 얼굴에 희미하게 드리워 있었다. 생각할 새도 없이 자리에서 벌떡 일어나는 효주의 팔뚝을 진원이 한발 먼저 잡아챘다.

"기다려."

"왜, 네가 여기, 있어."

예상치도 못한 조우에 호흡이 가빠졌다. 어지러웠다. 효주는 진원의 손길에 이끌려 다시 주저앉고 말았다. 그러면 진원의 나지막한 목소리가 이어졌다.

"김민아 여기 안 와."

진원의 입에서 튀어나온 민아의 이름에 효주는 저도 모르게 고개를 돌려 진원을 쳐다봤다. 진원이 천천히 말을 뱉었다.

"왜냐면 너 부른 거 나니까. 내가 김민아한테 불러 달라고 부탁한 거니까."

"……그게 무슨 소리야. 네가 민아를 어떻게 알아."

"너 나온 중학교 같이 나온 거 알고, 미국에서 유학 중인 거 알고, 이름도 알면 인터넷으로 사람 찾는 거 안 어려워."

진원의 대답에 효주는 민아에게도 순간적으로 배신감을 느꼈다. 그렇게 매일 새벽 같이 욕을 해 줬으면서 어떻게 이렇게 감쪽같이 진원과 작당해서 저를 속일 수가 있단 말인가. 어쩐지 갑자기 한국에 온다고 말했을 때부터 이상하다고 생각은 했지만, 너무 대수롭지 않게 말해서 납득했는데.

효주가 얼이 빠진 틈을 타서 진원이 효주의 손 위에 손을 겹쳤다.

"……그냥 내 얘기, 한 번만 들어 줘. 서효주."

"……들을 얘기 없어."

효주는 진원의 팔을 뿌리쳤다. 후들거리는 다리에 힘을 주어 일어섰다. 머리가 어지러워 제대로 생각을 할 수가 없었다. 흔들림이 점점 심해졌다. 무서웠다.

"너 이대로 가도!"

배우들의 대사가 빈틈을 타고 텅 빈 영화관에 진원의 목소리가 울려 퍼졌다. 그 외침이 가슴팍을 관통했다. 가슴 한중간에 꿰인 정체 모를 인력에 끌려 효주는 뒤를 돌았다. 스크린의 빛을 모로 맞고 있는 진원의 안색이 파리했다.

"3월부터는 매일 학교로 찾아갈 거야. 네가 듣는 강의실마다 먼저 앉아 있을 거고, 네 대학 동기들한테도 다 찾아갈 거야. 아니, 너 매일 타는 버스 정류장부터 서 있을 거야. 그러니까 어차피 너, 나 계속 못 피해. 내가 그렇게 안 놔둘 거니까."

그러니까 제발 앉아서 내 얘기 좀 들어 줘. 끝으로 갈수록 진원의 말에 실린 어떤 절박함이 점차 무게를 더했다. 어둠 속에 반사되는 진원의 눈동자는 마치 젖어 있는 것처럼 보였다.

그게 무서웠다. 진원의 간절한 목소리에, 다급한 표정에 또 속아 넘어가고 싶어진다. 하겠다는 이야기가 뭐든 다 들어 주고 싶어진다. 셀 수 없을 만큼 보냈던 괴로운 밤을 모조리 잊어버리고 싶어진다. 효주는 결국 무너지듯 스르륵 의자에 앉았다. 진원은 기다렸다는 듯 급히 말했다.

"설명할게. 내가 왜 그랬었는지……."

그 말에 효주는 똑바로 앞을 보고 허리를 세웠다. 영화 속의 주인공이 이국적인 거리를 질주하고 있었다. 어딘지 모를 목적지를 향해 달리고 있었다. 효주는 차분한 배경음악 위로 어떠한 대사도 없이, 그저 달리기만 하는 남자의 헐떡임에 맞춰 숨을 골랐다.

"좋아했다는 말은, 필요 없어. 미안하다는 말도 필요 없어."

효주는 진원과 눈을 마주치지 않고 낼 수 있는 가장 무미건조한 목소리를 냈다.

"설명을 하겠다고 했지. 그럼 해. 다른 변명 말고 왜 그랬는지를 말해 봐."

말을 마치고 눈을 감았다. 닫힌 눈꺼풀로 빛이 투과했다. 불완전한 어둠 속에서 효주는 되뇌었다. 울지 마. 울지 말자. 이야기를 듣겠다고 결심한 건 저였다.

왜 그랬을까를 미친 듯이 고민했다. 왜인지를 몰라서 더 아팠다. 미안하다는 말에도, 좋아했다는 말에도 왜, 는 더 짙어지기만 했다.

알고 싶었다. 모른다면 결코 결말을 낼 수 없을지도 모른다. 문득문득 치밀어 오르는 둔통을 그저 견디기만 해야 할지도 모른다. 그래서 알아야 했다. 납득을 할 수 없더라도 이유는 들어야 했다.

진원이 천천히 입을 열었다.

"그 날, 백지민이 너 불러냈던 날. 네가 날 좋아한다는 걸 안 건 그때였어. 그 전에는 몰랐어. 그리고 나 김혜윤이랑 안 사귀었어. 너한테 고백받았다고 말했을 때는 이미 거절한 상태였어. 사귀었다는 거 거짓말이었어."

번뜩 눈이 뜨였다. 효주는 반신반의하는 표정으로 진원을 쳐다봤다. 지민이와 헤어지기 전에는 몰랐다. 혜윤과는 사귀지 않았다. 둘 다 이해할 수 있었다. 그런데 거짓말을 했다는 부분에서는 멈칫할 수밖에 없었다. 진원이 효주의 혼돈을 눈치챈 것마냥 말을 이었다.

"그러면서 너한테, 김혜윤하고 만나 보겠다고 한 이유는……."

진원이 잠시 말을 멈추곤 음울한 미소를 지었다.

"널 상처 입히려고."

진원의 말에 입이 절로 벌어졌다. 방금 전의 한마디를 제가 잘못 들은 건 아닌가 싶었다. 인정했다. 일부러, 상처 입히려고 그런 거라고, 그렇게 말했다. 효주는 입을 몇 번이나 벙긋거리다가 겨우 더듬거렸다.

"그게…… 무슨……."

"네가…… 나한테 한 번도 먼저 다가온 적 없는 거, 알고 있었어? 먼저 연락을 한 적도, 만나러 온 적도 없어. 늘 내가 네 어깨를 두드리고 불러 세웠지."

효주는 팔걸이를 꼭 움켜쥐었다.

사실이었다. 처음에는 왜 저에게 다가오는 건지가 의심스러워서, 반한 걸 알고 나서는 가망 없는 짝사랑에 몸을 던지고 싶지 않아서 진원을 피하는 데 열중했다. 다만 진원 역시 그 사실을 의식하고 있을 거라고는 생각지 못했다.

"네가 처음이고 마지막이야. 누군가에게 가까워지고 싶다고 생각한 것도, 날 못 견디게 필요로 해 줬으면 좋겠다고 생각한 것도. 네가 유일해. 하지만 넌 단 한 번도 나한테 먼저 다가오지 않았고 오히려 멀어지려고만 했지."

진원의 말끝이 떨렸다. 조곤조곤 흐르던 목소리에 점점 금속음이 끼어들었다. 효주는 그 미세한 균열에 귀를 기울였다.

"그래서 안달이 났어. 날 좋아한다면 왜 다가올 생각이 없는 걸까. 왜 감추려고만 하는 걸까. 그만큼의 감정은 아니라는 말일까. 그러다가 네 맘을 건드려 보면, 네가 흔들렸어. 흔들릴 때마다 네 안의 감정이 밖으로 드러나."

진원이 고개를 숙였다. 마치 더 이상은 효주의 눈을 들여다볼 수 없다고 말하듯이.

"그걸 보고 싶어서, 그렇게밖에 네 마음을 확인할 수가 없어서 널 상처 입혔어."

말을 마친 진원은 다시 시선을 올려 효주와 눈을 맞췄다. 깊이를 알 수 없는 눈동자에 효주는 말없이 비스듬히 그림자 진 진원의 얼굴을 훑었다.

곧게 뻗은 이마와 작게 찌푸린 눈썹, 그 아래 좁아든 눈매와

어스름히 비치는 뺨. 늘 거리낌 없이 매끄럽게 올라가는 입가는 가지런한 치아 아래 짓눌려 있다. 진원이 입술을 깨물고 있다. 초조해서 견딜 수 없는 표정을 하고 있다.

진원의 옆얼굴에 스치는 빛의 색이 바뀌었다. 관 안을 채우던 음악이 뚝 끊기고 남자와 여자의 대화 소리가 스피커에서 흐르기 시작했다. 효주는 선고를 기다리는 환자의 모습을 한 진원을 향해 다만 입을 열었다.

"그게…… 일부러 내 마음을 갖고 장난친 이유가 된다고 생각해?"

이야기의 얼개를 납득할 수 없는 건 아녔다. 그러나 악의가 없었어도 날붙이로 사람을 찌르면 피를 흘리기 마련이다. 그걸 진원이 몰랐을 리 없다.

잔인했다. 어린아이가 의도 없이 부리는 잔혹함을 닮은 이기심이었다. 그걸 이해해 달라는 말을 하는 건지 궁금했다. 이게 진원이 말한 설명의 끝이라면…. 효주는 대답을 기다렸다. 진원의 목울대가 울렁였다.

"알아. 내가 치졸하고 이기적이었던 거. 그때 난…… 그게 분간이 가지 않을 만큼 서툴렀고 초조했어. 불안했어. 누군가를 잡고 싶은 마음도, 잡히지 않았던 적도 처음이었어. 너는 내가 애를 태우면 태울수록 거기에 반비례하듯 점점 불투명해졌고…… 난 거기에 맞춰 점점 비겁해졌어."

하고 싶지 않은 얘기를 억지로 털어놓는 사람처럼 진원의 목소리가 갈수록 탁해졌다. 진원이 얼굴을 느리게 쓸어내렸다.

"그러면서도 네가 그런 나를 몰랐으면 했어."

몰랐다. 그래서 알게 된 후의 반동은 몇 배나 크게 다가왔다.

남진원이 그럴 리가 없어. 내가 착각한 거야. 나 혼자만. 나 혼자만. 그런데 진원은 그게 아니었다고 말하고 있었다. 초조하고 불안했다고, 그래서 비겁해졌었다고. 진원의 목소리가 떨려갈수록 효주의 마음은 가라앉았다.

"네가, 처음부터 날…… 어떤 사람으로 봐 왔는지 알아. 적당히 여유롭고, 적당히 친절하고, 어딘가 대단한 구석이 있는…….
그런데, 봐. 난 여유 같은 거 하나도 없어. 최소한 너에 얽힌 일에 대해서는. 그저, 줄곧 그런 척을 하는데 급급했던 것뿐이지.
너한테도…… 나 자신한테도."

진원의 대개는 부드럽고 나지막한 음성에는 그 말을 증명하듯 두텁게 쉿소리에 배어 있었다. 이제 효주는 진원의 눈을 똑바로 바라볼 수 있었다. 그러나 진원은 효주를 응시하려고 노력하면서도 이따금 시선을 피했다. 꼭 무언가를 두려워하는 사람처럼.

"네가 현재하고 엮이는 걸 싫어했던 이유도, 거의, 그것 때문이었어. 내가 그렇게 유치하게 굴었다는 걸 들킬까 봐. 그런 면을 들키는 게 싫었어. 네가 알게 되면 나한테 실망할 거란 걸 알았으니까. 인정할게. 실은 네가 알게 되면, 또 상처받을 거라는 거보다 그저 네가 달아날 거라는 사실이 무서웠어. 더이상 날 좋아하지 않게 되면…… 내 인생에서 또 빠져나갈지도 모른다는 게."

무섭다고 말한다. 어떤 일에도 겁을 먹지 않을 거라고 생각했던 진원이, 저 때문에 두려웠었다고 말한다. 다른 어떤 것보다 그 말에 묻어나는 진심이, 끊어졌다고 생각했던 절벽의 틈 사이에 차오르기 시작했다.

"그거랑 또 반쯤은, 너한테는 나밖에 없었으면 했던 것도 있었고."

진원의 말과 동시에 영화 속의 배경음악이 또 바뀌었다. 잔잔한 야상곡이 흘렀다. 진원이 씁쓸한 얼굴을 했다. 효주는 눈에 의문을 품고 진원의 뒷말을 기다렸다.

"난, 아마, 네가 생각하는 것보다 훨씬 집요하고 독점욕이 많아. 나도 몰랐어. 널 만나기 전까지는. 그래서 더, 미숙하게 굴었는지도 모르지. 느껴 본 적 없는 갈증을 해소하기 위해서 어떻게 해야 할 줄을 몰랐어. 그냥 네가 나한테 먼저 좋아한다고, 말하게 만들고 싶다는 생각이 머릿속에 꽉 차서……."

말끝을 흐리는 목소리에 꽉 막힌 물기가 느껴졌다. 음악이 단조로 바뀌는 것처럼 진원의 음색이 한층 어둡게 내려앉았다.

"왜냐하면 내가 아니었을지도 모르니까."

진원이 고개를 숙였다. 어둠 속에 가려진 얼굴이 어떤 표정을 짓고 있는지 보이지 않게 되었다. 그러나 떨리고 있는 턱의 움직임만큼은 확연했다.

"내가, 내가 널 먼저 발견한 것뿐이잖아. 그게 아니었다면, 네가 먼저 나한테 다가오는 일은 절대로 없었겠지. 내가 운이 좋게 널 발견하고, 알아보고, 말을 걸었기 때문에 네가 날 좋아하게 된 건 아니었을까. 만약, 다른 사람이었다고 해도, 넌 그 사람을 좋아하게 되지 않았을까, 그런 생각이 늘 떠나질 않았어. 만약, 너한테 처음 말을 건 게 현재나, 아니면 다른 사람

이었다고 해도…….'

진원이 목을 기울여 어딘가 주눅이 들어 보이는 미소를 지었다. 효주는 따라 웃지 않았다. 그저, 진원의 이야기를 계속 듣기만 했다. 더 듣고 싶었다.

"그래서 사실 난 네가 다른 사람이랑 친해지는 것도 싫어. 누가 너한테 말을 거는 것도 싫어. 그렇게 해서 네 세계가 넓어지면, 더 좋은 사람이 많이 있다는 걸 알게 될 테니까. 그러기 전에 확신을 갖고 싶었어. 네가 먼저 좋아한다고 말해 주면 안심할 수 있을 것 같았어. 나 말고도. 내가 아니라도, 가 아니라 나여서, 나라서 좋아진 거라고."

바보 같은 거 나도 알아, 진원이 덧붙였다. 바보 같다고는 전혀 생각하지 않았다. 저도 마찬가지였다. 진원이 만났던 여자애들은 전부 효주와 전혀 다른 타입이었고, 그 때문에 이따금 진원이 저를 만나는 건 한때의 변덕이 아닐까 하는 꺼림칙한 생각이 들곤 했다. 하지만 효주는 굳이 그런 말을 입 밖에 내지 않았다.

"그러니까 결국 전부, 내가 멍청하고 약해 빠져서였어. 그래서 그런 거였어."

말을 맺은 진원은 평소처럼 올곧게 눈을 마주쳐 왔지만, 효주는 그 뒤의 떨림을 읽을 수 있었다. 효주의 반응을 기다리며 저를 직시하는 진원이, 어쩐지 한없이 어리고 작아 보였다. 약해 보였다. 마치 잘못 던진 말 한 마디에 부서질 수도 있을 만큼. 그런 진원의 모습이 효주의 아랫배에 뭐라고 이름을 붙이기 어려운 파문을 일으켰다.

효주는 멋대로 움직이려고 하는 손을 깍지 꼈다. 침을 삼키고, 평온한 목소리를 가장했다.

"이유가 있었다고…… 네 행동이 정당화되는 건 아니야. 잊어버릴 수 있는 것도 아니고, 없던 일이 되는 것도 아니야. 나는 네 말을 다 믿을 수도, 괜찮다고 말해 줄 수도 없어."

여전히 상영 중인 영화 속에서 주인공들은 격렬한 논쟁을 하고 있었다. 소리를 지르고, 물건을 던졌다. 어쩌면 그렇게 하는 게 더 뒤끝이 남지 않는 싸움일지도 몰랐다. 계속 엇갈리고 속마음을 감추던 저희 둘보다는. 하지만 효주는 소리를 지르지 않았다. 진원의 말을 듣고, 곱씹고, 소화했다.

"……알아. 나 용서해 달라고 말하러 온 거 아니야. 믿어 달라고 말하려고 온 것도 아니야."

진원이 아주 어려운 얘기를 꺼내는 사람처럼 몇 번이고 입술을 짓씹었다. 그러곤 눈을 한 번도 깜박이지 않은 채 더할 나위없는 진심을 고하는 태도로 말했다.

"나도 상처 입혀 달라고 온 거야."

그 단호한 말에 효주는 저도 모르게 작게 숨을 들이쉬었다. 진원은 그런 효주의 동요에 용기를 얻은 사람처럼 빠르게 말을 뱉어 냈다.

"화를 내고 싶으면 내. 욕을 하고 싶으면 해. 때리고 싶으면 때려도 돼. 다른 남자랑 만나고 싶으면 그것도 그렇게 해. 내 앞에서 그 사람 자랑을 하고 싶어지면 자랑도 해, 하고 싶은 만큼. 못되게 굴어도 돼. 아니, 네가 어떻게 해도 못된 거 아니니까, 하고 싶은 대로 다 해 줘. 속으로 삭이지 말고, 그렇게 묻어 버리지 말고 나한테 다 퍼부어. 내가 다 들을게. 다 당할게. 아니, 당하는 게 아니라…… 나 때문에 아팠던 거 그대로 돌려줘도 돼. 아니, 몇 배는 더 가지고 놀아도 돼. 나 봐 달라고 안 할게. 그냥…….”

무언가가 깨지는 소리가 들렸다. 효주는 그 파열음이 영화 속에서 들려온 것인지, 제 머릿속에서 들려온 것인지 분간할 수가 없었다.

“그렇게라도 만나 주기만 해 줘. 내 앞에서 사라지겠다고만 하지 마.”

정적이 고였다. 효주는 눈앞에서 곧이라도 부서질 것처럼 구는 진원을 지그시 응시했다. 진원의 얼굴을 하나하나 뜯어보았다. 왼쪽 귓바퀴의 작은 점부터, 사정없이 떨리는 입가의 패임까지.

그 애였다. 몇 번이고 저를 떨리게 만들었던 바로 그 애였다. 그 진원이 본 적 없는 얼굴로, 들은 적 없는 말을 하고 있었다. 효주는 몇 번이고 눈을 깜박였지만, 진원은 계속 그대로 눈앞에서 절박한 얼굴을 하고 있었다. 침묵이 길어지자, 진원이 간청하듯 속삭였다.

“……효주야. 뭐라고 대답 좀 해 줘.”

“내가…… 싫다고 한다면?”

다 필요 없고, 그냥 더 이상 네가 보기 싫다고 한다면? 효주는 충동적으로 그렇게 말했다. 어디서 그런 말이 떠오른 건지 알 수 없었다.

사실은 정말로 더 이상 보고 싶지 않다고 생각했다. 그러나 동시에, 보고 싶어서 견딜 수가 없었기 때문에 더, 보고 싶지 않다고 생각하려 했다.

다시 보게 되면 진원이 무슨 말을 전하든 간에 반드시 흔들릴 걸 알고 있어서. 제 작은 심적 저항 따위는 속절없이 무너질 수밖에 없다는 걸, 이미 절감하고 있었기 때문에.

효주의 말을 들은 진원의 눈이 미세하게 깜박였다. 아주 작은 움직임이었을 뿐인데, 눈꺼풀의 떨림과 함께 진원의 왼쪽 볼이 순간 빛났다 꺼졌다. 뭐였을까, 궁금해진 효주의 물음에 대답하듯, 화면이 밝아지며 다시 진원의 볼을 비췄을 때, 효주는 그 짧은 번뜩임의 정체를 알아챘다.

눈물이었다.

맺힌 줄도 몰랐던 물기가, 어느새 진원의 볼 위를 가느다랗게 지나고 있었다.

효주가 그 소리 없이 생긴 뺨 위의 젖은 흔적에 어떻게 반응해야 할지를 몰라 숨을 내쉬고 들이쉬는 것만 되풀이하고 있으면, 진원의 꺼질 듯 작은 속삭임이 들려왔다.

"그러지, 마."

제발, 그러지 마. 진원이 잔울음이 섞인 목소리로 말했다. 말을 잠시라도 멈추면 마치 효주가 일어나서 자리를 떠 버리기라도 할 거라고 여기는 사람마냥 두서없는 말을 빠르게 내뱉었다.

"화풀이를 할 사람이 필요할 때가, 생길지도 모르잖아. 그냥 힘든 일 아무거나 전부 내 탓 해도 돼. 혹시, 갖고 싶은 거, 아무거나, 그런 거 없어? 그런 거 나한테 다 말해. 내가 다 사 줄게. 아무거나 상관없어. 뭐라도 다 말해. 아니면, 하기 싫은 일

같은 거나 그런 거 시켜도 되는데. 아님, 부를 사람이 없을 때 심심풀이로 불러서……. 그냥, 그럴 상대가 필요할 때도 있잖아. 그렇잖아. 그럴 때 나 만나 주면 되잖아. 제발. 아무거나 상관없어. 그냥. 그래도 되니까. 더는 안 보겠다는 얘기는 하지 마. 잘못했어. 내가…… 다 잘못했어. 그냥, 친구여도 되는데. 아니, 친구도 아니어도 괜찮으니까……."

숨이 넘어갈 듯 이어지던 말의 끝은 결국 흩어진 채로, 진원이 효주를 다급히 끌어안았다. 목덜미에 진원의 거칠어진 숨결이 와 닿았다. 힘을 빼면 효주가 도망가 버리기라도 할 것처럼 강한 힘으로 효주를 품 안에 가뒀다.

그러지 마, 안 된다고 하지 마. 새된 목소리로 진원이 끝없이 중얼거렸다. 진원이 발산하는 애처로운 열기가 온몸에 꽂혔다. 효주는 저도 모르게 몸을 부르르 떨었다.

누구한테 빌어 본 적이 한 번도 없을 것 같은 남자애가 저에게 필사적으로 매달린다. 말이 흐트러지는 일조차 드물었던 진원이 정신없이 말을 더듬으며 애원한다. 제가 아니면 안 된다고 한다. 다른 누군가에게 이만큼 간절하게 원해지는 일이 있을까 싶은 절박함으로 효주를 안는다.

제가 없으면 죽어 버릴 것처럼.

제가 아니면 안 되는 것처럼.

뜨거운 덩어리가 목 뒤를 넘어 가슴안을 달궜다. 뼛속까지 녹여 버릴까 싶은 온도로 열이 올랐다. 뱉어 내지 않으면 그대로 타 버릴 것만 같아서, 효주는 견디지 못하고 입을 열었다.

"나는……."

효주가 입을 엶과 동시에 진원이 효주에게서 떨어져 나갔다. 효주의 두 뺨을 구명줄처럼 움켜잡고는 여전히 젖은 눈으로 효주를 삼킬 듯 직시했다.

입술을 달싹이면, 진원은 마치 효주의 입 밖으로 나올 말에 운명이 달리기라도 한 것처럼 절박한 시선으로 효주를 좇았다. 그 눈의 떨림에 효주는 시인할 수밖에 없었다.

좋아했다.

좋아한다.

줄곧 그래 왔다.

진원이 미운 것과 동시에 한 번도 놓은 적이 없었다. 진원이 제 끊을 수 없는 감정만이 어긋나고 비틀린 만남 속에서도 유일하게 연속되는 한 가지였다. 배신감에 울어도, 화를 토해 내도, 포기하자고 수백 번 다짐했어도 도무지 뿌리 뽑을 수 없는 맹목적인 감정이었다.

나는.

그래도 너를.

하지만 그렇게 쉽게 다시 저를 던져 버리고 싶지는 않았다. 그럴 수는 없었다. 진원을 좋아하는 마음도 진심이었지만, 아직 믿을 수도, 용서할 수도 없다는 말도 진심이었다.

상반되는 색깔의 감정이 무수히 오가며 효주의 머릿속을 점염했다. 효주의 뺨을 쥔 진원의 눈동자의 색채가 맨 위에 덮였다.

'내 앞에서 사라지지만 마.'

효주는 눈을 느리게 감았다 떴다. 진원이 효주의 움직임을 모방하는 아이처럼 따라서 눈을 깜박였다. 촘촘한 당착을 반복하는 내면에서 끌어낼 수 있는 단 한 가지 말이 있었다. 효주의 움직이는 입술을 읽어 내는 진원의 젖은 뺨이 반짝였다.

에필로그

—나 5분 후면 도착해

진원은 재빠르게 메시지를 보낸 후 걸음을 재촉했다. 손에 들린 커다란 장미꽃다발에 지나가는 사람들이 모두 진원을 힐끔거렸다. 아무래도 상관없었다. 볼 테면 보라지. 그런 시선 따위에 쓸 신경이라고는 이미 사라진 지 오래였다.

봄이 한창인 티라도 내듯 구름 없이 청명한 하늘 아래 햇볕이 따가웠다. 빠른 걸음으로 걸으면 얇은 옷옷 홑겹에도 언뜻 후끈해질 정도였다. 진원은 개의치 않고 더 속도를 붙여 걸었다. 빠르게 도착할수록 효주를 더 빨리 만날 수 있으니까.

영화관에서의 극적인 해후 이후로 이제 3개월이었다. 진원은 그 짧고도 길었던 세 달 동안 세상에서 가장 달콤한 전락을 경험했다. 그때의 진원은 문자 그대로 필사적이었다.

411

이번이 아니면 안 될 거라는 궁지에 몰려 정확히 효주에게 뭐라고 얘기했는지는 지금까지도 제대로 기억이 나질 않았다. 분명 중간까지는 준비해 갔던 대로 차분히 이야기를 했던 것도 같은데.

돌이켜 봐도 꼴불견이었다. 하지만 후회는 없다. 모퉁이를 돌아 멀리 카페 테라스에 앉아 있는 반가운 얼굴을 발견하면 진원의 얼굴이 절로 미소가 걸렸다. 완전히 놓칠지도 모른다고 생각했던 효주를 여태까지 만날 수 있는 것만으로도 충분히 행운이었다. 그러나 진원의 빨라졌던 걸음은 가까이 갈수록 느껴지는 어떤 위화감에 다시 느려지기 시작했다.

콕 집을 수 없는 느낌에 고개를 갸웃거리던 진원은 20미터쯤으로 간격이 좁아졌을 때야 그 이질감의 정체가 무엇인지 알아챘다.

서효주가 머리를 잘랐다.

"······효주야."

"왔어?"

진원이 조심스럽게 걸어가 말을 걸면 효주가 읽고 있던 책을 내려놓고는 빙긋 웃었다. 효주가 머리를 자른 건 아주 오랜만이었다.

늘 깡총한 단발이었던 고등학교 때와 다르게 효주는 대학에 와서는 별 손질 없이 계속 머리를 길렀다. 짧아진 머리로 환하게 웃고 있는 모습이 예전의 효주와 겹쳤다. 마음이 술렁였다. 진원은 효주의 맞은편에 있는 의자를 빼고 앉았다.

"머리 잘랐네."

"응. 기분 전환을 하고 싶어서."

"예뻐. 잘 어울린다."

그렇게 진심 어린 대답을 하면서도 진원은 대체 뭐 때문에 기분을 전환하고 싶다는 건지 묻고 싶은 강렬한 욕구를 억눌렀다.

기분전환이라니. 그럴 만한 일이 생겨서는 아닐까. 예를 들면 누군가 새로운 남자를 만났다거나, 만나기로 했다거나. 생각만 해도 좋았던 기분이 한순간에 불쾌해졌다. 진원은 애써 얼굴에 불쾌감을 드러내지 않으려 애썼다. 효주가 고개를 갸웃하며 진원을 쳐다봤다. 진원은 태연하게 미소를 만들어 냈다.

'그래.'

영화가 중반으로 막 다다르던 그때, 효주는 그렇게 답했다. 그래. 명확히 알아볼 수 없는 눈으로 던진 단 한 마디였지만, 진원은 그 말과 동시에 재차 효주를 숨이 막히도록 그러안았다. 효주의 그래, 가 어떤 의미인지 알고 있었으니까. 그거면 충분했다.

카페 같은 트인 곳으로 불러내면 저를 발견하자마자 도망칠 게 뻔해서 영화관으로 정했다. 시간대의 티켓을 전부 예매하면 장소를 마련하는 건 어려운 일도 아녔다. 문제는 어떻게 효주를 거기까지 오게 만드느냐, 였다.

연수는 애초에 상정 외였고, 지현에게 부탁하면 효주가 거절했다. 김민아를 동원하고 나서야 진원은 겨우 효주를 밖으로 끌어낼 수 있었다.

미친놈, 꺼져, 온갖 욕을 반복하는 민아에게 도와주지 않으면 절대 꺼질 일이 없다는 확언을 몇 주에 걸쳐 반복하고 나서 진원은 민아의 질린 듯한 승낙을 받을 수가 있었다.

'이번 한 번만이다.'

민아는 으름장을 놓았다. 다음에 또 이런 사태 만들면 내가 먼저 너 조지러 갈 거야.

진원은 그럴 일은 절대 없을 거라고 장담을 했다. 아는 사람들 중 유학생들이 많아서 다행이라고 생각한 건 처음이었다. 안 그랬으면 일이 좀 더 복잡하게 흘러갔을지도 몰랐다. 아무튼 진원은 평생 써 본 적 없는 갖가지 협잡을 처음으로 사용해 봤다. 앞으로는 부디 그럴 일이 없기만을 바라고 있지만, 그것도 모를 일이다.

어차피 효주가 싫다고 대답한다고 해도 그대로 사라져 줄 작정은 애초에 없었다. 효주에게 말했던 그대로였다. 그 날이 아니었어도 언제든 어디든 쫓아갔을 것이다. 싫다고 진저리를 쳐도 포기하지 않았을 것이다. 끝도 없이 매달려 버렸을 것이다.

그러지 않아도 되는 것만으로도 과분한 행운이었다. 포기할 마음이 없다고 해도 효주에게 직접 몇 번이고 안 된다는 말을 듣는 건 가슴이 깨질 것 같은 경험이었다.

두 번 다시 겪고 싶지 않았다. 그러니까 다음은 없다.

효주가 저를 물끄러미 바라보는 진원을 보며 의아한 표정을 했다. 진원은 궁금한 강아지 같은 그 표정을 보고 저절로 웃고 말았다.

요새는 정말 보고만 있어도 그것만으로 좋았다. 증세는 나날이 악화되어 가는 중이었다. 효주는 나날이 화사하게 피어난다. 그게 학생 티를 점점 벗고 있다는 증거인지, 아니면 그만큼 행복해지고 있다는 뜻인지 알 수는 없었지만 후자라면 좋겠다고 진원은 생각했다. 진원과 함께 시간을 보내는 게 그만큼 즐겁다는 뜻이라고.

하지만 서효주가 매일 예뻐진다고 해서 그게 정말 좋기만 한 일이냐고 물어보면, 그것 또한 그렇지도 않다고 단칼에 고개를 저을 수 있었다.

'그렇게라도 만나 주기만 해 줘.'

진원은 분명 그렇게 말했다. 그 말에 효주는 그래 하고 답했다. 그리고 그 대답 이후의 나날들은 진원이 두서없이 내뱉었던 말들을 착실하게 답습해 가고 있었다. 약간은 그때 그렇게까지는 말하지 말 걸 그랬나 이따금 후회하게 될 정도로.

새로 학기가 시작되고 효주는 미팅을 벌써 네 번이나 했다. 물론 같이 나갔던 연수의 전언에 따르면 별다른 일이 없었다고 했지만, 실제로 있었는지 없었는지 알 게 뭔가. 같이 밥을 먹고 술을 마시고 게임을 하고. 술에 취한 서효주가 어디까지 과감해질 수 있는지를 알기 때문에 진원은 더 노심초사했다.

'어제 재밌었어?'

아무렇지 않은 척, 물어보면 효주는 별다른 반응 없이 그냥 괜찮았어. 하고 대꾸했다.

그냥 괜찮았어, 라는 답변은 아주 다양하게 해석될 수 있는 말이었다. 괜찮다는 게 보낸 시간이 괜찮다는 건지, 만난 누군가가 괜찮았다는 건지. 정확히 어떻게 뭐가 괜찮았고, 괜찮다는 말의 구체적인 의미가 무엇인지 꼬치꼬치 캐물어 보고 싶었지만, 지금의 진원은 그럴 만한 위치에 있지 못했다.

할 수 없이 진원은 그에 대해 항상 간접적으로 답을 얻어 낼 수밖에 없었다. 지현이나 민아나, 아무튼 이제는 저를 질색하는 효주의 친구들을 넌지시 찔러본다든가, 아니면 효주의 SNS를 염탐했다. SNS. 실은 그것 또한 진원을 쉼 없이 불안하게 만드는 요인 중 하나였다.

새로운 학기가 시작되자, 뜬금없이 효주는 새로운 사람들을 만나러 다니기 시작했다. 대외활동도 여러 개를 신청하고, 연합 동아리에도 들었다.

영어 토론 동아리라고는 하는데 실제로 20대 초반의 대학생들이 만나서 교류를 하는 이유가 영어 실력 증진만을 위한 것일 리가 없었다. 아무튼 그러다 보니 자연스럽게 효주도 알게 된 사람들과 얘기를 나누는 용도로 계정을 만든 모양이었다.

진원은 그것 또한 신경이 쓰여서 죽을 지경이었다. 거기서 어떤 댓글이 달리고, 어떤 얘기들이 오가나 시도 때도 없이 확인하게 된 건 불가항력이었다. 일단 남자들이 쓸데없이 많았다.

같이 찍은 사진도 종종 올라왔다. 굳이 안 해도 될 얘기를 도란도란 길게 주고받고 있는 걸 보고 있으면 짜증이 나서 배가 끓었다. 그러지 말라고 다 쳐낼 수 있는 입장이라면 좋을 텐데, 안타깝게도 효주의 말에 따르면 둘은 그런 사이가 아녔다.

'아무 사이도 아닌 사람.'

이라는 구절이 정확히 효주가 사용한 말이었다. 아무 사이도 아닌 사람. 곱씹을수록 씁쓸함이 입안을 적셔서 웬만하면 생각하고 싶지 않은 단어였다.

저 말이 나온 경위는 초반에 효주가 저를 부를 때마다 진원이 선물이랍시고 이것저것 사다 나르기 시작한 데서 기인했다. 진원의 꿍꿍이속인즉슨, 효주에게 나름대로 부담감을 지우기 위해서 벌인 행동이었다.

진원이 아는 효주는 누군가에게 호의를 받으면 그걸 저울 위의 짐으로 올린다. 그렇게 해서 자기도 받은 만큼은 상대에게 돌려주려는 게 서효주의 천성이다.

진원 나름대로는 무슨 일이 생긴다고 해도 그렇게 이것저것 선물해서 멋대로 빚을 지워 놓으면, 효주가 진원을 밀어내는 일은 생기지 않을 거라는 속셈이었다. 그런데 그게 매번 만날 때마다가 되면 도가 지나쳤던 모양이다.

'아무 사이도 아닌 사람끼리는 아무 이유 없이 이렇게 비싼 선물 안 주고받아.'

효주는 진원이 내밀었던 쇼핑백을 그대로 반려하며 단언했다. 진원은 결국 효주가 꺼낸 '아무 사이'라는 말에 살짝 상처를 받고는 그 날 가져왔던 선물을 그대로 고스란히 집으로 가져가야 했다. 그렇게 해서 사 놓고도 주지 못하게 된 선물 더미가 방 한구석에 쌓여 가는 중이었다.

딱히 환심을 사거나, 부담감을 주기 위해서가 아니라도 맛있거나, 예쁘거나, 좋은 걸 보면 진원에게는 효주가 제일 먼저 떠올랐다. 그래서 선물을 안기며 느끼는 즐거움도 있었는데, 그걸 맘대로 하지 못하게 되니 조금 아쉬웠다.

하지만 효주의 말에는 허점이 존재했다. 꼬집어서 말하자면 효주는 '아무 이유 없이' '비싼' 선물을 주고받지 않는다고 했지, 아예 선물을 하지 말라고는 한 적이 없었다. 그래서 진원은 '이유가 있는' 날의 '그렇게까지 비싸지 않은' 선물로 선로를 돌렸다. 그렇게 정당성을 주장하며 진원이 내민 작은 생초콜릿 상자를, 효주는 어이가 없다는 듯 받으면서도 조그맣게 고마워, 하고 속삭였었다.

그리고 오늘도 그만한 이유가 있는 날이었다. 진원은 가방 안에 읽고 있던 책을 집어넣고 고개를 든 효주에게 한쪽 품에 안고 있던 장미 스무 송이를 내밀었다.

"선물."

"내 거였어?"

"그럼, 내가 너 말고 누구한테 꽃을 선물하겠어."

효주는 진원의 천연덕스러운 말에 어깨를 으쓱하며 멋쩍은 표정을 지었다.

"네가 받은 걸 수도 있잖아."

"네 거야. 받아 줘. 성년의 날 축하 선물."

진원은 그렇게 말하며 붉은 장미다발을 효주의 품에 안겼다. 효주는 불쑥 내밀어진 꽃다발을 어설프게 받아 안으면서도 수줍게 얼굴을 붉히며 웃었다. 꼭 지금 테라스 위로 내려쬐는 봄 햇살 같은 미소였다.

"고마워."

"내가 고맙지."

진원은 똑같이 미소를 지으며 맞받아쳤다. 효주는 그때 이후로 진원의 과거 행동에 대해 더 이상 책망을 한 적이 없었다. 그렇다고 처음부터 아무 일도 없었다는 듯 태연하게 대해 줬다는 건 아니지만, 그 날 진원이 집에 바래다주겠다는 말에도 고개를 끄덕이며 집까지 같이 걸어 줬다. 손은 못 잡았지만.

그 날 제 얼굴이 얼마나 엉망이었는지는 집에 돌아와 거울을 보고 나서야 알았다.

'충견이 따로 없네.'

선우는 그렇게 평했다. 괘씸하기 짝이 없는 말이었다. 물론 원흉은 진원의 행동에 있었지만, 그 포장지를 불시에 터뜨린 건 최선우였는데도, 효주가 선우와 제법 돈독한 관계를 유지하고 있기 때문에 더 괘씸했다.

대체 어떤 계기로 친해진 거냐고 물어보면 선우는 '네 욕.' 하고 깔끔하게 선언했다. 거기에 대해서 딱히 뭐라고 덧붙일 말이 없어 진원은 그저 입을 다물었다.

실은 충견이라는 말에도 뭐라고 반박하기가 어려웠다. 핸드폰을 그렇게 하루 종일 쳐다보고 있는 건 난생처음이었다. 아침저녁으로 꼬박꼬박 보내는 안부 인사에 매번 답장이 오지는 않지만, 이따금 '너도 밥 맛있게 먹어.' 같은 답변이 오면 그것만으로도 하루가 한결 즐거워진다.

집에서 기다리는 강아지도 주인이 오면 아마 비슷한 심정으로 기뻐하는 걸 거라고, 진원은 생각했다.

사실 진원은 정말로 제가 개라면 오히려 덜 불안할 거라고 생각했다. 서효주는 아마 한번 정을 붙인 강아지는 절대 버리지 못할 것이다. 거기다 애완견이라면 키워 주고, 씻겨 주고, 밤에는 같이 잠들 수도 있겠지. 그런 단란하고 즐거운 망상을 하고 있자면, 진원은 문득 제가 상상도 할 수 없었던 바닥까지 전락해 버린 게 아닌가 싶었다.

상관없었다. 추락하는 중이어도 그 과정은 한없이 아득하게 즐거웠다. 끝이 보이지 않았으면 좋겠다고 생각할 만큼.

효주가 진원이 건넨 꽃다발의 향기를 눈을 감고 음미하고 있었다. 평화롭고, 안정된 얼굴이었다. 예뻤다. 다른 어떤 표정을 할 때보다도 훨씬. 효주는 그러다 반짝 눈을 떴다. 드러난 동그란 눈동자는 할 말이 있다는 기색을 띠고 있었다.

"사실은 나도 줄 게 있었어."

효주는 무릎 위에 얹어둔 가방을 뒤적거리더니 작은 쇼핑백을 꺼냈다. 그러고는 모서리가 약간 구겨진 그 쇼핑백을 진원의 앞으로 밀었다.

"……이게 뭐야?"

"열어 봐."

진원은 조심스레 입구를 열어 안을 확인했다. 그 날 이후 효주가 진원에게 뭔가 선물을 주는 건 처음이었다. 쇼핑백 안에는 리본이 감긴 상자가 들어 있었다. 향수였다. 효주는 의아하게 올려다보는 진원을 향해 말했다.

"원래는 네 생일 선물로 주려고 했던 건데, 그동안 방에서 애물단지처럼 굴러다녔어. 버릴까도 싶었는데 이렇게 주게 되네. 성년의 날에는 향수를 선물하는 거래서."

효주는 그렇게 말하고 작게 웃었지만, 진원의 귀에는 효주가 꺼낸 애물단지, 라는 말이 콕 박혔다. 버릴까 싶었는데, 라는 어절은 그다음으로 마음을 쿡 찔렀다.

버리지 못한 선물을 준다는 건, 대체 무슨 의미일까. 진원의 가슴 한구석에 미묘하게 한기가 서렸다. 효주가 한결 짧아진 머리를 귀 뒤로 쓸어 넘기며 천천히 말을 이었다.

"그리고…… 실은 할 얘기가 있어서 부른 거야."

그 한마디가 결정적으로 진원의 머리를 때렸다. 기묘한 공포감이 엄습했다. 서효주가 갑자기 머리를 잘랐다. 건네주지 못했던 선물을 준다. 그래 놓고서는 할 말이 있다고 한다.

마치 무언가를 끝내려는 사람처럼.

그걸 깨달은 순간, 진원의 심장이 발끝을 넘어 지구반대편으로 낙하하기 시작했다.

효주는 별안간 희게 질린 진원의 얼굴에 가만히 눈을 깜박거렸다. 뭔가 놀랄 만한 일이라도 있었던가? 주위를 둘러보았지만, 딱히 뭔가가 일어나지는 않았는데, 진원의 표정이 무서운 참극을 목격하기라도 한 사람처럼 파리하게 굳어 있었다.

"남진원?"

효주가 인상을 찡그리며 진원의 이름을 부르자 진원의 얼굴은 오히려 한층 더 침울한 기운을 띠기 시작했다.

"왜……."

"싫어."

"뭐?"

효주가 채 왜 그러는 거냐는 물음을 던지기도 전에 진원이 효주의 말을 잘랐다. 방금 전까지는 연신 미소를 짓고 있던 얼굴이 드리운 음울함에 효주는 영화의 컷사인을 놓쳐 버린 엑스트라라도 된 양 혼란스러워졌다.

진원의 급격한 변화에 어떻게 대응해야 할지 잠시 고민하는 틈을 타서, 진원이 아직도 한쪽 팔에는 진원이 준 장미를 껴안고 있는 효주의 두 손을 모아서 꼭 쥐었다.

"오늘로 그만 만나자고 하는 거면, 그런 말, 안 들을 거야."

"뭐?"

"아직, 나, 또 잘못한 거 있는 거 아니, 지 않아? 있으면 얘기를 해 줘."

고칠게. 지금 당장. 다급하게 덧붙이는 진원의 표정이 더할 나위 없이 진지했다. 효주는 눈을 동그랗게 떴다. 방금 전의 대화에서 진원이 이런 반응을 보일 만한 흐름이 있었던가? 효주는 진원의 애원하는 시선을 들여다보며 곰곰이 제가 한 말들을 되짚었다.

"혹시 내가 네 친구들한테, 자꾸, 물어보는 게 싫어서 그런 거야? 아니면, 내가 일부러 네 학교에 자꾸 찾아가서 그래?"

그런 거면 안 그럴게. 앞으로. 진짜야. 효주가 고민하는 와중에도 진원은 왜인지 모를 횡설수설을 이어 나갔다. 목소리의 미세한 진폭이 점점 커져만 갔다. 절박한 눈을 하고 있었다. 그 온몸에서 드러나는 초조함에 효주는 저도 모르게 고개를 푹 숙였다.

"효주야, 서효주?"

그리고 입술을 힘주어 깨물며 최대한 터져 나오려는 웃음을 참았다. 진짜로 웃겼지만, 진원에게는 웃을 상황이 아닐 터라서 효주는 몸을 부들부들 떨어 가며 웃음기를 억눌렀다. 진원은 제가 운을 띄운 '할 얘기가 있다'는 말을 오해해도 된통 오해해 버린 게 틀림없었다.

"왜, 그래. 서효주. 너, 혹시, 우는…… 거야?"

미안, 미안해. 극한까지 다급해진 진원의 사과에 효주는 결국 참지 못하고 폭소를 터뜨렸다. 푸핫, 하고 터져 버린 효주의 커다란 웃음소리에 진원이 당황한 듯 쥐었던 효주의 손을 놓았다.

"효주야……."

"아, 하, 미안, 아니, 아하하, 아냐. 아냐. 그런 거. 웃, 어서 나야말로 미안해."

효주는 입술을 잘근잘근 씹으며 간신히 말을 자아냈다. 정말로 이번에는 당황시킬 의도가 하나도 없었는데, 공교롭게도 진원의 귀에는 그만 보자는 이야기를 할 것처럼 들렸던 모양이었다. 따지자면 그것과는 전혀 반대의 얘기를 하러 나왔는데.

이번에는 진원이 갈피를 잡지 못하는 눈매를 하고 효주를 바라봤다. 효주는 진원을 안심시키려 애써 미소를 지어 보였다. 그래도 진원의 굳은 표정은 풀릴 줄을 몰라서 효주의 입꼬리가 저절로 수직상승했다.

이렇게까지 말하게 될 날이 올 줄은 몰랐지만, 남진원이 정말로 하루가 다르게 귀여워진다. 효주는 저를 안달 나게 하는 데에 몰두했다는 진원의 마음을 조금, 아주 조금 이해할 수 있을 것만 같았다.

효주는 그날, 구구절절 저를 붙잡는 진원의 절박함을 듣고서 이미 삼분의 일쯤은 넘어가 버린 상태이긴 했다. 제가 짧게 던진 '그래.' 라는 한 마디에 잔뜩 붉어진 눈가를 하고서도 금세 밝아지는 얼굴을 보고 또 삼분의 일, 그 뒤로 효주의 말 한 마디, 표정 변화 하나를 마이크로 단위까지 포착해서 전전긍긍해하는 모습을 보고 최후의 삼분의 일까지 넘어간 지도 오래였지만, 진원에게 그걸 전한 적은 없었다.

솔직히 분풀이를 좀 하고 싶었으니까.

진원 역시 분명히 말했다. '갖고 놀아도 상관없다'고. 그래서 효주는 그렇게 했다.

아직도 운명적인 남자 친구를 찾는 데에 열을 올리는 연수를 따라서 미팅에도 여러 번 참가했다.

물론 나갈 때마다 술에 취한 연수가 '얘는 근데 이미 완벽한 품절상품이에요.' 하면서 효주가 뭐라고 하기도 전에 다른 사람들의 접근을 차단해 주기는 했지만, 그것 역시 진원이 알 필요는 없는 문제였다. 의미심장한 표정을 하고 괜찮았어, 말하

면 진원의 눈가가 가라앉았다. 그러다가도

'……혹시 그중에서 연락하는 사람 있어?'

하는 물음에 '없어.' 하고 답해 주면, 언제 그랬냐는 듯 한숨 안도하는 표정을 지었다. 진원의 표정은 날이 갈수록 다채로워졌고, 읽기 힘들다고 생각했던 진원의 기분도 7세용 동화책을 읽는 것 마냥 쉽게 읽어 낼 수 있게 됐다.

그러니까 그게 귀여웠다. 남들한테 보여 주는 유들유들하고 차분한 겉모습 대신 저만 볼 수 있는 각양각색의 진원이 효주의 약한 구석을 사정없이 파고들었다. 민아에게 그런 내용을 고했을 때, 민아는 고개를 절레절레 저었다.

'난 네가 사실 좀 호구라고 생각했는데, 걔의 교묘함과 집요함을 보고 나니 너의 행보를 십분 이해할 수 있었어.'

민아는 진원이 대체 어떤 방법을 통해 자신을 구슬렸는지-혹은 협박했는지-에 대해서는 말하지 않았지만, 제법 줏대가 강한 민아에게서 그런 말을 들을 정도면 아마 효주가 상상 가능한 범위 그 이상의 수단을 사용했던 모양이었다.

가끔은 선우와 현재를 포함해 넷이서 만나기도 했는데, 한번은 현재가 선우와 신이 나서 잔을 부딪치고 있는 효주를 조용히 밖으로 불러다가 이렇게 말했다.

'너 뭐 남자랑 엮일 일이 있을 때마다 남진원이랑 같이 술 마셔 주느라 안 그래도 여린 내 간이 곧 승천할 것 같으니까 제발 한시 빨리 다시 받아 주라. 부탁이다. 나는 최선우만으로도 이미 벅차.'

그러면 어느새 뒤에서 선우가 현재의 어깨에 팔을 걸치고는

'왜. 뭐 어때. 재밌잖아. 아마 지금 이 순간이 남진원의 평탄했던 인생에서 가장 큰 터닝 포인트가 될 텐데. 좀 더 좌절과 교훈을 쌓게 놔둬.'

일축했다. 효주가 받아들인 제안은 물론 선우의 것이었다.

선우와 둘이서 종종 술을 마시기도 했다. 정확히 무슨 일이 었냐고 물어보는 선우한테 대강 자초지종을 설명했더니, 선우 역시 화를 냈다. 남고생 둘이 머리를 굴려 봐야 그따위 짝이 나는 거라면서 자기가 알았으면 그렇게는 안 됐을 거라고 했다.

'처음이라 그랬을걸. 한번 익힌 건 절대 안 잊어버리니까 다신 안 그럴 거야.'

그러면서도 한편으론 진원을 두둔하기도 했다.

여자 둘이서 번화가에서 잔을 기울이고 있으면 말을 거는 남자들도 가끔 있었다. 그럴 때마다 선우는 일언지하에 거절하면서도 효주를 보고 짓궂게 웃었다.

'빨리 이거 남진원한테 자랑해. 반응이 어떤지 보자.'

진원의 입장에서 보면 선우의 존재가 도움인지 훼방인지 헷갈릴 만한 처사였다.

그렇게 기억을 되짚어 보면 작은 웃음이 효주의 입가에 서렸다. 시선을 올리면 진원이 아직도 긴장한 얼굴을 하고 있어서 효주는 그제야 회상에서 온전히 벗어났다.

"미안. 딴생각했다."

"아냐. 미안하긴……."

진원은 고개를 좌우로 흔들면서도 눈을 가늘게 뜨고 효주의 눈치를 봤다. 효주는 눈조차 깜박이지 않고 저를 주시하고 있는 진원을 향해 대뜸 말했다.

"그런데 나 그만 만나자고 말하려고 부른 거 아니야. 왜 그렇게 생각했어?"

"왜냐면, 네가…… 갑자기 머리를 잘랐고, 갑자기 선물을 주고…… 할 말이 있다고 하니까……."

진원이 말끝을 흐렸다. 효주는 고개를 끄덕였다. 그 예상 자체가 아주 엇나간 건 아니었다.

머리를 자른 것에도 의미가 있긴 했다. 고등학교 때로 돌아가는 기분을 내기도 할 겸 단발로 돌아왔다. 그때 진작 끝났어야 할 일을 질질 끌고 있는 거나 마찬가지였으니까. 하지만 효주의 끄덕임에 진원이 또 새파랗게 질릴 준비를 하고 있어서 효주는 얼른 입을 열었다.

"음, 머리는 새로운 기분이 되고 싶어서 자른 거고, 선물도 성년의 날이니까 준 거고, 할 말은…… 별거 아니었는데."

"……뭐였는데?"

진원이 약간 몸을 앞으로 기울였다. 깊은 눈동자에 의문과 혼란이 섞여 효주의 대답만을 기다리고 있었다. 그 자세가 명령을 기다리는 영민한 보더 콜리와 다를 바가 없어서, 효주는 또 한 번 심술을 부리고 싶어졌다. 진원을 향해 바싹 몸을 기울였다.

"……성년의 날에 주고받는 한 가지가 더 있는 거 알아?"

효주의 뜬금없는 말에 진원의 입술이 살짝 벌어졌다. 효주는 그 틈을 놓치지 않고 아주 약간 더 몸을 내밀어 그 입술 위에 점을 찍듯 입을 맞췄다. 그러고는 아직도 상황을 파악하지 못한 듯한 진원의 얼굴에 대고 속삭였다.

"이거."

진원의 눈이 얼빠진 사람처럼 커다랗게 뜨였다. 그렇게 몇 초간 진원은 그대로 굳어 있었다. 효주는 잠시 기다리다가 진원의 앞에 대고 손을 흔들었다. 그렇게까지 충격받을 일이었나. 몇 번 눈앞에 손을 왔다 갔다 하고 나서야 진원이 정신을 차린 듯 눈을 깜박였다. 진원의 입술이 몇 번 달싹이더니, 꺼질 듯한 목소리로 한마디를 토해 냈다.

"……용서해 주는 거야?"

"음, 아니."

진원의 눈가가 또 떨어지려고 하기에 효주는 애태우려던 마음을 접고 곧장 덧붙였다.

"그냥 다시 좋아하게 된 거야."

고등학교 때라면 예측조차 하지 못했을 방식으로 진원이 좋았다. 안 될 거라고 생각했던 자리에 돋았던 잡초가 한번 싹 걷히고 나니, 오히려 만날 때마다 찾게 되는 진원의 새로운 모습들이 순식간에 뿌리를 내렸다. 어렵고 조심스러웠던 마음보다 더 오색찬란한 꽃들이 돋아나기 시작했다. 예상했던 것보다도 감정은 빠르게 만개했다.

"그런데, 나한테는 안 줄 거야?"

효주는 짐짓 순진한 표정을 하고는 제 입술 위를 톡톡 건드려봤다. 진원의 금세 눈가가 붉게 변했다. 지을 수 있는 제일 애교 있는 미소를 지어 보이면, 진원이 두 손에 얼굴을 파묻었다.

"……나 지금 행복해서, 죽을 것 같아."

말도 안 돼. 얼굴을 폭 가린 커다란 손 너머로 새된 중얼거림이 새어 나와서 효주는 조그맣게 웃었다. 이런 것도 귀여워 보였다. 뭘 해도 귀여워 보이는 게 사랑에 빠진 가장 큰 증거라더니, 과연 그랬다.

"죽으면 안 돼."

그럼 네가 약속했던 거 못 지키잖아. 효주는 진원의 뒤통수를 살그머니 쓰다듬으며 속삭였다. 진원이 손가락 사이로 눈만 보일 만큼 고개를 빼꼼 들고는 반문했다.

"약속?"

"내 생일에, 둘이서만 보내기로 했던 거."

손이 스르르 내려가며 드러난 진원의 뺨이 순식간에 달아올랐다. 아차, 하는 사이 턱을 잡혔나 싶으면, 조급함이 잔뜩 묻어나는 입술이 효주의 입술 위로 부딪혀 왔다. 한 번 더 터져 버린 웃음은 제 입 속으로 파고드는 진원의 숨결에 먹혔다.

사람들이 지나다니는 대로변의 카페 테라스라는 걸 잊어버린 듯, 진원이 효주의 입술에 한참이나 키스를 퍼부었다. 기분이 좋았기 때문에 그냥 그러도록 내버려 두었다. 진원은 숨이 차오를 지경이 되어서야 떨어져 나와 테이블 너머로 효주를 꽉 끌어안았다.

"잘 할게. 진짜야. 앞으로 진짜 계속 잘 할게."

효주는 굳이 대답을 하지 않고 진원의 등에 똑같이 손을 올렸다. 얇은 옷감 아래로 느껴지는 등의 열기에 장난기가 생겨 손가락을 쭉 그어 보면, 진원은 작게 신음을 내고는 효주를 안은 팔에 더욱 더 힘을 주었다. 효주는 그 온기로 가득한 몸에 안심하고 뺨을 기댔다.

길다면 길고, 짧다면 짧았던 엇갈림이 막을 내렸다. 서로 서툴고 솔직하지 못해서 같은 구간에 마주 보고 서 있으면서도 접점을 찾지 못하고 빙 돌기만 했다. 어려서 그랬다고 하기에는 아직도 어설프기 짝이 없는 연애였다. 그러니 어쩌면 앞으로도 또 어긋나는 일이 생길지도 몰랐다. 알면서도 또 헛된 제자리걸음을 하게 될지도 몰랐다.

상관없어. 효주는 생각했다. 최소한 둘은 지금 같은 곳에 서 있었다. 줄곧 불연속이었던 연애가 이제야 겨우 한 점에서 연결되었다. 지금의 효주에게는 그것만으로 충분했다.

The end

외전 - Continued

"바다 좀 봐. 너무 예뻐."

짐을 내려놓자마자 창가로 달려간 효주가 소리쳤다. 청명한 여름 햇살 아래 물결과 모래알갱이가 다투듯 반짝이고 있었다. 효주의 감탄에 진원이 작게 웃으며 창가로 다가왔다.

"그러게."

진원의 손가락이 효주의 광대뼈 위를 문질렀다. 싱그러움이 뚝뚝 떨어지는 눈빛으로 효주를 내려다보며 속삭였다.

"진짜 예쁘다."

"……최소한 창밖을 한 번이라도 내다보고 말해."

효주는 샐쭉하게 대꾸하고는 창을 밀어젖혀 발코니로 향했다. 유리창이 사라지고 눈에 직접 닿는 바다가 탄성을 자아낼 만큼 아름다웠다. 테라스의 난간에 기대서 그 풍경을 안구에 새

기듯 낱낱이 훑어보고 있으면, 진원이 다가와 뒤에서 효주를 끌어안았다.

"네가 마음에 들어 하는 것 같아 다행이다."

"응. 정말 좋다. 고마워."

"고맙긴."

약속했던 거잖아. 진원이 고개를 비스듬히 돌려 효주의 관자놀이 즈음에 입 맞췄다. 효주도 반쯤 뒤로 고개를 틀어 진원의 턱 끝에 훔치듯 키스를 했다. 처음으로 둘이서 온 여행이었다. 실은 그것만으로도 가슴이 뛰었다.

효주의 생일은 여름의 초입이었고, 다르게 말하면 방학의 시작과도 맞물려 있었다. 중, 고등학교 시절에는 시험기간과 늘 겹치는 바람에 딱히 생일이라고 어딘가에 갔던 적이 없어서, 생일날 여행을 와 본 건 이번이 처음이었다. 하얗게 잔잔한 포말을 일으키는 초여름의 바다는, 효주의 예상보다도 예뻤다.

"보라카이 해변을 보여 주고 싶었는데."

머리 위에서 진원의 못내 아쉬운 듯한 말이 들려왔다. 효주는 팔꿈치로 진원의 배를 쿡 찔렀다.

"여기도 충분히 예쁘다니까."

효주가 그렇게 말했어도 진원은 아직 완전히 납득하지 못한 모양이었다. 처음부터 진원은 방학이니까 일주일 정도 해외로 다녀오는 게 어떠냐는 제안을 내놓았지만, 효주에 의해 일 초 만에 거절당했다.

'부모님이 허락을 하실 리가 없어.'

그렇게 딱 잘라 말했지만, 실은 친구와 다녀오는 거라고 하면 효주의 부모님은 그러라고 하실 터였다. 웬만하면 효주가 하고자 하는 일에 개입하지 않는 자유방임주의자들이셨다. 그래도 우선은 '남자 친구'랑 간다고는 말할 수 없을 테니 '친구'랑 다녀오는 거라는 거짓말을 하게 되는 게 싫기도 했고, 무엇보다 그만한 돈이 있지도 않았다.

물론 진원은 효주가 굳이 비용 문제에 대해서 언급을 하지 않더라도 제가 먼저 나서서 효주의 생일 선물이니까 당연히 본인이 전액을 부담하겠다는 주장을 펼쳤지만, 둘 다 학생인 처지에 상대방에게 그만한 돈을 쓰게 만들기는 싫었다. 진원에게는 그게 그저 푼돈에 불과하건 말건 관계없이.

지치지 않고 세부며 보라카이의 풀빌라 리조트 리스트를 들이밀며 졸라대는 진원을 K.O시킨 건 이 한마디였다.

'자꾸 그러면 거기 남진표 컵라면만 스무 개 싸가서 매일 그것만 먹을 거야.'

그러면 진원은 언제 떼를 썼냐는 양 단숨에 입을 꾹 다물었다. 언급 안 하기로 약속했으면서, 투덜거리며 얼굴을 붉히는 모습이 어린아이 같았다. 약점을 잡고 있다는 건 곤란한 상황에서 훌륭한 어드밴티지였다.

어느 날, 효주의 부모님이 은퇴 후에 귀농을 하는 건 어떨까 하는 얘기를 나누셨다는 말로 화두를 띄웠다가, 문득 진원은 본인의 가족들에 대해서는 별로 말을 하지 않는다는 걸 깨달았다. 그래서 별생각 없이 너희 부모님은 뭐 하는 분이셔? 하고 물었더니 진원이 표정을 바짝 굳히고는 함구에 돌입했다. 그럴수록 호기심만 자극한다는 걸 알고 있으면서.

답을 들을 수 있었던 건, 진원의 옆구리를 20분간 사정없이 공격하고 나서였다.

'……남진식품 알아?'

귀를 벌겋게 달군 진원이 내놓은 질문에 효주는 당연히 고개를 끄덕였다. 한국에 사는 사람 중에 그 브랜드를 모르는 사람도 있던가? 최근 효주가 맛을 들여 일주일에 두세 개씩 먹고 있는 해물볶음면도 남진식품의 신상품이었다.

'……우리 할아버지가 창립자셔.'

마치 대죄를 자백하는 사람처럼 진원이 고개를 푹 숙이고 내뱉었다. 그랬구나. 효주는 단번에 납득했다. 어쩐지 딱히 티를 내지 않아도 넉넉한 환경에서 자란 분위기를 지녔다고 생각했더니만, 역시나 보통 집 애는 아녔구나 하는 정도로.

그런데 진원은 치부를 털어놓은 사람처럼 안절부절못하며 지나치게 부끄러워하고 있어서 의아함이 더해졌다.

'그걸 왜 그렇게 부끄러워 해?'

물었을 때 진원은 또 20분 정도 사력을 다한 저항을 벌이다가 결국 실토했다.

'어렸을 때 원라면 때문에 놀림을 너무 많이 받아서.'

그 대답에 효주는 참을 생각도 하지 않고 엄청나게 웃었다. 그 라면의 이름을 알고 있었기 때문이었다. 원라면은 지금부터 10년 전쯤에 출시되었다 오래전에 단종된 라면이었다. 주황색 포장지에 면발이 굵고 국물에 쇠고기맛이 많이 났던 걸로 기억한다. 물론 남진식품의 라면이었다.

남진원. 남진 원라면. 초등학생들이라면 가차 없이 별명으로 삼아 놀려 댈 만한 이름이다. 그 옆에 있는 친구들이 선우와 현재라면 두말할 것도 없다. 진원의 생김새와 전혀 어울리지 않는 그 구수한 추억의 라면 때문에 효주는 웃다 못해 소파에 쓰러졌다. 진원에게도 콤플렉스라는 게 있을까 궁금했는데 생각지도 못한 국면에서 그 실체를 발견했다. 그 언밸런스함에 효주는 정말 오랜만에 눈물이 나도록 웃을 수 있었다.

혹시 그 이름도 네 이름에서 따온 거냐고 물어보고 싶었지만, 그것까지 말했다가는 진원의 귓바퀴가 달아오르다 못해 터져 버릴 것 같아서 그냥 관두었다. 효주가 쥐여 줄 수 있는 최소한의 관용이었다.

가족 얘기를 잘 하지 않는 이유가 단번에 이해가 됐다. 어딘지 멀다고 생각했던 진원의 윤택함이 순식간에 무섭도록 친숙해졌다. 배 근육이 땅겨 가까스로 웃음을 멈추고 몸을 일으켰을 때, 진원은 진지한 얼굴로 효주의 젖은 눈을 직시하며 딱 분질러 말했다. 너니까 화 안 내는 거야.

그 이후로 효주는 딱히 그 사연에 대해서 언급한 적이 없었다. 여행 문제 한 번 빼고는.

그야 현재나 선우가 그 성정으로도 효주가 낀 많은 술자리에서 여태 한 번도 언급을 하지 않은 문제라면, 거기에는 그만큼의 까닭이 있을 게 틀림없었다. 그래서 기꺼이 입을 다물었다. 가끔 진원이 화를 내는 모습도 어떨지 보고 싶은 마음이 불쑥 고개를 들기는 했지만.

어쨌든 적당한 범위 내에서 타협을 하게 된 데에는 그런 경위가 숨어 있었다. 기묘한 흥정 끝에 둘은 제주의 아름다운 해변이 훤히 들여다보이는 독채 펜션 안에 들어와 있었다. 그래봤자 효주의 기대보다도 훨씬 넓고 좋은 숙소였다.

진원은 힘닿는 한 효주가 생일을 즐겁게 보내게 해 주고 싶다고 말했다. 처음 둘이 가는 여행인데, 라는 이유에 효주도 그 이상 거절할 구실을 찾을 수 없어 결국 동의를 하고 말았다.

"무슨 생각을 하기에 그렇게 웃어."

어느새 효주를 돌려 안은 진원이 물었다. 곧게 뻗은 눈썹에 의문이 서려 있다. 효주는 반쯤의 진실을 대답했다.

"네 생각."

"실물이 앞에 있는데 왜 생각을 해."

진원이 한쪽 눈썹을 추켜세우며 반문했다. 효주는 그림처럼 매끄럽게 올라간 그 눈썹의 둔덕 위를 어루만지며 요령 있게 대꾸했다.

"너랑 여기서 어떻게 재밌게 놀까 궁리하느라."

그러면 진원이 감추지 못하고 만족스럽게 웃었다. 방금 전의 말 또한 거짓말은 아니었다. 실제로 이 여행에 대해 적지 않게 골똘한 궁리를 반복했던 것도 사실이었으니까.

효주는 머리카락을 모아 떨어지는 물기를 쭉 짜냈다. 널따란 거울 안에 비친 효주의 얼굴이 뜨거운 물기에 의해 발그레 달아올라 있었다. 효주는 두 손으로 얼굴을 척 감쌌다.

갓 씻고 나온 모습을 진원에게 보이는 건 처음이었다. 저번에 스키장에 갔을 때는 그럴 만한 사정이 아니었기도 했고.

집에 딸린 욕실보다 두 배는 큰 욕실에서 효주는 챙겨 온 옷가지를 살피며 잠시 고민했다. 세면대 옆에 놓아둔 새 속옷은 오기 사흘 전 연수와 함께 구매한 것이었다. 평소에 효주가 입는 것과 달리 세세한 레이스가 전체적으로 박음질되어 있는 종류였다.

'이번엔! 진짜다! 이번엔 그거야! 진짜로!'

연수는 둘이서 여행을 간다는 효주의 이야기를 듣자마자 마치 제가 여행을 떠나기라도 하는 것처럼 흥분했다. 그러고는 효주의 손을 잡고 속옷 브랜드 로드샵으로 이끌었다.

당황해서 눈만 굴리는 효주를 앞에 두고 진열된 제품을 하나

하나 들어 보이면서 이건 청순해 보이고, 이건 도발적이어 보이니 어떤 게 더 진원의 취향일지 모르겠다며 나서서 고민을 했다.

그럴 필요까지 없다고 극구 사양을 해 봐도 가게를 나온 효주의 손에는 이미 아래위 두 벌 세트가 담긴 쇼핑백이 들려 있었다. 하나는 제가 구매했고, 하나는 연수가 왜인지 모를 축하 선물로 쥐여 준 것이었다.

그중 제가 고른 속옷이 효주의 눈앞에 얌전히 놓여 있었다. 숨을 가볍게 고르고 효주는 옷가지를 챙겨 입었다. 벌써부터 긴장할 필요는 없었다. 머리카락에 아직 매달린 물방울이 맨살갗에 따끔따끔 떨어졌다.

진원이 그럴 의향이 있다고 말한 적도 없었고, 비슷한 얘기를 나눈 적도 없다. 효주는 같이 가져온 기다란 티셔츠 형태의 잠옷을 뒤집어쓰며 생각했다. 그러니까 벌써부터 긴장하지 않는 쪽이 좋다.

"졸리거나 피곤하지는 않아?"

"음, 아직은."

"그럼 이리 와."

욕실을 나와 보면 하나 더 딸린 욕실에서 갓 씻고 나온 듯 젖은 머리를 한 진원이 효주를 반겼다. TV에서 나오는 소음이 혹시 염려했던 찰나의 정적을 메워 주었다. 효주는 진원의 어깨에 몸을 기대며 테이블 앞의 소파에 안착했다.

"재미있었어, 오늘?"

"……응."

"다행이다."

진원은 정말로 한숨 놓은 듯한 말투로 그렇게 말했다. 그래서 효주는 상체를 기울여 진원의 이마에 입을 맞췄다. 진원은 늘 효주가 정말로 즐거운지 아닌지에 대해서 기민하게 신경을 기울였다. 애초에 그런 걱정 따위는 필요 없는데. 그저 둘이서 있는 것만으로도 충분하니까.

하지만 그렇게만 만족하기에도 지금 와 있는 곳은 낙원이 따로 없었다. 둘이 묵게 된 펜션은 건물이 한 채씩 떨어져 있는 구조였는데, 각기 위치한 펜션의 베란다에는 작은 야외 온수풀이 딸려 있었다. 얕은 해변에 발을 담가 보니 아직 바닷물을 데울 만큼의 기온은 아닌지 차가워서, 챙겨 왔던 수영복은 결국 그 풀에서만 입게 되었다.

그렇다고 바닷가를 아예 즐기지 못한 건 아녔다. 해의 위치가 바뀔 때마다 다른 색으로 반짝이는 백사장은 걸으면서 구경을 하는 것만으로도 충분히 예뻤다.

발밑에 밟히는 모래의 사각거림마저 기분이 좋았다. 젖은 모래 위에 서로의 이름을 쓰고 그 위에 발자국을 남기는 유치한 짓을 하기도 하고, 밀려오는 파도에 지워지는 이름을 보며 탄식하다가 이유 없는 키스를 하기도 했다.

그러다 배가 고파지면 저녁을 먹었다. 저녁은 진원이 직접 만든다고 나서서 효주를 깜짝 놀라게 했다. 차에 실은 아이스박스에 뭐가 들은 거냐고 물어봐도 대답해 주지 않더니, 그 안에 가지각색 요리 재료가 들어 있었다.

'너 언제부터 요리할 줄 알았는데?'

저번 크리스마스에 분명 선조리된 음식들을 식탁에 내놓던 진원의 모습을 떠올리며 효주가 묻자, 진원은 자랑스러운 듯 씩 웃으며 답변했다.

'너 맛있는 걸로 꼬드길 생각을 했을 때부터.'

그렇게 말한 진원의 요리는 정말 예상 밖으로 솜씨가 좋았다. 바리바리 꺼내 놓는 파프리카에 냉동 새우 따위의 재료들이 40분 가량을 기다리자 훌륭한 일품으로 변신했다. 접시까지 야무지게 챙겨 세팅한 테이블에서 포크를 들어보면, 음식의 맛이 생긴 대로 나무랄 데가 없었다.

발사믹 비니거로 버무린 샐러드, 울퉁불퉁한 프라이팬에 호일까지 챙겨 와 제법 본격적이었던 티본 스테이크, 척척 쉽게도 만들던 펜네 오일 파스타까지 맛을 보는 대로 절로 웃음이 날 만큼 죄다 맛있었다.

효주는 진심에서 우러난 웃음을 지으며 진원의 요리 솜씨를 칭찬했다. 미소 뒤로 역시 식품회사 아들이라 그런가 봐, 하는 약간 짓궂은 말을 숨긴 건 비밀이었다.

'생일 축하해.'

식사를 마친 후, 진원이 식탁 너머로 축하의 말을 건넸다. 케이크 위에는 세 개의 초가 꽂혔다. 스무 살을 의미하는 큰 초 두 개와 정 가운데에 작은 촛불 하나. 조밀하게 생크림이 발린

딸기 케이크 위의 초를 훅 불면 진원이 수줍은 듯 고백했다.

'실은 이것도 내가 만든 거야.'

막으려 했어도 대책 없는 사랑스러움이 밀려들었겠지만, 효주는 그 벅찬 감정을 밀어낼 시도조차 안 했다. 입술을 우물거리는 진원의 두 뺨을 맘대로 잡고서는 몇 번이고 키스를 퍼부었다. 촛농이 뚝뚝 떨어져 결국 케이크 표면의 일부를 걷어 내야 했을 만큼. 완전히 성인이 된 이후의 첫 생일을 축하하는데에는 더 바랄 것이 없도록 완벽한 저녁이었다.

이른 저녁을 배부르게 먹고 나서는 온수풀로 향했다. 개인실에 딸린 형태라서 딱히 남의 시선을 거추장스러워할 필요는 없었지만 효주는 수영복 위에 긴 티셔츠를 입었다. 가져왔던 비키니는 캘리포니아에서는 다 이런 수영복을 입는다는 민아의 간곡한 으박에 구입한 물건으로, 하나만 입기에는 다소 곤란한 디자인이었다.

하지만 위에 한 겹을 더 겹쳐 입었어도 부글부글 거품이 새는 장치가 딸린 풀 안에서 평정을 유지하기란 퍽이나 곤란했다. 더없이 편하게 앉아 있다가도 진원의 젖은 목덜미와 그 아래의 몸을 의식하면, 진원이 어떻게 밤을 보내고 싶어 할지 궁금해져 오감이 곤두섰다.

진원의 의도를 읽기가 쉬운 건 아니었다. 기다면 길고, 짧게 보면 짧기 그지없는 두 달 사이 진원은 늘 효주의 일거수일투족을 먼저 고려했다. 뭐든지 다 하겠다는 말을 지키기라도 하듯, 항상 조심스러웠다. 효주가 거리낄 만한 일은 시도조차 안 하고, 좋아할 만한 일은 과분하게 수행하는 그 낌새가 효주에게도 샅샅이 느껴졌다.

스킨십조차도 그랬다. 일상적으로 효주에게 손을 뻗었던 예전과는 다르게 늘 신중하게 굴었다. 효주는 진원의 옆얼굴을 들여다보았다. 오늘도, 그럴 예정인지 궁금했다.

그런 저녁을 다 보내고 드디어 밤이 되었다. 밤이라는 단어가 효주의 아랫배를 쿡 찔렀다. 긴장감이 얇은 잠옷 아래 맨몸에 파고들었다. 진원은 그런 효주의 심경을 아는지 모르는지 입가에 미미한 미소를 걸고 말했다.

"실은 아직, 줄 선물이 남았어."

"뭔데?

진원은 효주의 손바닥에 가볍게 키스를 하고는 몸을 일으켰다. 멀어지는 진원이 희한하게 아쉬워서 효주는 무릎을 소파 위로 올려 그 위를 감싸 안았다. 허전함을 감추려 테이블 위에 놓인 크래커를 집어서 오물거렸다.

"자."

진원이 들고 온 건 어디서 난지 모를 커다란 글라스 두 개와 와인병이었다. 라벨이 예뻤다. 진원이 익숙한 솜씨로 코르크를 따서 와인을 따랐다. 진원이 내려놓은 병을 쥐고 생각 없이 와인의 에티켓을 훑어보니 제가 태어난 년도가 적혀 있었다. 누가 봐도 효주의 생일을 위해서 고른 보르도였다.

"이거…… 오래됐네. 이런 거 비싸지 않아?"

"이해타산을 고려해 주는 마음은 감사한데…, 고맙다는 말을 먼저 해 주면 안 될까?"

"……고마워. 전부 다."

효주는 진원이 짐짓 불퉁한 표정으로 내미는 잔에 제 잔을 부딪쳤다. 유리끼리 맞닿아 나는 맑은 쨍 소리와 함께 손가락이 스쳤다. 혀끝에 쌉싸래한 달콤함이 아롱거렸다.

각각 보르도를 반병씩 나눠 먹고 나니 머리가 가볍게 어질어질했다. 취한 건 아니고, 몸에 훈훈한 기운이 퍼질, 딱 그 정도로만. 소파로 자리를 옮겨 느긋한 대화를 계속했다. DVD플레이어가 있어서 가져온 영화도 봤다. 영화를 보면서 영화에 대한 얘기도 하다가, 감독에 대한 얘기로 이어지고, 그러다 또 설전을 벌이기도 했더니 밤은 까무룩 깊어졌다.

이야기를 하는 내내 진원은 효주의 손등을 습관적으로 쓰다듬었다. 기분이 좋아서 그냥 그대로 놔두었다. 그렇게 어느새 둘 사이에는 대화가 멎었고, 효주는 진원의 어깻죽지에 가볍게 얼굴을 문질렀다. 진원이 효주의 표정을 들여다보며 말했다.

"졸려 보여, 너."

"좀…… 나른해."

"그만 들어갈까?"

진원이 등을 펴자, 그 품에 안겨 있던 효주의 몸도 저절로 일으켜졌다. 소파에서 일어난 진원이 몸에 힘을 줄 생각도 하지 않고 늘어져 있는 효주의 손을 힘주어 끌어당겼다.

"일어나. 데려다줄게."

"데려다준다니…… 거창도 해라."

"데이트 상대를 문 앞까지 에스코트하는 건 당연한 매너지."

효주는 피식 웃고는 몸을 일으켰다. 진원이 효주의 손을 끌고 방문 앞으로 데려갔다.

애초에 이 펜션에는 침실이 두 개였다. 보통 연인들이 숙박하는 형태의 건물이 아니라 방이 나뉘어 있는 가족실이었다. 처음 들어와서 방의 구조를 확인하고부터 지금까지 효주를 헷갈리게 만드는 이유 중 하나였다.

긴장과 기대감에 얽매여 있는 건 저뿐일까. 그런 날이 될 거라고 생각했다. 말하지 않아도 당연한 듯 내일 같이 눈을 뜨게 될 거라고. 그런데 오늘의 진원은 아주 다정하고, 몹시도 침착했다. 효주는 진원이 흥분한 게 어떤 모습인 줄 잘 알고 있었다. 바로 그 모습을 오늘은 한 번도 보지 못했다.

키스가 깊어지기도 전 몸을 떼어 내고, 파고들면 다정한 손으로 그저 쓰다듬는다. 시시각각 사소한 접촉마저 의식하고 긴장하게 되는 효주와는 정반대로 차분하기 그지없는 태도였다.

거실을 지나 효주가 짐을 풀어 둔 방 앞에 도착하는 건 금방이었다. 문지방을 넘어서 안으로 들어가면, 진원은 그 경계를 넘지 않은 채 밖에 그대로 서 있었다.

"그럼…… 잘 자."

"너도."

"문단속 잘하고."

진원이 그렇게 말하고는 한 걸음 뒤로 물러섰다. 설마, 했던 게 사실일까. 효주는 진원이 물러선 만큼 한 발짝 다가갔다. 기대했던 건 나뿐일까.

"……들어올 사람도 없는데, 뭐."

"……있어. 위험한 사람 한 명."

그 말에 훅 하고 찌릿한 열이 올랐다. 조심해서 나쁠 건 없잖아. 진원이 그렇게 말하고는 효주의 뺨에 키스했다. 내일 봐. 가벼운 말을 던지고 뒤를 돌았다. 아주 손쉽게. 방금 효주의 아랫배에 불을 댕긴 적 따위는 없다는 듯이.

"남진원."

진원이 고개를 돌리기도 전, 효주는 진원의 목을 잡아당기며 키스했다. 거의 뛰어들며 옷자락을 잡고 입을 맞췄다. 진원이 당황한 듯 비틀거렸다가, 효주의 허리에 손을 감았다.

효주는 입술을 벌리고 고개를 틀어 진원에게 더 깊게 키스했다. 진원의 티셔츠 밑으로 손을 집어넣어 등을 만졌다. 그러면 진원이 효주를 거의 들어 올리듯 안아 벽으로 밀어붙였다. 혀가 얽히고 숨이 섞였다. 같이 마셨던 포도주의 향기가 진동했다. 숨이 가빴다.

허벅지 사이에 진원의 무릎이 끼어들었다. 효주는 정신없이 교차를 반복하는 입맞춤에 몰두하며 진원의 몸에 더욱 매달렸다. 더, 가까워지고 싶었다. 더, 좀 더. 그렇게 생각하며 효주는 진원의 맨살에 닿은 손가락을 정신없이 움직였다.

동시에 진원이 움직임을 멈췄다. 갑자기 입술이 떨어져 나갔다. 효주는 숨을 몰아쉬었다.

"……왜, 그래?"

"……못, 참을 것 같아서."

진원이 탁하다 못해 응고된 목소리로 속삭였다. 떨어져 나
간다. 진원이 몸을 움직이기도 전에 효주는 멀어지려는 체온을
붙잡았다. 진원의 양 뺨을 잡고 똑똑히 눈을 맞췄다. 그 안에
서 뱅글뱅글 돌아가는 열기를 직시하며 말했다.

"참으라고 한 적 없어."

손끝에서 고열이 몸부림친다. 그 열이 진원의 핵을 건드리
고 싶게 만든다.

"너……."

"애초에 둘이서만 있고 싶다고 했던 게 그런 의미 아니었
어? 난 그런 줄 알고 온 거야."

"……."

"하루 종일 의식했어. 나만 그런 생각을 하는 걸까, 남진원
은 왜, 그렇게 태연할까."

"……그렇게 보였다면, 오늘 내 노력이 성공했네."

하고 말하는 진원의 얼굴은 여전히 상기되어 있었다. 입술이
붉었다. 단숨에 물어주고 싶을 만큼. 효주는 단호하게 선언했다.

"쓸데없는 노력이었어."

"……."

"나도, 기대하고 있었는데."

"……."

"속옷도 새로 샀고."

"서효주……."

진원이 꺼질 듯한 표정을 지었다. 눈동자 안이 새까맸다. 효

주의 허리에 얹힌 손가락이 떨리고 있었다. 효주는 진원의 손가락 위에 손을 겹치고는 나지막하게 중얼거렸다.

"공부도 많이 하고 왔단 말이야."

말이 끝남과 동시에 몸이 공중에 떴다. 효주는 작게 꺅, 하고 탄성을 뱉었다. 진원이 효주의 허리에 팔을 감고 그대로 방 안으로 걸어들었다. 엉덩이 밑을 받친 손에도, 떨어질 것만 같아 진원의 허리에 다리를 감았다. 눈 깜짝할 사이에 침대 위로 쓰러졌다. 위로 올라탄 진원이 효주의 뒷목에 얼굴을 묻고 옴폭 파인 귀 뒤를 핥았다. 목덜미를 깨물렸다.

"아!"

효주는 진원의 단단한 어깨를 꽉 움켜쥐었다. 진원이 효주의 목에서 얼굴을 떼어 냈다. 한 번의 동작으로 티셔츠를 벗었다. 골격이 곧게 뻗은 매끈한 몸의 윤곽이 드러났다. 똑같은 몸인데도 밝은 풀 안에서 봤던 것과는 전혀 다른 느낌이었다.

불이 꺼진 방 안은 창 밖에서 들어오는 달빛을 빼고는 어두웠다. 효주는 팔을 뻗어 협탁 위의 스탠드를 켰다. 은은한 불빛이 시트 위를 밝혔다.

"너…… 보고 싶어서."

눈이 마주쳐서 그렇게 말하면, 진원의 목에서 끓는 듯한 신음이 났다. 진원의 손이 효주의 잠옷 아래로 들어와 허벅지를 쓰다듬었다. 닿는 손이 뜨거워서 효주는 몸을 떨었다.

"나도 보고 싶어."

너. 진원이 효주의 원피스 밑단을 들어 올렸다. 차례로 상체를 들면 옷은 금세 완전히 벗겨져 나갔다. 진원의 시선이 효주의 드러난 맨살을 지그시 훑었다. 그제야 미칠 듯 부끄러워졌다. 아랫배가 못 견딜 만큼 근질거려서 효주는 저도 모르게 배에 힘을 주었다. 온몸이 바짝 달아올랐다.

어깨에 닿는 손길마저 불씨였다. 반쯤 어두운 방 안에서 저를 내려다보는 진원의 얼굴에 옅게 그림자가 깔려 있다.

효주는 이마께에 와 닿는 진원의 불규칙한 숨결에 침을 크게 삼켰다. 온몸의 혈관이 동맥이 되어 버린 것처럼 팔딱거린다. 효주는 조심스럽게 제 어깨의 윤곽을 덧그리던 진원의 손을 쥐어, 제 왼쪽 쇄골 아래에 얹었다. 심장고동이 멋대로 전력질주를 하고 있었다.

"……좀, 겁이 나."

"나도, 마찬가지야."

엇나간 목소리로 대답한 진원이 느릿한 움직임으로 효주의 쇄골을 쓰다듬었다. 뜨거운 손끝이 닿은 자리가 순식간에 점화했다. 효주는 참지 못하고 질끈 눈을 감았다. 닫힌 눈꺼풀 위로 조심스럽게 진원의 입술이 내려앉았다. 금세 홧홧해지는 눈가에 효주의 입에서 작은 신음 소리가 새어 나왔다.

"……아프겠지?"

"……안 그러도록 노력할게."

"네가 노력해도 어느 정도의 불가피한 통과의례인……."

말을 마치기도 전, 진원이 효주의 입술을 막았다. 깨물고, 깨물리고, 목 뒤로 욕망이 넘어가는 듯한 키스였다. 입술을 떼어 낸 진원이 효주의 이마에 제 이마를 기대고 쉰 목소리로 중얼거렸다.

"……그만 말해. 지금도 이미 충분히 짐승이 될 것 같거든."

울대가 꿈틀대는 미끈한 목을 응시한다. 무언가를 참는 듯 단단하게 올라온 턱의 근육과, 달싹거리는 반듯한 입술까지. 효주는 진원의 목을 천천히 쓰다듬었다. 달궈진 쇠를 만지는 것처럼 순식간에 열이 전염된다.

"돼도…… 괜찮은데."

"……언젠가는 나, 너 때문에 죽을 것 같아."

진원이 꽉 틀어 막힌 목소리로 내뱉고는 효주의 어깨뼈에 입 맞췄다. 나른한 키스가 쇄골을 타고 이어지다 결국 효주의 맨 가슴에 닿는다. 부서지기 쉬운 연약한 것의 온도를 재는 것 같 은 느릿한 입맞춤. 머리가 어지러웠다. 뜨겁다. 어지럽다. 숨을, 쉬기가 어렵다.

눈을 꼭 감는다. 마지막 남은 옷가지가 어느새 몸에서 떨어 져 나간다. 아무 방해물 없이 닿아 오는 체온이 제가 불꽃에 몸을 던진 건 아닌가 착각하게 만든다. 손가락과 입술이 온몸에 붉은 점을 찍는다. 골반뼈를 붙잡는 손길에 속절없이 신음한다.

예민해진다. 전신의 세포가 감각기관으로 돌변한 것처럼. 피부에 닿는 손가락의 지문이나, 여린 곳을 핥는 혀의 돌기나, 심지어는 더운 한숨의 생김새까지 낱낱이 구분할 수 있을 만 큼. 전부, 진원이다. 그 모든 진원이 누구도 건드린 적이 없던 제 안쪽을 건드린다.

도를 지나친 자극에 저를 가둔 몸을 밀어내고 싶어지면, 다 정하고도 거침없는 손길에 방해받는다. 참으려 해 봐도 튀어나 오는 달뜬 목소리는 제 귀에도 낯설다. 현기증이 난다. 미지근했던 방 안이 어느새 누구의 것인지도 분간할 수 없는 숨결로 달아오른다. 뜨겁다. 뜨거워서, 견딜 수 없다.

숨을 멈춘다. 눈가에 물기가 서린다. 진원이 괜찮아, 말하며 그 눈가의 젖은 흔적을 입술로 훔친다. 뜨겁고, 저린, 달콤한 통증. 몸이 저절로 뒤틀린다. 이대로 어딘가에 떨어져 버리는 건 아닐까. 두려워진다. 그러나 눈을 떠 보면 품 안에 진원이 있다. 진원의 품 안에는 제가 있다.

같은 온도. 같은 열. 효주는 다만 그 열을 꼭 끌어안았다.

진원은 어렴풋이 눈꺼풀을 투과하는 햇볕에 눈을 떴다. 옆을 확인하면 시트에 감긴 채 효주가 잠들어 있었다. 꿈이 아니었구나. 바보 같지만 반사적으로 그런 생각이 들었다. 진원은 잠들어 있는 효주의 붉은 기가 도는 눈가에 키스했다.

꿈이 아닌데도 그렇게 행복해질 수 있다니. 자각 없이 잠들어 있는 그 행복의 근원의 전신에 입 맞추고 싶은 충동을, 진원은 간신히 내리눌렀다. 효주가 작게 으응, 소리를 내며 속눈썹을 떨었다.

"좋은 아침."

살짝 부은 얼굴이 귀여워서 미소를 띠고 인사를 건네면 깔깔해진 목소리로 답이 돌아왔다.

"……피곤한 아침."

"몸은 괜찮아? 아프진 않아?"

"……조금. 그렇지만 괜찮아."

효주가 눈을 깜박거렸다. 자꾸만 이상하게 눈물이 나온다던 말대로 눈가가 살짝 부풀어 올라 있다. 한 번 더 그곳에 입을 맞추면 효주가 몸을 틀었다. 뚫어지게 진원을 쳐다보기 시작해서 진원도 효주와 마주 보도록 모로 몸을 기울였다.

"왜?"

"어른이 되는 방법을 하나 익힌 것 같아서."

"어른?"

"그런 말 있잖아. 천 번을 아파야 어른이 된다는…, 그러니까 어른이 되려면 아직 구백구십…… 몇 번이었더라?"

"서효주……."

진원은 아침부터 그런 말은 제발 자제해 줘. 라고 말하고 싶은 걸 꾹 참았다. 그렇게 말하면 또, 왜냐고 물어보고 이유를 대답하면 상상지도 못한 방식으로 진원의 급소를 찌를 테니까.

서효주는 제가 순진한 줄도 모르고 순진하게 군다. 그 격 없음이 오히려 더 자극이었다. 뜨거워…… 진원아. 나, 이상해. 떠올리는 것만으로 아랫배가 무참하게 땅겼다.

어젯밤은 진원에게도 처음 느껴 보는 무력감이었다. 머리의 기어가 타 버린 것처럼 제 멋대로 움직이는 사지를 도무지 제어할 수가 없는 기분이란, 모순적인 희열이었다. 진원은 목구멍에 치받는 뜨거운 덩어리를 삼키고 멀쩡한 체 대꾸했다.

"천 번을 채워도 안 될 걸. 앞으론 안 아플 테니까."

베개에 눌려 부스스해진 머리를 넘겨 주며 둥근 이마에 입술을 찍었다. 닿은 자리로 효주가 미간을 찌푸리는 게 느껴졌다.

"그러면 곤란한데…….."

"왜?"

"아프지도 않으면 진짜로 정신이 나갈 것 같아."

어제만 해도 버거웠는데…… 효주의 중얼거림에 진원은 강렬하게 생각했다. 죽을 것 같다. 이대로 가다간 분명히 서효주 때문에 죽을지도 모른다. 말간 표정으로 도발적으로 구는 효주는 과연 제가 하는 말이 진원에게 어떤 영향을 미치는지 아는 걸까, 모르는 걸까. 진원은 진심 어린 표정으로 고민하는 효주의 어깨에 손을 얹었다.

"서효주."

"응?"

"앞으로 그런 말을 할 때는…… 꼭 두 번 생각하고 말해 줬으면 좋겠어."

안 그러면 내가 언제 어디서 죽을지도 모르니까. 지나친 흥분감이 사인이 되는 꼴사나운 죽음은 정말로 맞고 싶지는 않았다. 삼킨 말을 입안으로 굴리며 간신히 열을 식히면, 효주가 고개를 갸웃했다.

"왜?"

"……설명하고 싶지 않아."

"말해 줘."

"나중에."

보채던 효주가 진원의 대꾸에 뽀로통하게 입술을 내밀었다. 그리고 진원은 새로운 사실을 깨달았다.

아침의 서효주는 사랑스럽다. 낮의 효주도, 밤의 효주도 전부 예쁘지만, 아침의 효주는 특별히 귀엽다. 흐트러진 머리에, 눈매에는 지난밤의 흔적을 매달고 있다. 눈 안에 담는 것만으로 가슴이 뿌듯하다. 매일매일, 하루도 빼놓지 않고 보고 싶을 만큼.

"······나중에 천천히 말해 줄게. 앞으로도 시간은 많잖아."

"그렇긴 하지만······."

효주가 고개를 푹 파묻으면, 베개에 눌린 볼이 또한 사랑스럽게 톡 불거졌다. 깨물고 싶게. 아무 때나 뚝뚝 떨어지는 기습적인 자극이 아무렇지 않음으로 산화할 날이 올지는 모르겠지만, 만약 그렇게 된다면, 그런 날이 온다면. 그럴 때까지 쭉 옆에 있을 수 있다면. 진원은 가슴속에 문득 차오른 말을 뱉지 않고는 배길 수 없어졌다.

"서효주."

"응?"

"좋아해. 아주 많이."

사랑스럽다. 베갯잇을 움켜쥔 손에 끼어들어 깍지를 끼었다. 손마저 지나치게 예쁘다. 조그마한 손톱에서부터 톡 불거진 손목뼈까지. 손목 안쪽만 들여다봐도 몇 시간쯤은 금방 지나갈 만큼.

그렇게 오래도록 보고 싶다. 효주의 모든 파편들이 눈을 감아도 저절로 떠오를 만큼. 머리가 흐려지고, 뇌세포가 닳아빠져도 손가락의 작은 굴곡까지도 1초 만에 회상할 수 있도록.

진원은 마주 잡은 조그만 손을 찬찬히 훑었다. 이 가느다란 손가락에 반지를 끼워 주고 싶다. 매일 아침 눈을 뜰 때마다 입을 맞추고 싶다. 미래를 예상해 본다. 효주의 손가락이 시간이 지나면 어떻게 변해 갈지를 상상한다.

"나도."

나도 좋아해. 효주가 배시시 웃으며 대답한다. 행복한 얼굴로 웃는다. 진원은 입을 다물고 깍지 낀 손등에 입을 맞췄다. 느긋하게, 하루하루 저런 표정을 마주하는 나날을 이어 가다보면, 언젠가는 상상 속의 이미지가 현실이 될 날도 오겠지.

충만함이 차오른다. 진원은 샘솟는 행복감을 담아 효주의 손가락에도 입술을 대어 본다. 그러면 효주가 웃는다. 영원히 보고 싶은 얼굴로. 그러면 진원은 깨닫는다. 이것만으로도, 이 아침만으로도 효주는 제 평생을 쥐었다. 그래서 진원도 웃었다.

서효주에게 속한 삶이라는 게 어떤 색깔로 펼쳐질지, 알고 싶어서 참을 수가 없었다.

작가 후기

　안녕하세요. 부디 글을 읽어 주신 모든 분들께 아깝지 않은 시간이었으면 합니다. ≪불연속 연애≫는 풋풋하고 그때 그 무렵에만 가능한 아슬아슬한 귀여움(?)이 있는 글을 지향했는데 그렇게 느껴지셨는지 모르겠어요. 그렇게 느껴 주셨으면 저도 기쁠 것 같아요.

　사실 쓰면서 더 많은 갈등이 있고 그 갈등의 해소 과정도 더 길어질 예정이었어요. 다시 만나기까지도 한참 텀이 있게 되는 플롯이었지요.

　그런데 둘을 계속 쓰다 보니까 제 손으로 고생시키기 참 어렵더라고요. 안 그럴 수도 있는데, 잘될 수도 있는데 자꾸 엇갈리게 만드는 건 두 주인공에게 못할 짓인 것만 같아…… 고민하다가 결국 이런 글로 완성되었습니다.

실은 두 주인공이 글 속에서 보여 주는 처음이라 서툴고 어설픈 감정들은 제가 글 쓸 때랑 똑같은 마음이었어요. ≪불연속 연애≫는 제 첫 글입니다. 글쓰기 자체가 참 새로운 과정이라 불안하고 갈피를 잡지 못하는, 딱 그런 기분을 쓰면서 같이 느꼈던 것 같아요.

그래서 무난하게 둘이 귀여운 커플이 되는 결말을 내고 나니 저도 같이 편해지더라고요. 처음이라도, 낯설어도 결국 전부 괜찮아질 거야 하는 생각이 무의식적으로 반영된 건지도 모르겠습니다.

모자란 부분이 참 많은 글이지만 그 모자란 부분조차 재미있게 읽어 주신 분이 계시다면 기쁠 것 같습니다. 다음 글로 또 뵐 수 있다면 좋겠어요. 읽어 주신 분들 모두 감사합니다.

이오늘 드림